Julia Fürbaß

Das Quiz

Psychothriller

Das Buch

November 2019: Marlene Fassberger lebt zurückgezogen in ihrer Wohnung. Aufgrund eines Verbrechens verlässt sie ihre eigenen vier Wände nur, wenn es sein muss. Eines Tages bekommt sie einen Flyer für ein Quiz, der sie schließlich aus der Eintönigkeit ihres Alltags lockt. Marlene nimmt teil und ist bereits nach der ersten richtigen Antwort siegessicher. Doch es dauert nicht lange, bis „Das Quiz“ sie mit Dingen konfrontiert, die eigentlich kaum jemand wissen dürfte. Kennen die Spielleiter Marlene persönlich? Und welche Absichten haben sie? Um das Rätsel zu lösen, muss sie sich ihrer Vergangenheit stellen … und den Menschen, die damit in Verbindung stehen.

Die Autorin

Julia Smogawetz wurde als Julia Fürbaß 1992 in Bruck an der Mur geboren, erlernte einen Beruf in der Metallindustrie und veröffentlichte 2019 ihren ersten Psychothriller. Seitdem ist sie dem Schreiben verfallen und widmet einen Großteil ihrer Freizeit dieser Leidenschaft. Sie lebt mit ihrem Mann in Sankt Lorenzen im Mürztal.

Erfahren Sie mehr über die Autorin auf
https://www.juliafuerbass.at
https://www.facebook.com/JuliaFuerbass
https://www.instagram.com/juliafuerbass

Von Julia Fürbaß bereits erschienene Bücher:
Negatio
Aller guten Dinge

Julia Fürbaß

Das Quiz

Psychothriller

Impressum

Texte:	© by Julia Fürbaß
Umschlag:	© by Renee Rott, Dream Design – Cover and Art
Bild(er):	© Adobe Stock
Lektorat:	Michaela Marwich
Buchsatz:	Evelyn Zimmermann
Verlag:	Independently Published

Herzlich willkommen bei „Das Quiz"! Schön, dass Sie sich für ein Gewinnspiel der etwas anderen Art entschieden haben!

Ja, Sie lesen richtig: Sie haben sich bereits entschieden, warum hielten Sie sonst dieses Buch in Händen?

Jetzt gibt es kein Zurück mehr, denn sobald Sie bis hierhin gekommen sind, sind Sie praktisch schon mittendrin in der Geschichte. Sie werden nun die Protagonistin bei einer ganz besonderen Reise begleiten und kennenlernen.

Was ist der Gewinn, fragen Sie sich?

Die düstere Wahrheit rund um Marlene Fassberger. Sagen Sie am Ende also nicht, Sie wurden nicht gewarnt!

Bevor Sie sich mit der Geschichte vertraut machen, sollten Sie für sich Folgendes beantworten:

Was erwarten Sie von diesem Quiz?

a.) Dass es zum Nachdenken anregt.
b.) Dass es Ihr Leben auf den Kopf stellt.
c.) Dass Sie nachts nicht mehr schlafen können.

Stellen Sie genügend Fragen oder geben Sie sich mit dem zufrieden, was man Ihnen präsentiert?

MARLENE

Tag 11 – 29. November 2019

Ihr Koffer war gepackt. Vorfreude vermischte sich mit blanker Panik. Was würde wohl im nächsten Umschlag stehen?

Sie ertappte sich dabei, wie sie alle paar Sekunden zum Fenster ging und hinausspähte. Wann kam sie denn endlich? Und welche Botschaft würde sie überbringen?

Nicht zum ersten Mal kam Marlene der Gedanke, dass die Person, auf die sie wartete, gefährlich sein könnte. Mit schnellen Schritten hastete sie zur Kommode und öffnete die oberste Schublade. Das Messer fiel ihr als Erstes ins Auge. Sie überlegte nicht lange und nahm es, daraufhin wurde ihre Sicht für einen kurzen Moment verschwommen. Als sie den Griff umklammerte, atmete sie tief ein und hielt die Luft ein paar Sekunden lang an. Verlor sie den Verstand? Nein, das hatte sie bereits hinter sich.

Stimmen drangen vom Treppenhaus in die Wohnung. Mit dem Messer eilte sie zur Tür und sah durch den Spion hinaus. Niemand zu sehen. Gut. Sie war in Sicherheit. Noch.

Sie ging an ihrem gepackten Koffer vorbei und stellte sich erneut ans Fenster, darauf bedacht, den Vorhang nicht zu berühren. Mit einem Messer in der Hand hatte sie noch nie auf ihren Besuch gewartet. Marlene begann unsicher zu lachen und strich sich die Haare aus der Stirn.

Als es endlich an der Tür klopfte, fuhr sie herum. Hatte sie sich auch gut genug vorbereitet? Nein, sie hatte sich gar nicht vorbereitet, sie wusste ja nicht einmal, worauf genau. Würde sich im nächsten Moment alles aufklären? Um das herauszufinden und diesem kranken Spiel ein Ende zu setzen, musste sie die Tür öffnen. Die Frage war nur, ob sie dafür bereit war.

MARLENE

Etwa zwei Wochen zuvor – 16. November 2019

Sie durchfuhr ein Schauer … Ein Schauer der Erregung, der Dankbarkeit, der … Sie fand keine Worte dafür. Unsicher und doch herausfordernd ließ sie ihre Zunge um die seine kreisen. Ob es ihm im Moment gleich ging? Wurde er auch von Glücksgefühlen überschwemmt, für die sie keine Worte fand?

Oh Mann, ging es Marlene beim Lesen dieser Zeilen durch den Kopf. Wahrscheinlich fehlten nicht nur der Protagonistin in diesem Roman die Worte, sondern auch der Autorin. Sie konzentrierte sich auf den folgenden Absatz, der leider auch nicht besser wurde. Mit ein paar Mausklicks markierte sie die Stellen des Manuskriptes, die laut ihrer Meinung eine dringende Überarbeitung nötig hatten.

Jemand klopfte an der Tür. Mit einem Stirnrunzeln sah Marlene auf die Zeitangabe ihres Laptops.

„Mist!“, fluchte sie. „Ich komme!“

Sie speicherte das Dokument ab und fuhr das Gerät herunter. Während sie zur Wohnungstür lief, fiel ihr auf, dass sie noch immer ihren Jogginganzug trug. Egal! Sie öffnete die Tür.

„Hallo, Frau Fassberger. Störe ich?“, fragte Markus mit einem Grinsen. Ihr bester Kumpel war wohl wieder zu Scherzen aufgelegt.

„Tut mir leid“, meinte Marlene, und das tat es wirklich. „Ich habe total die Zeit übersehen.“

„Ich kann warten.“ Das war typisch für Markus. Er hatte für alles, was sie jemals getan hatte – und in Zukunft vermutlich tun würde – Verständnis. Niemals waren sie in Streit geraten.

Marlene war sich sicher, dass eine Auseinandersetzung mit ihm unmöglich war, so sehr man sich auch anstrengte.

Heute waren sie zum gemeinsamen Mittagessen in einem Bistro um die Ecke verabredet. Er war pünktlich. Sie war vergesslich. Wie so oft in ihrer Freundschaft, die mittlerweile seit knapp einem Jahr bestand. Marlene war dankbar, Markus in ihrem Leben zu haben, denn genau genommen hatte sie nur ihn. Zu ihrer Familie hatte sie nur wenig Kontakt und ihre Schüchternheit sorgte auch nicht gerade dafür, offen und gelassen mit neuen Bekanntschaften umzugehen. Noch dazu nahm sie gewisse Bemerkungen zu persönlich auf. In jedem Satz fand sie etwas, das sie kränken konnte. Dafür hatte sie ein Talent. Mit Markus jedoch war es ganz anders. Es schien, als wäre er der erste Mensch auf der Welt, der sie wirklich verstand.

„Ich ziehe mich nur schnell um, gib mir fünf Minuten", sagte sie und ließ ihren Freund im Türrahmen stehen. Daraufhin stürmte sie ins Schlafzimmer und zog ihre Lieblingsjeans an. Während sie im Schrank nach einem passenden Oberteil suchte, dachte sie an ihr Kennenlernen.

Es war vor ungefähr einem Jahr gewesen, Marlene hatte in einem Kiosk in der Schlange gestanden. Um sich die Wartezeit zu verkürzen, blätterte sie in einer Wochenzeitung und blieb schließlich an einem Artikel hängen, in dem es um einen Mord ging. Er war nur wenige Kilometer entfernt passiert, den Täter hatte man noch nicht gefasst. Mit Entsetzen las Marlene den Bericht und begann zu zittern. Ein freilaufender Mörder? In diesem Bezirk?

Sie hatte gar nicht bemerkt, dass sich die Schlange vorwärtsbewegt hatte und hörte ein Räuspern hinter sich. Wie in Trance schritt sie nach vorne, dabei überkam sie ein Schwindelgefühl.

„Achtung", nahm sie die Stimme hinter sich wahr und im nächsten Moment spürte sie, wie sie an den Oberarmen umklammert wurde. Für einen Moment wurde ihr Sichtfeld von einem dunklen Schleier verhüllt. Ein paar Sekunden darauf blinzelte sie hektisch und schaute sich um. Man starrte sie an. Die Aufmerksamkeit der Leute, die in dem kleinen Kiosk standen, war auf sie gerichtet. Marlene blickte beschämt zu Boden und erkannte, dass sie die Zeitung fallen gelassen hatte. Gerade als sie sie aufheben wollte, fragte ein dunkelhaariger Mann, ob es ihr gut gehe. Sie erkannte, dass er derjenige war, der sie stützte. Marlene brachte nur ein knappes Nicken zustande. Aber entsprach das auch der Wahrheit? Ehrlich gesagt fühlte sie sich elend. Das schien der Mann mit dem sympathischen Gesicht zu merken.

„Kommen Sie, ich helfe Ihnen", meinte er und entschuldigte sich bei den Menschen in der Schlange, als er sie mit vorsichtigen Bewegungen aus dem Kiosk führte. Marlene wollte etwas erwidern, fühlte sich aber plötzlich sehr schwach. Im Moment war sie auf die Unterstützung des Fremden angewiesen und es war vermutlich das Klügste, sich in ihrer Wohnung auszuruhen. Diese lag nur eine Kreuzung entfernt und Marlene scheute aus einem unerklärbaren Grund nicht davor zurück, dem Mann ihre Adresse zu nennen. Sie fühlte sich sicher in seiner Gegenwart. Es war lange her, dass sich jemand um sie gesorgt hatte.

Als sie wenige Minuten später durch ihre Wohnungstür schritt, bedankte sie sich bei ihm.

„Keine Ursache, Frau … Fassberger", sagte der Dunkelhaarige, was sie im ersten Moment verwunderte. Sie stellte sich die Frage, woher er ihren Namen kannte. Dann musste sie beinahe über sich selbst lachen. Er stand auf ihrem Namensschild neben der Wohnungstür! Und der Mann machte auf sie nicht den Eindruck, als könnte er nicht lesen.

Marlene überlegte, ihn noch auf eine Tasse Tee hereinzubitten. Dieser Gedanke kam völlig überraschend für sie. So aufgeschlossen war sie normalerweise nicht.

„Wie ist eigentlich Ihr Name?“ Diese Worte kamen anstelle einer Einladung aus ihrem Mund.

„Markus Rottinger.“

„Freut mich.“

Er lächelte.

„Geht es Ihnen gut?“, wollte er erneut wissen. Marlene bemühte sich um ein Grinsen, doch ihre bebenden Lippen hinderten sie daran. Um nicht loszuheulen, presste sie sie zusammen.

„Soll ich noch ein bisschen bei Ihnen bleiben?“

Ja, hätte sie am liebsten auf der Stelle gesagt. Doch sie schüttelte den Kopf. „Sie haben bestimmt Besseres zu tun.“

„Eigentlich nicht“, meinte Rottinger und zuckte mit den Schultern.

Erleichtert machte Marlene einen Schritt zur Seite und ließ ihn eintreten.

„Nennen Sie mich doch Marlene.“

„Okay.“ Er bot ihr nicht an, ihn beim Vornamen zu nennen. Stattdessen fragte er: „Marlene, darf ich fragen, warum Sie im Kiosk beinahe zusammengebrochen wären?“

Sie ging voraus in die Küche und holte zwei Tassen aus dem Oberschrank. „Wollen Sie einen Tee?“

Er sah sie aufmerksam an und nickte. Es hatte den Anschein, als würde er auf ihre Antwort warten.

„Wissen Sie“, begann sie. „Ich arbeite als Lektorin für Krimiautoren. Eigentlich habe ich täglich mit Verbrechen zu tun. In den Manuskripten, die ich bekomme, geht es hauptsächlich um Mord und Totschlag.“

Marlene sah ihren Gast an und schüttelte dann den Kopf. Wie jeder andere auch wusste der Mann, worüber Krimiautoren schreiben, warum erklärte sie es ihm?

„Sie wissen schon.“

„Ja.“

Sie befüllte die Tassen mit Wasser und stellte sie in die Mikrowelle.

„Keine Ahnung, warum ich also plötzlich empfindlich auf so eine Nachricht reagiere. Vielleicht, weil es in der Nähe stattgefunden hat …"

„Darf ich fragen, um welche Nachricht es sich handelt?"

Sie fuhr so hektisch herum, dass sie sich die Hüfte an der Anrichte stieß. Das würde einen blauen Fleck geben.

Der Mann hob beschwichtigend die Hände und meinte: „Tut mir leid. Ich habe den Artikel nicht gelesen und weiß nicht, welche Nachricht Sie meinen."

Marlene nickte und konnte sich vorstellen, einen ziemlich verwirrten Eindruck auf Rottinger zu machen. Nach kurzer Überlegung beschloss sie, ihm den Grund für ihre Verfassung zu nennen: „Jemand hat eine Frau umgebracht."

Der Mann in ihrer Wohnung sah sie erwartungsvoll an. Seine ganze Konzentration schien auf sie gerichtet zu sein. Marlene kaute auf ihrer Unterlippe herum und erkannte, wie blöd sie sich verhielt. Erneut schüttelte sie den Kopf. „Ach, es ist eigentlich nichts Tragisches."

„Ein Mord ist in der Tat etwas Tragisches. Darf ich fragen, was Sie an dem Artikel so gelähmt hat?"

„Ich … Ich …"

„Befürchten Sie, dass auch Ihnen so etwas passieren könnte?"

„Bitte, duzen Sie mich doch", wich Marlene aus und versuchte somit, die angespannte Situation etwas aufzulockern. Rottinger presste die Lippen zusammen und sah an ihr vorbei, was sie dazu veranlasste, seinem Blick zu folgen. Der Tee! Den hatte sie beinahe vergessen.

Marlene holte die Tassen aus der Mikrowelle. Dann gab sie zwei Beutel hinein. Damit ging sie ins Wohnzimmer, ihr Gast folgte ihr. Als sie auf dem Sofa Platz nahmen, sagte sie leise: „Wenn ein Killer frei rumläuft, fühle ich mich alles andere als wohl dabei."

„Verständlich."

„Danke nochmal."

„Habe ich gern gemacht."

Stumm saßen sie nun da und starrten in ihre Tassen.

„Und was machen Sie beruflich?", wollte Marlene wissen, nachdem sie ihren Beutel auf die Untertasse gelegt und einen Schluck genommen hatte. Beinahe hätte sie sich die Zunge verbrannt. Rottinger bedachte sie mit einem Blick, den sie nicht deuten konnte. Nach einer Weile sagte er: „Ich bin Arzt."

„Tatsächlich? Das ist toll."

Schweigen. Sonderlich gern schien er nicht über sich selbst zu sprechen. Sie war trotzdem froh, ihn in ihrer Nähe zu haben. Er strahlte etwas Vertrauensvolles aus.

Nachdem sie sich noch eine Weile unterhalten hatten, brachte sie ihren Gast zur Tür. Bei der Verabschiedung wünschte er ihr alles Gute. Als Marlene ins Wohnzimmer zurückkam, fiel ihr auf, dass er seinen Tee nicht angerührt hatte.

Am nächsten Tag kündigte sich mit einem Klopfen Besuch an, während sie den Text einer Kundin lektorierte. Verwundert sah sie auf, denn sie erwartete niemanden. Neugierig öffnete sie die Tür und erkannte kurz darauf Rottinger wieder. Ein Grinsen huschte über ihr Gesicht.

„Ich wollte mal nach Ihnen sehen. Geht es Ihnen besser?", waren seine Worte anstelle einer Begrüßung.

„Ja, danke. Das ist aber eine Überraschung!"

„Was halten Sie davon, wenn wir ein Stück spazieren gehen?"

Marlene war überrumpelt, aber sie freute sich. „Einen Moment, ja? Ich ziehe mich nur schnell um."

„Ich warte."

Während sie sich umzog, schaltete sie ihren Laptop aus. Eine Pause an der frischen Luft würde ihr ganz guttun.

Sie spazierten den halben Nachmittag durch den Ort und redeten. Über Hobbys und andere oberflächliche Dinge. Marlene fühlte sich pudelwohl.

Als sie schließlich wieder vor ihrer Wohnungstür standen, fragte sie: „Warum haben Sie das getan?"

„Was denn?"

„Mich abgeholt."

„Nach Ihrem Schwächeanfall gestern dachte ich mir, würde es Ihnen guttun."

Sie nickte und war sich sicher, dunkelrot anzulaufen. Anscheinend hatte sie es geschafft, den Eindruck zu erwecken, dass sie nicht alleine in ihrem Leben zurechtkam.

„Was halten Sie davon, wenn wir das wiederholen?", fragte er schließlich.

„Gerne", sagte Marlene und lächelte. „Und duzen Sie mich bitte."

„Gut. Ich bin übrigens Markus."

Seitdem hatte sich zwischen ihnen eine Freundschaft entwickelt, die Marlene nicht mehr missen wollte.

Sie saßen gerade in dem Bistro, in dem sie sich gelegentlich zum Mittagessen verabredeten.

„Wie schmeckt dein Salat?", fragte sie Markus, der meinte: „Wie immer. Und dein …" Er zeigte mit dem Finger auf ihre Hände, die ein Truthahnsandwich umklammert hielten.

„Köstlich!"

„Dann ist es ja gut."

Sie aßen schweigend. Nachdem Markus das letzte Salatblatt aufgespießt hatte, fragte er: „Was hast du heute noch vor?"

„Arbeiten."

„Verrätst du mir, worum es geht?"

Sie musste schmunzeln. Eigentlich lektorierte sie ja Krimis, aber sie hatte beschlossen, auch mal anderen Genres eine Chance zu geben und der Verlag hatte sich damit einverstanden erklärt.

„Rate!"

„Ich soll raten?"

Marlene nickte aufgeregt und biss von ihrem Sandwich ab. Markus war eindeutig der schnellere Esser von ihnen.

„Okay … Ähm … Ich nehme mal an, es geht um … eine Tragödie."

„Inwiefern?"

„Na ja …“ Er sah sich unsicher um, so als wäre ihre Arbeit ein streng geheimes Thema. „Ich nehme an, es geht um … um Mord.“

„Du machst es dir aber auch einfach!“, gab sie lachend zurück.

„Worum geht es denn sonst in den Krimis, die du lektorierst?“

„Dieses Mal ist es kein Krimi.“

Ihr bester Freund sah plötzlich so aus, als wäre er über diese Antwort alles andere als erfreut. Sie glaubte, so etwas wie Enttäuschung in seinem Gesicht zu erkennen. Vermutlich hielt er nicht viel davon, wenn sie mal ein anderes Genre einschlug.

„Es ist ein Erotikroman“, flüsterte sie ihm zu und wartete gespannt seine Reaktion ab.

„Was?“ Markus konnte sich ein Grinsen nicht verkneifen. „Wie kommt's?“

„Ich dachte mir, ein Tapetenwechsel würde mir ganz guttun. Außerdem …“ Sie stockte.

„Außerdem …?“ Ihr Freund war nun ganz Ohr.

„Außerdem … glaube ich, dass das ständige Lesen von Mord und Totschlag die Sache nicht besser macht.“

„Welche Sache?“

Markus war kurz davor, sie wütend zu machen. Zum ersten Mal überhaupt. Sie hatten schon oft über dieses Thema gesprochen. Dadurch hatten sie sich ja erst kennengelernt.

„Du weißt schon …“

„Ich finde, du schlägst dich ganz gut.“ Er nahm einen Schluck von seinem Eistee.

„Danke“, murmelte Marlene und stopfte sich den letzten Bissen von ihrem Sandwich in den Mund. Seit ihrem Schwächeanfall im Kiosk war nichts mehr wie früher. Die Angst wurde zum ständigen Begleiter. Dieses Verbrechen, bei dem eine Frau in Marlenes Alter umgebracht worden war, war hier nichts Alltägliches. Solche Dinge passierten in US-Metropolen, aber nicht in einer österreichischen Kleinstadt. Sie hatte sich wie betäubt gefühlt, als sie in der Zeitung darüber gelesen hatte. Dieser Mord war zwar schon etwa ein Jahr her und der Täter hatte seitdem nicht mehr zugeschlagen, aber Marlene hatte genug Krimis und Thriller gelesen, um zu wissen, dass das noch nicht das Ende gewesen war. Es war zwar nicht so schlimm, dass sie gar nicht mehr die Wohnung verließ, aber sie ging auf Nummer sicher. Arbeitete nur noch von zu Hause aus. Der Verlag war damit einverstanden, denn ob sie jetzt täglich pendelte, um sich vor einen Computer zu setzen, oder dieselbe Arbeit daheim verrichtete, war auch schon egal. Oft nahm sie mehrere Aufträge gleichzeitig an, um der realen Welt entfliehen zu können. Auch ihr Auto stand schon ewig ungenutzt in der Tiefgarage.

Sie litt unter Verfolgungswahn und war zudem paranoid – daran bestand kein Zweifel. Das lag unter anderem daran, dass man sie befragt hatte. Mehrmals. Die Polizei hatte die Gegend nach dem Täter abgesucht, der vor etwa einem Jahr eine junge Frau umgebracht hatte. Die Herrschaften wollten von Marlene wissen, ob sie etwas mitbekommen hatte, dabei wusste sie nicht einmal, wo genau das alles passiert sein sollte – sie kannte ja auch nur den Artikel aus der Zeitung, den sie überflogen hatte! Sie geriet in Panik und fühlte sich durch die Anwesenheit der Beamten bedroht, so als könnten sie den Mörder damit in ihre Nähe locken. Nachdem sie sie mehrmals gebeten hatte, zu gehen, gaben sie es schließlich auf. Die Kommissare hatten bemerkt, dass sie keine Informationen für sie hatte.

Doch sie waren wiedergekommen, nach einiger Zeit. Ob ihr nicht doch noch etwas eingefallen wäre, wollten sie wissen. Marlene war wie gelähmt. Wieso in Gottes Namen ließ man sie nicht in Ruhe? Merkten die Ermittler nicht, dass sie ihr damit Angst machten? Was, wenn der Killer Kenntnis davon hatte, wo sich die Kommissare aufhielten? Sie hatte sich nicht anders zu helfen gewusst und zu toben begonnen, was nicht unbemerkt geblieben war. Nach kurzer Zeit waren zwei ihrer Nachbarn zur Stelle gewesen und hatten dafür gesorgt, dass die Polizisten verschwanden.

Marlene wusste gar nicht mehr, wie die beiden ausgesehen hatten. Schließlich hatte sie kaum etwas zu tun mit ihren Nachbarn.

Sie erinnerte sich jedoch an die Tatsache, dass sie sich nach der Auseinandersetzung mit den Beamten unter Tränen bei ihnen bedankt hatte. Ein paar Mal hatte sie danach mit ihnen geredet, nichts von Belang. Die Erinnerung an die zwei verblasste mit der Zeit.

Marlene war nie in den Sinn gekommen, sich im Haus bezüglich des Mordes und den damit laufenden Ermittlungen zu erkundigen. Sie wusste also nicht, ob die anderen Bewohner auch so oft deswegen befragt wurden. Zu groß war die Angst, unangenehme Details zu erfahren, falls jemand von ihnen mehr wusste als sie selbst.

Ihr Leben war seitdem nicht mehr das, was es einmal war. Wenn Markus an ihrer Seite war, konnte sie ihre Angst überwinden und nach draußen gehen. Er war einer der wenigen Menschen, die sie an sich ranließ. Und Daria. Sie erledigte für Marlene Einkäufe und andere Kleinigkeiten für wenig Entgelt. Natürlich wäre sie imstande, selbst einkaufen zu gehen, aber solange es sich vermeiden ließ, konnte es ihr nur recht sein. Wenn Daria ihre Besorgungen erledigt hatte, half sie sogar im Haushalt mit. Marlene hatte sie kurz nach ihrem Schwächeanfall eingestellt.

Bei Markus fühlte sie sich sicher. Er holte sie stets von zu Hause ab und brachte sie auch wieder zurück. Ein richtiger Gentleman.

„Wirst du von nun an nur noch solche Romane annehmen?“ Mit dieser Frage riss er sie aus ihren Gedanken.

„Hm?“ Sie hatte ihm gar nicht richtig zugehört.

„Ob du nur noch Erotikgeschichten annimmst.“

„Weiß nicht. Zurzeit gefällt mir die Arbeit.“

„Aber du musst doch wissen, wie es für dich weitergeht.“

„Als Nächstes ist vielleicht wieder ein Krimi dran, mal sehen.“

Markus lehnte sich zurück, verschränkte die Arme vor der Brust und musterte sie. „Bei Krimis warst du schon eine echte Spezialistin. Lass dein Ziel nicht aus den Augen."

Ziel? Welches Ziel? Ihr Ziel war es, den Tag zu überleben. Das Gespräch mit Markus strengte sie heute an. Sie wollte nach Hause.

„Soll ich dich zurückbringen?" Als hätte er ihre Gedanken gelesen.

„Ja, bitte."

Wieder bei ihrer Wohnungstür angekommen, bückte sich Marlene, um die Post aufzuheben, die in der Zwischenzeit dort abgelegt wurde. Gewisse Zusteller hatten es noch immer nicht begriffen, dass es Briefkästen dafür gab.

„Ist das die Post?", fragte Markus zögernd, als wäre es nicht offensichtlich.

Sie nickte, schloss die Tür auf und trat ein. „Sehen wir uns diese Woche noch?"

„Klar. Ich komme vorbei. Zu neunundneunzig Prozent bist du ja sowieso zu Hause", meinte Markus lächelnd. Er kannte sie besser als jeder andere. Sie verabschiedeten sich und nachdem Marlene die Tür geschlossen hatte, steuerte sie auf das Sofa zu. Die Post warf sie im Vorbeigehen auf den Küchentisch.

Sie machte es sich bequem und klappte den Laptop auf. Öffnete das Manuskript, an dem sie gerade arbeitete. Dabei kamen ihr Markus' Worte in den Sinn. *Lass dein Ziel nicht aus den Augen.* Was bitteschön hatte er damit sagen wollen? Fand er es so schlimm, dass sie nun auch Werke anderer Genres lektorierte?

Sie zuckte mit den Schultern und konzentrierte sich auf den Text. In der aktuellen Szene wurden sich gerade mit heftigen Bewegungen die Kleider von den Leibern gerissen. Die Lust der Protagonistin wurde mit einer Intensität beschrieben, die Marlene neu war – zumindest von dieser Autorin. Dieser Absatz war um Längen besser als der vorige.

Sie begann stoßweise zu atmen und bemerkte, dass sie beim Lesen dieser Worte erregt wurde. Und ihre Gedanken drifteten ab. Zu Thomas.

MARLENE

17. November 2019

Gestern hatte sie bis spät in die Nacht gearbeitet. Das Manuskript war zwischendurch so intensiv und fesselnd gewesen, dass sie komplett die Zeit vergessen hatte.

Heute Morgen setzte sie sich mit einer Tasse Tee an den Küchentisch und blätterte die Prospekte durch, die sie am Tag zuvor dort hingelegt hatte. Rabattaktionen in diversen Lebensmittelgeschäften überflog sie, schließlich blieb ihr Blick an einem Flyer hängen, der unter dem letzten Prospekt lag. Er war schlicht, kein Eyecatcher, und dennoch war ihre Aufmerksamkeit auf ihn gerichtet.

„*DAS QUIZ*“ stand in großen Lettern als Überschrift auf dem Zettel. Interessiert las sie weiter.

Haben Sie auch schon mal von einer Auszeit geträumt? Natürlich, wer hat das nicht? Sie können sich Ihren Traum ganz einfach erfüllen! Mit „Das Quiz“ bekommen Sie die Chance, das Paradies wahr werden zu lassen – egal für welche Art von Erholung Sie sich entscheiden.

Dafür benötigt es nur folgende Schritte:

Melden Sie sich an, um bei „Das Quiz“ teilzunehmen.

Sie bekommen täglich eine Frage gestellt, die Sie beantworten müssen (Dazu brauchen Sie weder Lexikon noch Internet.).

Ein großer Pluspunkt: Sie können alles von zu Hause aus erledigen!

Am elften Tag endet „Das Quiz“ und das Beste kommt noch: Sie können sich aussuchen, wohin es gehen soll, zuvor müssen Sie gewisse Fragen wahrheitsgemäß beantworten.

Auf der Rückseite finden Sie das Anmeldeformular, in dem auch der Ablauf geschildert ist.

Haben Sie Lust bekommen? Natürlich haben Sie das!

Melden Sie sich an! Damit ist der erste Schritt ins Paradies getan! Es geht so einfach!

Sie schob die Unterlippe vor und überlegte. Diese Aktion klang ziemlich merkwürdig. Ob es Leute gab, die darauf reinfielen? Marlene schüttelte den Kopf und schmiss den Flyer auf den Stapel, der für den Altpapiercontainer vorgesehen war.

Es dauerte nur wenige Sekunden, bis sie ihn wieder an sich nahm. Zugegebenermaßen machte dieses Quiz sie neugierig. Welche Fragen würden das wohl sein, bei denen man weder Lexikon noch Internet benötigte? Marlene konnte sich keinen Reim darauf machen.

Sie stand auf, um die Prospekte zu entsorgen, den Flyer mit dem Quiz jedoch beschloss sie, vorerst aufzuheben. In der Tat träumte sie von einer Auszeit. Wie gerne sie doch an den Strand fahren würde, egal an welchen! Aber ein Urlaub war ein Ziel, das schon vor langer Zeit in weite Ferne gerückt war. Sie schaffte es ja nicht einmal, ohne Angstzustände alleine das Haus zu verlassen. Ein Ausflug war zwar nicht unmöglich, kostete jedoch etwas. In erster Linie Überwindung. Da fing das Problem schon an. Finanziell stand Marlene nicht unbedingt schlecht da, aber Geld für eine Reise auszugeben, war ihr seit dem Vorfall im Kiosk nicht mehr in den Sinn gekommen.

Jemand klopfte an der Tür. Hatte Daria den Einkauf schon erledigt?

„Da bin ich wieder." Bei der Begrüßung klang sie gutgelaunt. Die gebürtige Afghanin lächelte, nachdem ihr geöffnet wurde und sie mit einer Papiertüte in die Wohnung trat. „Ganz schön kalt heute, brr."

„Oh, habe ich dir Umstände gemacht?"

„Ach. Womit denn?" Daria sah sie kurz an, machte im Anschluss mit der freien Hand eine abwehrende Bewegung, so als wäre ihr in dem Moment wieder eingefallen, dass sie vom Einkaufen kam. „Alles gut bei dir?"

Marlene nickte, während sie beobachtete, wie sie die Tüte auf dem Tisch abstellte. Ihr entging nicht, dass Darias Blick für einen Moment auf dem Flyer vom Quiz hängenblieb.

„Das lag gestern vor meiner Tür", rutschte es Marlene heraus. Warum sie das jetzt gesagt hatte, wusste sie selbst nicht. Eigentlich konnte es Daria egal sein, aber da sie eben einen Eröffnungssatz für eine Konversation ausgesprochen hatte, ging sie darauf ein: „Was meinst du?"

Marlene reichte ihr den Flyer. „Das hier. Sollte wohl eine Art Gewinnspiel sein."

Daria sah abwechselnd von ihr auf das Blatt Papier und schien neugierig zu werden.

„Tatsächlich?", fragte sie nach einer kurzen Schweigepause.

Marlene nickte und meinte schulterzuckend: „Ich weiß nicht, ob ich teilnehmen soll. Klingt für mich ehrlich gesagt nicht ganz koscher."

„Findest du? Hm …"

Marlene bedeutete ihr mit einer Handbewegung, den Zettel umzudrehen. Daraufhin las sich Daria das Anmeldeformular durch.

„Ein Gewinnspiel also …", murmelte sie kaum hörbar.

„Genau." Marlene merkte, wie sie langsam nervös wurde und zu schwitzen begann, dabei war so ein Quiz doch keine große Sache. Na gut, im Falle eines Gewinnes schon. War sie deshalb so aufgeregt? Hatte sie innerlich bereits beschlossen, teilzunehmen? Sie erklärte Daria, dass der Hauptpreis eine erholsame Auszeit war, obwohl es nicht nötig gewesen wäre, immerhin hatte sie sich eben alles durchgelesen. Gespannt wartete sie ihre Reaktion ab.

Als sie nichts dazu sagte, warf auch Marlene einen Blick auf den Flyer und las sich die Spielregeln durch, die sie vorhin nur überflogen hatte. Die wichtigste Voraussetzung für einen Gewinn war Ehrlichkeit, stand da. Erst nachdem sie das letzte Wort beendet hatte, fiel ihr auf, dass sie laut gelesen hatte.

„Also für mich klingt das nicht schlecht. Versuch doch dein Glück“, meinte Daria schließlich, wobei sie nicht ganz überzeugt klang.

„Ich weiß nicht. Außerdem steht hier …“ Marlene nahm ihr den Flyer aus der Hand, „dass man die Fragen täglich geschickt bekommt … und man die Antworten auch wieder bei der Post aufgeben muss.“

Sie war sich bewusst, dass sie nervös geklungen hatte. Zugegebenermaßen war dieses Quiz verlockend, deshalb hoffte sie auf Unterstützung.

Als hätte sie ihre Gedanken gelesen, meinte Daria: „Wenn du willst, übernehme ich das mit der Post.“

„Das würdest du tun? Was verlangst du dafür?“

„Was ich dafür verlange?“ Daria lächelte sie an. „Gar nichts.“

Marlene schielte auf den Flyer und suchte nach einem Absender. Es war irgendeine große Firma, deren Namen sie schon mal gehört hatte. Vielleicht gab es an der ganzen Sache keinen Haken, dennoch beschlich sie ein beklemmendes Gefühl. „Das klingt ziemlich persönlich. Das mit der Ehrlichkeit. Soll ich mir deswegen Sorgen machen?“

„Ich denke nicht. Einen Versuch ist es wert“, meinte Daria achselzuckend.

Die ganze Sache kam Marlene äußerst merkwürdig vor, aber sie wirkte auch sehr anziehend auf sie. Was hatte sie schon zu verlieren? Im besten Fall würde sie nach zehn richtig beantworteten Fragen am Strand liegen. Und im schlechtesten würde sie hier in ihrer Wohnung weiterleben wie bisher.

„Überleg's dir“, meinte Daria noch beim Hinausgehen.

Das würde sie tun.

MARLENE

18. November 2019

Diese Sache mit dem Quiz hatte sie fast um den Schlaf gebracht. Auch bei dem aktuellen Manuskript war sie kaum vorangekommen. Bereits nach wenigen Absätzen hatte sie aufgrund mangelnder Konzentration abbrechen müssen. Im Endeffekt war Marlene unruhig durch die Wohnung gelaufen, bis sie schließlich ihr Smartphone zur Hand genommen hatte. Die darauffolgende Google-Suche nach dem Quiz war erfolglos gewesen. Dass man etwas heutzutage nicht im Internet fand, war zwar unüblich, aber möglich. Eines war diese Tatsache jedoch gewiss: merkwürdig.

Sie würde eine dritte Meinung brauchen, eindeutig! Daria war ja ganz in Ordnung, aber sie wollte mit jemandem darüber reden, dem sie voll und ganz vertraute. Doch das musste noch warten. Markus war vormittags auf der Arbeit, sie würde ihn daher erst nach dem Mittagessen anrufen.

Er hob nach dem dritten Läuten ab. „Ja, Marlene?“

„Hi. Alles klar?“

„Sicher. Und bei dir?“

„Habe kaum geschlafen.“

„Soll ich vorbeikommen?“

Sie sah auf die Uhr. „Hast du überhaupt schon etwas gegessen?“

„Ich kann mir unterwegs was holen.“

„Okay. Dann …“

„Bis gleich, würde ich mal sagen.“

„Bis gleich.“ Lächelnd legte sie auf. Markus würde ihr schon bei der Entscheidung helfen.

Als er eintrat, klebten noch ein paar Brotkrümel auf seiner Lippe, die er hektisch wegwischte. „So, wo drückt denn der Schuh?", fragte er, als er auf sie zukam.

„Ich muss dir was zeigen."

„So?" Sichtlich interessiert folgte er ihr zum Küchentisch.

„Ich habe hier einen Flyer für ein Quiz bekommen. Was hältst du davon?" Mehr sagte sie gar nicht, als sie ihm den Zettel überreichte. Er antwortete nicht sofort, sondern las sich zuerst alles genau durch – zumindest sah es so aus. „Klingt interessant."

„Aber?"

„Nichts aber. Willst du teilnehmen?"

„Ich weiß nicht so recht … Es kommt mir irgendwie komisch vor. Ich habe danach im Internet gesucht, aber nichts gefunden."

„Das muss nichts heißen."

Marlene spitzte die Lippen und überlegte. Machte sie sich wirklich zu viele Gedanken darüber? Schließlich fragte sie: „Hast du den Flyer auch bekommen?"

„Nein. Vielleicht war er bei der Post dabei und ich habe ihn aus Versehen weggeworfen."

„Wenn du es machen willst, solltest du dich anmelden. Hier. Du hast dir Urlaub verdient", sagte Marlene und reichte ihm einen Stift.

Markus sah sie mit großen Augen an. „Kommt nicht infrage! Das lag vor deiner Tür, also ist es wohl offensichtlich, wer von uns beiden eine Auszeit verdient hat."

„Aber du arbeitest doch so hart."

„Du doch auch. Und außerdem bin ich Arzt. Ich habe genug Geld, um mir …" Er hielt inne. „Tut mir leid. Ich …"

„Schon gut", zischte Marlene und nahm ihm Stift und Flyer aus den Händen. Doch gar nichts war gut. Hätte er den Satz vollendet, wäre sie zutiefst gekränkt. Dachte er etwa, er sei etwas Besseres, weil er mehr Geld verdiente als sie? Und sie „nur" eine Lektorin war, die sich keinen Luxus leisten konnte?

„Jetzt sei bitte nicht eingeschnappt."

„Schon gut", wiederholte sie schnippisch. „Ich verstehe ja, dass ein reicher Mann wie du so etwas nicht nötig hat."

„Das wollte ich damit nicht sagen und das weißt du."

Energisch füllte sie das Anmeldeformular aus. Dass Markus die Situation unangenehm war, spürte sie deutlich. Aber sie war sauer auf ihn. Das erste Mal überhaupt. Sie konnte nichts dagegen tun. Im Normalfall würde sie ihm gegenüber anders reagieren, aber auch die nächste Aussage rutschte einfach so über ihre Lippen: „So, bitte! Ausgefüllt! Bist du nun zufrieden? Die arme Schluckerin macht bei einem Gewinnspiel mit, weil sie mit ihrem armseligen Job zu wenig Kohle verdient, um sich einen Urlaub leisten zu können."

„Bitte, Marlene, sei nicht sauer auf mich."

„Gibst du dich deshalb mit mir ab? Weil du dich dann besser und stärker fühlst? Brauchst du das, ja? Brauchst du eine arme, schwache Freundin, die selbst nichts auf die Reihe kriegt?" Ihre Stimme wurde lauter und sie gab Dinge von sich, die sie nie von Markus zu denken gewagt hätte.

„Bitte, beruhige dich doch. Ich habe es nicht so gemeint."

Sie benahm sich furchtbar. Ihre Augen füllten sich mit Tränen, als ihr bewusst wurde, dass sie auf dem besten Weg war, den einzigen Menschen, der ihr etwas bedeutete, von sich wegzustoßen.

Markus nahm ihr vorsichtig den Flyer aus der Hand und legte ihn mitsamt Stift wieder auf den Küchentisch. „Hör zu. Du wolltest meine Meinung hören. Und ich kann dir nur sagen, was ich darüber denke. Ich finde, du solltest die Chance ergreifen."

Marlene nickte, während ihr Tränen über die Wangen liefen. Warum blieb Markus so ruhig? Warum war er so nett zu ihr?

„Und noch etwas: Du bist mir wichtig. Deshalb *gebe ich mich mit dir ab*. Vielleicht ist dieser Gewinn genau das, was dir im letzten Jahr gefehlt hat."

„Warum sagst du so nette Sachen zu mir, obwohl ich so ein Arschloch bin?“

Er begann zu lachen. „Du bist einfach nur überarbeitet und müde, da rastet jeder mal aus. Ich kenn dich doch. So bist du normalerweise nicht.“

Sie war dankbar für diese Worte und schmiegte sich mit ihren nassen Wangen an Markus' Brust. Er erwiderte die Umarmung zaghaft, drückte Marlene jedoch nach wenigen Sekunden wieder von sich weg. „Ist sonst alles in Ordnung?“

Sein Blick war voller Sorge.

„Ja. Tut mir leid“, murmelte sie und bemühte sich um eine ruhige Atmung.

Plötzlich ertönte ein Klopfen an der Tür.

Marlene war verwundert. Sie erwartete niemanden.

MARLENE

Etwa ein Jahr zuvor

Ein Kribbeln durchfuhr ihren schlanken Körper, als sie in die Stöckelschuhe schlüpfte und sich das rote Kleid überzog. Sie zupfte an den Spaghettiträgern, um sich zu vergewissern, dass es auch gut saß. Sie musste hinreißend aussehen! Ob sie Thomas gefallen würde?

Marlenes Blick glitt zur Box, in der die Halskette lag. Diese würde sie nun nicht mehr brauchen. Sie griff sich an den Hals und bekam ihre Kette zu fassen. Der Anhänger war ein halbes Herz mit dem Buchstaben M für Marlene. Die andere Hälfte befand sich in der Schatulle, die auf dem Boden lag.

Obwohl sich jede Faser ihres Körpers dagegen sträubte, schaffte sie es nicht, sie zurückzulassen. Marlene bückte sich und hob die Box auf, dann verschwand diese in ihrer Tasche, welche viel zu groß war und so gar nicht zu dem hübschen roten Kleid, das sie trug, passte. Egal.

Bevor sie den Raum verließ, drehte sie sich noch einmal um und sah zu dem Stuhl, der umgekippt war. Sie hatte nicht vor, ihn wieder hinzustellen. Dann lächelte sie und löschte das Licht.

Im Wohnzimmer angekommen, warf sie ihre Tasche in eine Ecke und schenkte sich Rotwein ein, der bereits auf dem Couchtisch stand. Das Etikett ließ vermuten, dass er nicht billig gewesen war. Zwei Gläser waren daneben positioniert. Es würde ein schöner Abend werden. Trotz ihrer Nervosität waren Marlenes Hände erstaunlich ruhig. Kein Zittern, keine feuchten Handflächen.

Sie nahm einen kleinen Schluck. Oh, ein vorzüglicher Tropfen! Na, da konnte ein weiterer Schluck nicht schaden. Schwups! Das erste Glas war leer. Ihr entkam ein „Mmh“

und sie schenkte nach. Kein Vergleich zu dem Sekt, den sie zuvor getrunken hatte. Dann spazierte sie durch die Räume und sah sich um. Ihr Weg führte in die Küche, wo sie das prickelnde Gesöff von vorhin in die Spüle kippte und die Gläser abwusch. Dann drehte sie weiter ihre Runde, zuerst im oberen Stockwerk, wo sie sich im Schlafzimmer und im Bad umsah. Dort trug sie Parfüm auf.

Während sie an ihrem zweiten Glas Wein nippte und wieder ins Wohnzimmer zurückkam, wanderte ihr Blick zu der Handtasche. Ihre Gedanken waren bei dem Anhänger. Da fiel ihr ein, dass sie ihre Halskette noch trug. Schnell runter damit! Marlene stellte das Glas ab und versuchte, den Verschluss mit hektischen Bewegungen zu öffnen. Jetzt begannen ihre Hände unkontrolliert zu zittern, das konnte sie gar nicht gebrauchen!

„Scheiße“, fluchte sie, da sie den zierlichen Verschluss nicht öffnen konnte. „Geh schon auf, du verfluchtes Ding.“

Doch es gelang ihr nicht. Zornig riss sie an der Halskette und zerstörte sie somit. Sie ging mit eiligen Schritten zu ihrer Tasche, um die Box zu öffnen. Zum Vorschein kam die andere Herzhälfte. Die mit dem eingravierten T. Marlene legte ihre Kette dazu und ließ die Box wieder in der Tasche verschwinden.

Es klingelte. Endlich!

Sie strich noch einmal über ihr Kleid und atmete tief durch. Als sie zur Tür ging, durchfuhr sie ein Gedanke: Warum hatte sie ihre Hälfte des Herzes zu der anderen gelegt? Die beiden waren getrennt, eindeutig. Ihre Verbindung gehörte der Vergangenheit an. Am liebsten wäre sie nochmal zurückgelaufen und hätte den anderen Anhänger herausgenommen. Sie wäre mit ihren Schuhen draufgetreten. Nein, das hätte nichts genutzt. Mit einem Hammer hätte sie ihn bearbeitet. Doch dafür hatte sie jetzt keine Zeit.

Es klingelte erneut. Mit pochendem Herzen öffnete sie die Tür. Ihrem Gegenüber blieben die Worte im Hals stecken, als sie mit ihrem verführerischen roten Kleid vor ihm stand.

„Wow", entkam es Thomas schließlich, bevor sie sich ihm an den Hals warf und ihn küsste. Er erwiderte den Kuss und legte seine linke Hand auf ihren Rücken. In der anderen hielt er einen Blumenstrauß. Nicht gerade einfallsreich für solch einen besonderen Anlass, aber sie war über jede noch so kleine Aufmerksamkeit von ihm erfreut. Sie würde ihn nicht wieder gehen lassen – niemals.

MARLENE

18. November 2019

„Willst du nicht aufmachen?“ Markus’ Worte rissen sie aus ihrer Erstarrung.

„Was? Oh. Klar.“

Marlene öffnete die Tür und stand kurz darauf Daria gegenüber.

Das überraschte sie. Sie hatte sie heute weder mit Einkäufen noch mit etwas anderem beauftragt. Markus und ihr unerwarteter Gast nickten sich höflich zu.

„Kennt ihr euch?“, rutschte es Marlene heraus. War das eben taktlos gewesen? Sollte sie Daria hereinbitten? Was wollte sie hier eigentlich?

Keiner beantwortete ihre Frage.

„Also, wir sehen uns“, sagte Markus und verschwand winkend aus ihrer Wohnung. Marlene sah ihm mit großen Augen hinterher.

„Alles in Ordnung?“, wollte Daria wissen und musterte sie.

„Ja. Ähm. Was … Was führt dich zu mir?“

„Ich dachte, du könntest Hilfe im Haushalt gebrauchen.“ Sie wedelte mit einem Lappen, der Marlene erst in diesem Moment auffiel.

„Das ist ja nett …“, begann sie, was Daria anscheinend als Aufforderung interpretierte, das Bad zu putzen. Im Nu verschwand sie hinter der Tür, die dorthin führte und fragte: „Bist du hier drin fertig?“

„Ja“, antwortete Marlene verdutzt und folgte ihr.

Daria war schon dabei, die Duschkabine zu putzen, wobei sie aussah, als wolle sie einen Zeitrekord aufstellen.

„Dir geht es heute gut?“, fragte sie, ohne eine Pause einzulegen.

Marlene war dankbar für ihren Einsatz, dennoch fand sie es eigenartig, dass sie vorbeigekommen war. Sie stand im Türrahmen und bejahte. Die Situation war ihr nicht ganz geheuer, weil Daria unaufgefordert aufgetaucht war. Noch ehe sie diese Tatsache ansprechen konnte, bekam sie die nächste Frage gestellt: „Hast du dir diese Sache mit dem Quiz überlegt?"

„Ich habe vorhin mit Markus diesbezüglich geredet", antwortete sie, bevor sie darüber nachdenken konnte, ob es die richtige Entscheidung gewesen war, ihr davon zu erzählen.

Daria sah sie mit hochgezogenen Augenbrauen an. Da fiel Marlene ein, dass sie ihr Markus vorhin nicht vorgestellt hatte.

„Der Mann, der eben noch hier war", erklärte sie.

„Verstehe." Daria hielt kurz inne, dann galt ihre Aufmerksamkeit wieder der Duschkabine. „Und? Was sagt er dazu?"

„Im Grunde ist er derselben Meinung wie du."

„Und welcher Meinung bist *du*?"

Das Gespräch mit Markus wiederholte sich in ihrem Kopf. „Vielleicht habt ihr ja recht."

Daria lächelte sie an und widmete sich als Nächstes der Toilette. Marlene verschwand kurz in der Küche, wo sie das ausgefüllte Formular in ein Kuvert steckte und damit wieder ins Badezimmer zurückging. „Ich habe schon alles eingetragen."

„Soll ich es für dich aufgeben?"

„Wenn dein Angebot noch gilt …"

„Selbstverständlich!" Daria nahm den Umschlag an sich. „Du wirst schon sehen, das war die richtige Entscheidung."

„Was habe ich schon zu verlieren?", meinte Marlene schulterzuckend und bemühte sich um ein Lächeln.

Nachdem auch das Waschbecken glänzte wie neu und sie sich verabschiedet hatten, schloss sie die Tür ab und ging zu ihrem Laptop. Es war an der Zeit, mal wieder zu arbeiten.

MARLENE

Tag 1 – 19. November 2019

„Wärst du so lieb und räumst die Einkäufe weg?", fragte sie Daria. Sie wirkte überrascht, lächelte jedoch, als sie eintrat. Sie ging in die Küche und tat, wie ihr geheißen.

Währenddessen nahm Marlene im Wohnzimmer Platz und öffnete den Umschlag, den sie ihr mitgebracht hatte. Heute würde sie die erste Frage beantworten. Sie war gespannt, was auf sie zukam. Aufgeregt zog sie ein Blatt Papier hervor und las das darauf Geschriebene:

DAS QUIZ

Wir freuen uns, Sie bei unserem Quiz willkommen zu heißen! Sie haben sich also für eine erholsame Auszeit entschieden. Zu gewinnen gibt es eine Reise ins Paradies Ihrer Wahl. Wo dabei der Haken ist, fragen Sie sich? Es gibt keinen!

Die Schwierigkeitsstufen steigern sich täglich, dennoch werden Sie weder Lexikon noch Hilfe aus dem Internet benötigen. *Das Quiz* endet nach zehn Fragen. Am elften Tag erfahren Sie, ob Sie gewonnen haben oder nicht. Wir drücken Ihnen die Daumen! Nun starten wir mit Frage eins:

Für welche Art von Auszeit würden Sie sich entscheiden?

a.) Städtetrip
b.) Strandurlaub
c.) Wanderreise

Das war ja einfach. Marlene nahm einen Kugelschreiber zur Hand und kreuzte die zweite Antwortmöglichkeit an. Ein Städtetrip wäre ihr zu hektisch, zu viel Lärm, zu viele Gefahren. Da konnte sie genauso gut zu Hause bleiben. Dazu musste sie nur einen Fuß vor die Tür setzen. Und ein erholsamer Aufenthalt in den Bergen? Klang eigentlich verlockend. Die Stille, die Einsamkeit ... Dort würde sie sich gut erholen können. Aber ein Strandurlaub stand ganz oben auf ihrer Wunschliste. Hauptsache, weit weg. Fort von der unsichtbaren Gefahr, die sie umgab.

Für diese Frage hatte sie nicht lange überlegen müssen. Aber es war ja auch die erste und somit die einfachste.

„Schon ausgefüllt?“ Plötzlich stand Daria neben ihr. Sie hatte ganz vergessen, dass sie auch noch da war.

„Ja“, sagte Marlene knapp und steckte den Zettel zurück in das Kuvert.

„War die Frage schwer?“, wollte Daria wissen, während sie es annahm.

Marlene schüttelte den Kopf und konnte sich ein Grinsen nicht verkneifen. Wenn *Das Quiz* so weiterging, war das ein Kinderspiel.

Nachdem sie sich verabschiedet hatten, überlegte sie, ob sie Markus anrufen und ihm stolz mitteilen sollte, die erste Frage beantwortet zu haben. Obwohl, eine beeindruckende Leistung war das auch nicht wirklich gewesen. Sie entschied sich dagegen und machte sich etwas zu essen.

Mit einer Gemüsepaella setzte sie sich schließlich an ihren Schreibtisch und klappte den Laptop auf.

Sie war guter Dinge. *Das Quiz* hatte sich nicht als unüberwindbare Herausforderung entpuppt und so konnte sie sich ganz in Ruhe dem Manuskript widmen, mit dem sie wahrscheinlich heute noch fertig werden würde.

Während sie den heißen Reis aß, wanderten ihre Blicke über die Zeilen des letzten Kapitels. Dabei musste sie an Markus' Reaktion denken, als sie ihm von ihrem Genrewechsel erzählt hatte.

In der aktuellen Szene ging es heiß her und Marlene verbrannte sich an der Paella. Gierig trank sie ein paar Schlucke Wasser nach, um ihre Zunge zu kühlen.

Sie beschloss, langsamer zu essen und konzentrierte sich wieder auf das Manuskript.

Heute würden sie es das letzte Mal tun. Das wussten sie beide, obwohl es niemand von ihnen ausgesprochen hatte. Der Raum war nur schwach beleuchtet, als seine kräftigen Hände sie an der Hüfte packten und sie wild zu sich zogen. Zwischen seinen Beinen konnte sie jedoch keine Erektion spüren. Das machte sie wütend.

Ihre Hand traf ihn an der Wange, als sie ihn anfauchte: „Reiß dich gefälligst zusammen!"

Er nickte und umfasste ihren Kopf – etwas zu grob, fand sie. Dann drückte er seine Lippen auf ihre, dabei krallten sich seine Finger in ihre Haare. Heute war ihr Geburtstag, das war ein besonderer Tag. Sie wollte flachgelegt werden, um jeden Preis. Mit hastigen Bewegungen öffnete sie seinen Gürtel.

„Willst du das wirklich?", nuschelte er zwischen den Küssen.

Was sollte diese Frage? Sie trat einen Schritt zurück und sah ihn enttäuscht an. Seine Hose hing an seinen Knöcheln. Schwer atmend fuhr sie sich durch die Haare und drehte sich zur Seite, um ihm ein Glas Wein einzuschenken. Sie lächelte verführerisch, als sie es ihm überreichte und flüsterte ihm ins Ohr: „Entspann dich."

Er nahm einen großen Schluck und ließ es geschehen. Währenddessen kniete sie sich auf den Boden und nahm seinen Schwanz in den Mund. Ein tiefes Stöhnen drang aus seiner Kehle, als er das Glas fallen ließ und ihren Kopf mit beiden Händen umfasste.

MARLENE

Tag 2

Sie war gestern nicht mit dem Lektorieren des Manuskriptes fertig geworden. Heute würde sie sich nochmal dransetzen müssen.

Es war zehn Uhr vormittags und sie wartete wie auf Nadeln auf das nächste Kuvert. Dabei stellte sie sich die Frage, ob sie Daria zu viel zugemutet hatte, da sie täglich wegen ihr zur Post gehen musste. Andererseits hatte sie es Marlene angeboten.

Da klopfte es auch schon an der Tür. Wenige Sekunden darauf hielt sie den Umschlag in Händen. Heute hatte Daria keine Einkaufstüte dabei.

„Ich fülle es gleich aus, warte einen Moment", meinte Marlene.

„Keine Hektik. Ich mache in der Zwischenzeit sauber."

Sie wusste Darias Hilfsbereitschaft und Drang zur Sauberkeit zu schätzen, dennoch fühlte sie sich nicht sonderlich wohl, wenn sie von selbst an die Arbeit ging. Das gab Marlene stets das Gefühl, als würde sie in einem Drecksloch wohnen, das nur darauf wartete, geputzt zu werden. Nichtsdestotrotz nickte sie und zog sich ins Wohnzimmer zurück, während Daria den Staubsauger anschmiss.

Ungeduldig riss sie das Kuvert auf und holte den Zettel hervor.

DAS QUIZ

Sie haben sich für den Strand entschieden. Eine gute Wahl. Sie haben Erholung mehr als nötig und wo könnten Sie besser entspannen als am Meer? Wir gratulieren Ihnen zu Ihrer ersten korrekten Antwort! Frage zwei:

Mit welchem Verkehrsmittel würden Sie Ihr paradiesisches Ziel bereisen?

a.) Mit dem Auto
b.) Mit dem Flugzeug
c.) Mit dem Zug

Marlene war überrascht. Selbst wenn die Umschläge mit ihren Antworten per Expresspost zugestellt wurden, wäre es zeitlich nicht machbar, dass sie jetzt schon wieder ein Kuvert mit der Auflösung in Händen hielt. Sie musste schlucken und begann zu überlegen. Wie sie es auch drehte und wendete, es war schlicht und einfach unmöglich – Daria hatte erst gestern Marlenes Antworten aufgegeben.

Eigentlich war sie davon ausgegangen, dass sie am Schluss erfahren würde, wie sie abgeschnitten hatte, zumindest hatte sie das gestern gelesen. Obwohl es auf diese Weise keinen Sinn ergeben würde, da ein Quiz im Falle einer falschen Antwort für gewöhnlich endete. Daher war eine tägliche Auflösung rationaler. Dennoch war der Zeitraum dafür eindeutig zu kurz.

Ihr fiel nur eine Möglichkeit ein: Die Zentrale dieses Gewinnspiels befand sich in unmittelbarer Nähe, vielleicht kooperierte man auch mit der Post und hatte dort einen Angestellten, der die Antworten auswertete.

Blödsinn! Marlene schüttelte den Kopf und beschloss, nicht allzu viele Gedanken daran zu verschwenden. Es war einfach nur ein Quiz, sie würde schon nicht in dubiose Machenschaften verwickelt werden.

Sie konzentrierte sich wieder auf die heutige Frage und kreuzte die erste Antwort an. Ein Flugzeug kam für sie nicht infrage, obwohl damit ein Großteil der schönen Sandstrände wegfallen würde. Aber es gab ja auch an Europas Festland schöne Buchten, an denen man die Seele baumeln lassen konnte. Und Zugfahren? Eher nicht. Sie zog es vor, alleine zu sein. Im Zug müsste sie sich womöglich mit wildfremden

Leuten unterhalten – ebenso wie im Flugzeug – und das entsprach so gar nicht ihrer Vorstellung von Urlaub.

Sie überreichte Daria den Umschlag, nachdem diese fertig gesaugt hatte.

Als sie wieder alleine war, dachte sie über die Worte nach, die vor der Frage gestanden hatten. Ihre erste Antwort war richtig gewesen. Eigentlich sollte sie diese Tatsache freuen, doch merkwürdig fand sie das schon. Wäre es also falsch gewesen, wenn sie sich für eine Auszeit in den Bergen entschieden hätte? Oder für einen Städtetrip? Denn eigentlich gab es hierbei kein *Richtig* oder *Falsch*.

Marlene kam ins Grübeln, doch sie fand keine Antwort. Vielleicht organisierte dieses Quiz nur Strandurlaube und sie hatte einfach Glück, dass sie ausgerechnet dieses Ziel vor Augen hatte. Außerdem war der Gewinn ja eine Reise ins Paradies. Wenn Menschen dieses Wort hörten, dachten die meisten automatisch an einen endlosen, weißen Sandstrand. Marlene hatte vermutlich geschickt zwischen den Zeilen gelesen und richtig geantwortet. Sie freute sich schon auf den nächsten Umschlag.

Sie beschloss, vor dem Mittagessen noch ein wenig zu arbeiten und fuhr den Laptop hoch. Eine ungelesene Mail blinkte in ihrem Postfach auf. Interessiert öffnete sie diese. Ein neuer Auftrag – das war ein gutes Timing, denn viel Arbeit hatte sie beim aktuellen Manuskript nicht mehr. Ein Blitz durchfuhr sie, als sie den Titel des Romans las. Das klang nach einem Krimi. Sie hatte sich zwar vorgenommen, sich nach dem jetzigen Auftrag wieder auf ihre ursprünglichen Genres zu fokussieren, doch mit dem Erotikroman fühlte sie sich ehrlich gesagt wohl. Jetzt wieder in ein blutiges Gebiet zu wechseln, war womöglich keine gute Idee. Sollte sie ihren Boss anrufen?

Sie schielte zu ihrem Smartphone, verwarf den Gedanken jedoch wieder. Vielleicht war die Geschichte ja ganz okay. Sie sollte ihr eine Chance geben. Trotzdem schmerzte es in ihrem Inneren, wenn sie daran dachte, dass der letzte Tag mit dem Erotikroman angebrochen war.

Mit einem Seufzen nahm sie den neuen Auftrag an. Dann öffnete sie zum letzten Mal das Manuskript, das ihr zugegebenermaßen ans Herz gewachsen war.

Im Schlafzimmer angelangt, gab es kein Halten mehr. Seine Erektion war mittlerweile deutlich zu spüren. Sie schlüpfte aus ihrem Kleid und wurde sogleich auf das Bett gedrückt. Ihre Finger krallten sich in sein kurzes Haar. Er schmeckte nach Wein. Sie stöhnte auf, noch bevor er in sie eindrang. Noch nie hatte sie jemanden so sehr gewollt wie ihn in diesem Augenblick. Er gehörte ihr, nur ihr ganz allein. Dass er die Nacht zuvor wahrscheinlich noch eine andere gefickt hatte, war ihr egal. Die Tussi war Geschichte, das ließ er sie wissen, indem er ihr ins Ohr hauchte: „Ich liebe dich."

Das waren die Worte gewesen, die sie schon immer von ihm hatte hören wollen.

„Ich liebe dich auch", sagte sie voller Ekstase und schlang ihre Arme um ihn. In der Dunkelheit des Schlafzimmers tastete sie seinen perfekten Körper ab. Sie rieb sich daran und konnte es kaum abwarten, ihn in sich zu spüren.

Endlich geschah es. Ihr langersehnter Wunsch ging in Erfüllung, als er ihr seinen harten Penis zwischen die Beine rammte. Er war alles andere als zärtlich, aber das hatte sie auch nicht von ihm erwartet. Es war genau so, wie sie es sich immer erträumt hatte. Während sie stöhnte und einem Orgasmus entgegenfieberte, rann eine Träne ihre Wange hinab. Noch nie zuvor war sie so glücklich gewesen. Diese Nacht würde sie nie wieder vergessen. Und alles hatte mit einem Verbrechen begonnen. Doch das war es wert gewesen.

Nachdem sie beide gekommen waren, drückte er seinen Kopf gegen ihre Schulter. Lächelnd fuhr sie ihm durch das Haar. Sie war sich sicher, dass diese Nacht ihr Leben verändert hatte.

Am nächsten Tag wurde sie unsanft geweckt. Sie hörte sein Geschrei schon von unten. Es folgte wildes Getrampel auf der Treppe. Ängstlich öffnete sie die Augen. Ein Schauer durchfuhr sie, dann bemerkte sie, dass ihre Beine nicht zugedeckt waren.

„Du Hure!", schrie er, als er den Raum betrat und sie anstarrte. Er hatte sich wieder sein Outfit von gestern angezogen, fiel ihr auf. Ihr wäre es lieber gewesen, wenn er sie nackt aus dem Land der Träume geholt hätte. Sein Tonfall gefiel ihr gar nicht. Sie setzte sich auf und wollte gerade etwas sagen, als er auf sie zustürmte und ihr eine Ohrfeige gab, die sie mit voller Wucht zurückfallen ließ. Erschrocken hielt sie sich die Wange und sah zu ihm auf. Noch bevor sie etwas erwidern konnte, griffen seine Hände um ihren Hals und drückten zu.

Was hatte er vor? Wollte er sie umbringen? Sie schlug wie wild um sich. Wenn er sie loslassen würde, könnte sie ihm alles erklären!

Ihre Sicht wurde verschwommen, als sie sah, wie wild gestikulierende Leute den Raum betraten …

Mit diesem Satz endete das Manuskript. Marlenes Shirt war durchgeschwitzt. Wie gebannt starrte sie auf den Bildschirm. Der Erotikroman hatte sich zum Schluss als Erotikthriller entpuppt. Dieses Ende sorgte dafür, dass ihr übel wurde. Marlene griff nach ihrem Wasserglas, das sie beim Arbeiten stets neben dem Laptop stehen hatte und leerte es in einem Zug. Mit solch einem dramatischen Ausgang hatte sie nicht gerechnet. Dazu kam dieser unerwartete Cliffhanger. Sie fragte sich, was den namenlosen Verehrer dazu veranlasst hatte, auf die Protagonistin loszugehen. Das erforderte Erklärungsbedarf und das würde sie auch anmerken. Es sei denn, die Autorin hatte vor, eine Fortsetzung zu schreiben.

Marlenes Finger flogen über die Tasten und sie öffnete ein neues Dokument, in dem sie eine Zusammenfassung über ihre Meinung zu dem Manuskript preisgab. Zusammen mit dem lektorierten Roman schickte sie es wieder an die Erstellerin zurück.

Sie würde mindestens einen Tag brauchen, bis sie sich dem neuen Auftrag widmen könnte. Zuerst musste sie diese Geschichte sacken lassen.

MARLENE

Tag 3

Das laute Klopfen riss sie aus ihrem Schlaf.

Marlene sog die Luft ein, während sie sich aufsetzte. Sie hatte schlecht geträumt. Ihre dunkelblonden Haare klebten im Nacken und auch an ihren Fußsohlen nahm sie Feuchtigkeit wahr – obwohl ihre Zehen eiskalt waren. Sie musste sich orientieren und blickte sich hektisch im Raum um. Na, wenigstens war sie zu Hause.

Ein weiteres Klopfen sorgte dafür, dass sie mit Schwung die Beine auf den Boden setzte. Marlene erhob sich nur langsam aus ihrem schmalen Bett, da sie befürchtete, einen Schwindelanfall zu erleiden. Der blieb zum Glück aus. Ein Doppelbett besaß sie schon lange nicht mehr. Mittlerweile war ihr klargeworden, dass sie alleine alt werden würde. Außerdem brauchte ein Einzelbett viel weniger Platz.

Sie zog sich einen Bademantel über und ging zur Tür, die sie innerhalb weniger Sekunden erreicht hatte. Ihre Wohnung war so klein wie sich Marlene oft fühlte: winzig, unbedeutend … und doch war sie alles, was sie hatte.

„Na, so lange geschlafen?", fragte Daria, der sie kurz darauf gegenüberstand.

Marlene sah an sich herab. Ihr war es egal, in einem zerknitterten Bademantel Besuch zu empfangen. Sie hatte schlecht geträumt, angesichts dieser Tatsache sah sie wahrscheinlich ganz akzeptabel aus.

Daria überreichte ihr wortlos ein paar Magazine, ganz oben lag ein Kuvert, das Marlene schon kannte. „Ich fülle es gleich aus, dann kannst du es wieder aufgeben."

Mit einem Lächeln trat Daria ein und platzierte die Zeitschriften mit den Worten „Die habe ich für dich mitgebracht“ auf dem Küchentisch. Marlene nickte ihr dankend zu und öffnete den Umschlag.

DAS QUIZ

Sie haben Antwort „a“ gewählt. Leider ist diese falsch, denn Sie besitzen kein Auto. Natürlich könnten Sie sich eines kaufen, aber „c“ – mit dem Zug – wäre richtig gewesen. Sie sollten besser korrekte Antworten geben. Frage drei:

Mit wem würden Sie die Reise antreten?

a.) Mit der Familie
b.) Mit einer auserwählten Person
c.) Alleine

Ihre vorige Antwort war falsch gewesen? Wie war so etwas möglich? Und warum wurde behauptet, sie habe kein Auto? Marlene schielte kurz zu Daria und überlegte, ob sie ihr das Schreiben zeigen sollte. Aber was würde das ändern? Ihre Augen konzentrierten sich wieder auf *Das Quiz* und sie überlegte. Vielleicht wollte man nur sichergehen, dass sie ohne Stress verreisen würde. Somit musste sie sich nicht um das Tanken kümmern und auch die Gefahr, in einen Stau zu geraten, war ausgeschlossen. Dass sie sich in einem Zug – unter fremden Menschen – erst recht in einer stressigen Situation befand, konnte niemand außer ihr wissen.

Hieß das, dass sie im Falle eines Gewinnes nun mit dem Zug verreisen *musste?*

Und wieso ging *Das Quiz* überhaupt weiter? Wenn sie bereits eine falsche Antwort gegeben hatte, müsste sie doch eigentlich rausgeflogen sein, oder? Bekam sie eine zweite Chance? Und falls ja, warum?

Sie rief sich den Flyer ins Gedächtnis, auf dem der Ablauf des Gewinnspiels geschildert gewesen war. *... zuvor müssen Sie gewisse Fragen wahrheitsgemäß beantworten.*

Gewisse Fragen? Nirgends war zu lesen gewesen, dass sie *alle* richtig beantworten musste. Der Gedanke, dass hier irgendetwas nicht mit rechten Dingen zuging, schlich sich wieder in ihren Kopf. Sollte sie *Das Quiz* abbrechen? Jetzt schon?

„Ist die Frage schwer?“, wollte Daria wissen.

Marlene sah auf und schüttelte den Kopf. „Ich hab’s gleich.“

Die Neugierde war schließlich stärker als das Gefühl der Beklommenheit. So wie es aussah, war die Möglichkeit eines Gewinns noch nicht ausgeschlossen, warum auch immer. Sie konzentrierte sich wieder auf die Tatsache, dass sie die Reise mit dem Zug antreten würde. Würde sie das Risiko eingehen? Zusammengepfercht mit Fremden in einem öffentlichen Verkehrsmittel, wo sich jeder Dahergelaufene zu ihr setzen und ihr auf die Nerven gehen konnte? Oder noch schlimmer: ihr etwas antun konnte?

Sie musste schlucken. Scheiß drauf. Sie würde es überleben. Sie würde in einen ranzigen Zug steigen und ins gottverdammte Paradies fahren.

Entschlossen nahm sie einen Stift zur Hand und ließ ihn über den Antwortmöglichkeiten schweben. Würde sie jemanden auf ihrer Reise dabeihaben wollen?

Familie? Ausgeschlossen.

Dann eher alleine.

Oder sollte sie … sollte sie Markus fragen, ob er … oder Daria?

Marlene blickte auf und sah in ein Gesicht, das so aussah, als wolle es ihr tausend Fragen stellen.

Nein! Nein! Im Urlaub brauchte sie Ruhe und sonst nichts. Antwort „c“, da war sie sich sicher.

„Erledigt“, sagte Marlene mit einem Grinsen auf den Lippen und überreichte Daria das Kuvert.

„Prima, dann gebe ich es auf.“

Noch bevor sie aus der Tür getreten war, fragte Marlene. „Du, Daria?“

„Ja?“

„Du bringst das Kuvert jetzt zur Post, nehme ich an?“

„Ja."
„Und das nächste?"
Daria trat einen Schritt zurück. Im Treppenhaus sah sie sich um und meinte: „Das liegt jeden Tag vor deiner Tür."
„Also könnte ich es mir auch selbst holen. Schließlich muss ich nur die Tür dazu öffnen", sprach Marlene ihre Gedanken laut aus.
„Könntest du. Trotzdem muss ich kommen. Jemand muss es ja schließlich wieder aufgeben."
„Hm."
„Oder stört es dich, wenn ich das mache?" Plötzlich sah Daria gekränkt aus. Das hatte Marlene auf alle Fälle vermeiden wollen.
„Nein, nein", erwiderte sie rasch und wedelte aufgeregt mit den Händen. „Ich will nur nicht, dass du das extra für mich tust."
„Marlene … Gibt es irgendein Problem? Möchtest du mir etwas sagen?"
Okay, sie hatte sich in jedem Satz falsch ausgedrückt und verfluchte sich innerlich dafür. Warum hatte sie das Thema überhaupt angesprochen? Daria schien diese Last tatsächlich gerne auf sich zu nehmen.
„Weißt du was", begann Marlene lächelnd. „Vergiss es. Ich bin ein Idiot. Ich dachte mir, ich mute dir zu viel zu."
„Das tust du nicht."
„Okay."
„Dann sehen wir uns morgen?"
„Gern."

Als Daria weg war, atmete Marlene tief durch. Ihre Kehle hatte sich bis zu diesem Moment angefühlt wie zugeschnürt. Ob es daran lag, dass *Das Quiz* behauptete, sie habe kein Auto? Oder daran, dass es trotz falscher Antwort weiterging?
Sie sprang unter die Dusche und ließ die Worte, die sie eben gelesen hatte, auf sich wirken. Irgendetwas stimmte hier nicht.

Sie drehte das Wasser ab und stieg aus der Kabine. Während sie sich abtrocknete, kam ihr ein Gedanke: Konnte es sein, dass man sie …?

Ehe Panik von Marlene Besitz ergreifen konnte, schlüpfte sie mit hektischen Bewegungen in frische Kleidung.

Sie musste in die Tiefgarage.

Ehe sie die Wohnungstür erreichte, hielt sie inne. Was tat sie hier eigentlich? Wollte sie sich selbst etwas beweisen? Marlene fand keine Antwort darauf, stattdessen schlich sie auf Zehenspitzen hinaus. Warum sie das tat, wusste sie selbst nicht. Immerhin befand sie sich in ihrem Wohnhaus, was sollte ihr hier schon passieren?

Nachdem sie so leise wie möglich die Tür hinter sich geschlossen hatte, ging sie mit schnellen Schritten zur Treppe. Ihre Wohnung lag im zweiten Stock, also musste sie drei Etagen zurücklegen, um zu ihrem Auto zu kommen. Diesen Weg war sie schon lange nicht mehr gegangen. Und alleine verließ sie ihre Wohnung so gut wie nie. Während sie die Stufen hinabstieg, durchfuhr sie plötzlich eine energiegeladene Welle, bei der sie den Drang verspürte, Luftsprünge zu machen. Woher kam auf einmal diese Freude? Dieses Gefühl der Freiheit? Ihre Beine schienen von selbst das Tempo zu erhöhen, und nachdem sie die letzten Stufen hinabgesprintet war, drückte sie sich gegen die schwere Tür, die sie zu ihrem Ziel führte. Das Licht ging flackernd an. Es war nicht so kühl, wie man es von einer Tiefgarage erwarten würde. Beinahe hatte sie schon vergessen, wie es hier ausgesehen hatte.

Marlene hörte plötzlich Stimmen hinter der Tür. Wahrscheinlich waren es andere Mieter, die zu ihren Autos gingen. Sie kamen immer näher. Sie fuhr sich über ihren kratzigen Pullover und sah sich um. Wo hatte sie ihr Auto geparkt? Ihre Augen scannten die Umgebung nach einem roten Seat ab.

Sie ging durch die Reihen und wurde nicht fündig.

Im nächsten Augenblick waren die Stimmen, die immer lauter geworden waren, in ihrer unmittelbaren Nähe. Marlene begann zu zittern, obwohl in ihrem Inneren eine Hitze tobte, die ihr den Schweiß aus den Poren presste. Wo war ihr Auto? Sie hastete zur letzten Reihe. Dort parkten ein Mercedes, drei Volkswagen, ein Jeep und ein Skoda ... Sollte hier nicht eigentlich auch ihr roter Seat stehen?

Spielte ihr Verstand ihr einen Streich, als sie die feste Umklammerung an ihrem rechten Oberarm spürte?

„Was ...?" Mehr brachte Marlene nicht mehr hervor.

Bevor sie das Bewusstsein verlor, glaubte sie noch, eine weibliche Stimme wahrzunehmen: „Frau Fassberger! Alles ist gut, Sie sind in Sicherheit."

MARLENE
Sommer 2001

„Was soll denn das, du blöde Ziege?“, fragte das Mädchen und zog ein beleidigtes Gesicht. Sie sah albern aus, wenn sie so tat, als sei sie böse. Wahrscheinlich war sie es tatsächlich. Sollte sie doch. Ihr war es egal. Es gab Schlimmeres, als mit einer zickigen Zwölfjährigen abzuhängen.

Marlene sah nach unten und beschloss, keine Antwort darauf zu geben. Sie ließ die Füße baumeln und fragte sich, ob sie sich verletzen würde, wenn sie von dieser Höhe runtersprang.

„Hey!“ Ein dünner Ast traf sie am Oberarm. „Ich rede mit dir!“

Marlene sah nicht hoch. Ihr Blick war auf ihre weißen Strümpfe gerichtet, die in schwarzen Sandalen steckten. Mit der linken Hand umklammerte sie einen Ast, mit der rechten strich sie über einen ihrer Zöpfe. „Glaubst du, man stirbt, wenn man hier runterhüpft?“, fragte sie tonlos.

„Was?“ Das Mädchen schien kurz zu überlegen. Dann antwortete sie in spöttischem Tonfall: „Du kannst es ja gerne ausprobieren.“

„Wieso ich? Traust du dich etwa nicht?“

„Immerhin willst *du* es wissen. Also: spring!“

Marlene kaute auf ihrer Unterlippe herum und hob den Kopf. Sie sah das Mädchen an, das auf einem Ast saß, der etwa einen halben Meter höher lag als ihrer. „Springen wir gemeinsam!“

„Du spinnst wohl“, meinte das Mädchen und schüttelte ihre goldene Haarmähne. Sie war hübsch. Marlene konnte sie nicht leiden.

„Du traust dich ja nur nicht alleine zu springen“, meinte sie dann und sah sie von ihrem höhergelegenen Ast aus an.

Marlene schob die Unterlippe vor und sagte: „Natürlich traue ich mich."

„Nein, tust du nicht. Weil du nämlich ein Hosenscheißer bist." Das Mädchen begann zu lachen und legte die Hand theatralisch auf die Brust. Marlene erkannte die Umrisse eines Büstenhalters.

„Du bist ein kleiner Hosenscheißer und wirst es auch immer bleiben", sagte das Mädchen und griff in ihre Rocktasche, um ein Lipgloss hervorzuholen. Seit wann besaß sie so etwas? Mit geübten Bewegungen trug sie ihn auf ihren Lippen auf. Der Wind wehte eine Erdbeerbrise in Marlenes Richtung. Sie stellte sich vor, wie sie das Mädchen vom Apfelbaum hinunterschubsen würde. Besonders hoch saßen sie nicht, sterben würde sie wohl kaum bei dem Aufprall. Aber vielleicht landete sie ja mit dem Gesicht auf dem Boden und brach sich dabei die Nase? Das wäre lustig.

MARLENE

Tag 3

Ihr Kopf war wie in Watte gehüllt. In ihrem Umfeld nahm sie Stimmen wahr. Waren es dieselben wie noch vor wenigen Augenblicken in der Tiefgarage?

Marlene öffnete langsam die Augen und drehte ihren Kopf. Sonnenlicht schimmerte durch die Vorhänge. Ihre Lippen klebten aufeinander und sie bemerkte, dass sie enormen Durst verspürte. Verschwommen nahm sie in ein paar Metern Entfernung drei Gestalten wahr, die vor sich hin murmelten. Marlene brachte ein leises Krächzen hervor und innerhalb kürzester Zeit waren die Personen bei ihr, eine hielt ihr etwas vor das Gesicht, das im Sonnenlicht, welches sich durch den Vorhangspalt drängte, schimmerte. Wasser!

Marlene setzte sich auf und nahm einen großen Schluck. Ihre Sicht wurde klarer.

„Wie geht es Ihnen?“, fragte die Person, die neben ihr in die Knie gegangen war. Sie drehte sich zur Seite und erkannte, dass es Markus war. Warum er sie siezte, war in diesem Augenblick nicht von Belang. Sie fühlte sich nicht gut und wollte einfach nur, dass sich das so schnell wie möglich änderte.

„Ich weiß nicht“, antwortete Marlene wahrheitsgemäß.

„Trinken Sie noch einen Schluck“, forderte er sie in einem einfühlsamen Tonfall auf.

Sie trank gierig und sah zu den beiden anderen. „Wer sind die?“, fragte sie Markus, anstatt die Fremden direkt anzusprechen. Er drehte sich um und hielt inne.

„Das …“, begann er und wandte sich wieder an Marlene. Er sah so aus, als wäre ihm diese Unterhaltung peinlich. „Hören Sie. Sie sind in der Tiefgarage zusammengebrochen. Diese Leute haben Sie gefunden und … zurückgebracht.“

„Und wer sind sie?“

Markus stützte seinen Kopf auf den Handflächen ab. Sie sah an ihm vorbei und blickte in die zwei Gesichter, die sie – so vermutete sie – schon mal irgendwo gesehen hatte.

„Wir … ähm … Wir kommen von Stockwerk drei“, meinte die Frau mit einem unsicheren Lächeln. „Wir haben Sie zufällig in der Tiefgarage liegen sehen. Wir haben uns schon ein paar Mal im Treppenhaus unterhalten, daher wussten wir, wo Sie wohnen.“

Markus drehte sich zu den beiden um und der Mann, der neben der Frau stand, fügte hinzu: „Die Tür war übrigens nicht abgesperrt. Sonst hätten wir uns nicht erlaubt, in Ihre Wohnung einzudringen, wirklich nicht.“

„Und wie kommst du hierher?“, fragte Marlene Markus, ohne ihren angeblichen Nachbarn länger Aufmerksamkeit zu schenken.

„Sie haben mich angerufen.“

„Ich hoffe, das ist in Ordnung“, meinte die Frau. Sie redete weiter, obwohl Marlene Markus nicht aus den Augen ließ. „Doktor Rottinger war der erste Arzt, der mir eingefallen ist. Wir dachten, das wäre besser, als einen Notarzt zu rufen, da Sie keine äußerlichen Verletzungen aufwiesen.“

Stimmt. Markus war ja Arzt. Ihre Nachbarn konnten nicht wissen, dass sich die beiden privat trafen. Außer, sie waren ihm schon mal im Treppenhaus begegnet.

„Wie heißen Sie?“, wollte Marlene wissen.

Die beiden sahen sich kurz an, dann antwortete der Mann: „Krüger.“

„Aha.“ Der Name sagte ihr nichts.

„Heidenfeller“, meinte die Frau. „Falls Sie mal jemanden zum Reden brauchen … Sie finden uns in der dritten Etage.“

„Ich glaube, Frau Fassberger braucht nun etwas Ruhe.“ Markus klang so, als würde er die beiden loswerden wollen, was Marlene nur recht war. Sie fühlte sich zu schwach, um die ungebetenen Gäste rauszuwerfen. Eigentlich müsste sie ihnen dankbar sein, aber sie hatte so ein Gefühl, dass die zwei ihr nicht geholfen hatten, sondern für ihren Zusammenbruch verantwortlich gewesen waren.

Markus stand auf und begleitete die Nachbarn zur Tür. Herr Krüger wandte sich sofort ab, Frau Heiden-Irgendwas lächelte ihr noch mütterlich zu, ehe sie aus der Wohnung verschwand.

Nachdem ihr Kumpel die Tür geschlossen hatte, trat er wieder an ihr Bett und blieb mit verschränkten Armen davor stehen.

„Wie geht es dir?", wollte er wissen.

„Schon besser, danke."

„Deine … Nachbarn haben mir bereits erzählt, was passiert ist. Was hattest du denn in der Tiefgarage verloren?"

„Ich wollte zu meinem Auto."

„Deinem … Auto", wiederholte er mit strengem Blick. „Du hast doch gar kein Auto."

Das war wie ein Schlag ins Gesicht. Was ging hier vor sich?

„Natürlich habe ich ein Auto", schoss es aus Marlene heraus. Beinahe wäre ihr das Wasserglas aus der Hand gefallen. Vorsichtshalber stellte sie es auf ihrem Nachttisch ab. „Einen roten Seat Ibiza."

„Und wieso wolltest du zu deinem Wagen?"

Sollte sie ihm von dem Quiz erzählen? Dass behauptet wurde, sie habe kein Auto? Obwohl sie eines hatte, das … wie vom Erdboden verschluckt war.

„Marlene", stieß Markus seufzend aus. „Du hast dein Auto verkauft, falls du es vergessen hast."

„Ich habe *was?*", fragte sie aufgebracht.

„Sei doch mal ehrlich: Du brauchst es doch gar nicht mehr. In der Tiefgarage würde es nur sinnlos herumstehen. Und du müsstest den Parkplatz auch noch bezahlen."

Das wäre eine Erklärung für das Nichtvorhandensein ihres Wagens. Aber wann hatte sie ihn verkauft? Sie erinnerte sich beim besten Willen nicht daran.

„Weißt du nicht mehr?“

Jetzt verschränkte auch Marlene die Arme vor der Brust und blickte zur Seite. Nicht, weil sie beleidigt war, denn das war sie eindeutig nicht. Sie tat es, weil sie überlegte. Sie dachte nicht darüber nach, wann sie ihr Auto verkauft, sondern wann sie den Verstand verloren hatte.

Ehe sich die Stille in ein ungemütliches Schweigen verwandeln konnte, fragte Markus: „Willst du, dass Herr Krüger und Frau Heidenfeller mal nach dir sehen?“

„Um Gottes willen, nein.“

„Was kann ich sonst tun? Kann ich dir irgendwie helfen?“

„Ich weiß nicht. Manchmal habe ich das Gefühl, dass mir alles über den Kopf wächst.“ Marlene war kurz davor, in Tränen auszubrechen.

„Das wird sich bald ändern.“

„Wie kannst du dir da so sicher sein?“

„Deine Arbeit macht dir wahrscheinlich unterbewusst zu schaffen. Wie läuft es eigentlich mit deinem …“ Er beendete den Satz nicht. Wahrscheinlich wollte er damit verdeutlichen, was er von dem Erotikroman hielt.

„Ich habe ihn abgeschlossen.“

„Tatsächlich? Hast du ein gutes Gefühl bei der Sache?“

„Ja.“

„Und wie wird dein nächster Auftrag aussehen?“ Markus schien sich ein bisschen zu entspannen und sah sie nun neugierig an.

„Es wird wieder ein Krimi, falls dich das glücklich macht.“

Ihr Freund grinste. „Ich bin glücklich, wenn du glücklich bist.“

Zum ersten Mal, seit sie ihn kannte, glaubte sie Markus nicht. Sie wechselte das Thema: „Warum hast du mich vorhin eigentlich gesiezt?“

„Ich dachte mir, das kommt professioneller, wegen der Nachbarn. Oder … würdest du wollen, dass sie von unserer Freundschaft erführen?“

Sie zuckte die Achseln. „Mir wäre es egal. Auch Ärzte haben Freunde."

„Stimmt", gab er lächelnd zurück und deutete mit dem Finger auf sie. Marlene fühlte sich etwas wohler und doch konnte sie sich nicht entspannen.

„Hast du mir irgendetwas gegeben?", wollte sie wissen.

„Beruhigungsmittel", sagte er in dem kältesten Tonfall, den sie je von ihm gehört hatte. Beinhart, geradeheraus. Marlene schüttelte den Kopf und hoffte, sich verhört zu haben. Ehe sie etwas erwidern konnte, fuhr er fort: „Das war nur zu deinem Besten."

„*Was* hast du gemacht? Du hast mir ein Beruhigungsmittel gespritzt?!" Sie wäre am liebsten aus dem Bett gesprungen, aber das Mittel hinderte sie wahrscheinlich daran, denn ihr Körper fühlte sich träge an. Wie ein Klotz. Markus hob abwehrend die Hände. „Nur eine kleine Dosis. Nichts Ungewöhnliches. Das kommt immer wieder vor."

„Bei wem? Bei dir oder was?"

„Nein, du verstehst das ganz falsch."

„Dann klär mich auf, verdammte Scheiße! Wer gibt dir das Recht dazu, mir ohne mein Wissen ein Medikament zu spritzen?"

„Das Recht, dich und die Menschen in deiner Umgebung zu schützen?"

Seine Stimme peitschte ihr wie ein Eissturm ins Gesicht. Beim nächsten Satz wurde sie eine Nuance wärmer: „Das ist nicht so wie in den Filmen, glaub mir. Es war nur eine geringe Dosis, die dafür sorgen soll, dass du nicht hyperventilierst oder um dich schlägst, sobald du wieder zu dir kommst. Nur eine kleine Vorsichtsmaßnahme. Ich schwöre bei meinem Leben, Marlene: Ich würde dir niemals etwas antun. Wenn dir jemand Schaden zufügen will, bin ich der Erste, der das verhindern möchte. Das weißt du glaube ich selbst."

In ihren Ohren erklang ein leiser Pfeifton, was Markus nicht wissen konnte, also redete er weiter, ohne lauter zu werden: „Deine Nachbarn meinten, du wärst weinend zusammengebrochen, als sie in der Tiefgarage angekommen waren. Du hast echt Glück, dass sofort jemand zur Stelle war. Im Nachhinein betrachtet warst du vermutlich aufgewühlt, weil du dein Auto nicht gefunden hast. Aber du hast es verkauft, Marlene, wirklich."

„Und das ist die Erklärung für das alles?"

„Wie meinst du das?"

„Na, ich bin angeblich zusammengebrochen. Nur, weil ich mein Auto nicht finden konnte? Das ist schon sehr weit hergeholt, muss ich sagen."

„Fällt dir etwas Besseres ein? Weswegen bist du sonst da runter?"

Marlene sah zur Seite.

„Was hattest du vor?" Seine Stimme war nun ganz nahe an ihrem Ohr. Der Pfeifton wurde leiser.

Was hatte sie dort gewollt? Hatte sie wirklich nur vorgehabt, nach ihrem Auto zu sehen? Sie hatte ja nicht einmal die Schlüssel dabeigehabt. Hatte sie den Wagen tatsächlich verkauft? Oder steckten alle unter einer Decke und wollten um jeden Preis vermeiden, dass sie das Haus alleine verließ? Als sie die Treppen hinuntergelaufen war, hatte sie sich so frei gefühlt. Sie verbrachte zwar gerne ihre Zeit mit Markus, aber die Empfindung vorhin auf der Treppe … hatte eine Art Endgültigkeit angekündigt.

Die Gedanken in ihrem Kopf wirbelten umher. Sie wusste, dass es für heute eindeutig genug war. Marlene wollte keinen mehr sehen oder hören. Markus schien ihre Erschöpfung zu bemerken und sagte: „Du brauchst Schlaf. Das Mittel wird noch ein bisschen wirken, überanstrenge dich nicht. Ich hole dir vom Bistro noch ein leckeres Sandwich und danach kannst du mal ordentlich ausschlafen."

Sie sah ihm nach, als er die Wohnung verließ.

„Scheiße", flüsterte sie. Mit dem Schimpfwort kündigten sich stumme Tränen an. Was würde noch alles passieren? Und was von all dem, das sie heute erfahren hatte, entsprach der Wahrheit?

Sie fand keine Antwort darauf. Hatte Markus recht und sie musste einfach nur schlafen? War das die Erklärung? Das war zu einfach, das konnte nicht wahr sein.

Ihr Kumpel betrat kurze Zeit später mit einem Sandwich die Wohnung, das ihr das Wasser im Mund zusammenlaufen ließ. Ihr Magen meldete sich wie auf Befehl mit einem lauten Knurren, das Markus auflachen ließ: „Da hat aber jemand ganz schön großen Appetit!“

Mit einem breiten Grinsen überreichte er ihr das Thunfisch-Sandwich, das so überdimensional groß war, dass es vermutlich genau passen würde, um ihren Hunger zu stillen. Während sie abbiss, fragte sie mit vollem Mund: „Hat das Beruhigungsmittel noch irgendwelche Nachwirkungen?“

„Nein. Bis auf die Müdigkeit natürlich. Aber morgen solltest du fit und munter in den Tag starten.“

„Gut. Und danke.“

„Für dich immer. Melde dich, wenn du etwas brauchst.“

Als Markus weg war, fühlte sie sich erleichtert. Marlene lag im Bett, aß ein außerordentlich gutes Sandwich und war glücklich. Der Tag hatte so viele negative Überraschungen bereitgehalten, dass sie im Moment einfach nur dankbar war. Weil sie alleine war. Weil sie etwas zu essen hatte. Und weil sie wusste, dass man ihr nur helfen wollte.

MARLENE

Tag 4

Am nächsten Tag ging es ihr schon besser. Gutgelaunt war sie aufgewacht, hatte das Fenster geöffnet und das Bett frisch bezogen. Ein paar Mayonnaise- und Thunfischkleckse waren ihr beim gestrigen Festmahl entglitten.

Mit einem Klopfen an der Tür kündigte sich Daria an.

„Guten Morgen. So gut gelaunt heute?“, fragte sie, als sie einer strahlenden Marlene gegenüberstand.

„Guten Morgen! Na ja, normal eben.“

„Wenn das die neue Normalität ist, freue ich mich für dich.“

Sollte das etwa heißen, dass sie sonst immer schlecht gelaunt war? Marlene beschloss, nicht nachzufragen und streckte ihre Hand aus, um den heutigen Umschlag entgegenzunehmen.

Sie holte den Zettel hervor.

DAS QUIZ

Glückwunsch! Sie haben angegeben, dass Sie alleine verreisen möchten, was absolut richtig ist! Ruhe und Zeit für sich selbst sind für Sie wichtiger denn je! Da wir Ihre Zukunft abgeklärt haben, kommen nun Themen, die sich auf Ihre Vergangenheit beziehen. Weiter geht es mit Frage vier:

Was war Ihre Lieblings-Fernsehserie als Kind?

a.) Pippi Langstrumpf

b.) Die Gummibärenbande

c.) 1, 2 oder 3

Ihr entkam ein verächtliches Grunzen.

„Alles in Ordnung?“, wollte Daria wissen.

Marlene schüttelte den Kopf, war sich aber nicht sicher, ob sie Daria einweihen sollte.

„Ich muss kurz überlegen", sagte sie stattdessen.

Was war das für eine bescheuerte Frage? Ihre Lieblingsserie stand dabei, das war irgendwie beängstigend, musste sie sich eingestehen. Aber wie war es möglich, hier eine falsche Antwort zu geben? Woher wusste *Das Quiz*, was sie als Kind im Fernsehen am liebsten geschaut hatte? Gab es vielleicht eine Liste mit den beliebtesten Serien im Internet? Das könnte eine Erklärung dafür sein.

Marlene spähte über den Rand des Zettels und fragte sich, ob Daria da irgendwie mit drinstecken könnte. Aber das wäre doch Irrsinn! Sie hatte ihr niemals von ihrer Lieblings-Fernsehserie erzählt. Diese Info kannten nur ihre Verwandten.

Ihre Neugier siegte über das ungute Gefühl, das sich zuvor in ihrem Inneren ausgebreitet hatte und sie kreuzte Pippi Langstrumpf an. Sie wollte wissen, in welche Richtung *Das Quiz* ging. Wie intim würden die Fragen noch werden? Vielleicht könnte Marlene aufgrund der folgenden die Personenzahl eingrenzen, die dahintersteckte.

Daria bot ihr an, den Müll runterzutragen und verschwand daraufhin wortlos damit. Das Kuvert hatte sie wieder mitgenommen. Marlene verdrängte ihre Skepsis bezüglich der heutigen Frage und beschloss, zu arbeiten. Der gestrige Tag war so chaotisch verlaufen, dass sie eine Pause von Markus brauchte. Wahrscheinlich fragte er sich, wie es ihr ging, aber ein bisschen Abstand konnte nicht schaden. Ob sich ihre Nachbarn nach ihr erkundigen würden?

Marlene öffnete das neue Manuskript, das sie zugeschickt bekommen hatte. Die Frage, ob sie bereit dafür war, wollte sie erst gar nicht an sich ranlassen und deshalb begann sie einfach zu lesen, bevor sie sich damit beschäftigen konnte.

Der Anfang war eher ruhig, was sie positiv stimmte. Es ging um eine Familie, die auf der Rückfahrt einer Reise war. In einigen kurzen Rückblenden wurde eine Septemberwoche am Strand beschrieben. Zufriedene Eltern, glückliche Tochter und ein warmer Spätsommer wie aus dem Bilderbuch. Nichts deutete darauf hin, dass diese Harmonie auf den nächsten Seiten zerstört werden würde. Dass der Schein trog, konnte Marlene lediglich dem Handlungsablauf aus dem Exposé entnehmen. Ihre Augen flogen über die Zeilen und je mehr sie in das fiktive Geschehen eintauchte, desto besser gefiel es ihr. Bis zu diesem Moment war ihr gar nicht klar gewesen, wie sehr sie dieses Genre vermisst hatte. Die Hauptprotagonistin war die Tochter, aus deren Sicht die Geschichte erzählt wurde. Sie war Marlene auf Anhieb sympathisch und handelte glaubwürdig, was wichtig war. Die aktuelle Szene spielte sich im Wageninneren ab. Die Atmosphäre wirkte sehr beklemmend und ließ den Leser wissen, dass demnächst etwas Furchtbares passieren würde. Marlenes Finger griffen nach dem Laptop, um ihn zu umklammern. Es war, als würde sie nicht glauben können, was dort geschrieben stand. Die Familie starb. Wurde ausgelöscht. Einfach so.

Wie gebannt schaute Marlene auf den Bildschirm, bevor sie ein Schlurfen wahrnahm. Ihr Blick huschte durch den Raum, konnte aber keine Bewegung ausmachen. Es hatte so geklungen, als würde man mit der flachen Hand über eine glatte Oberfläche wischen. Vermutlich war irgendwo etwas umgekippt.

Sie stand auf und streckte sich. Ihre Arbeit war wahrlich nicht die, die für den Körper am gesündesten war. Aber sie war selbst schuld. Wenn sie zwischendurch öfter mal Dehnübungen machen würde, blieben ihr die Schmerzen in Nacken und Schultern mit Sicherheit erspart. In den Gelenken knackte es, als sie die Arme nach oben streckte. Dabei meldete sich ihre Blase. Auch das konnte Marlene während des Lesens gekonnt ignorieren. Stundenlang war sie gefangen in einer Kapsel, die nur die Geschehnisse auf dem Bildschirm zuließ. Für heute war es genug, also schaltete sie den Laptop aus.

Auf dem Weg zur Toilette konnte sie keine Veränderung in ihren vier Wänden feststellen. Woher das Schlurfen also gekommen war, blieb ungeklärt. Wahrscheinlich von draußen, vom Treppenhaus zum Beispiel.

Wenige Minuten später kam sie in den Wohnraum zurück und stellte sich die Frage, ob die wahren Antworten auf *Das Quiz* um sie herumschwebten, ohne dass sie es bemerkte. Sie war lange Zeit nicht mehr alleine draußen gewesen, wenn man von dem missglückten Ausflug in die Tiefgarage absah. Marlene verspürte Beklommenheit, wenn sie daran dachte, hinauszugehen – andererseits sehnte sie sich nach Freiheit. Nach dem Gefühl, das sie im Treppenhaus verspürt hatte.

Mit weichen Knien ging sie auf die Wohnungstür zu. Bevor sie diese erreichte, blieb sie beim Wandspiegel stehen. Marlene zupfte an ihren Haaren und betrachtete die dunklen Ringe unter ihren grünen Augen, die mittlerweile zu ihren ständigen Begleitern geworden waren. Sie stellte sich so nah an den Spiegel, dass sie ihre zarten Sommersprossen erkennen konnte. Sie erinnerten sie an ihre Kindheit.

„Nein", flüsterte sie plötzlich, wusste jedoch selbst nicht, warum. Ehe sie sich versah, landete ein Schwall aus Erbrochenem vor ihren Füßen und auf dem Spiegel. Irritiert sah sie an sich herab. Marlene begriff nicht, was eben geschehen war, denn sie hatte keine Übelkeit verspürt, nicht mal ein Unwohlsein. Die Magensäure war so schnell hochgekommen, dass sie sich der Tatsache erst bewusst wurde, als es schon zu spät war. Marlene sah wieder hoch und blickte in ihre kreisrunden Augen, die verwundert zurückstarrten.

Sie wandte sich ab und ging mit schweren Schritten ins Badezimmer, wo sie sich ihrer Kleidung entledigte und unter die Dusche stieg. Welches Zeichen hatte ihr Körper ihr damit geben wollen? Vertrug sie das Beruhigungsmittel nicht? Nein, das konnte nicht der Grund dafür sein, das hätte sich mit Sicherheit früher bemerkbar gemacht. Marlene hielt ihr Gesicht unter den Wasserstrahl und stellte sich vor, dass jeder einzelne Tropfen eine Träne wäre. In dem Moment wurde es deutlicher denn je, dass sie sich mit ihrer Angst selbst zu sehr im Weg stand. Die Hoffnung, eines Tages wieder ein normales Leben unter Leuten zu führen, rückte in weite Ferne und war nur noch schemenhaft wie eine Fata Morgana zu erkennen.

Nachdem sie sich ein gemütliches Outfit angezogen hatte, säuberte sie den Spiegel, den Boden und die Wand – auch diese hatte ein paar Spritzer abbekommen. Nicht einmal bei dieser Tätigkeit verspürte sie ein Grauen, lediglich ihr Herz begann zu rasen, als wäre sie einen Sprint gelaufen. Als auch die Putzerei erledigt war, schaltete Marlene den Fernseher ein und stellte fest, dass „The Big Bang Theory“ lief. So etwas brauchte sie jetzt. Ein Fernsehprogramm, bei dem man den Kopf freibekommen konnte. Sie machte es sich auf dem kleinen Sofa gemütlich und lachte bei den Wortwitzen, die Sheldon Cooper nicht verstand.

In der Werbepause dachte sie daran, was alles hätte passieren können, wenn sie die Wohnung verlassen hätte. Dabei beschlich sie ein mulmiges Gefühl. Ihr Körper ließ sie also im Stich, sobald sie alleine nach draußen wollte. Zuerst der Zusammenbruch in der Tiefgarage und jetzt das Erbrechen. Auch wenn ihr Geist bereit für eine Veränderung war – physisch war sie es allem Anschein nach nicht. War tatsächlich noch immer die Angst vor einem freilaufenden Mörder der Grund dafür?

Sie zog nicht einmal den Gedanken in Erwägung, dass ihr Anblick im Spiegel für die vorherige Reaktion verantwortlich gewesen sein könnte.

ISABEL

Tag 5

Erwin legte den Arm um ihre Schultern – wie immer, wenn sie am Grab ihrer Tochter standen. Ohne ihn würde sie es nicht aushalten, dessen war sie sich sicher. Nachdem sie sich die Nase geputzt hatte, sah sie zu ihrem Mann auf. Sein Blick war starr auf den Grabstein gerichtet, die Augen trocken – und voller Leere.

„Glaubst du …“, begann sie, „… glaubst du, er wird jemals enden?“

Erwin wandte den Blick nicht vom Grabstein ab und fragte leise: „Was denn?“

„Der Schmerz.“

Er presste die Augenlider zusammen und Isabel spürte, wie sich sein Griff um ihre Schulter verkrampfte.

„Nein“, antwortete er. „Aber er wird erträglicher werden.“

„Das kann ich mir nicht vorstellen.“

„Doch, du wirst schon sehen. Und wir werden damit leben müssen.“

Sie begann zu schluchzen, Erwins Hand fuhr an ihrem Oberarm auf und ab, während er weiterredete: „Etwas anderes wird uns nicht übrigbleiben.“

Isabel wischte sich die Tränen mit einem aufgeweichten Taschentuch vom Gesicht und richtete ihren Blick ebenfalls auf den Grabstein.

Wie immer, wenn sie an ihre Tochter dachte, überkam sie das schlechte Gewissen. Seit Resi von zu Hause ausgezogen war, fiel es Isabel schwer, loszulassen. Sie blieben in ständigem Kontakt, bis ihre Tochter eines Tages sagte: „Mama, du musst mich nicht jeden Tag anrufen. Es geht mir gut, wirklich. Ich komme schon klar.“

Isabel war sich der Tatsache, dass Resi eine erwachsene Frau war und auf eigenen Beinen stand, bewusst, aber sie war immer noch ihr Kind. Und obwohl sich jede Faser ihres Körpers dagegen gewehrt hatte, hatte sie gewartet. Gewartet, bis sich ihre Tochter von selbst wieder meldete. Und so waren aus den täglichen Telefonaten wöchentliche geworden. Aus den wöchentlichen monatliche. Dabei wollte es Resi anscheinend belassen. Sie hatte Karriere gemacht, ein Haus gekauft und eine Beziehung geführt.

„Ich weiß es nicht“, hatte sie eines Tages gesagt, als sie bei ihren Eltern zu Besuch gewesen war. Isabel hatte aufgeblickt, nachdem sie einen Schluck aus ihrer randvollen Kaffeetasse genommen hatte. Diese Antwort hatte sie nicht erwartet, als sie ihre Tochter gefragt hatte, ob mit ihrem Freund noch alles in Ordnung war. Es war eine beiläufige Frage gewesen. Eine Frage, die man eben stellte, wenn das Kind zu Besuch kam.

Resi hatte die erstaunten Blicke ihrer Eltern bemerkt und fügte hinzu: „Ehrlich gesagt … weiß ich nicht mal, ob ich ihn liebe.“

„Was redest du denn da?“, war es Isabel rausgerutscht. „Ihr … Ihr seid doch schon so lange zusammen.“

„Vielleicht sollten wir uns trennen.“

Isabel stellte die Kaffeetasse geräuschvoll auf dem Untersetzer ab. Erwin beugte sich nach vorne und musterte ihre Tochter über den gläsernen Couchtisch hinweg: „Stimmt etwas nicht bei euch?“

„Was? Was sollte denn nicht stimmen? Sie sind glücklich miteinander. Oder?“ Isabel war ohne Zweifel aufgebracht. Sie mochte den Freund ihrer Tochter. Und sie waren schon lange Zeit zusammen, sie hatten sich etwas aufgebaut. Na gut, zwischendurch waren sie immer wieder getrennt gewesen oder führten eine Fernbeziehung, aber im Großen und Ganzen schienen die beiden füreinander bestimmt zu sein.

Resi nahm ebenfalls einen Schluck von ihrem Kaffee und meinte im Anschluss: „Wir haben keine offensichtlichen

Probleme, falls ihr das meint. Aber meine Gefühle haben sich im Laufe der Jahre verändert. Lange Zeit über habe ich geglaubt, den Richtigen gefunden zu haben."

„Und?", fragte Isabel gespannt.

„Dieses Gefühl ist zur Gänze verschwunden. Ich weiß nicht, was ich mit ihm anfangen soll. Er gibt sich ja Mühe, aber ich …"

Sie sprach nicht weiter und knetete ihre Hände. Dass ihr eine Trennung nicht leichtfallen würde, war sonnenklar. Resi war nicht der Typ Mensch, der andere verletzte. Eher würde sie jahrelang in einer trostlosen Beziehung verharren, als ihren Mund aufzumachen und jemandem das Herz zu brechen. Sie würde sich opfern – oder hatte sie das bereits?

Was Isabel nie verstanden hatte, war die Tatsache, dass Resi sich ein Haus für sich allein gekauft hatte. Sie konnte sich die Kreditraten leisten, daran scheiterte es nicht. Aber sie hatte nur sporadisch mit ihrem Freund zusammengewohnt, immer in einer kleinen Wohnung. Dann musste er wieder ins Ausland und sie blieb in den gemeinsamen vier Wänden zurück. Kurze Zeit später folgte die Trennung über Skype und Resi suchte sich eine neue Wohnung. Ein paar Monate später kam ihr Freund zurück nach Österreich und sie begannen, wieder miteinander auszugehen – jedoch ohne Verpflichtungen. Als Freunde, wie beide stets betonten. Doch als Resi anfing, ihn erneut zu elterlichen Besuchen mitzubringen, wusste Isabel, dass die beiden niemals nur Freunde sein könnten. Ihre Tochter redete in seiner Gegenwart zwar von anderen Männern, mit denen sie sich in der Zwischenzeit getroffen hatte und auch ihr *Kumpel* verheimlichte keine seiner Auslandsbeziehungen. Auf einen Fremden hätten die beiden wahrscheinlich wie gute Freunde gewirkt. Aber sie fanden zueinander – immer und immer und immer wieder.

Eine ernstzunehmende Trennung hatte es nach Isabels Wissensstand nie gegeben, lediglich Beziehungspausen. Laut Resis Erzählungen hatten sich die beiden niemals im Streit voneinander distanziert, sie wählten nur stets die *praktischste Lösung.*

„Wenn er für sechs Monate im Ausland ist, hat eine feste Beziehung doch keinen Sinn", versuchte sie stets, ihren Eltern ihre Gefühle zu erklären. Isabel war dieses Verhalten schleierhaft. Auch Erwin hatte jedes Mal geschnauft und den Kopf geschüttelt.

Über eine endgültige Trennung war also niemals gesprochen worden, bis zu diesem Tag.

„Geht es um seinen Beruf? Wenn es dich stört, dass er so oft im Ausland ist, musst du es ihm sagen", hatte Isabel versucht, ihrer Tochter ins Gewissen zu reden.

„Das ist es nicht. Im Gegenteil. Er ist jetzt wieder öfter im Lande. Das tut unserer Beziehung nicht gut."

„Wären dir seine Abwesenheit und gelegentliche Pausen lieber?", fragte Erwin in etwas zu strengem Tonfall.

„Nein. Ich will nur … Ich will nicht *ihn*. Nicht mehr."

Das hörte sich endgültig an. Isabel gab sich mit dieser Antwort zufrieden, ihr Mann anscheinend auch. Wie es mit Resi und ihrem Freund weitergegangen wäre, stand in den Sternen, denn einige Tage später war ihre Tochter tot.

Sie schwiegen die restliche Zeit, die sie am Friedhof verbrachten. Über gewisse Dinge wollten sie beide hier nicht reden. Am liebsten würden sie nirgendwo darüber reden – geschweige denn, daran denken –, doch ignorieren konnten sie diese Tatsache auch nicht.

Als sie drei Kerzen angezündet hatten und sich Arm in Arm in Bewegung setzten, glitt Isabels Blick durch die Grabreihen. Vereinzelt waren Leute zu sehen, jedoch keine bekannten Gesichter. Sie fragte sich oft, wer außer ihnen in welchen Zeitabständen Resis Ruhestätte besuchte.

Viel zu schnell waren sie wieder zu Hause. Das Zurückkommen hasste Isabel immer am meisten. Während der Heimfahrt konnte sie stets gedankenverloren aus dem Seitenfenster schauen und die Welt an sich vorbeiziehen lassen. Damit war Schluss, wenn sie wieder in ihr Haus zurückkehrte. Das Haus, in dem Resi aufgewachsen war. Ihre Fotos standen unverändert auf einer Kommode, kein einziges Staubkorn war darauf zu sehen, weil Isabel sie täglich mit einem Tuch abwischte. Die Bilder ihres Kindes durften nicht verstauben wie alte Erinnerungen.

Erwin betätigte die Kaffeemaschine in der Küche. Isabel folgte dem gurgelnden Geräusch und stellte sich neben ihren Mann vor das Fenster. Ihr Blick glitt nach draußen in den Garten, wo die alte Buche stand. Noch immer war eine Schaukel auf einem Ast befestigt, da die beiden nie die Hoffnung aufgegeben hatten, eines Tages Enkelkinder zu bekommen. Dass diese Tatsache seit beinahe einem Jahr aussichtslos war, war ihnen bewusst. Isabel hatte Erwin schon einige Male gebeten, sie abzunehmen, weil sie den Anblick nicht mehr ertragen konnte.

„Natürlich doch. Ich nehme die Schaukel ab“, war seine Standardantwort darauf, doch ehe er nach draußen gehen und die Tat vollenden konnte, kam ihm immer etwas dazwischen, was noch erledigt oder repariert werden musste. In Wahrheit hatte er Angst davor, wofür Isabel dankbar war. Sie bat ihren Mann zwar immer darum, aber wenn sie ehrlich war, fürchtete sie sich vor dem Tag, an dem die Schaukel nicht mehr von dem dicken Ast baumelte. Das wäre eine neue Art der Veränderung. Und dafür waren sie beide noch nicht bereit.

MARKUS

Tag 5

„Herr Doktor!“, riss ihn eine Stimme aus seinen Gedanken. Zeitgleich ertönte ein Piepton. Markus schüttelte den Kopf und blickte auf. Was hatte Robin eben gesagt? Verdammt, er musste sich konzentrieren! So ein Verhalten war in seinem Job unverzeihlich.

„Ja?“, fragte er mit hochgezogenen Augenbrauen.

Der Krankenpfleger stand mit einem Klemmbrett vor Markus’ Schreibtisch. „Die Patientin auf Zimmer achtzehn möchte Sie gern sprechen.“

Markus sah an sich hinab und bemerkte, dass sein Pager den Piepton von sich gab. Mit einem Knopfdruck verstummte das grelle Geräusch. „Ich mache mich sofort auf den Weg. Sonst noch etwas?“

„Ja. Der Patient auf Zimmer einunddreißig fordert eine höhere Dosierung seiner Medikamente. Das sollten Sie heute noch mit ihm besprechen.“

„Eine höhere Dosierung?“

„Er hat wieder Schmerzen.“

„Oh, Mann … Ich werde nachher nach ihm sehen.“

Robin nickte eifrig und verschwand voller Tatendrang aus seinem Büro – so sah es zumindest aus.

Während Markus sich auf den Weg zur Patientin in Zimmer achtzehn machte, schweiften seine Gedanken erneut ab. Er dachte an seine Freundin – falls er sie denn so bezeichnen konnte. Sie kannten sich schon eine Weile und gingen gelegentlich miteinander aus. Als er sie zum ersten Mal gesehen hatte, waren ihm sofort ihre grünen Augen aufgefallen, die ihn zurückhaltend und doch voller Erwartung angesehen hatten. Er hatte das Bedürfnis verspürt, ihr helfen zu müssen, ohne dass sie es verlangt hatte. Nach ein paar Treffen wurden dieses Gefühl und seine Zuneigung zu ihr immer stärker, bis er es nicht mehr leugnen konnte: Er hatte sich in sie verliebt.

Aussprechen konnte er es jedoch nicht, da diese Frau ihm ein Rätsel war. Eigentlich hatte er eine sehr gute Menschenkenntnis, sein Instinkt ließ ihn nur in den seltensten Fällen im Stich. Doch bei ihr war alles anders. Während Markus die Reaktionen seiner Patienten selten überraschten, war er sich bei ihr so unsicher wie in einem kleinen Boot auf offener See. Man wusste nie, was der nächste Wellengang brachte. Ihre „Beziehung", die zum größten Teil aus freundschaftlichen Gesten bestand, schaukelte so dahin. Einmal hatte er es bei einer Verabschiedung gewagt und zu einem Kuss angesetzt. Sie war ihm ausgewichen, was ihm das Herz gebrochen hatte. Doch dann geschah etwas, mit dem er – wieder einmal – nicht gerechnet hatte: Nachdem sie den Kopf zur Seite gedreht hatte, murmelte sie leise „Nicht jetzt" und drückte sich an ihn. Ihre zierlichen Arme umschlossen seinen Körper, während sie ihr Gesicht an seine Brust drückte. Ehe Markus sie ebenfalls umarmen konnte, ging sie einen Schritt zurück und verschwand in ihrer Wohnung. Er blieb vor der Tür stehen und starrte verdattert auf das dunkle Holz. Dann beschloss er, sich ein paar Tage nicht bei ihr zu melden.

Nach dreiundsechzig Stunden und zwanzig Minuten (ja, er hatte die Zeit bis dahin gezählt) war schließlich sie diejenige gewesen, die ihn anrief und fragte, ob er ihr beim Mittagessen Gesellschaft leisten wollte. Das hatte er schließlich auch gemacht und sie abgeholt. Sie gingen in das Lokal, in dem sie zuvor immer gegessen hatten. Sie verhielten sich so, wie sie sich zuvor immer verhalten hatten. Als hätte der Annäherungsversuch nie stattgefunden. Er machte seine Witze – sie lächelte darüber. Er fragte sie nach ihrem Befinden – sie konnte ihm wie immer keine eindeutige Antwort darauf geben. Aber er hatte Verständnis dafür, sie hatte ja auch einiges mitgemacht.

Einmal hatte er ihr geraten, sie solle sich doch ärztliche Hilfe holen. Wenn sie nicht mit ihm über ihre Probleme reden wolle, könne er ihr jemanden empfehlen. Schließlich hatte er Kollegen, die, wie er selbst, Experten auf dem Gebiet der Psychologie waren. Das hatte sie mit einem heftigen Kopfschütteln verneint, sodass ihre Haare wie wild umhergeflogen waren. Welch ein Anblick! Am liebsten hätte er ihr wunderschönes Gesicht mit beiden Händen umfasst, an sich gezogen und mit Küssen übersät. Eigentlich war er ganz froh über ihre Reaktion. Der Gedanke, dass die Frau, in die er verliebt war, sich von einem Kollegen behandeln lassen würde, bescherte ihm ein unbehagliches Gefühl. Und doch hatte er ihr aus Hilfsbereitschaft den Vorschlag gemacht.

Heute würde er sie wieder sehen. Sie würden sich unterhalten wie alte Freunde, mit einer gewissen Distanz. Er würde nicht derjenige sein, der den nächsten Schritt in ihrer Beziehung machte, ganz bestimmt nicht.

MARLENE

Tag 5

DAS QUIZ

Sie haben Antwort „a“ gewählt, was wieder richtig ist! Da werden Erinnerungen wach! Denken Sie nur an Ihr Faschingskostüm! Weiter geht es mit Frage fünf:

Waren Ihre Leistungen in der Schule gut?

a.) Ja

b.) Nein

c.) Ich habe das Nötigste gemacht und bin damit durchgekommen

Marlenes Hände zitterten. Sie hatte sich mit dem Zettel und einem Stift ins Badezimmer verschanzt, da sie genau das befürchtet hatte. *Das Quiz* kannte sie persönlich. Mit einer nervösen Geste hatte sie Daria versichert, gleich wieder hier zu sein, nachdem sie das Kuvert an sich genommen hatte.

„Tief durchatmen, Marlene“, redete sie sich selbst gut zu und fuhr mit einer Hand über ihr schweißnasses Gesicht. Eine Aktion, die nur bedingt half. Sie biss sich auf die Unterlippe und las die Worte nochmals durch.

„Das gibt es nicht, das gibt es nicht“, flüsterte sie im Anschluss und wedelte mit dem Zettel herum, als könnte das etwas an ihrer jetzigen Situation ändern. Marlene dachte zurück an ihre Kindheit – daran, wie sie zu Fasching als Pippi Langstrumpf verkleidet gewesen war. Woher wusste *Das Quiz* darüber Bescheid? Im nächsten Moment kam ihr ein Gedanke: War da nicht noch jemand gewesen, der dasselbe Kostüm getragen hatte? Marlene schloss die Augen und versuchte, sich krampfhaft daran zu erinnern.

Es war im Februar 1994 – damals war sie fünf Jahre alt gewesen. Gut gelaunt hüpfte sie auf einer Bierbank im Faschingszelt zu DJ BoBos Klängen. Bei *Somebody Dance With Me* konnte sie einfach nicht stillsitzen.

„Marlene! Nicht auf der Bank!", hatte ihr Vater sie in strengem Tonfall ermahnt. Wie auf Befehl war sie von der Bank gestiegen. Auf ihren Vater hörte sie, auf ihre Mutter – na ja.

Auf die Frage, ob sie auf die Tanzfläche zu den anderen Kindern gehen durfte, hatten ihre Eltern genickt. Marlene stieß einen Jubelschrei aus, nahm noch einen Schluck von ihrer Limonade und brauste davon. In ihrem Pippi-Langstrumpf-Kostüm verschwand sie zwischen lustigen Faschingsmasken. Sie tanzte mit einem Frosch, mit einer Hexe und einem Kind, dessen Eltern anscheinend versucht hatten, selbst ein Kostüm zu nähen. Was es darstellen sollte, konnte man nicht erkennen. Aber der Junge war ihr sympathisch, als er sie mit seinem lückenhaften Gebiss anlächelte.

„Magst du Ditze Bobo auch?", fragte er sie.

Dass man den Interpreten des Liedes eigentlich anders aussprach, behielt Marlene für sich. Der Junge war lieb und sah irgendwie arm aus ... Da wollte sie nicht besserwisserisch wirken.

„Total!", rief sie voller Freude. „Ich bin Marlene."

„Tommy!"

Sie mochte den Jungen und wollte gerade fragen, was sein Lieblingslied von DJ BoBo sei, da wurde sie weggestoßen und fiel beinahe zu Boden.

„Boah!", rief Tommy und bekam große Augen.

„Upsi", hörte Marlene eine piepsende Stimme, die daraufhin zu kichern begann.

„Marlene! Alles in Ordnung?"

Daria klopfte an die Badezimmertür und katapultierte sie damit zurück in die Gegenwart. Noch immer hatte sie nichts angekreuzt.

„Ja, komme gleich“, gab sie zurück. Sollte sie *Das Quiz* abbrechen? Aber dann würde sie vermutlich niemals erfahren, was dahintersteckte. Also wählte sie die erste Antwort aus. Es entsprach der Wahrheit, ihre Leistungen in der Schule waren stets gut gewesen.

Sie strich sich die Haare aus dem Gesicht und verließ das Badezimmer.

„Alles in Ordnung?“, wollte Daria wissen, als sie ihr den Zettel zurückgab.

„Klar doch“, versuchte Marlene, so ungezwungen wie möglich zu klingen. Anscheinend war ihr das gelungen, denn Daria verabschiedete sich im nächsten Moment mit den Worten: „Ich wünsche dir noch einen schönen Tag. Wir sehen uns dann morgen.“

Kurze Zeit später stand Markus im Türrahmen. Lächelnd bat sie ihn in die Wohnung.

„Geht es dir besser?“, fragte er, nachdem er auf dem Sofa Platz genommen hatte. Marlene stellte zwei Gläser Wasser auf den Couchtisch und ließ sich neben ihm nieder.

„Ja, danke nochmal. Und tut mir leid.“

Sich in einem Atemzug zu bedanken und zu entschuldigen, kam nicht oft bei ihr vor. Aber es war angebracht, denn Markus hatte ihr nur helfen wollen. Sein Blick war voller Wärme, als er sagte: „Hast du das Beruhigungsmittel gut vertragen?“

„Ja. Alles bestens.“

Sein Blick glitt durch den Raum und blieb an dem Wandspiegel hängen. „Was ist denn *da* passiert?“

„Wo?“, fragte sie, als wüsste sie nicht, wovon er sprach.

„Dort bei der Wand. Neben dem Spiegel.“ Er deutete auf die Flecken, die trotz Marlenes Putzerei nicht vollständig weggegangen waren. Ehe sie etwas sagen konnte, war er auch schon aufgestanden. Sie presste die Lippen schuldbewusst aufeinander, während er sich vor den Spiegel hockte und die Reste ihrer Sauerei betrachtete. Ihm entkam ein lautes

Schnaufen, wobei er sich mit der Hand über das Gesicht fuhr. Es hatte den Anschein, als würde er sich ernsthaft Sorgen machen.

„Mach dir keine …“

„*Was* passiert ist, habe ich gefragt.“ Markus war sichtlich um einen ruhigen Tonfall bemüht. „Daria ist doch täglich bei dir, oder?“

„Ja, aber was hat das …“

„Und ihr ist nichts aufgefallen?“, fiel er ihr ins Wort.

„Was wird das? Warum behandelst du mich wie ein kleines Kind?“

„Ich mache mir Sorgen um dich, versteh das doch.“

Er hatte es ausgesprochen. Marlene war gerührt. Aber sie war eine erwachsene Frau, sie brauchte keinen Babysitter mehr.

„Das ist Erbrochenes, oder?“

Mit Markus über ihre Körperausscheidungen zu sprechen, war ihr höchst unangenehm.

„Es *ist* Erbrochenes“, führte er seinen Monolog fort. „Wann war das?“

„Es war wirklich nicht so schlimm.“

„Ich habe dir vor zwei Tagen ein Beruhigungsmittel gegeben. Hattest du Beschwerden?“

„Nein, ich habe es gut vertragen“, versuchte sie ihn zu beruhigen. Es war zwar nur eine Annahme, aber ihr Bauchgefühl sagte ihr, dass sie stimmte. „Es kam so plötzlich und ich hatte auch keine Übelkeit verspürt.“

„Wann ist es passiert?“

„Gestern.“

„Okay. Hast du sonst irgendwelche Medikamente genommen?“

„Nein.“

Er nickte, stand auf und setzte sich wieder zu ihr. Es sah so aus, als wäre er kurz davor, ihr seine Hand auf den Oberschenkel zu legen – im letzten Moment jedoch zögerte er.

„Du musst mir sagen, wenn du Hilfe benötigst."

„Okay."

„Versprich mir das."

Er hatte ihr schon so oft geholfen, war immer zur Stelle. Ein Freund, auf den man sich verlassen konnte. Marlene bekam ein schlechtes Gewissen.

„Versprichst du es mir?", fragte Markus und sah sie abwartend an. Sie nickte und überlegte, ob sie ihm von den beängstigenden Quizfragen erzählen sollte, entschied sich aber dagegen. Was könnte er schon ausrichten? Wahrscheinlich würde er die Vermutung aussprechen, die sowieso schon in Marlenes Kopf herumspukte: Es konnte nur jemand dahinterstecken, der sie von klein auf kannte.

Ob sie das beunruhigen sollte oder nicht, war ihr noch nicht ganz klar. Sie hatte keine Feinde und auch niemanden, der noch ein Hühnchen mit ihr zu rupfen hatte. Vielleicht wollte man ihr wirklich nur Gutes? Vielleicht war *Das Quiz* die Chance!

„Wie läuft es mit der Arbeit?", wollte Markus wissen.

„Ganz gut."

„Wie fühlst du dich, wenn du wieder in deinem gewohnten Genre arbeitest?"

„Erstaunlich gut."

„Ach." Ihr Kumpel stützte seinen Kopf in die Hände und sah sie mit großen Augen an. „Worum geht es denn? Darfst du was verraten?"

In knappen Sätzen erzählte sie Markus den Plot der Geschichte. Er wirkte nachdenklich, als er fragte: „Und das letzte Manuskript? Dieser Erotikschinken?"

„Das hat mich berührt. Es war aufregend und spannend."

„Ein spannender Erotikroman", wiederholte Markus und lachte.

„Das ist gar nicht so abwegig, wie du denkst", meinte Marlene grinsend. „Er hat mit einem Cliffhanger geendet, anscheinend plant die Autorin einen Nachfolger. In der einen

Szene ging es noch heiß her und am Ende sah es plötzlich so aus, als hätte die Protagonistin irgendetwas angestellt."

„Tatsächlich? Das klingt ja interessant."

„Finde ich auch. Mit so einer Wendung hätte ich nicht gerechnet."

„Dann solltest du zusehen, dass du an den zweiten Teil kommst."

Sie lächelten einander an.

MARKUS
Tag 6

Gestern war er noch bei ihr gewesen. Sie hatte zerstreut gewirkt, deshalb wollte er sich nicht aufdrängen. Markus wäre zwar gern mit ihr ausgegangen, aber er hatte ihr angesehen, dass sie erschöpft war. Zögerlich hatte er ihr erneut Hilfe angeboten. Die Option, sich von einem seiner Kollegen behandeln zu lassen, hatte er nicht ausgesprochen, denn dieses Thema hatten sie ohnehin schon geklärt.

Zu einem Annäherungsversuch hatte er sich nicht überwinden können, obwohl ihre grünen Augen wie hypnotisierend auf ihn gewirkt hatten.

Nein!, hatte seine innere Stimme befohlen. *Sie soll gefälligst den nächsten Schritt machen! Eine erneute Abfuhr verkraftest du nicht!*

Er musste zugeben, dass er nicht der schönste oder reichste Mann war. Als Arzt verdiente er zwar mehr, als er monatlich ausgeben konnte, aber er pflegte auch keinen exklusiven Lifestyle. Auch seine kleinen Speckröllchen, die sich gleichmäßig auf seinem gesamten Körper verteilten, trugen nicht dazu bei, dass sich die Damenwelt nach ihm umdrehte.

Aber er war ein guter Kerl und das schien sie zu wissen. Deshalb war sie vermutlich gerne in seiner Nähe. Markus hoffte nur, eines Tages mehr als nur ein netter Typ für sie zu sein. Er war nicht blöd und wusste, wie er auf Frauen wirkte. Nämlich gar nicht.

Aber bei ihr war es anders.

Ihre Blicke verrieten ihm stets, dass da ein Feuer vorhanden war, das nur für ihn brannte. Oder zumindest ein Funken, der glühte.

Sie war sich ihrer Gefühle bewusst, nur konnte sie sie noch nicht zulassen. Ihre Probleme standen dem Glück der beiden noch im Weg.

Er wäre bereit, mit ihr diesen steinigen Pfad zu gehen. Solange würde er geduldig sein.

MARLENE

Tag 6

Daria kam pünktlich um zehn Uhr zur Tür herein und erklärte sich bereit, die Fenster zu putzen. Eine Aufgabe, die Marlene ungern erledigte und deshalb im Stillen beschloss, ihr zusätzliches Trinkgeld zu geben. Voller Aufregung konnte sie sich in der Zwischenzeit dem mitgebrachten Kuvert widmen.

DAS QUIZ

Bravo! Die nächste richtige Antwort! Sie machen das gut! Frage sechs sollte für Sie ebenso ein Kinderspiel sein:

Das rote Kleid in Ihrem Schrank – Sie wissen, welches gemeint ist: Haben Sie es für einen bestimmten Anlass gekauft?

a.) Ich besitze kein rotes Kleid

b.) Nein

c.) Ja

Ein unkontrolliertes Wimmern drang aus ihrer Kehle.

„Was ist los?“, fragte Daria aufgeregt und kam auf sie zu. Vorsichtig legte sie die Hand auf Marlenes Schulter. „Marlene? Geht es dir gut?“

„Sieh doch!“ Sie hielt ihr den Zettel vor die Nase, doch Daria reagierte nicht.

„Die kennen mich, Daria! Sie wissen *alles!*“

„Jetzt beruhige dich. Komm.“

Daria führte sie zum Sofa. Marlene setzte sich hin und nickte heftig, als Daria fragte, ob sie ein Glas Wasser wolle.

„So, nun ganz entspannt von vorne“, sagte sie, als sie zurückkam und Marlene das Glas überreichte. „Was wühlt dich denn so auf?“

„Die fragen nach einem roten Kleid in meinem Schrank!"
„Wer, *die?*"
„*Das Quiz!*"
„Was wirst du nun tun?"
Darias unerschrockene Reaktion verunsicherte sie noch zusätzlich. „Ich werde diesen Unsinn abbrechen."
„Glaubst du, das ist es wert?"
„Ich habe keine Ahnung! Ich weiß nicht mehr, was ich denken soll."
„Besitzt du denn ein solches Kleid?"
In diesem Moment fragte sie sich selbst, was sie hier eigentlich für ein Theater veranstaltete. Sie konnte sich Daria nicht anvertrauen, vielleicht steckte sie ja mit denen unter einer Decke.
Also: cool bleiben. Wobei es dafür eindeutig schon längst zu spät war: „Nein."
„Aber die Frage bezieht sich explizit auf ein rotes Kleid?"
Nervöses Nicken.
„Hm ... Hattest du mal eines?"
Diese Frage überraschte Marlene. Wieso interessierte sich Daria dafür? Und wieso machte ihr *Das Quiz* keine Angst?
Im nächsten Augenblick klopfte es an der Tür.
Hektisch sprang Marlene auf und positionierte sich davor. In Situationen wie diesen wünschte sie sich sehnlichst einen Spion. Sie musste unbedingt einen kaufen! Dann würde sie Markus fragen, ob er ein Loch in die Tür bohren könnte, denn sie selbst besaß nicht einmal Werkzeug.
„Marlene?" Darias Stimme war plötzlich ganz nah und Marlene erkannte, dass sie hinter ihr stand. Als wäre es ein Befehl, die Tür endlich zu öffnen – was sie dann auch tat.
„Guten Tag, Frau Fassberger", meinte daraufhin der Mann, der ihr lächelnd gegenüberstand. Es war Herr Krüger, der Nachbar von oben. Neben ihm stand die Frau, von der Marlene den Namen schon wieder vergessen hatte.
„Hallo." Mehr brachte sie nicht heraus.

Die beiden nickten Daria zu und Herr Krüger wandte sich sofort wieder an Marlene: „Wir wollten nur mal nach Ihnen sehen. Geht es Ihnen schon besser?“

Sie wollte in Darias Gegenwart nicht über ihren Zusammenbruch reden, deshalb spielte sie das Thema herunter: „Klar. Mir geht es bestens, danke.“

„Dann hat das Beruhigungsmittel also geholfen, das ist schön.“

Diese Information hätte Daria nicht unbedingt hören sollen, aber jetzt war es schon zu spät. Marlene hätte ihre Nachbarn am liebsten auf der Stelle weggeschickt, aber sie wollte nicht unhöflich sein. Immerhin waren die beiden zur Stelle gewesen, als sie zusammengebrochen war. Kurzerhand beschloss sie, sich bei ihnen mit einer Einladung zu bedanken. Außerdem konnte es nicht schaden, die Nachbarn kennenzulernen, wo sie doch schon so lange hier wohnte. „Was halten Sie beide davon, wenn ich Sie morgen zum Essen einlade?“

Sie sahen sich überrascht an, dann war die Frau diejenige, die das Wort ergriff: „Das wäre sehr nett von Ihnen, Frau Fassberger. Wir sind nur sehr beschäftigt, wissen Sie. Es ginge morgen eigentlich nur kurz mittags, auf einen Snack.“

„In Ordnung. Wäre zwölf Uhr okay? Ich kenne da ein nettes Bistro.“

„Gerne.“

Sie lächelten sich unsicher zu, ehe Marlene die Tür schloss.

Als sie sich umdrehte, nahm Daria gerade auf dem Sofa Platz und studierte den Zettel mit der heutigen Quizfrage. Sie tat so, als hätte das Gespräch eben nicht stattgefunden.

„Das waren übrigens meine Nachbarn. Nette Leute“, versuchte Marlene, das unangenehme Beruhigungsmittel-Thema in eines zu verwandeln, das man in einen netten Smalltalk einbauen konnte. Während sie das sagte, fragte sie sich selbst, ob Herr Krüger und Frau Irgendwas tatsächlich so nett waren, wie sie eben behauptet hatte. Sie würde es morgen herausfinden.

„Ich weiß“, meinte Daria, ohne den Blick von dem Zettel zu nehmen. „Ich bin ihnen schon einige Male im Treppenhaus begegnet.“

„Oh.“

„Wirst du *Das Quiz* nun abbrechen oder nicht?“

„Keine Ahnung.“

„Weißt du … Eigentlich steht es mir nicht zu, mich in deine Angelegenheiten einzumischen …“

„Aber?“

„Du solltest vielleicht nicht überstürzt handeln.“

„Was … meinst du damit?“ Marlene fühlte sich plötzlich sehr unwohl.

Daria sah so aus, als wüsste sie etwas. Ihr Blick huschte unsicher durch den Raum, wobei sie unbeholfen ihre Finger knetete.

„Womöglich ist das eine Chance auf …“ Dass sie den Satz nicht beendete, verstärkte Marlenes Gefühl der Unbehaglichkeit. Hinzu kam Wut.

„Worauf? Sag schon!“, fuhr sie Daria an, die vermutlich gar nichts für ihr Verhalten konnte. Die Stimme ihrer Besucherin verfiel in einen Flüsterton: „Vielleicht wird es Zeit, der Wahrheit ins Gesicht zu blicken.“

„Welcher Wahrheit?“

Daria atmete tief durch, ehe sie antwortete: „Bitte lass dir helfen.“ Sie legte den Zettel vor sich auf den Tisch. „Das hier … ist eine gute Möglichkeit, wieder zu dir selbst zu finden.“

„Ich soll mir helfen lassen? Was habe ich denn, bitteschön?“, fragte Marlene mit bissigem Unterton. Daria wollte Psychiaterin spielen – also bitte, nur zu! Sollte sie doch rausrücken mit ihrer Diagnose.

„Ich kann ni…“

„Was kannst du nicht? Was sollten diese Anspielungen?“

„Du bist krank.“ Wieder ein Flüstern.

Sie glaubte, sich verhört zu haben.

„Bitte?“, fragte sie empört.

„Du verdrängst die Realität." Diese Worte hatte Daria kaum hörbar zwischen ihren Lippen hervorgepresst und doch hatte Marlene jedes einzelne davon verstanden.

„Verschwinde." Sie blieb bei diesem Befehl erstaunlich ruhig und folgte der jungen Frau mit den Augen, als diese ihre Hand auf die Türklinke legte.

„Halt, warte." Marlene griff nach ihrem Arm, dabei zuckte Daria so heftig zusammen, dass sie sich die Schulter an der Tür stieß. Sie blickte sie aus kreisrunden Augen an und flehte: „Nicht anfassen, bitte."

Marlene trat einen Schritt zurück und bemühte sich um einen leisen Tonfall. „Tut mir leid. Aber eines möchte ich noch wissen."

Daria sah sie an wie ein scheues Reh.

„Wie kommst du darauf, dass mit mir etwas nicht stimmt?"

„Nun ja … Denk doch mal an den Killer, vor dem du dich angeblich versteckst."

Angeblich?, wäre es ihr beinahe rausgerutscht. Marlenes Kinnlade klappte herunter. Ihr fehlten die Worte. Dachte Daria etwa, dass sie nur simulierte?

„Glaubst du wirklich, dass er eine Gefahr für dich darstellt?", setzte sie nach.

„Ja. Mein Bauchgefühl sagt mir das." Marlenes Unterlippe begann zu beben. „Was ist, wenn er nur darauf wartet, bis ich mich sicher fühle und dann zuschlägt?"

„Wieso sollte er?"

Beinahe hätte Marlene die Frage wiederholt. In diesem Moment wurde ihr bewusst, dass sie keine Antwort darauf hatte. Ihr Mund blieb offen stehen, kein Laut drang heraus.

„Denk in Ruhe darüber nach", meinte Daria nach einem Augenblick des Schweigens. Beim Hinausgehen drehte sie sich noch einmal um und lächelte ihr versöhnlich zu, ehe sie die Tür hinter sich schloss.

Marlene war noch niemals so ratlos gewesen. Eigentlich hatte sie Daria auf die Probe stellen wollen. Für einen kurzen

Moment hatte sie geglaubt, sie als Strippenzieherin enttarnt zu haben. Doch sie hatte falsch auf die Frage reagiert. Wenn sie hinter all dem stecken würde, hätte sie Marlene dann nicht aufgefordert, in ihrem Schrank nach dem Kleid zu sehen?

Sie hatte einfach nur dagesessen und so ausgesehen, als würde sie ihr glauben, dass sie ein solches nicht besaß. Obwohl Marlene gelogen hatte.

MARLENE

Tag 7

An Schlaf war kaum zu denken gewesen, so sehr hatte sie die Sache beschäftigt.

Ob sie Thomas anrufen sollte?

Thomas ... Schon alleine beim Gedanken an ihn schmerzte ihr Herz unsäglich. Sie hatte sich damals hübsch gemacht, nur für ihn. Hatte sich das rote Kleid angezogen, an diesem besonderen Abend. Immer schon war sie in ihn verliebt gewesen und so oft hatte sie ihn verloren.

Beinahe hätte sie als Jugendliche mit ihm ihr erstes Mal erlebt, doch die blöden Gören aus ihrer Schule hatten alles versaut. Wie Hühner hatten sie bei Marlenes nacktem Anblick gegackert, nachdem Thomas die Flucht ergriffen hatte.

Dass sie ihn lange Zeit später wiedersehen und somit dort anknüpfen würde, wo die beiden Jahre zuvor aufgehört hatten, hätte sie damals nicht geahnt. Als es schließlich dazu kam, war sie für kurze Zeit der glücklichste Mensch auf Erden. Sie gestanden sich ihre Liebe, die in Wahrheit schon seit ihrer Jugend existierte und schliefen miteinander. Es war das schönste Gefühl, das Marlene jemals erlebt hatte und doch war es nicht richtig, wie sich im Nachhinein herausstellte. Während er in sie eindrang, fragte sie sich, ob er an eine andere dachte. In ihrer Jugend war sie vermutlich seine Nummer eins gewesen, aber in den letzten Jahren konnte sich viel geändert haben.

Seine Stöße wurden immer heftiger und gleichzeitig auch angenehmer, was sie aufstöhnen ließ. Sie genoss den Moment so sehr, dass ihre innere Stimme, die sie vor einem Fehler bewahren wollte, immer leiser wurde.

Nach dem Sex wollte sie nur eines: für immer an seiner Seite bleiben. Doch dann geschah das, wovor sie sich am meisten gefürchtet hatte: Thomas murmelte einen anderen Frauennamen, während er den Arm um sie legte. Der Moment war zerstört. Alles, was sie in den letzten Jahren miteinander verbunden hatte, wurde durch dieses eine Wort zunichtegemacht. In der Schule hatten sie sich ineinander verliebt, jahrelang hatte sie nur an ihn denken können – auch, wenn sie mit anderen geschlafen hatte. An diesem Abend war es endlich dazu gekommen: Sie hatten sich wiedergefunden – die Leidenschaft in seinen Augen hatte sie sofort bemerkt. Und dann nennt er den Namen einer anderen!

Marlene war zutiefst verletzt, doch sie konnte ihn nicht von sich stoßen. Ihr Wunsch, eine Nacht mit ihm zu verbringen, sollte in Erfüllung gehen. Deshalb schluckte sie die Tränen hinunter und schmiegte sich an ihn.

Am nächsten Morgen war die Kälte in Thomas' Augen alarmierend und Marlene sah der Wahrheit ins Gesicht: Sie war nicht mehr seine Nummer eins. Er hatte an eine andere gedacht, während er sie gefickt hatte … und das hatte sie schlussendlich in den Wahnsinn getrieben.

Wer außer ihm wusste also von dem roten Kleid?

Sie überlegte, ob tatsächlich Thomas in die Sache mit dem Quiz verwickelt sein könnte, aber ihr fiel keine plausible Erklärung dafür ein. Sie waren ineinander verliebt gewesen, in ihrer Jugend. Dann hatten sie etwa fünfzehn Jahre später einen One-Night-Stand. Das war es. Mehr gab es da nicht – bis auf ihre Gefühle.

Andererseits wusste *Das Quiz* über ihr Faschingskostüm Bescheid. Ob sich Thomas noch daran erinnern konnte? Aus einer Frage wurden plötzlich zwei, die sie zu ihm führten.

Sie musste ihn unbedingt kontaktieren, doch sie hatte keine Telefonnummer mehr von ihm.

Es klopfte an der Tür. Marlene würde versuchen, Thomas zu erreichen – doch vorher stand das Mittagessen mit ihren Nachbarn an.

Es war ungewohnt, mit jemand anderem als Markus in dem Bistro zu sitzen.

„So, meine Damen. Was wollt ihr denn?“, fragte Herr Krüger. „Ihr sucht aus – ich bezahle.“

„Du alter Charmeur“, sagte die Frau, deren Name Marlene noch immer nicht einfallen wollte und klopfte ihm lachend auf die Schulter. „Ich nehme dasselbe wie immer.“

„Alles klar. Frau Fassberger?“

„Ähm …“ Ihre Augen wanderten über die Karte. Sie beschloss, nur eine Kleinigkeit zu bestellen, da die beiden am Tag zuvor schon gemeint hatten, nicht lange Zeit zu haben.

„Ich nehme einen Toast“, meinte sie schließlich. Dass sie das Essen eigentlich bezahlen wollte, ließ sie unerwähnt. Herr Krüger sah wild entschlossen aus und würde dies vermutlich nicht zulassen.

„Kommt sofort. Getränk?“

„Ich bin da nicht wählerisch. Irgendeinen Softdrink.“

Krüger stand auf und ging zur Selbstbedienungstheke. Für gewöhnlich war das Markus’ Aufgabe. Ob er ihr böse wäre, wenn er erfahren würde, dass sie mit anderen Leuten hier zu Mittag aß?

„Haben Sie sich gut erholt?“, fragte Krügers Begleitung.

„Ja. Danke nochmal für Ihre Hilfe. Es ist mir etwas peinlich, aber … ich erinnere mich nicht mehr an Ihren Namen.“

„Ach, das macht doch nichts“, sagte sie lachend. „Das kann schon mal vorkommen. Heidenfeller mein Name.“

Weder sie noch Krüger hatten ihre Vornamen genannt, aber das war auch nicht so wichtig. Sie sprachen Marlene ebenfalls mit Nachnamen an und sie hatte absolut nichts gegen eine gesunde Distanz. Während Krüger am Tresen auf die Snacks wartete, sah sie sich um, denn sie hatte keine Ahnung, worüber sie sich mit Heidenfeller unterhalten sollte. Auch sie schien kein Interesse an einer Konversation zu haben, denn sie musterte Marlene nur schweigend.

Ihr Blick wanderte durch das Bistro und mit einem Mal wurde ihr bewusst, dass sie diese Situation schon einmal erlebt hatte. Nein, nicht einmal – eindeutig öfter.

Jedes Mal, wenn sie mit Markus hier gewesen war, um genau zu sein. Das Personal hinter der Theke war wie immer freundlich und grinste jeden an, der zur Tür hereinkam. Das war nicht weiter bedenklich. Aber die Leute, die hier aßen, kamen ihr so bekannt vor.

„Sind Sie öfter hier?", fragte Heidenfeller plötzlich.

„Ja", antwortete Marlene knapp, ohne sie eines Blickes zu würdigen. Sie konzentrierte sich weiter auf ihre Umgebung.

„So, einmal Quiche und einmal Toast für die Damen." Krügers Stimme und das Geräusch, das mit dem Abstellen der Teller ertönte, rückten in weite Ferne. „Und einmal Chicken Wings für meine Wenigkeit."

Marlene beachtete ihn nicht und kniff die Augen zusammen, um das Offensichtliche zu erkennen, doch es gelang ihr nicht. Etwas in diesem Bistro stimmte nicht.

„Haben Sie keinen Appetit?", fragte Krüger und riss sie damit aus ihren Überlegungen.

„Doch. Danke." Marlene nahm einen großen Bissen von ihrem Toast. Der heiße Käse brannte auf ihrer Zunge, aber sie ließ sich nichts anmerken.

„Erzählen Sie doch ein bisschen von sich. Seit wann wohnen Sie hier?", sagte Krüger mit vollem Mund.

Marlene ließ sich auf ein Gespräch ein: „Da gibt es eigentlich nicht viel zu erzählen. Ich bin vor etwa einem Jahr hierhergezogen."

Heidenfeller und Krüger sahen sich kurz mit hochgezogenen Augenbrauen an. Heidenfeller fragte: „Und gefällt es Ihnen?"

„Ja, meine Wohnung ist zwar klein, aber das reicht mir vollkommen."

„Haben Sie manchmal nicht das Gefühl …“ Ihre Nachbarin überlegte kurz, ehe sie weitersprach. „… als wären Sie …“

„Eingesperrt?“ Marlene hatte zwar keine Ahnung, was Heidenfeller hatte sagen wollen, aber dieses Wort war ihr als Erstes in den Sinn gekommen. Ihre beiden Begleiter reagierten unterschiedlich darauf: Krüger hatte sich verschluckt und hustete in seine Hand, während Heidenfeller sie mit großen Augen anstarrte, bevor sie ihren Blick auf die Tischplatte senkte.

Plötzlich bekam Marlene keine Luft mehr. Gierig trank sie ein paar Schlucke von dem Getränk, das ihr Krüger hingestellt hatte. Es war Eistee.

Eingesperrt … Ja, das war es. Aber wer war verantwortlich dafür, dass sie nur zusammen mit anderen das Haus verlassen konnte? War sie es selbst? Oder steckte etwas viel Größeres dahinter?

„Frau Fassberger …“ Krügers Stimme klang wie in Watte gehüllt, während seine Hand nach dem Hustenanfall zu ihrer Schulter wanderte.

„Lassen – Sie – mich!“, herrschte sie ihn an. Mit wackeligen Beinen stand sie auf.

„Was machen Sie denn? Setzen Sie sich wieder hin“, sagte Heidenfeller in einem einfühlsamen Tonfall.

Marlenes Stimme bekam einen flehenden Unterton und sie fühlte sich plötzlich so unwohl, dass sie die Flucht ergreifen musste. „Ich möchte nach Hause. Alleine. Verzeihung.“

Hastig drehte sie sich um und stürmte aus dem Bistro. Draußen vor dem Lokal war ihr Blick auf den Boden gerichtet, sodass sie nicht erkennen konnte, mit wem sie im nächsten Moment kollidierte.

„Passen Sie doch auf“, bekam sie zu hören, verlangsamte ihr Tempo jedoch nicht. „Marlene?“

Als die Person ihren Namen aussprach, hielt sie inne. Die Stimme kam ihr bekannt vor. Langsam drehte sie sich um und blickte der Frau ins Gesicht, die sie vor wenigen Sekunden angerempelt hatte.

„Ja, spinnt denn die Welt? Was für ein Zufall!", sagte die jugendlich aussehende Frau mit einem breiten Lächeln im Gesicht. Marlenes Nackenhaare standen zu Berge. Konnte das wahr sein?

„Ich …" Mehr brachte Marlene nicht hervor, stattdessen ging sie auf sie zu und schloss sie fest in die Arme. Freudentränen kullerten über ihre Wangen, als sie ihren Kopf auf die zierliche Schulter der Frau legte. Im nächsten Moment spürte sie, wie eine Hand über ihren Rücken fuhr. „Lange nicht mehr gesehen."

Marlene zog die Nase hoch und nickte. Es war unglaublich. Beinahe hatte sie sie vergessen. Obwohl sie bis vor achtzehn Jahren beste Freundinnen gewesen waren.

„Mache ich dir wirklich keine Umstände?", fragte Victoria, während sie im Türrahmen von Marlenes Wohnung stand – anscheinend unschlüssig, ob sie reinkommen sollte oder nicht.

„Quatsch, ich hatte sowieso nichts vor", antwortete Marlene und ging voraus. *Außer, dass ich einen Verflossenen kontaktieren wollte, weil ich befürchte, einem fiesen Streich zum Opfer gefallen zu sein. Und nebenbei bemerkt: Ich stand vor wenigen Minuten kurz vor einem Zusammenbruch, aber der ist nicht der Rede wert. Schön, dich wiederzusehen! Lass uns doch anstoßen!* Diese Gedanken versuchte Marlene zu verdrängen und war froh über die Ablenkung. Als sie sich eine Haarsträhne aus dem Gesicht strich, fühlte sie den kalten Schweiß auf ihrer Stirn. Die Möglichkeit, nur knapp einem Schwächeanfall entkommen zu sein, war nicht auszuschließen. Ob ihre Nachbarn im nächsten Moment vor der Tür stehen würden?

Marlene straffte die Schultern, versuchte sich zu entspannen und im Hier und Jetzt anzukommen. Weg vom Zusammenbruch – hierher in ihre Wohnung, an einen sicheren Ort.

„Nett hast du es hier", meinte Victoria, als sie die Tür hinter sich schloss. Die beiden setzten sich auf das Sofa. Während

Victoria erzählte, wie es ihr in den letzten Jahren ergangen war, musterte Marlene sie. Es war, als wäre die Zeit spurlos an ihrer ehemaligen Freundin vorübergezogen. Ihre brünetten Haare ragten bis knapp unter das spitze Kinn und ihre dunkelbraunen Augen strahlten dieselbe Lebensfreude aus wie in ihrer Jugend. Marlene stellte sich vor, dass sie sich vor Verehrern kaum retten konnte.

Bis vor achtzehn Jahren waren sie gut befreundet gewesen. Marlene würde sogar so weit gehen und behaupten, Victoria wäre ihre beste Freundin gewesen, weil sie im Grunde genommen ihre einzige war. Doch im Spätsommer 2001 zog sie mit ihrer Familie weg, da ihr Vater ein gutes Jobangebot in einem anderen Bundesland bekommen hatte. Schon nach kurzer Zeit war der Kontakt abgebrochen – trotz ausgetauschter Handynummern.

„Was verschlägt dich hierher zurück?", wollte Marlene wissen.

„Die Arbeit. Und da die ewige Pendlerei nichts für mich ist, bin ich auch gleich wieder hergezogen."

„Das ist ja toll!", rief Marlene begeistert. Im nächsten Moment war ihr ihre Euphorie ein bisschen peinlich, da sie nicht wusste, ob Victoria überhaupt vorhatte, wieder mit ihr in Kontakt zu treten.

„Finde ich auch! Und dann treffe ich dich! Also, besser hätte mein Neustart hier gar nicht laufen können!"

„Ich freue mich auch wahnsinnig, dir über den Weg gelaufen zu sein", gab Marlene erleichtert zu.

„Über den Weg gelaufen? Du hättest mich beinahe zu Tode getrampelt!"

Beide brachen in Gelächter aus. Das war es, was sie so sehr gebraucht hatte. Eine Freundin. Jemand, dem sie sich anvertrauen konnte. Ob sie Victoria von dem Quiz erzählen sollte? Besser nicht, damit würde sie sie höchstwahrscheinlich vertreiben. Wenn man sich beinahe zwei Jahrzehnte nicht gesehen hat, gibt es vermutlich bessere Annäherungsgespräche, als: „Übrigens: Ich mache bei einem Quiz mit, das mir einen Traumurlaub verspricht, wenn ich gewisse Fragen wahrheitsgemäß beantworte. Und weißt du, was schräg daran ist? Die Fragesteller wissen persönliche Dinge über mich, die mir Angst einjagen. Lass uns doch zusammen rausfinden, wer dahintersteckt! Das wird ein Mordsspaß!"

Sie beschloss, das Thema auf jeden Fall anzusprechen – nur nicht heute. Und anders formuliert.

Der nächste Satz aus Victorias Mund hätte genauso gut von Marlene sein können: „Ich habe übrigens eine neue Handynummer. Was hältst du davon, wenn wir unsere Kontaktdaten austauschen? Also, ich meine … Nur, wenn du will…"

„Klar!"

Ein Lächeln zeichnete sich auf Victorias Gesicht ab.

Nachdem sie ihre Telefonnummern ausgetauscht hatten, schien sie es plötzlich eilig zu haben. „Weißt du, war nett, dich wiederzusehen. Es wäre toll, wenn wir uns öfter sehen könnten. Aber … ich muss jetzt los."

„Kein Problem."

Die beiden standen auf und wurden von einem Klopfen unterbrochen, ehe sie sich zum Abschied umarmen konnten.

Es war Markus, der vor Marlenes Tür stand. „Ich wollte nur mal nach dir sehen", waren seine Worte nach der Begrüßung. Er sah heute so anders aus. Als hätte er sich aufgebrezelt. Auf einmal war Marlene die Situation unangenehm: Ihr bester Kumpel stand aufgedonnert in ihrer Tür, während sie Besuch von einer hübschen Junggebliebenen hatte, wobei sie selbst vor Kurzem knapp einem Nervenzusammenbruch entkommen war und vermutlich auch danach aussah.

Verlegen strich sie sich eine dunkelblonde Haarsträhne aus der Stirn, als sie murmelte: „Darf ich vorstellen? Das ist Victoria, eine alte Freundin von mir."

„Wer?", fragte Markus und spähte an ihr vorbei.

Marlene ging einen Schritt zur Seite und deutete unbeholfen auf ihre Freundin. „Hey", sagte diese gutgelaunt.

„Freut mich“, entgegnete Markus. Begeistert sah er nicht gerade aus. Seine Aufmerksamkeit war sofort wieder auf Marlene gerichtet. „Störe ich?“

„Überhaupt nicht. Victoria wollte gerade gehen.“

Ihr Freund sah sie aufmerksam an und knetete seine Finger, als hätte er vergessen, was der Anlass seines Besuches war. Sie überlegte, wie sie ihn loswerden könnte, ohne dabei unhöflich zu sein. Auf der einen Seite freute sie sich, ihn zu sehen. Schließlich hatte er sich die Mühe gemacht, herzukommen, doch die Müdigkeit holte sie ein, als hätte sie eine lange Reise hinter sich. Sie brauchte eindeutig Ruhe.

„Hör zu, es passt mir gerade nicht so gut. Ich würde mich dann gerne hinlegen.“

Das schien er zu akzeptieren. Als würde man ihn beobachten, sah er sich im Treppenhaus um und sagte zum Abschied: „Na gut. Ruh dich aus. Aber melde dich, wenn du etwas brauchst.“

Während Markus davonging, beugte sich Marlene nach vorne, um ihm nachzusehen. So etwas hatte sie noch nie getan. Warum sie ausgerechnet jetzt damit anfing, wusste sie selbst nicht.

„Oh, Mist, das tut mir leid. Habe ich dein Date vermasselt?“, fragte Victoria und spähte ebenfalls bei der Tür hinaus.

„Nein, schon in Ordnung. Er ist ein guter Freund.“

„Aber er ist süß! Schnapp ihn dir!“, meinte Victoria kichernd und pikste sie in den Oberarm.

„Wenn du ihn so süß findest, kannst du ihn dir gerne holen“ erwiderte Marlene schnippisch, was ihr auf der Stelle leidtat. Sie wollte nicht eifersüchtig klingen. Aber sie wollte auch nicht, dass sich Victoria ihren besten Freund *schnappte*. „Tut mir leid“, sagte sie daraufhin.

„Nein, mir tut es leid. Ich dachte mir, ihr beide … Na, du weißt schon.“

„Nein, so einer ist er nicht. Markus ist anständig.“

„Ja klar, und ich bin eine Heilige!“

Wieder begannen die beiden zu lachen.

„Also“, sagte Victoria. „Ich muss jetzt los. Wir sehen uns.“

Sie umarmten sich, und bevor Marlene die Tür geschlossen hatte, hörte sie noch einmal die Stimme ihrer Freundin: „Hey. Da liegt ein Kuvert.“

Victoria war vor knapp fünfzehn Minuten gegangen.

Sie saß auf dem Sofa, vor sich auf dem Tisch den ungeöffneten Umschlag. Wer hatte ihn vor die Tür gelegt? Markus? An Schlaf war jetzt nicht mehr zu denken.

Ihr fiel die gestrige Unterhaltung mit Daria ein. Sie hatte sie als *krank* bezeichnet und behauptet, sie würde die Realität verdrängen. Hatte sie das Kuvert vor die Tür gelegt? Marlene wusste nicht mehr, ob sie gestern den Umschlag mitgenommen hatte oder nicht.

Sie atmete tief durch und öffnete ihn. Ihr Herz setzte einen Moment lang aus, als sie den Zettel auseinanderfaltete und die Worte las:

Das ist leider die falsche Antwort.

Geräuschvoll sog sie die Luft ein und schloss die Augen. Die falsche Antwort? Sie hatte doch gar nichts angekreuzt. Vermutlich galt das schon als falsch. Oder hatte Daria …?

Ein Pochen, das in ihrem Kopf einsetzte, zwang Marlene, die Augen wieder zu öffnen. Ihre Sicht war durch einen Tränenfilm verschwommen, sodass sie sich konzentrieren musste, um alles noch einmal von vorne zu lesen.

DAS QUIZ

Das ist leider die falsche Antwort. Sie besitzen ein solches Kleid. Und Sie haben es für einen bestimmten Anlass gekauft – das wissen Sie. Es wäre ratsam, von nun an ehrlich zu sein. Weiter geht es mit Frage sieben:

Haben Sie eine Narbe an Ihrem Körper?

a.) Nein

b.) Ja

c.) Nicht eine, sondern mehrere

Die nächste persönliche Frage. Anscheinend war es egal, ob man eine Antwort gab oder nicht, *Das Quiz* ging einfach weiter. Oder Daria hatte tatsächlich für Marlene angekreuzt.

Sie schnappte sich den Umschlag und begutachtete ihn. Warum war ihr das nicht schon früher aufgefallen? Sie würde sich am liebsten selbst ohrfeigen. Das Kuvert war weiß, auf beiden Seiten unbeschriftet. Kein Empfänger, kein Absender. Für ein offizielles Gewinnspiel war diese Tatsache äußerst fragwürdig. War das auch bei den vorigen Umschlägen der Fall gewesen? Sie konnte sich nicht erinnern.

Auf dem Flyer hatte eine Adresse gestanden, aber der war bereits im Altpapiercontainer gelandet, als Daria den Abfall runtergebracht hatte. Die Müllabfuhr hatte das Übrige getan.

Marlene stand auf und ging mit dem blanken Kuvert durch die Wohnung, dabei kaute sie auf ihrer Unterlippe. Als würde das was bringen.

Dann blieb sie abrupt stehen und hastete zu ihrem Laptop. Nachdem er hochgefahren war, öffnete sie den Web-Browser. Da „Das Quiz“ nun schon mehrere Tage lief, hatte man in der Zwischenzeit womöglich einen Beitrag darüber verfasst.

Keine Internetverbindung. *Was zum …*

Sie klickte sich durch die Taskleiste, um das Gerät mit dem WLAN-Router zu verbinden, doch es schien kein Symbol dafür zu geben. Vielleicht stimmte etwas mit dem Router nicht? Marlene stand auf und ging zu der Steckdose, wo sie ihn drangehängt hatte. Als auch dieser nicht vorhanden war, blinzelte sie ungläubig. Hatte etwa jemand ihren WLAN-Router gestohlen? Mit einem Blick auf ihr Smartphone stellte sie fest, dass sie auch hier keinen Internet-Empfang hatte. Weder WLAN noch am Gerät selbst. Außerdem war der Verlauf leer. Verlor sie jetzt den Verstand? Sie war sich nicht sicher. Marlene fuhr sich mit zitternden Händen übers Gesicht und atmete tief durch.

Eines jedoch war gewiss: Jemand hatte sich unbemerkt Zutritt zu ihrer Wohnung verschafft, während sie im Bistro gewesen war.

Markus hatte kurzfristig einen Hausbesuch bei einer Patientin verschieben können und stand nach kurzer Zeit vor ihrer Tür. Er wirkte gestresst und fragte: „Also, welches Problem gibt es?"

„Komm rein", sagte sie ungeduldig und zog ihn am Ärmel in die Wohnung. Danach sprach sie im Flüsterton weiter, so als würde man sie belauschen: „Ich glaube, bei mir ist eingebrochen worden."

„Eingebrochen? Wann? Nachdem du dich hingelegt hast?"

Marlene schüttelte den Kopf. „Ich war die ganze Zeit über wach. Vorhin war ich mit meinen Nachbarn im Bistro. Da muss es passiert sein."

„Wann war das?"

Marlene sah auf die Uhr. „So … vor anderthalb Stunden, würde ich sagen."

Das Flüstern hatte sie eingestellt, in Markus' Nähe brauchte sie keine Angst zu haben. Ihr bester Kumpel sah sich um und meinte: „Woran hast du das gemerkt? Ist etwas verschwunden?"

In der Tat hatte Marlene in der Zwischenzeit nach anderen Anzeichen gesucht, die auf einen Einbruch hindeuteten, aber nichts gefunden. „Mein WLAN-Router."

„Aha. Sonst noch was?"

„Nein, glaube nicht."

Markus ging zur Wohnungstür. Es sah so aus, als würde er sie auf Einbruchspuren untersuchen. Dasselbe tat er bei den Fenstern. „Also, die sehen alle gut aus."

„Derjenige muss ohne großen Aufwand reingekommen sein."

„Hm."

Sonderlich schockiert schien er nicht zu sein. Das regte Marlene auf. „Sag mal, machst du dir gar keine Sorgen deswegen?"

„Für mich sieht es ehrlich gesagt nicht so aus, als sei eingebrochen worden."

„Und wo ist dann bitteschön mein WLAN-Router hingekommen?"

„Hast du ihn vielleicht verlegt?"

„Ja, sicher! Ich stecke ihn täglich aus und woanders wieder ein, das macht mir nämlich unheimlichen Spaß!"

„Oder hattest du Besuch?"

„Daria war gestern noch hier."

Markus ging im Raum auf und ab, während er weiterredete: „Und heute?"

„Nur Victoria."

Für einen kurzen Moment herrschte Stille im Raum. Dann atmete Markus tief durch und fragte: „Vertraust du ihr?"

Hielt er es etwa für möglich, dass Victoria das Gerät gestohlen haben könnte? Marlene war fassungslos. Bei ihr wurde eingebrochen und er verdächtigte ihre Jugendfreundin?

„Was sollte diese Frage? Das wäre mir doch aufgefallen, wenn sie …" Sie vollendete den Satz nicht, machte stattdessen eine abwehrende Handbewegung in Markus' Richtung.

„Wer ist sie eigentlich?"

„Eine Freundin." Sie wurde wütend, da er einfach so das Thema wechselte. „Sie hat ihn nicht geklaut, da bin ich mir sicher."

„Weißt du …", begann Markus vorsichtig und sah sie eindringlich an. „Du musst wirklich aufpassen, mit wem du dich abgibst."

„Okay", gab Marlene lachend von sich und klopfte ihrem Freund auf die Schulter. „Mach keine Witze. Victoria ist einfach nur eine alte Freundin, die mir heute zufällig über den Weg gelaufen ist."

„Zufällig?" Markus' Interesse war nicht zu überhören.

„Ja, zufällig."

Marlene schnaubte genervt und zwang sich zur Beruhigung. Ihr Freund gab sich anscheinend mit ihrer Antwort zufrieden, also sprach sie wieder das eigentliche Thema an: „Meinst du, ich soll die Polizei rufen bezüglich des Routers?“

„Wenn du dir sicher bist, dass eingebrochen wurde … Es sieht ja nicht danach aus. Wer könnte sich sonst Zutritt zu deiner Wohnung verschafft haben? … Vielleicht … deine Eltern?“

Ein Stich im Herzen. Marlene griff sich an die Brust und sah ihn mit großen Augen an. „Nein. Du weißt doch, dass ich zu ihnen keinen Kontakt mehr habe.“

Markus legte ihr eine Hand auf den Rücken und führte sie zum Sofa, wo sie sich niederließen. „Willst du darüber reden?“

Du benimmst dich wie ein Flittchen. Wie oft hast du uns wegen ihm schon angelogen?!, hörte sie die wütende Stimme ihres Vaters in ihrem Inneren. Marlene unterdrückte ein Schluchzen und zog die Nase hoch, während sie den Kopf schüttelte. Markus tastete sich einfühlsam vor: „Du weißt, dass du mit mir über alles reden kannst, oder? Über alles, wirklich.“

Sie hielt kurz inne und fragte schließlich: „Hältst du mich für ein Flittchen?“

Markus blickte sie verwirrt an. Nun war er derjenige, der den Kopf schüttelte: „Nein. Wie kommst du denn darauf?“

„Meine Eltern schon … Wechseln wir bitte das Thema.“

„Haben Sie das denn jemals zu dir gesagt?“

„Es zu erklären, würde doch sowieso nichts ändern, oder?“

Der Moment, in dem sie einander ansahen, schien eine Ewigkeit zu dauern. Eine Ewigkeit, die nur für sie beide bestimmt war. Ein Kribbeln zog sich über Marlenes Körper und verursachte ein Knistern, das sie zuvor nie in Markus’ Gegenwart wahrgenommen hatte. Sie überlegte tatsächlich, ob sie ihm von ihren Eltern erzählen sollte. Doch es ging nicht. Dazu saß der Schmerz zu tief. Ihre Hände ballten sich zu Fäusten, die am liebsten auf irgendetwas einschlagen würden.

Ihr Freund legte vorsichtig seine Hand auf ihre, was dazu führte, dass die Anspannung nachließ. Erneut zuckte ein Kribbeln durch ihren Körper. Markus ging auf ihren Wunsch ein und wechselte das Thema: „Gut. Nochmal zu deiner Router-Geschichte: Wann hast du ihn das letzte Mal gesehen? Oder wann hast du das Internet genutzt?“

Letzteres lag in der Tat schon ein paar Tage zurück. Und Ersteres war auch nicht einfach zu beantworten. „Keine Ahnung. Wer sieht denn schon jeden Tag nach, ob der Router noch da ist?“

„Hast du ihn vielleicht selbst entfernt?“, wollte er wissen, nachdem er seine Hand wieder zurückgezogen hatte. Er hinterließ eine kühle Leere auf ihrer Haut.

Marlene musste leise lachen. „Natürlich. Zusammen mit meinem Auto.“

Darias Worte kamen ihr wieder in den Sinn: *Bitte lass dir helfen. Das hier … ist eine gute Möglichkeit, wieder zu dir selbst zu finden. Du bist krank. Du verdrängst die Realität.*

Ruckartig stand sie auf und holte das Kuvert, das sie heute bekommen hatte. „Hier.“ Mehr sagte sie nicht, als sie es auf den Couchtisch fallen ließ.

„Was ist das?“, wollte Markus wissen und öffnete es.

„Irgendjemand hat wohl die vorherige Frage für mich angekreuzt.“

Ihr Kumpel schwieg und legte den Zettel vor sich hin. Es sah so aus, als würde er auf eine Erklärung warten, doch es gab keine. Marlene schilderte das Offensichtliche: „Die behaupten, ich hätte eine falsche Antwort gegeben, dabei habe ich nichts angekreuzt.“

„Wirklich?“

Sie nahm wieder neben ihm Platz und antwortete: „Ja. Sie wollten wissen, ob ich das rote Kleid für einen bestimmten Anlass gekauft habe.“

„Das rote Kleid?“

„Ja!“ Sie tippte aufgeregt mit dem Zeigefinger auf das Blatt Papier, das vor ihnen lag.

„Das ist eine sehr persönliche Frage“, meinte Markus. „Hast du denn ein solches Kleid?“

Sie nickte knapp.

„Und …“ Er atmete tief durch. „Hast du es für einen bestimmten Anlass gekauft?“

„Ich … Ich wollte einen … Nicht so wichtig.“

„Anscheinend schon, sonst würdest du so eine Frage nicht gestellt bekommen.“

Marlene senkte den Blick. „Ich wollte einen Mann beeindrucken.“

„Welchen Mann?“ Sein Tonfall klang sehr interessiert.

Wieder ein Stich in ihrem Herzen. „Kannst du mir bitte ein Wasser bringen?“

„Natürlich.“ Markus stand auf und war kurz darauf mit einem befüllten Glas wieder neben ihr. Mit zitternden Händen nahm sie es und nippte daran. Es war ihr peinlich, mit Markus über andere Männer zu sprechen. Als würde sie ihn damit betrügen, obwohl sie gar kein Paar waren.

„Glaubst du … steckt dieser Kerl, den du damit beeindrucken wolltest, dahinter?“

„Keine Ahnung“, brachte sie wimmernd hervor. Oh nein. Jetzt begann sie auch noch zu heulen. Das wurde ja immer besser! Marlene stellte das Glas ab und verbarg das Gesicht hinter ihren Händen. Die Erinnerungen an Thomas schmerzten noch immer. Warum kam sie nicht über diesen Typen hinweg?

Markus legte ihr vorsichtig eine Hand auf die Schulter. Sie sah ihn an und murmelte: „Tut mir leid.“

„Ist schon okay. Ich hab noch ein bisschen Zeit. Willst du über ihn reden? Oder über Victoria?“

„Wieso? Gefällt sie dir etwa?“

Ihm entkam ein Lacher. „Darum geht es nicht. Es kommt mir nur so vor, als hättest du in letzter Zeit einige merkwürdige Aufeinandertreffen und vielleicht …“

Er beendete den Satz nicht. Marlene wusste, was er damit meinte und fragte: „Glaubst du etwa, dass sie etwas mit dem Quiz zu tun hat?“

„Keine Ahnung. Aber denk doch mal nach: Du kennst sie aus deiner Vergangenheit. Sie müsste also einige Dinge über dich wissen."

Da hatte er recht.

„Kann es vielleicht sein, dass Victoria und dieser Kerl in irgendeiner Verbindung stehen?"

Dass Markus plötzlich auch nicht mehr an ein normales Gewinnspiel dachte, beruhigte Marlene. So kam sie sich nicht ganz wie eine Verrückte vor. Einen Moment dachte sie über diese Frage nach, schüttelte dann aber den Kopf. „Das glaube ich nicht. Wir haben den Kontakt abgebrochen, lange bevor die Sache mit … mit dem Typen angefangen hat."

„Ihr habt den Kontakt abgebrochen? Habt ihr euch zerstritten?"

Nein, wollte Marlene schon sagen, doch dann überlegte sie: Stimmte das wirklich? Sie versuchte, sich zu erinnern. Es war mehr als achtzehn Jahre her, dass Victoria mit ihrer Familie weggezogen war. Nachdem Marlene ihre einst beste Freundin dadurch verloren hatte, hatte sie ihr ein paar Mal gesimst – eine Antwort war ausgeblieben. War damals etwas vorgefallen, das sie verdrängt hatte? Vielleicht hatte sie sie nicht grundlos ignoriert. Heute war die Freude über das Wiedersehen so groß gewesen, dass ihr der Gedanke, Victoria in der Vergangenheit verletzt oder verärgert zu haben, gar nicht gekommen war.

„Marlene?" Markus' sanfte Stimme holte sie zurück in die Gegenwart.

„Ähm …" Sie versuchte, sich zu fangen. „Ich … Ich weiß es ehrlich gesagt nicht mehr."

„Habt ihr heute darüber geredet?"

„Nein, wir haben uns auf Anhieb gut verstanden. Als wäre nie etwas gewesen. Damals ist sie mit ihren Eltern weggezogen, daher haben wir uns aus den Augen verloren. Aber wenn ich so darüber nachdenke …"

„Ja?"

„Ich habe ihr einige Male gesimst, aber sie hat nie zurückgeschrieben."

„Was könnte der Grund dafür sein?"

„Ich weiß es nicht, okay?" Langsam verlor sie die Geduld. Merkte Markus denn nicht, dass sie mit der Situation selbst überfordert war?

„Seit 2001 herrscht Funkstille … bis heute. Ich habe mir da ehrlich gesagt noch keine Gedanken darüber gemacht, warum das so ist. Und jetzt kommst du mit deinen Fragen daher und verunsicherst mich total!"

Die Freude über das Wiedersehen mit Victoria war wie weggeblasen. Nun wirkten die ganzen Ereignisse der letzten Tage wie ein abgekartetes Spiel. Marlene war die Spielfigur und wusste nicht, wie ihr geschah. Doch wer war der Spielführer? Thomas? Victoria? Markus? Daria? Ihre Nachbarn?

„Ich glaube nicht, dass das Treffen mit deiner Freundin zufällig war. Das sollte dir im Moment mehr zu denken geben als dein verschwundener Router." Markus machte eine kurze Pause, dann meinte er: „Kann ich etwas für dich tun, damit du dich besser fühlst?"

Marlene sah zur Tür. „Du glaubst mir nicht, oder?"

Sein Blick folgte ihrem. „Das habe ich nie gesagt. Aber … sei doch mal ehrlich: Ein Einbrecher? Und dann lässt er nichts mitgehen, außer deinem Router? Ohne Einbruchspuren?"

Du bist krank.

Du verdrängst die Realität.

Das Gefühl der Unsicherheit wich purer Verzweiflung. Wimmernd schüttelte sie den Kopf.

Markus legte seine Hand auf ihr Knie. „Ich will deiner Freundin echt nichts unterstellen. Aber … du weißt nicht, welche Absichten sie hat. Sei bitte vorsichtig."

„Könntest du mir einen Spion einbauen?"

„Alles, was du möchtest."

Dieser Mann tat wirklich alles für sie. Und sie wusste es zu schätzen. Hatte sie etwa den Richtigen ständig vor Augen, ohne es zu merken? Eine plötzliche Hitzewelle durchfuhr sie, während ihr der Gedanke kam, dass womöglich jetzt der Zeitpunkt gekommen war, um ihn zu küssen. Woher diese Gefühle kamen, konnte sie sich nicht erklären ... wie so viele andere Dinge auch.

Markus stand auf, bevor sie sich ihm nähern konnte. Beschämt blickte sie zu Boden. Hatte er etwa gemerkt, dass sie ...? Nein, *so* offensichtlich war es nun auch wieder nicht gewesen.

„Willst du dieses Quiz fortführen?“, fragte er auf dem Weg zur Wohnungstür.

„Ich weiß nicht. Anscheinend geht es ja trotzdem weiter, obwohl ich nichts ankreuze.“

„Wer hat den Umschlag für dich aufgegeben?“

„Daria, wie immer“, antwortete Marlene, als wäre diese Tatsache selbstverständlich. Doch dann kam ihr die gestrige Unterhaltung in den Sinn ... Hatte Daria das Kuvert überhaupt mitgenommen?

„Und wer hat ihn heute gebracht?“, riss Markus sie aus ihren Überlegungen.

„Keine Ahnung. Er lag plötzlich vor der Tür. Victoria hat ihn beim Rausgehen gefunden.“

Ihr Freund sah sie abwartend an. „Also hast du ihn nicht selbst entdeckt?“

Hatte sie nicht. Da kam ihr ein Gedanke. „Warte mal. Als du vorhin angeklopft hast, als Victoria noch da war ..., lag da ein Kuvert vor meiner Tür?“

„Mir ist keines aufgefallen.“

„Mir auch nicht.“ Marlene sah zur Seite und überlegte. Sie war anscheinend wirklich voll neben der Spur, denn auch diese Tatsache hätte ihr viel früher auffallen müssen: „Victoria ist kurz nach dir gegangen. Sie hat es gefunden.“

„Hast du gesehen, wie sie es aufgehoben hat?“

„Nein. Ich hatte die Tür schon halb geschlossen, als sie es mir gegeben hat.“

Markus nickte. „Da hast du die Übeltäterin.“

MARLENE

Tag 8

Gestern hatte sie Ablenkung gebraucht und das dringend, deshalb hatte sie sich an ihren Laptop gesetzt und gearbeitet. Ohne Internet war es sowieso schwer, Thomas ausfindig zu machen, geschweige denn, herauszufinden, wer wirklich hinter dem Quiz steckte. Und für ein Nickerchen war sie zu aufgewühlt gewesen.

Markus' Worte hatten sie zum Nachdenken gebracht. Wenn sie ehrlich war, kam ihr Victorias Erscheinen auf der Bildfläche nach so vielen Jahren tatsächlich eigenartig vor. Sie würde ihrer Freundin auf den Zahn fühlen müssen. Doch zuvor war es wichtig, einen klaren Kopf zu bekommen. Ihr aktueller Lektoratsauftrag half ihr in keiner Weise. Im Gegenteil. Das Manuskript hatte ihr schwer zugesetzt. Beim Lesen hatte sie Kopfschmerzen bekommen und immer wieder Pausen einlegen müssen, bis sie schließlich erschöpft ins Bett gefallen war.

Sie wachte mit Rückenschmerzen auf. *Kein Wunder,* dachte sie sich, als sie beim Aufsetzen bemerkte, dass ihr Kopfkissen auf dem Boden lag. Mit steifen Gelenken kroch sie aus dem Bett und machte Dehnübungen. Die waren längst überfällig, wie sie feststellte. Marlene gelang es nicht einmal, mit den Fingerspitzen ihre Zehen zu berühren, als sie sich mit durchgestreckten Knien nach unten bückte. Ein Knacken in der Halswirbelsäule veranlasste sie dazu, sich wieder aufzurichten. Behutsam drehte sie ihren Kopf und sah zum Fenster hinaus. Der Himmel war genauso trüb und farblos wie ihr Gemütszustand. Das musste sie ändern, denn heute hatte sie einiges vor.

Nachdem sie geduscht hatte, eilte sie zur Küchenzeile und machte sich frischen Kaffee. Das letzte Mal, dass sie einen getrunken hatte, war Ewigkeiten her. Das koffeinhaltige Getränk sorgte hoffentlich dafür, dass ihr Verstand klar blieb und auf Hochtouren arbeitete. Mit der warmen Tasse setzte sie sich an den Küchentisch, wo sie zuvor ihren Laptop abgestellt hatte. Sie öffnete den Editor und schrieb Punkte auf, die geklärt werden mussten. Darunter fiel zum Beispiel die Kontaktaufnahme zu Thomas. Während ihre Finger über die Tasten flogen, kam ihr ein Gedanke. Etwas an Markus' Verhalten hatte sie gestern irritiert. Aber was? Ihr Blick richtete sich auf die Wohnungstür und sie versuchte, sich seine Worte ins Gedächtnis zu rufen.

Plötzlich erklang ein leises Tropfen in einem Rhythmus, der ihrem Herzschlag glich. Das Geräusch wurde lauter und erinnerte Marlene an einen Countdown, der sie ermutigen sollte. Als würde man ihr befehlen, ihre grauen Zellen auf Vordermann zu bringen und das Offensichtliche zu erkennen.

Wie ferngesteuert stand sie auf und ging zur Wohnungstür. Langsam legte sie eine Hand auf die Türklinke. Von draußen drangen Laute herein, die sich zu entfernen schienen. Sie wurden vom tropfenden Wasserhahn in der Küche übertönt. Im nächsten Moment verstummte das Geräusch.

Als sie die Klinke nach unten drückte, öffnete sich die Tür. Das war keine Überraschung, denn sie konnte sich nicht erinnern, gestern abgesperrt zu haben. Aber …

… wo war ihr Wohnungsschlüssel?

Die Unterhaltung mit Markus spielte sich wie ein Film in ihrem Kopf ab. Er glaubte nicht an ihre Theorie mit dem Einbruch. Aber war da nicht noch etwas, das sie hätte stutzig machen müssen?

Ein Gegenstand, den sie im Augenwinkel erkannte, riss sie aus ihren Gedanken. Marlene öffnete die Tür ganz und bückte sich, um ihn aufzuheben. Das konnte nicht wahr sein. Er durfte gar nicht hier sein! Nachdem sie den Umschlag aufgehoben hatte, trat sie aus ihrer Wohnung und blickte sich um, dabei erkannte sie Herrn Krüger auf dem Flur.

„Entschuldigen Sie“, rief sie ihm nach. Er drehte sich sofort um und winkte ihr mit einem Klemmbrett zu. Der Gegenstand in seiner Hand ließ ihn wie einen Hausmeister aussehen.

„Wie geht es Ihnen?“, wollte er wissen, während er sich in Bewegung setzte und auf sie zukam.

„Schon besser.“ Marlene hatte im Moment keine Zeit für Erklärungen. Ihr Verhalten im Bistro gestern war ihre kleinste Sorge, deshalb sprach sie gleich über die Sache, die sie verunsicherte: „Haben Sie gesehen, wer dieses Kuvert vor meine Tür gelegt hat?“

Sie wedelte damit vor Krügers Augen herum. Er sah sie an, als hielte er sie für verrückt. „Nein. Gibt es ein Problem?“

„Haben Sie irgendjemand gesehen, der sich in der Nähe meiner Wohnungstür aufgehalten hat?“

Er verengte die Augen zu schmalen Schlitzen. „Geht es Ihnen wirklich gut, Frau Fassberger?“

„Ja, verdammt nochmal. Wieso wollen die Leute um mich herum ständig wissen, ob es mir gut geht?“, rutschte es ihr heraus. Krüger trat einen Schritt zurück.

„Tut mir leid“, sagte sie daraufhin. „Ich will einfach nur wissen, wer mir diese Umschläge bringt. Es steht kein Absender drauf, sehen Sie doch.“

„Bekommen Sie etwa Drohbriefe?“

So würde Marlene es nicht bezeichnen. Andererseits wirkten die intimen Fragen schon sehr bedrohlich. Sollte sie ihm von den gestrigen Ereignissen erzählen? Besser nicht. Im Moment konnte sie niemandem vertrauen.

„Es sind einfach eigenartige Nachrichten“, begann sie. „Haben Sie … schon mal von dem Quiz gehört?“

„Von welchem Quiz?“

Sie schüttelte grinsend den Kopf. Mittlerweile war es doch offensichtlich, dass *Das Quiz* sie auserwählt hatte, niemand außer ihr bekam diese Fragen gestellt.

Sie machte eine abwehrende Handbewegung und meinte: „Egal. Ist zu kompliziert."

„Sie sehen sehr aufgebracht aus."

„Danke", entgegnete sie lachend. „Sie sprechen das aus, was alle denken."

Sein Blick hatte etwas Sorgsames in sich. „Gestern machten Sie den Eindruck, als würden Sie sich unwohl in Gegenwart anderer Leute fühlen."

Es war ihr peinlich, am Vortag im Bistro so ausgerastet zu sein. Eine Entschuldigung war fällig – eindeutig.

„Tut mir leid, dass ich einfach so gegangen bin. Das war unhöflich von mir."

„Sie müssen sich nicht ständig entschuldigen."

Ein Klingeln kam aus ihrer Wohnung. Marlene drehte sich um und erblickte das blinkende Display ihres Handys.

„Ich wollte Sie nicht aufhalten. Einen schönen Tag noch", sagte sie und setzte einen Schritt in ihre Wohnung. Krüger wandte sich zum Gehen.

„Warten Sie!" Gerade war ihr etwas eingefallen. „Haben Sie Daria in letzter Zeit gesehen? Eine kleine, dunkelhaarige Frau, ein bisschen pummelig. Sie hat mich öfter besucht, vielleicht ist sie Ihnen mal aufgefallen."

Krüger kratzte sich am Kinn. „Nicht, dass ich wüsste."

Marlene schloss die Tür und ging zu ihrem Handy, das auf dem Couchtisch lag. Eine neue Nachricht von Victoria leuchtete auf: *Hey, Lust auf eine Spritztour?*

Das traf sich gut, denn sie wollte sich heute sowieso bei ihr melden.

Aber eine Spritztour bedeutete, dass sie nach draußen gehen musste. Und dort lauerte womöglich eine Gefahr. Marlene blickte auf und sah sich in ihrer Wohnung um. Stimmte das tatsächlich? War sie wirklich in Gefahr, wenn sie nach draußen ging? Oder befand diese sich in ihren eigenen vier Wänden?

Bevor sie eine Antwort auf diese Frage fand, musste sie sich eine andere stellen – nämlich die, die im nächsten Umschlag stand. Sie ging zu ihrem Nachtkästchen. Den gestrigen Umschlag hatte sie vor dem Zubettgehen in der zweiten Schublade verstaut. Als sie diese nun öffnete, setzte ihr Herz für einen Moment aus.

Er war verschwunden. Sie richtete sich auf und griff an ihre Stirn, dabei bemerkte sie, dass sich darauf ein Schweißfilm gebildet hatte.

„Ha!", entkam es ihr. Das war unmöglich.

Na gut, unmöglich war es ehrlich gesagt nicht, denn die Wohnungstür war über Nacht schließlich nicht abgesperrt gewesen. Es musste sich jemand Zutritt verschafft haben, während sie geschlafen hatte. Nichts einfacher als das, wenn man bedachte, dass sie – aus welchen Gründen auch immer – keinen Wohnungsschlüssel mehr besaß. Der Umschlag wurde vermutlich zu dem Zeitpunkt entwendet, als sie friedlich danebengelegen hatte. Eine beängstigende Vorstellung.

„Ruhig bleiben, ruhig bleiben, ruhig bleiben", befahl sie sich selbst, dabei war ihre Stimme mit jedem Wort lauter geworden. Wütend trat sie gegen das Nachtkästchen. War sie wirklich so blöd und bekam nicht mit, wie sich jemand ständig Zutritt zu ihrer Wohnung verschaffte? Welches Spiel lief hier eigentlich?

Sie riss den heutigen Umschlag auf und begann zu lesen.

DAS QUIZ

Die nächste falsche Antwort. Wenn Sie so weitermachen, wird das nichts. Langsam wäre es an der Zeit, die Wahrheit zu sagen.

Also, hier ist Frage acht:

Lieben Sie Thomas?

a.) Ich kenne keinen Thomas

b.) Ja

c.) Nein

Ein undefinierbarer Laut drang aus ihrer Kehle, ehe sie sich die Hände vor den Mund schlug und das Blatt Papier zu Boden segelte. Es musste jemand aus ihrer Vergangenheit dahinterstecken, ohne Zweifel.

Aber die Freundschaft mit Victoria war bereits vorüber gewesen, als die Sache mit Thomas angefangen hatte. Und Markus gegenüber hatte sie seinen Namen nie erwähnt.

Oder etwa doch?

„Komm schon, komm schon, denk nach." Schnaufend rieb sie sich die Schläfen, während sie im Raum auf und ab ging.

Wer könnte sich sonst Zutritt zu deiner Wohnung verschafft haben? … Vielleicht … deine Eltern?, kamen ihr Markus' Worte in den Sinn.

Marlene blieb stehen, schüttelte aber dann den Kopf. Ihre Eltern konnte sie ausschließen, sie hatte ihnen niemals von Thomas erzählt. Vielleicht wäre alles anders gekommen, wenn sie es getan hätte. Eine Träne bahnte sich den Weg aus ihrem rechten Augenwinkel.

„Scheiße", murmelte sie und wischte sie weg. Es war keine Träne der Trauer, sondern eine des Zorns. Marlene war wütend auf sich selbst, weil sie sich damals nicht getraut hatte, Thomas ihren Eltern vorzustellen. Warum eigentlich? Sie hätten ihn mit offenen Armen empfangen, ganz bestimmt. Wenn sie diesen einen wichtigen Schritt gewagt hätte, würde sie heute vielleicht mit ihm in einem schönen geräumigen Haus leben und nicht alleine in einer winzigen Wohnung, die anscheinend doch groß genug war, um Platz für einen Gast zu bieten, den man gar nicht eingeladen hatte. Der ihr langsam, aber sicher den Verstand raubte. Ob sie im Moment alleine war?

Sie hob das Blatt auf und betrachtete es erneut. Dabei fiel ihr etwas ins Auge, das sie vorhin nicht wahrgenommen hatte. War sie schon so durcheinander, dass sie einen kompletten Satz übersehen hatte?

Ihr gefror das Blut in den Adern, als sie die Worte las, die bedrohlicher wirkten als die Gewissheit, dass *Das Quiz* über Thomas Bescheid wusste.

Sie haben eine Narbe.

Dieser Hieb in die Magengrube stand nach dem ersten Satz.

„Aber ich … Ich habe doch …", stammelte sie dahin, als würde sie sich selbst diesen Irrtum erklären wollen.

Mit einem Ruck schob sie sich Hosenbeine und Ärmel nach oben, so als würde sie ihre eigenen Erinnerungen anzweifeln, und vergewisserte sich. Da war keine Narbe. Lag etwa eine Verwechslung vor? War *Das Quiz* für jemand anderen bestimmt? Für eine Frau, die sich – genau wie sie – ein rotes Kleid für einen gewissen Thomas gekauft hatte und als Kind ebenso als Pippi Langstrumpf verkleidet gewesen war. Für eine Frau, die tatsächlich kein Auto besaß …

Egal wie sie es auch drehte und wendete, so gelangte sie nicht zur Lösung des Rätsels.

Marlene zupfte ihre Klamotten wieder zurecht, wobei ihr ein Gedanke kam: Sie hatte dieselbe Kleidung an wie gestern. Sie hatte in den letzten beiden Tagen nicht ihren Schrank geöffnet. Lediglich die Schubladen mit der Unterwäsche und den Socken. Und *Das Quiz* behauptete, das rote Kleid hinge in ihrem Schrank – womit es auch recht hatte. Also musste vor Anbruch des gestrigen Tages schon jemand bei ihr in der Wohnung gewesen sein, wie sonst würde man davon wissen?

Marlene ging mit dem Zettel in der Hand zum Schrank und öffnete diesen mit Schwung.

„Was zum …"

Mittlerweile war sie schon so weit, dass sie mit allem Möglichen gerechnet hatte: mit einer Leiche, die in ihrem Schrank lag … mit einem Loch in der Rückwand, das weiß Gott wohin führte, durch das jemand mühelos ein- und aussteigen konnte … mit einem Eindringling, der sie attackierte …

Aber nicht *damit*.

Ihr Schrank war nur mit zwei Handvoll Oberteilen sowie einigen Hosen und einem Koffer befüllt, den sie bei ihrem Einzug dort verstaut hatte, weil sonst nirgends Platz für ihn gewesen war. Fassungslos griff Marlene in die Leere, so als würde sie sich vergewissern wollen, ob ihre Augen ihr einen bösen Streich spielten. Ihr Schrank war sehr schmal, soviel Kleidung wie jede durchschnittliche Frau hatte sie auch nie besessen, aber *das* war selbst für ihre Verhältnisse minimalistisch. Das Möbelstück beinhaltete weder ein rotes Kleid noch sonstiges Festgewand.

Du verdrängst die Realität, wisperte plötzlich Markus' Stimme in ihrem Kopf.

„Nein, das mache ich nicht!", schrie sie in ihren geleerten Schrank und warf die Tür zu. Was ging hier vor sich? Welches Motiv sollte jemand haben, ihr das anzutun?

Es klopfte an der Tür. Ein ungünstiger Moment, um Besuch zu empfangen, wenn man gerade dabei war, den letzten Rest seines Verstandes zu verlieren.

Lautes Gelächter ertönte, ihm folgten schnelle Schritte, die sich von der Tür entfernten. Marlene steckte den Zettel mit der Quizfrage in ihre Hosentasche und eilte zur Wohnungstür, um sie im nächsten Moment aufzureißen. Als sie ihren Kopf in den Flur streckte, sah sie nur einen Schatten, der hinter einer Tür verschwand und diese geräuschvoll zuknallte. Lärm und wütende Rufe drangen daraufhin aus der Wohnung, in die der Spaßvogel gelaufen war.

Marlene spürte Zorn in sich aufsteigen. Ihre Nachbarn waren also zu Scherzen aufgelegt, während sie in ihrer Wohnung einen Albtraum nach dem anderen erlebte. Dabei kam ihr die Frage in den Sinn, ob der Verursacher dafür in ihrem Wohnhaus lebte. Angespannt ging Marlene auf die Tür zu. Noch bevor sie anklopfen konnte, wurde sie aufgerissen und eine Frau wirbelte umher.

„Einbrecher! Raus mit dir!", schrie ein kahlköpfiger, dünner Mann, der hinter ihr stand und ihr im nächsten Moment einen so heftigen Stoß versetzte, dass die Frau mit den verfilzten Haaren auf Marlene fiel.

„Ich will nach Hause! Hilfe!“, kreischte diese, während sie wie wild um sich schlug. Marlene versuchte, ihr Gesicht mit den Händen zu schützen und drückte die Frau mit den Ellenbogen von sich weg.

„Frau Hüttelsdorfer“, rief eine Stimme, die Marlene vertraut war.

Im nächsten Moment wurde die hysterische Frau von ihr runtergezogen und aufgerichtet. Den Lärm durften auch andere Bewohner mitbekommen haben, denn gleich darauf kam Herr Krüger auf sie zugelaufen und half ihr auf. Sie murmelte ein „Dankeschön“ und musste mitansehen, wie Markus die völlig außer sich gewordene Frau in eine Wohnung brachte.

Marlene sah Krüger mit großen Augen an und fragte: „Wissen Sie, was hier los ist?“

„Eine Einbrecherin ist das, das ist hier los!“, rief nebenan eine wütende Stimme durch die geschlossene Tür. Marlene zuckte zusammen. Dass sie so aggressive Nachbarn hatte, war ihr nicht bewusst gewesen.

Krüger stellte sich schützend vor sie und meinte: „Ich glaube, Sie gehen besser wieder zurück.“

Sie nickte heftig, zog ihn aber am Ärmel mit bis vor ihre Wohnungstür. „Was ist da gerade geschehen?“, wollte sie wissen.

Krügers Stimme wurde leise, als er ihr erklärte: „Ihr Nachbar … Wie sage ich es am besten … Er ist ein bisschen …“

„Ein bisschen was? Wurde nicht eben bei ihm eingebrochen?“

„Nein. Das ist ein Missverständnis. Er ist nur ein bisschen beleidigt.“

„Ich verstehe nicht.“

„Hören Sie. Gehen Sie am besten zurück, ich kläre das schon.“

„Aber Markus! Und die andere Frau …"

„Ein andermal, okay?" Mit vorsichtigen Berührungen schob er sie in ihre Wohnung und schloss die Tür.

Was war das denn eben? Eine wildfremde Frau klopfte an ihre Tür, lief dann in die Wohnung ihres Nachbarn, der sie daraufhin rauswarf? Im nächsten Moment war Markus zur Stelle und brachte die Frau weg, woraufhin Krüger alles klären wollte?

Marlene fragte sich, ob die Frau mit dem verwahrlosten Äußeren womöglich gefährlich war. Vielleicht war sie diejenige, die sich Zutritt zu ihrer Wohnung verschafft hatte? Da fiel ihr ein, dass sie noch keinen Spion hatte. Und da sich Markus in dem Moment im selben Haus befand, war das eine gute Möglichkeit, um diesen Umstand zu ändern.

Sie würde ihm keine SMS schreiben. Sie würde nach draußen in den Flur gehen, um sich selbst ein Bild von den Zuständen im Wohnhaus zu machen. Kein Krüger dieser Welt würde sie davon abhalten können. Wild entschlossen riss sie ihre Tür auf und stürmte auf den Gang.

„Herr Albrecht, das war keine Einbrecherin, beruhigen Sie sich bitte", hörte sie Krügers Worte. Er stand in der Tür des Glatzkopfes und redete auf ihn ein. Dass Marlene hinter ihm vorbeiging, bekam er zum Glück nicht mit. Sie steuerte auf die Tür zu, hinter der Markus mit der Hysterischen vor wenigen Minuten verschwunden war. Dort angekommen, hielt sie inne.

Was tat sie hier eigentlich? Die Frau von vorhin war dem Anschein nach krank, oder vielleicht sogar verletzt. Dass sich Markus um sie kümmerte, war sein gutes Recht.

Ehe sie anklopfen konnte, wurde die Tür geöffnet und ihr bester Freund erschien.

„Hey", sagte er und kam heraus. Marlene trat einen Schritt zurück. Dabei kam ihr in den Sinn, dass es seine Stimme gewesen war, die ihr vorhin in Gedanken zugeflüstert hatte. *Du verdrängst die Realität.*

„Wer ist sie?", wollte sie wissen. Es war an der Zeit, dass man ihr gegenüber ehrlich war. Ihr bester Freund hatte eindeutig etwas vor ihr zu verbergen.

Seine Antwort darauf war nicht das, was sie sich erhofft hatte. „Das darf ich dir nicht sagen."

„Was?", schoss es aus Marlene heraus. Krügers Instinkte mussten anscheinend Alarm geschlagen haben, denn in der nächsten Sekunde tauchte sein Kopf auf, den er aus der Nebenwohnung streckte.

„Komm", meinte Markus und legte eine Hand auf ihren Rücken, während er sie in ihre Wohnung begleitete.

Nachdem Marlene die Tür hinter sich geschlossen hatte, fuhr sie sich durch die Haare und erhob ihre Stimme: „Was zum Teufel passiert hier?"

„Es ist nicht ganz so einfach zu erklären."

„Versuch es!"

Markus sah sie ernst an, während er sagte: „Ich rede mit dir nicht über meine Patienten."

„Du redest mit mir nicht über deine … Was? Wer? Die Frau?"

Er nickte knapp.

„Du hast Patienten in diesem Haus?"

Markus lachte leise auf. „Ich bin Arzt, Marlene. Was denkst du denn?"

„Was ist mit ihr? Ist sie krank?"

„Ich verletze meine Schweigepflicht ganz bestimmt nicht wegen dir."

Das hatte gesessen. Normalerweise würde sie eine solche Aussage hinnehmen, weil sie natürlich wusste, dass Ärzte eine Schweigepflicht gegenüber ihren Patienten einzuhalten hatten. Aber sein Tonfall hatte eben abwertend geklungen und abgesehen davon hatte einer dieser Kranken an ihre Tür geklopft, bevor die Situation im Treppenhaus eskaliert war.

„Was läuft hier?" Eine bessere Frage fiel ihr im Moment nicht ein.

„Ich hatte eben eine Behandlung."
„Einen Hausbesuch also."
„Marlene." Sein Ton hatte ebenso an Schärfe gewonnen. „Muss ich es wiederholen?"
„Ich will einfach nur wissen, was los ist! Immerhin wohne ich hier! Und vorhin hat deine Patientin an meine Tür geklopft!"
„Sie hat *was?*"
„Ich habe Angst, Markus. Ich habe eine Scheiß-Angst, weil sich irgendwer Zutritt zu meiner Wohnung verschafft hat und das mehrmals!"
„Okay, okay. Ganz ruhig." Nun war wieder der alte Markus da. Der nette, gutmütige Freund, den sie so ins Herz geschlossen hatte.
Tränen rannen über ihre Wangen, als sie sagte: „Mein Router ist weg, das Kuvert mit der gestrigen Quizfrage ist verschwunden und mein Kleiderschrank wurde ausgeräumt!"
Das waren keine lebensbedrohlichen Vorkommnisse, dessen war sie sich bewusst. Aber sie passierten. Und Marlene wusste nicht, wer dafür verantwortlich war.
„Zeig mir deinen Kleiderschrank", sagte Markus mit ruhiger Stimme und ging auf das Möbelstück zu.
„Nein", entgegnete Marlene. „Das hat doch keinen Sinn."
„Geht es um das rote Kleid?"
„Es geht um die Gesamtsituation, verstehst du denn nicht?", flehte sie ihn an. „Außerdem ist mein Wohnungsschlüssel verschwunden, ich muss also das Schloss auch noch austauschen lassen."
„Bist du dir sicher, dass …?"
„Für wie blöd hältst du mich eigentlich?", rutschte es Marlene heraus. Mittlerweile war sie so verzweifelt, dass sie nicht wusste, ob Markus die Situation verharmloste oder sie überreagierte. Ihr Kumpel schien keine Antwort zu beabsichtigen.
„Ich muss mich um ein neues Türschloss kümmern, so schnell wie möglich", fügte sie leise hinzu, nachdem sie tief

durchgeatmet hatte. Überraschenderweise fragte Markus nach ein paar Sekunden des Schweigens: „Soll ich das für dich erledigen?“

Ein Satz, der trotz seiner Gutmütigkeit etwas Bedrohliches ausstrahlte.

„Nein, ich kümmere mich selbst darum.“

„In Ordnung.“

Ein Klingeln ließ Marlene hochfahren. Ihr Handy zeigte eine erneute Nachricht von Victoria an: *Ich finde, wir haben viel nachzuholen.*

Die nächsten Worte, die nett gemeint waren, aber genauso gut eine Gefahr darstellen konnten. Wenn Markus wirklich recht hatte und sie hinter all dem steckte …

„Oh, Mist, das habe ich beinahe vergessen“, sagte sie mehr zu sich selbst als zu ihrem Freund.

„Was denn?“

„Ach, nichts.“ Schnell aktivierte Marlene die Bildschirmsperre ihres Handys und steckte das Gerät ein, dabei berührten ihre Finger den gefalteten Zettel mit der heutigen Quizfrage.

Thomas …

„Wenn ich dir irgendwie helfen kann …“

„Würdest du dich bitte schnellstmöglich um den Spion kümmern?“ Sie dachte an das Treffen mit Victoria. Dafür würde sie sich seelisch vorbereiten müssen und stellte fest, dass sie heute für Besorgungen keine Zeit mehr finden würde. „Und … vielleicht auch um ein neues Türschloss?“

Sie kam sich plötzlich extrem dämlich vor. Noch vor wenigen Augenblicken hatte sie Markus’ Hilfe abgelehnt, um ihn im nächsten Moment darum zu bitten.

Er nickte und meinte: „Wenn du dich unsicher fühlst …“

„Ja!“ Trotz ihrer prompten Antwort war sie in Gedanken hin- und hergerissen. Mittlerweile konnte sie nicht mehr einordnen, wer eine Gefahr darstellte und wer nicht. Trotzdem brauchte sie seine Unterstützung, auch wenn sie sich am Ende als Falle herausstellen sollte. Dann wusste sie wenigstens Bescheid.

„Fühlst du dich hier wohl?", fragte er plötzlich. „Es kommt mir nämlich nicht so vor."

Marlene dachte darüber nach und zuckte schließlich mit den Schultern. „Jetzt, wo ich weiß, dass eine Verrückte zwei Türen weiter wohnt, wäre es womöglich klüger, wenn ich ausziehe."

Markus schmunzelte, was ihn attraktiv wirken ließ. „Wer hat das nicht? Was glaubst du, was ich für Nachbarn habe?"

„Stell sie mir doch mal vor", sagte Marlene keck. Dass sie während ihrer gesamten Freundschaft noch kein einziges Mal in seiner Wohnung gewesen war, hatte sie nie gestört. Aber seit die gutaussehende Victoria auf der Bildfläche aufgetaucht war, fühlte sie sich irgendwie zu Markus hingezogen. Sie fand, es war an der Zeit, sich auch mal bei ihm zu Hause zu treffen. Auch, wenn sie dafür nach draußen gehen und sich allen möglichen Gefahren stellen musste.

„Die würdest du nicht kennen wollen", meinte Markus lachend.

„Vielleicht ja doch."

Marlene gab ihm einen freundschaftlichen Stoß gegen die Schulter.

„Na bitte. So gefällst du mir schon besser", sagte er. „Alles wieder in Ordnung?"

Widerwillig gelang ihr ein Nicken. Dass er einfach so das Thema hatte fallen lassen, verletzte sie. Hatte er das getan, weil er dachte, sie mit einem Besuch bei ihm zu überfordern? Gerade wollte sie ihm klarmachen, dass das kein Problem für sie darstellen würde.

„Weißt du was? Mach es dir gemütlich, ich besorge in der Zwischenzeit die Sachen", meinte er plötzlich und deutete auf die Tür. Für ihn war es anscheinend tatsächlich keine Option, sich mal bei ihm zu Hause zu treffen. Wieder nickte Marlene.

Sobald Markus ihre vier Wände sicherer gemacht hatte, würde sie sich mit Victoria treffen und hoffentlich all ihre Probleme aus den letzten Tagen beseitigen können. Ihr Freund ging zur Wohnungstür, sie folgte ihm.

„Dann sehen wir uns später", sagte er, während er die Klinke nach unten drückte.

„Danke."

Nachdem sie dieses eine Wort ausgesprochen hatte, küsste sie ihn.

„Aufwachen", hörte sie eine Stimme, dazu rauschten leise Klänge irgendeines Hits der späten Neunzigerjahre. Eine Hand klopfte auf ihre Schulter, was Marlene aufzucken ließ. Als sie die Augen öffnete, erkannte sie, dass sie sich in einem Auto befand. Sie saß auf dem Beifahrersitz, vor ihr die endlos aussehende Autobahn, links neben ihr Victoria, die hinter dem Steuer saß.

Wie war sie hierhergekommen?

„Hast du etwa geschlafen?" Ihre Freundin hatte die brünetten Haare mit einer Sonnenbrille, die sie trug, nach hinten geschoben. Die ganze Situation wirkte sehr surreal. Ob sie träumte?

„Hallooo!" Victoria fuchtelte mit der rechten Hand vor ihrem Gesicht herum. „Erde an Lenchen, hören Sie mich?"

Marlene sah sie verwundert an, was der Fahrerin einen Lacher entlockte. „Was ist denn mit dir los? Hattest du einen Albtraum oder so?"

So in der Art, schoss es Marlene durch den Kopf. *Oder befinde ich mich gerade in einem?*

Bevor sie etwas sagen konnte, trat Victoria hart auf die Bremse und hupte. „Idiot! Pass doch auf, wo du hinfährst!"

Sie setzte den Blinker und erhöhte die Geschwindigkeit. Die beiden überholten einen grünen Pick-up, im Vorbeifahren zeigte sie ihm den Stinkefinger. „Arschloch!"

Marlene war die Sache peinlich und sie hielt sich eine Hand vor das Gesicht, sodass der Fahrer des Pick-ups sie nicht erkennen konnte.

„Was? Der hätte uns fast umgebracht!", meinte Victoria aufgewühlt.

Während des restlichen Überholmanövers blieben die beiden stumm, dann fragte Marlene: „Wann sind wir losgefahren?“

„Ich habe dich gerade vorhin abgeholt. Bei dir zu Hause. Du warst anscheinend müde, sonst wärst du nicht nach wenigen Minuten eingepennt.“ Über diese Tatsache schien sich Victoria zu amüsieren.

Marlene erinnerte sich nicht daran, in das Auto gestiegen zu sein. Diese Gedächtnislücken waren eindeutig ein Zeichen, dass etwas mit ihr nicht in Ordnung war.

„Wohin fahren wir?“, wollte sie wissen.

„Wohin willst du denn?“

„Ähm …“ Sie dachte nach. Fuhren sie etwa nur zum Spaß durch die Gegend? „Was hatten wir denn vor?“

„Also *ich* habe vor, unsere Freundschaft wiederzubeleben. Egal an welchem Ort. Und du?“, fragte Victoria und grinste wie ein Hutschpferd. Ihr Lachen war ansteckend. Es war fast so, als hätten die achtzehn Jahre Funkstille nie existiert.

„Oh, hör mal!“, meinte sie und drehte die Lautstärke des Autoradios nach oben. „Wie früher!“

Es ertönte *Supersonic* von Oasis – ihr Lieblingslied. Das ließ Marlene für ein paar Minuten die konfusen Ereignisse der letzten Tage vergessen. Sie wollte einfach nur dem Song lauschen. Um alles andere konnte sie sich danach kümmern.

MARKUS

Tag 8

Langsam lief die Sache aus dem Ruder. Heute hatte er eigentlich andere Pläne gehabt. Noch dazu kam Frau Hüttelsdorfer, die einen Nervenzusammenbruch während einer Untersuchung erlitten hatte. Das und andere Dinge sorgten dafür, dass er länger arbeiten musste, dabei hatte er sich schon gefreut … auf später.

Konnte man es als Date bezeichnen? Markus war schon der Meinung, denn sie hatte bei der Verabschiedung eindeutig ihre Zuneigung zu ihm gezeigt. Hatte er es tatsächlich aus der Kumpelzone geschafft? Markus bekam Herzklopfen und fühlte, dass er seinem Ziel näher war als je zuvor.

Er wollte Blumen besorgen.

Er wollte sie heute wiedersehen.

Er wollte bei ihr sein.

Doch es ging nicht. Seine Patientin stand auf der Kippe, im übertragenen Sinne. Sie heute jemand anderem anzuvertrauen, obwohl er der zu behandelnde Arzt und noch dazu Ansprechpartner Nummer eins war, konnte er nicht verantworten … So egoistisch durfte er nicht handeln.

Sie würde also warten müssen. Das würde sie schon verstehen … Auch, wenn sie ihn im Moment mehr als alles andere brauchte. Sie fühlte sich unsicher, suchte seine Nähe. Wie gerne würde er für sie da sein.

Ein zuckender Schmerz fuhr in seine Schläfen. Dass sich seine Angebetete mit den falschen Leuten abgab, stand außer Frage. Eine „Freundin“ aus der Vergangenheit war plötzlich auf der Bildfläche erschienen, von der sie Markus bis dato nie erzählt hatte. Er hatte kein gutes Gefühl bei der Sache, aber sie war eine erwachsene Frau, sie würde schon wissen, was sie tat. Er konnte nur hoffen, dass sie sich nicht in irgendeine abstruse Sache verrannte. Darauf musste er vertrauen, etwas anderes blieb ihm nicht übrig.

Würde er sie verlieren? Jetzt, wo sie sich endlich angenähert hatten?

Ihre Haare hatten nach Sommerwind gerochen, was ihm beinahe den Verstand geraubt hatte. Am liebsten wäre er bei ihr geblieben und hätte sie nie mehr losgelassen. Er hatte ihr angesehen, dass auch für sie diese Situation neu war. Es wirkte so, als hätte sie selbst erst ihre Gefühle für ihn entdeckt. Also musste er es langsam angehen, er wollte sie nicht von sich wegstoßen.

Seine Gedanken waren bei ihr, bis er das Zimmer der Patientin betrat. Hier drinnen hatte sein Liebesleben nichts zu suchen. Er ging zu Frau Hüttelsdorfer und stellte sich neben ihr Bett. Sie schlief dem Anschein nach. Ihr Verhalten vorhin hatte ihm einen riesigen Schrecken eingejagt, obwohl er damit hatte rechnen müssen. Sie war aufgesprungen und hatte geschrien, dass sie nach Hause wolle. Es war nicht zu übersehen gewesen, dass sie nicht mehr gewusst hatte, wo sie sich befand. Bei seinen Bemühungen, sie zu beruhigen, waren ihre Bewegungen völlig außer Kontrolle geraten. Mit flinken Schritten war sie auf den Flur gestürmt und zu Herrn Albrecht gelaufen. So hatte sich Markus eine Routineuntersuchung nicht vorgestellt.

Jetzt lag sie in ihrem Bett und wirkte harmlos wie ein friedliches Kind. Unschuldig, zu keiner Gewalt fähig. Wie lange das wohl so bleiben würde?

MARLENE
Tag 8

„Ein Quiz?“, fragte Victoria und zog ihre zarten Augenbrauen nach oben.

Marlene hatte beschlossen, ihr von ihrem Dilemma (ein anderes Wort war ihr dafür nicht eingefallen) zu erzählen. Nachdem *Supersonic* von Oasis verstummt war, hatte ihre Freundin das Autoradio leiser gedreht. Die Stille war so vertraut gewesen, dass sie sich dazu überwunden hatte. Bestimmte Details jedoch hatte sie für sich behalten, einerseits wollte sie Victoria nicht überrumpeln, andererseits stand noch immer die Möglichkeit im Raum, dass sie etwas damit zu tun hatte.

„Und …“ Sie schien ehrlich interessiert zu sein, „… die wissen *alles* über dich?“

„Keine Ahnung. Aber die Fragen sind sehr beängstigend.“

„Wann hat das alles angefangen?“, fragte ihre Freundin.

„Vor einer Woche ungefähr.“

„Und es war nie ein Absender auf den Umschlägen?“

„Ich muss zugeben, dass ich erst vor Kurzem nachgesehen habe. Daria hat aber diesbezüglich auch nie etwas erwähnt.“

„Wer ist Daria?“

Stimmt, davon hatte sie ihr noch nicht erzählt.

„Eine …“ Marlene wusste nicht, wie sie ihr Verhältnis zueinander beschreiben sollte. Es war ihr irgendwie peinlich, eine Haushaltshilfe für ihre winzige Wohnung zu haben. „Sie … erledigt gewisse Dinge.“

„Welche Dinge?“

„Die, für die ich keine Zeit finde.“

Aus Victorias Kehle drang ein Lachen. „Ernsthaft? Nimmt die Arbeit als Lektorin so viel Zeit in Anspruch? Wow. Da möchte ich aber nicht mit dir tauschen. Ich fühle mich geehrt, dass du heute einen freien Platz für mich in deinem Kalender gefunden hast."

„Okay, ich habe mich wohl falsch ausgedrückt."

Victorias Lachen erstarb und sie sah Marlene abwartend an.

„Es ist nämlich so …" Sie atmete tief durch. Würde ihre Freundin sie für verrückt halten, wenn sie die nächsten Worte hörte? Egal. Raus damit. „Ich gehe nicht gern nach draußen. Das heute mit dir ist tatsächlich sowas wie eine Ausnahme."

„Das hört sich sehr einsam an."

„Es ist nicht so schlimm wie du denkst. Markus besucht mich oft."

Victoria ließ ihre Augenbrauen hüpfen und zwinkerte ihr zu. Marlene grinste und redete weiter: „Er ist echt mein Rettungsanker, wenn man so sagen will. Total verständnisvoll und … und …"

„Ja, ja. Ich weiß schon, was du damit sagen willst: Du stehst auf ihn."

„Kann schon sein."

„Ich wusste es!" Victoria war dem Anschein nach erfreut darüber, dass sie mit ihrer Annahme recht behalten hatte. „Steht er auch auf dich?"

„Kann schon sein."

„Das mit euch beiden wird schon, wirst schon sehen. Und …" Sie zögerte, ehe sie die Frage stellte, vor der sich Marlene fürchtete: „… warum gehst du nicht gern nach draußen?"

„Da war mal so ein Vorfall … Es ist jetzt beinahe ein Jahr her."

„Was ist passiert?"

„Es wurde eine Frau getötet, bei uns in der Gegend. Der Mörder läuft noch immer frei herum."

„Krass. Und du fürchtest dich vor ihm?"

„Ich weiß, das klingt paranoid. Aber ich fühle mich einfach nicht sicher."

„Hast du überlegt, umzuziehen?"

Marlene seufzte. „Bin ich ja schon. Aber ich spüre die Gefahr überall."

Victoria schenkte ihr einen skeptischen Blick von der Seite. „Auch jetzt? Hier? In diesem Auto?"

„Nicht direkt. Aber was ich damit sagen will: Ich glaube, man ist hinter mir her."

„Du meinst die Sache mit dem Quiz."

„Unter anderem. Dieser Mord damals hat mich total aus der Bahn geworfen. Mein Glück war es, dass ich einen Job hatte, den ich mühelos von zu Hause aus erledigen konnte. Daria war mir in dieser Zeit eine sehr große Hilfe. Und jetzt diese ganze Sache mit dem Quiz. Irgendjemand hat es auf mich abgesehen, da bin ich mir ganz sicher."

„Warst du schon bei der Polizei?"

„Nein."

„Bist du verrückt? Du musst das sofort anzeigen!"

Marlene schüttelte den Kopf. „Was soll ich denen sagen? Dass ich Kuverts bekomme, in denen persönliche Fragen drinnen stehen? Und dass mir ein Erholungsurlaub versprochen wird?"

„Sie könnten das Papier auf Fingerabdrücke untersuchen lassen."

„Ja, im Fernsehen vielleicht. Aber im realen Leben geht das nicht so einfach."

„Aber dein Router … und … und dein Kleiderschrank."

Marlene stutzte. Es vergingen einige Sekunden, bis sie wieder Worte fand. „Ich glaube, Sinn dieses ganzen Chaos' ist es, dass ich selbst dahinterkomme."

„Das klingt gefährlich."

„Das ist es bereits, befürchte ich."

„Was steht denn im heutigen Umschlag?"

Sie lehnte sich auf die Seite, um an ihre Gesäßtasche zu kommen, dann zog sie das gefaltete Blatt Papier hervor. „Es wird behauptet, dass ich eine Narbe habe."

„Stimmt das?"

„Nein."

„Komisch. Vielleicht ist das ja alles für jemand anderen bestimmt", überlegte Victoria laut.

„Dachte ich auch … bis ich die heutige Frage gelesen habe …"

„Jetzt mach's nicht so spannend!"

Marlene atmete tief durch, ehe sie die Worte vorlas, die auf dem zerknitterten Papier standen.

Victorias Fingerknöchel traten weiß hervor, so sehr umklammerte sie das Lenkrad. „Fuck. Das klingt wirklich persönlich."

„Sage ich ja."

„Heißt dieser Thomas zufällig Wenger mit Nachnamen?"

Ein heftiges Zucken durchfuhr ihren Körper. Sie wollte antworten, doch ihr Mund blieb offen stehen. Marlene brachte keinen Laut hervor. Woher wusste Victoria seinen Nachnamen? Die ganze Geschichte mit ihm ereignete sich erst nach ihrem Umzug.

Oder hatte … hatte sie mit ihm ein Verhältnis?

Quatsch, das wäre ein zu großer Zufall. Nur weil sie gut aussah und weltoffen war, hieß das noch nicht, dass sie sich ausgerechnet Thomas geangelt hatte. Schwarze Punkte schoben sich in Marlenes Blickfeld.

„Aufwachen! Hallo! Alles in Ordnung?"

Victoria öffnete das Fahrerfenster und ein Schwall Frischluft strömte ins Wageninnere. Marlene atmete durch und war mit einem Schlag wieder ganz bei sich. Nun gelang es ihr, die Gedanken in ihrem Kopf in Worte zu formulieren und auszusprechen: „Woher kennst du seinen Nachnamen?"

„Wirklich? Heißt er so?" Victoria sah überrascht aus.

„Ja! Woher kennst du seinen Namen, verdammt?"

„He, jetzt werd nicht gleich aggressiv."

„Tut mir leid", sagte Marlene und senkte ihre Stimme. Das tat es wirklich.

Victoria seufzte und schloss das Fenster wieder. „Ich glaube, ich kann dir helfen."

„Wie meinst du das?“

„Statten wir ihm doch einfach einen Besuch ab.“

Sie musste schlucken. Hatte ihre Freundin das eben tatsächlich gesagt? Würde sie Thomas wiedersehen? Marlene war so aufgeregt wie lange nicht mehr. Dabei überkam sie ein schlechtes Gewissen. Vorhin hatte sie Markus geküsst und jetzt war sie auf dem Weg zu dem Mann, der ihr das Herz gebrochen hatte. Ob sie ihren Gefühlen vertrauen konnte?

Jedoch war ihr in den letzten Minuten klar geworden, dass mit Victoria etwas nicht stimmen konnte. Denn Marlene hatte ihr nichts von dem verschwundenen Router und dem ausgeräumten Kleiderschrank erzählt. Und trotzdem wusste ihre Freundin davon.

ISABEL

Tag 8

Mord ist eine vorsätzliche Tötung eines oder mehrerer Menschen aus niedrigen Beweggründen. Totschlag bezeichnet die Tötung eines Menschen, für die das Gericht im Unterschied zum Mord keine niedrigen Beweggründe geltend macht. Außerdem erfolgt Totschlag im Affekt.

Der Rotwein wirkte beruhigend auf sie, dennoch hatte sie das Zittern ihrer Hände nicht unter Kontrolle. Isabel stellte das Glas auf dem Schreibtisch neben dem Computer ab. Es war nicht das erste Mal, auch nicht das zweite oder dritte, dass sie abends vor dem Bildschirm saß und Wörter in die Suchmaschine eingab, deren Definition sie sich längst bewusst war. Was geschehen war, konnte niemand auf der Welt je wieder rückgängig machen, daran gab es keine Zweifel. Ihr Gehirn las Begriffe wie *Mord* und *Totschlag* öfter, als es für den menschlichen Verstand gesund wäre, dennoch gelang es ihrer Seele nicht, die Tatsache zu akzeptieren.

Sie rückte mit dem Stuhl ein Stückchen nach hinten, um bei der Schlafzimmertür hinauszuspähen. Im Badezimmer brannte Licht, vermutlich war Erwin gerade damit beschäftigt, sich die Zähne zu putzen. Oder sich die Nasenhaare zu trimmen.

Isabel hatte schon viele einsame Stunden vor dem Computer verbracht und war stets zu der Erkenntnis gekommen, dass sie noch so viele Wörter online nachschlagen konnte – eine Antwort auf die wichtigste Frage gab es nicht. Das Warum konnte man ihr nicht beantworten.

Sie war so in ihre Gedanken vertieft, dass sie Erwins Ankunft erst mit dem Seufzen wahrnahm, das er von sich gab, nachdem er den Raum betreten hatte.

„Ein Glas Wein am Abend ist ja in Ordnung, aber *das* …“, er trat an den Schreibtisch, griff sich die Maus und schloss den Internet Explorer, „… ist kein guter Zeitvertreib.“

„Aber …“

„Nein!“ Erwin wurde laut, was verständlich war. Sie teilten dasselbe Schicksal und jeden Tag daran erinnert zu werden, machte die Sache auch nicht besser. „Kein Wort, Isabel. Ich will nichts mehr davon hören.“

„Du willst also vergessen?“

Sein Blick wurde traurig, dabei antwortete er mit ruhiger Stimme: „Natürlich nicht.“

Schnaufend ließ er sich auf das Bett sinken. „Aber es nützt auch nichts, die Sache immer und immer wieder durchzukauen. Meinst du nicht auch?“

„Ich will es einfach nur verstehen.“

„Dabei kann dir der alte Kasten auch nicht helfen“, meinte Erwin und deutete auf den Computer. „Jetzt schalte ihn aus und komm ins Bett.“

Mit ihm über solche Dinge zu sprechen, konnte man vergessen. Isabel nahm an, dass das nicht seine Schuld war. Es lag vermutlich in der Natur der Männer, Probleme unter den Teppich zu kehren, wenn es emotional wurde. Natürlich schmerzte es, aber sie konnten doch nicht so tun, als wäre nichts geschehen! In Gedanken war Isabel stets bei Resi, warum also war es verboten, darüber zu reden?

„Du weißt, dass es mich genauso fertigmacht wie dich“, murmelte Erwin in sein Kopfkissen. Mit einem Blick zum Bett stellte sie fest, dass er sich bereits hingelegt und zugedeckt hatte.

Sie nahm den letzten Schluck Wein und schaltete den Computer aus.

Ihre Tochter lag unter der Erde, während sie das Leben weiter genießen konnten. Wenn man es so nennen wollte. Sie und ihr Mann versuchten einfach, die Tage irgendwie zu überstehen. Wenn es einmal etwas zu lachen gab, machte sich gleich darauf das schlechte Gewissen bemerkbar.

Mord … oder Totschlag? Bis heute wurde diese Frage nicht eindeutig beantwortet. Von Resi würden sie es nicht erfahren, soviel stand fest.

Dass ihre Tochter einen Menschen umgebracht hatte, der ihr so verdammt nahegestanden hatte, würde sie ihr niemals verzeihen. Und trotzdem liebte sie sie. Nicht, weil es ihre Pflicht als Mutter war, sondern weil sie es tatsächlich fühlte. Denn dafür war Familie schließlich da … oder etwa nicht?

MARLENE

Tag 8

„He, aufwachen“, hörte sie eine sanfte Stimme neben ihrem Ohr. Mit viel Mühe gelang es ihr, die schweren Augen zu öffnen. Sogleich wurde sie geblendet, wobei sie sich reflexartig eine Hand vors Gesicht hielt.

„Alles in Ordnung, du hast geträumt.“

Sie erkannte Victorias Umrisse neben sich, nachdem sie die Hand auf ihren Schoß hatte gleiten lassen. Die Sonnenbrille hatte ihre Freundin bereits abgenommen. Kein Wunder, immerhin war es mittlerweile stockdunkel. Mit Ausnahme der grellen Straßenlaterne, die vor dem Auto stand und leuchtete wie ein Scheinwerfer.

„Wo sind wir?“, fragte Marlene und sah sich um.

„Auf einem Parkplatz“, war Victorias Antwort, was sie auch ohne ihre Hilfe erkannt hätte. „Du hast so friedlich geschlafen, ich wollte dich nicht aufwecken.“

Langsam wurde es peinlich. Sie konnte doch nicht ständig einschlafen! Anscheinend verlangte ihr Körper mehr Energie, als er zur Verfügung hatte. Sie unterdrückte ein Gähnen und fragte: „Und was machen wir hier?“

Victoria deutete auf den Umschlag, den Marlene in der rechten Hand umklammert hielt. „Schon vergessen?“

Thomas.

Ihr Puls gewann so sehr an Tempo, dass sie befürchtete, er könne ins Stolpern geraten und sie damit im wahrsten Sinne des Wortes zu Fall bringen.

„Weißt du was?“, begann Victoria. „Ich schlage vor, du beantwortest zuerst die Quizfrage, und dann gehen wir zu ihm.“

„Wieso?“

„Na, du willst dir deiner Gefühle doch sicher sein, oder?"

Marlene blickte auf das Blatt Papier in ihrer Hand und nickte. Vielleicht fiel es ihr wirklich leichter, ihrer ersten großen Liebe gegenüberzutreten, wenn sie wusste, was sie sich von diesem Treffen versprach. Mit feuchten Fingern faltete sie den Zettel auseinander und las die Frage erneut.

Lieben Sie Thomas?

a.) Ich kenne keinen Thomas
b.) Ja
c.) Nein

Die eigentliche Frage war, welche Antwort für *Das Quiz* nun korrekt war. Denn wie sie bereits feststellen musste, hatte der- oder diejenige (wer auch immer dahintersteckte) eine eigene Definition von *richtig* und *falsch*.

„Hast du einen Stift?", fragte sie ihre Freundin.

Diese nickte. „Im Handschuhfach."

Marlene öffnete es und holte einen Kugelschreiber hervor. Ohne lange zu überlegen, kreuzte sie *Nein* an und warf den Stift wieder zurück. Sie ließ sich Zeit, ehe sie das Papier wieder faltete, damit Victoria im Schein der Straßenlaterne auch sehen konnte, was sie ausgewählt hatte. Dass sie hinter all dem steckte, war für Marlene mittlerweile die einfachste Erklärung.

Kurz darauf gingen die beiden um ein großes Gebäude herum. So wie es aussah, hatte Victoria das Auto in einem Hinterhof abgestellt.

„Wohnt er hier?", wollte Marlene wissen.

„Nein."

Sie blieb stehen. Diese Antwort hatte sie nicht erwartet. „Was machen wir dann hier?"

Victoria seufzte und fragte in genervtem Tonfall: „Willst du ihn nun sehen oder nicht?"

Was ging hier vor sich? Marlene verschränkte die Arme vor der Brust. „Wo sind wir?"

„An meinem ehemaligen Arbeitsplatz."

„Und was hat das mit Thomas zu tun?"

„Er war mein Kollege. Also nicht direkt. Ich kannte ihn eigentlich nur vom Sehen."

Marlene war positiv überrascht, dass die Erklärung für die Bekanntschaft der beiden so simpel war. Vermutlich sollte sie ihre Denkweise ändern und nicht immer alles kritisch betrachten. Oft waren die einfachsten Antworten die richtigen. Ob das auch auf *Das Quiz* zutraf?

Dennoch fand Marlene es eigenartig, Thomas' Arbeitsplatz zu solcher Stunde aufzusuchen. „Aber … es ist doch schon spät."

„Er war ein Arbeitstier. Gut möglich, dass er jetzt auch noch da ist." Mit diesen Worten drehte sich Victoria um und ging weiter. Über die Schulter rief sie: „Was hast du denn erwartet? Dass ich dich zu ihm nach Hause bringe? Ich war nur seine Kollegin und keine Stalkerin!"

Marlene kam sich plötzlich ziemlich dumm vor. Ihre Freundin hatte recht. Was hatte sie bitteschön erwartet? Sie konnte von Glück reden, dass sich Victoria an den Namen ihres ehemaligen Kollegen erinnerte. Dass sie nicht wusste, wo er wohnte, konnte man ihr nicht übelnehmen.

Sie war bereits um die Hausecke verschwunden, als Marlene zu ihr aufschloss. „He! Warte auf mich!"

Nach wenigen Sekunden hatte sie sie eingeholt. Die beiden standen nun vor einem Haupteingang, der so mächtig war wie der eines gehobenen Hotels.

„Hier hast du gearbeitet?", fragte Marlene und staunte nicht schlecht, als sie an der nie enden wollenden Fassade hinaufblickte.

„Jep." Victoria klang ziemlich gelangweilt. „Komm. Gehen wir rein."

Sie betraten einen Eingangsbereich, von dem mehrere Wege nach rechts zu Aufzügen führten. Links befand sich ein Tresen, der unbesetzt war. Geradeaus steuerte man auf eine moderne

Treppe mit Glasumrandung zu. Das grünliche Licht passte so gar nicht zu der edlen Ausstattung.

„Ist das ein Hotel?", wollte Marlene wissen, dabei sprach sie den Gedanken nicht aus, der ihr durch den Kopf ging.

„Nein. Man könnte es als Sitz von Jungunternehmern bezeichnen."

„Und was genau war deine Aufgabe?"

Victoria ging voraus und lachte auf, ehe sie sagte: „Ha! Mein Unternehmen ging den Bach runter, bevor es überhaupt richtig begonnen hatte."

„Was für ein Unternehmen hattest du denn?"

„Nicht so wichtig."

„Ich bin deine Freundin, du kannst mir alles sa…"

„Ich will nicht darüber reden, okay?", funkelte Victoria sie zornig an. Anschließend griff sie sich an die Stirn und meinte: „Sorry. Das war blöd von mir."

Marlene trat einen Schritt zurück.

„Es ist nur so: Ich hatte mich so darauf gefreut. Mein … Mein ganzes Leben lag noch vor mir, verstehst du? Und dann kommt dieser eine Typ und macht alles kaputt!" Tränen traten in Victorias Augen.

Marlene sah sich unsicher um. Sie waren mutterseelenallein im Eingangsbereich. Vorsichtig legte sie eine Hand auf ihre Schulter. Ihre Freundin schluchzte und sprach weiter: „So viel lag vor mir. Ich hatte so verdammt gute Chancen. Doch er hat mir alles genommen. Keine Ahnung, wie das passieren konnte. Eines Tages war einfach alles, was ich erarbeitet habe, weg! Und ich wurde entlassen. Inkompetenz, hieß es."

„Das tut mir leid. Weißt du, wer dir das angetan hat?"

„Nein. Ich habe nur erfahren, dass die ganze Sache nach meinem Abschied aufgeflogen ist. Der Kerl wanderte sogar ins Gefängnis. Man wollte mir nicht sagen, um wen es sich handelte."

„Verrätst du mir, um welches Projekt es ging?"

„Ich will nicht darüber reden, bitte sei mir nicht böse."

Marlene nickte, obwohl sie es nicht verstand. Sie hatte ihr schließlich auch von ihrer Arbeit erzählt. Ob Thomas etwas mit der Sache zu tun hatte?

Victoria zog ein Taschentuch hervor und putzte sich die Nase. „Ich habe dir sowieso schon zu viel erzählt. Aber eines kann ich dir sagen: Es hätte eine Zukunft gehabt."

Sie drehte sich um und ging die Treppe nach oben. Der Gedanke, der sich bereits beim Betreten des Gebäudes in Marlene breitgemacht hatte, verstärkte sich zusätzlich: Sie war schon mal hier gewesen.

MARLENE

Sommer 2001

Die Sonne stand hoch am wolkenlosen Himmel und verströmte eine gnadenlose Hitze. Ihre Unterarme glühten wie heiße Kohlen, an eine Sonnencreme oder anderen Schutz dafür hatte sie nicht gedacht. Zu Hause war es noch etwas bewölkt gewesen, doch der Wind hatte den Horizont in ein strahlendes Blau verwandelt. Da ihre Kopfhaut wesentlich empfindlicher war als ihre Arme, trug sie einen Sonnenhut.

Mit einem Körbchen ging sie durch die Reihen und pflückte eine knallrote Erdbeere nach der anderen. Lediglich jede dritte wurde gesammelt – der Rest landete direkt in ihrem Mund.

„He, stopf dich nicht so voll!", erklang eine schrille Stimme von Weitem.

Marlene verdrehte die Augen. Sie waren auf einem riesigen Erdbeerfeld, es waren also noch genug Beeren da, die sie mitnehmen konnten.

Das Mädchen kam auf sie zugelaufen. „Wie viele hast du denn schon?"

Sie sagte kein Wort, stattdessen streckte sie ihr das Körbchen entgegen, das weitaus weniger Beeren beinhaltete als der Kübel der anderen. Ein abfälliges Grunzen verließ ihren Mund, während sie den Kopf schüttelte. „Das war klar."

Marlene hatte eigentlich gehofft, dass dieser Ausflug die guten alten Zeiten wieder aufleben lassen würde. Früher war sie gerne am Erdbeerfeld gewesen. Es war in ihren Augen der richtige Ort, um den Sommer zu genießen. Auch wenn es noch so heiß und trocken war – die fruchtigen, süßen Erdbeeren waren eine Belohnung, für die sie gerne mal einen leichten Sonnenbrand riskierte.

„He! Schläfst du im Stehen oder was? Pflück weiter!" Das Mädchen kniff ihr in den Oberarm, worauf Marlene zusammenzuckte. Sie hasste es, wenn sie herumkommandiert wurde, noch dazu von einer Person, die nichts, aber auch wirklich gar nichts zu sagen hatte. Noch weniger konnte sie es leiden, wenn man sie anfasste.

Nun war das andere Mädchen diejenige, die die Augen verdrehte. Danach wandte sie sich ab und ging die Reihe entlang, um ihren Kübel weiter zu befüllen. Dabei schimpfte sie: „Du bist wie ein kleines Kind, Marlene. Und faul noch dazu. Friss doch die Erdbeeren in deinem Korb auch noch auf, dann kannst du ganz von vorne anfangen."

„Halt doch einfach deine bescheuerte Klappe!", rief Marlene voller Zorn, was mehrere Leute auf dem Feld mitbekommen hatten. Erschrocken sahen einige davon zu ihr herüber und gaben abfällige Seufzer von sich.

Das andere Mädchen sah sich unauffällig um, bevor sie auf sie zugetrampelt kam. „Wie redest du denn mit mir?"

Marlene blieben die Worte im Hals stecken. So gerne würde sie ihr mal die Meinung sagen, aber wenn sie dann vor ihr stand, brachte sie keinen Ton hervor. Das Mädchen grinste. „Dachte ich es mir doch, dass du deine Klappe nicht aufkriegst. Und jetzt mach weiter, ich will nicht den ganzen Tag hier mit dir verbringen."

„Du kannst mich mal."

Sie wusste, dass ihre Worte nicht klug gewählt waren, aber in diesem Moment fiel ihr nichts Besseres ein.

Das Mädchen verengte die Augen und taxierte sie, Marlene wich ihren Blicken aus. Die anderen Leute schenkten ihnen keine Beachtung mehr, sie waren wieder mit Pflücken beschäftigt.

Noch bevor sie etwas dagegen unternehmen konnte, hatte die blöde Göre in ihr bescheiden befülltes Körbchen gegriffen und die Erdbeeren genommen. Diese drückte sie auf Marlenes T-Shirt, was eine mächtige Sauerei auf dem hellen Stoff verursachte. Der rote Matsch klebte unter ihrem Hals und sie konnte nichts anderes tun, als schockiert darauf zu starren.

„Du hast zehn Minuten, um deinen blöden Korb zu füllen. Ich warte beim Ausgang“, befahl sie amüsiert.

Als sie sich umdrehte und selbstgefällig davonging, konnte sich Marlene nicht mehr zusammenreißen. Sie ließ ihr Körbchen fallen und begann zu laufen. Mit voller Wucht schubste sie das Mädchen, das kreischend in die Erdbeerstauden fiel.

Ihr darauffolgender Schrei war ohrenbetäubend laut und lenkte die Aufmerksamkeit aller auf sich. Marlene konnte nicht anders, sie musste loslachen. Was für eine Drama-Queen!

Ihre Knie waren rot von den Erdbeeren, auf die sie wohl beim Sturz gefallen war.

„Was lachst du denn so blöd?“, kreischte sie hysterisch. Mann, konnte die sich aufregen!

Nach und nach kamen Leute auf die beiden zu, einige sagten ziemlich gemeine Sachen, wie Marlene fand.

Tränen rannen über die Wangen des Mädchens, als ein Mann ihr aufhalf. „Jemand muss einen Krankenwagen rufen!“, rief er, den Arm um ihre Schulter gelegt.

Jetzt kriegt euch mal wieder ein, wollte Marlene schon sagen, doch dann erkannte sie, dass es nicht zerdrückte Erdbeeren waren, die auf ihren Knien verschmiert waren, sondern Blut. Das Mädchen war auf eine Glasscherbe gefallen.

Und sie war schuld.

Es hätte ihr leidtun sollen, stattdessen wurde sie von einem Gefühl der Glückseligkeit übermannt.

MARLENE

Tag 8

Vor einer geschlossenen Tür blieb Victoria stehen. Sie hatte ihr Taschentuch eingesteckt und war dem Anschein nach kurz davor, anzuklopfen, als Marlene wissen wollte, wo sie waren. Diese Frage ließ Victoria in ihrer Bewegung innehalten. „Das hier ist sein Büro. Bist du bereit?"

„Bereit? Bereit wofür?" Ihr Herz begann zu rasen, denn sie wusste genau, wovon ihre Freundin sprach. Victoria klopfte an, ohne eine Antwort darauf zu geben und öffnete die Tür. Dann trat sie einen Schritt zurück und schob Marlene in den dahinterliegenden Raum. Vor ihr saß Thomas. Er hatte den Kopf in die Hände gestützt und starrte auf einen Haufen Papier, der auf seinem Schreibtisch verstreut lag.

Sie bekam kein Wort hervor und drehte sich hilfesuchend zu Victoria um. Diese nickte ihr vom Flur aus zu und schloss daraufhin die Tür.

„Was machst du hier?", fragte eine tiefe Stimme, die sie herumfahren ließ. Thomas' Blick war noch immer auf die Unterlagen – oder was auch immer – gerichtet.

„Hey. Lange nicht gesehen." Sie versuchte, ungezwungen zu klingen.

Er blickte auf und schaute sie fragend an. Es hatte den Anschein, als würde er sie nicht wiedererkennen. Ihre Stimme war beinahe ein Flüstern, als die nächsten Worte ihren Mund verließen. „Weißt du denn nicht, wer ich bin?"

Plötzlich legte sich ein Schimmer über seine Augen. Weinte er etwa?

„Du … Du bist tot", wimmerte er.

Ein heller Blitz zuckte durch ihr Sichtfeld, was sie dazu zwang, die Augen zu schließen. Sie atmete tief durch, ehe sie sie wieder öffnete. Ihre Nervosität begann, sich durch Händezittern bemerkbar zu machen und sie musste sich zusammenreißen, um ihre Stimme sanft klingen zu lassen. „Aber ich bin doch hier. Ich … Ich bin nicht tot.“

Thomas wischte sich die Tränen aus den Augenwinkeln und zog die Nase auf.

„Hey“, vorsichtig ging sie einen Schritt auf ihn zu, „ich bin es, Marlene. Wie kommst du denn darauf, dass ich …“

„Marlene“, wiederholte er ihren Namen. Sein Tonfall hatte soeben etwas Abwertendes bekommen. Thomas stand auf und ging zum Fenster, das hinter seinem Schreibtisch lag, um in die dunkle Nacht hinauszustarren.

Sie unterdrückte ihre Gefühle, die gerade dabei waren, wieder hochzukommen. Sie war schließlich nicht hier, um sein Herz zurückzugewinnen. Sie musste mit ihm reden, dringend.

„Ich bin aus einem bestimmten Grund hier.“

„Ach?“ Es war nur eine Silbe, die er von sich gab, aber sie konnte dennoch hören, dass er gereizt war.

„Es geht um dieses Quiz. Steckst du dahinter?“ Die Sache direkt anzusprechen, kam ihr am vernünftigsten vor. Mit überraschtem Gesichtsausdruck drehte sich Thomas nun zu ihr. „Was?“

Sie holte den Zettel aus ihrer Hosentasche und wedelte damit herum. „Ich bekomme täglich intime Fragen gestellt. Unter anderem, was dich betrifft. Und man hat mich ausgeraubt.“

Seine Kinnlade klappte herunter. Verstand er nicht, was sich hier abspielte, oder versuchte er nur, nichtsahnend auszusehen?

„Wovon redest du?“, fragte er schließlich.

Sie seufzte auf und beschloss, es ihm in knappen Worten zu erklären: „Ich mache bei einem Quiz mit, das mir täglich eine Frage stellt, was mein Privatleben betrifft. Ich muss sie wahrheitsgemäß beantworten, um zu gewinnen. Das Eigenartige an der Sache ist, dass dieses Quiz nicht aufhört, was auch immer ich mache. Die Fragen werden von Tag zu Tag intimer und es war die Rede von dir.“

„Das hört sich verrückt an, das ist dir bewusst, ja?"
„Ich weiß! Und deshalb bin ich hier."
„Um mir *das* zu sagen?"
„Nein. Ich möchte von dir wissen, warum du mir das antust!"
Ihre Stimme war immer lauter geworden, auch Thomas klang daraufhin sehr aufgebracht: „Ich? Warum soll ich dahinterstecken?"
„Weil du der Einzige bist, der von dem roten Kleid weiß!"
„Wage es nicht, davon zu sprechen!", warnte er sie, wobei er mit dem Finger auf sie zeigte.
Sie war wie vor den Kopf gestoßen. Wieso wurde er plötzlich so aggressiv? Sie hatten doch eine schöne Zeit miteinander gehabt. „Leugnest du etwa, dass du mich geliebt hast?"
„Ich habe nicht *dich* geliebt, verdammt nochmal! Wann kapierst du das endlich?", fuhr er sie an. Er war wieder an seinen Schreibtisch getreten und stützte seine Hände darauf ab.
Es war wie ein Stich ins Herz.
„Du hast alles zerstört! Alles! Warum geht das nicht in dein krankes Hirn?" Er gestikulierte wild mit den Händen, als er ihr diese zerstörenden Worte entgegenschleuderte. „Du hast mich hinters Licht geführt! Ich habe den wichtigsten Menschen in meinem Leben verloren, und du bist schuld! Du ganz alleine!"
Tränen liefen über ihre Wangen. Er war also tatsächlich liiert gewesen, als sie miteinander geschlafen hatten. Deshalb hatte er einen anderen Namen gesagt, ehe er seinen Arm um sie gelegt hatte. Die Erinnerung daran war so schmerzhaft, dass sie den Namen verdrängt hatte. Sie wollte nicht wissen, wem sein Herz gehört hatte, in ihrer Vorstellung war nämlich sie diejenige gewesen. Die Realität würde auch noch diesen letzten Funken Hoffnung zunichtemachen. Zuvor hatte er ihr jedoch seine Liebe gestanden. In dieser einen Nacht hatte sie damals alle Gefühlslagen durchleben müssen und sie war

sich bis heute nicht sicher, was Thomas für sie empfunden hatte.

„Aber du hast gesagt, dass du mich liebst“, sagte sie mit zittriger Stimme.

„Verschwinde.“

„Nein.“

Er presste die Lippen zusammen und atmete schwer. Es sah so aus, als würde er sich auf einen Kampf vorbereiten. Was war bloß los mit ihm? Er schien sich etwas beruhigt zu haben, als er schließlich fragte: „Wie könnte ich dich jemals lieben, nach all dem, was du mir angetan hast?“

„Was *ich dir* angetan habe?“

„Du hast meine große Liebe auf dem Gewissen.“

Ihr One-Night-Stand hatte offensichtlich einen Schaden angerichtet, den er ihr niemals verzeihen würde. Aber gehörten zu solch einem Ereignis nicht immer zwei?

„Und dieses Quiz …“, fuhr er fort, „… hast du dir selbst eingebrockt.“

„Ich verstehe nicht.“

„Das hast du noch nie“, meinte er kopfschüttelnd. „Eines kann ich dir sagen: Ich bin nicht derjenige, der sich diesen ganzen Quatsch ausdenkt. Das bist alleine du.“

„Ich? Wieso sollte ich mir selbst diese Fragen stellen?“

„Vielleicht, weil du langsam zur Vernunft kommst.“

Im nächsten Moment wurde die Tür hinter Marlene aufgerissen. „Wir wurden entdeckt! Komm!“, rief Victoria und zerrte sie aus Thomas’ Büro.

„Warte!“ Sie hatte nicht vor, jetzt abzuhauen. Nicht nach allem, was sie eben erfahren hatte.

„Wir haben keine Zeit zu verlieren!“ Victoria ließ nicht locker und krallte ihre Fingernägel in Marlenes Oberarme, während sie den Flur entlangrannten.

Nach wenigen Minuten waren sie im Freien und wieder beim Auto angelangt. Dort schaffte sie es schließlich, sich von ihrer Freundin loszureißen.

„Verdammt nochmal!“, entkam es ihr. „Was ist eigentlich los mit dir? Zuerst bringst du mich zu Thomas und jetzt zerrst du mich von ihm weg?“

„Tut mir leid. Die Überwachungskameras müssen Alarm geschlagen haben.“

„Und?!“

„Und ich darf mich hier nicht aufhalten! Mein geklautes Projekt damals hat einen ziemlichen Wirbel verursacht, und wenn die jetzt rausfinden, dass ich mich spätnachts in das Gebäude schleiche, bringt das nur Probleme!“

Wütend trat Marlene von einem Bein auf das andere. Sie wusste nicht, was sie dazu sagen sollte. Am besten hielt sie einfach ihren Mund, wer weiß, ob sie Victoria vertrauen konnte.

„Hast du rausgefunden, was es mit diesem Quiz auf sich hat?“

„Das sollte ich wohl besser dich fragen.“

Victorias Blick sprach Bände, das konnte sie im Schein der Straßenlaterne erkennen.

„Ich glaube, wir sollten fahren“, meinte sie und wollte gerade den Wagen entriegeln, doch Marlene stellte sich ihr in den Weg.

„Was läuft hier für ein Spiel, Victoria?“

„Ich weiß nicht, was du meinst.“

„Dann helfe ich dir mal auf die Sprünge: Seit du wieder aufgetaucht bist, läuft alles komplett aus dem Ruder! Jemand war in meiner Wohnung und hat mich bestohlen! Plötzlich bin ich mit dir in einem Auto, ohne zu wissen, wie ich dort hingekommen bin! Dann führst du mich zu Thomas, der mich ohne ersichtlichen Grund hasst und mir die Schuld für sein gescheitertes Liebesleben gibt! Ich erfahre immer mehr Dinge, die meine Fragen nicht beantworten, sondern noch mehrere verursachen. Und plötzlich zerrst du mich weg und willst abhauen?!“

Victoria schüttelte den Kopf und sah ihr tief in die Augen. „Du verstehst es noch immer nicht, oder?“

„Nein! Weil mir niemand eine Gelegenheit dazu gibt!"

„Liebst du Thomas?"

Die Wahrheit ging sie eigentlich nichts an, doch sie war sich sicher, dass Schweigen die ganze Sache nur verschlimmern würde. Außerdem hatte Victoria vorhin ihre Antwort vermutlich bereits gesehen.

„Nein. Das tue ich nicht. Ich habe ihn einmal geliebt."

„Hast du das beim Quiz auch angekreuzt?"

Marlene wollte ihr eben den Zettel zeigen, als ihr auffiel, dass sie ihn nicht mehr bei sich hatte. Vermutlich hatte sie ihn während ihrer Flucht verloren. Oder hatte sie ihn bereits in Thomas' Büro fallengelassen? Wo immer der Zettel auch war, sie wusste, dass *Das Quiz* weitergehen würde.

Sie hatte *Nein* angekreuzt, also nickte sie zur Bestätigung.

„Das ist dann wohl die nächste richtige Antwort."

Victoria schob sie zur Seite, entriegelte den Wagen und setzte sich hinters Steuer. Der Motor blieb stumm, was vermutlich bedeutete, dass ihre Freundin auf sie wartete. Marlene blickte nach oben und erkannte ein paar erleuchtete Fenster. Eines davon musste zu Thomas' Büro gehören. Sollte sie zu ihm gehen?

„Es wird Zeit, dass du die Wahrheit erfährst", erklang Victorias Stimme hinter ihr. Marlene drehte sich um und sah, dass sie das Fenster heruntergekurbelt hatte.

Sie sah ein, dass sie nur mit ihrer Hilfe zur Lösung des Problems kam. Also ging sie um den Wagen herum und stieg ein.

MARKUS

Tag 8

Frau Hüttelsdorfer schlief weiterhin tief und fest, eine Sorge weniger. Er hatte mit einem jungen Kollegen – der ihn von Zeit zu Zeit vertrat, wenn er mal selbst krank oder auf Urlaub war – ausgemacht, dass er nach ihr sehen würde. Markus musste unbedingt mal den Kopf frei bekommen.

Als er endlich zu Hause unter der Dusche stand, dachte er an die Klinik und die gelegentlichen Hausbesuche, die mittlerweile keine Seltenheit mehr darstellten. Seine Patienten verfolgten ihn oft bis in seine eigenen vier Wände – zumindest, was seine Gedanken anging. Abschalten konnte er nur bei der Frau, die sein Herz gestohlen hatte.

Während er sich abtrocknete, überkam ihn wie so oft das schlechte Gewissen. Dass andere Ärzte leidende Menschen wie Gegenstände behandelten, konnte er beim besten Willen nicht nachvollziehen. Er war gedanklich viel zu oft bei seinen Patienten, womit er sich selbst fertigmachte. Sollte er in die Klinik fahren? Vielleicht brauchte man ihn dort? Genau jetzt, in diesem Moment?

Quatsch, es gab genug Kollegen, die sich um das Wohlergehen der Patienten kümmerten. Kein Grund zur Aufregung.

Markus ging in die Küche und öffnete den Kühlschrank. Einkaufen wäre vorher noch sinnvoll gewesen. Aber irgendetwas Essbares fand er immer. Er griff nach dem Leberaufstrich und schnitt sich dazu zwei Scheiben Brot auf, dabei dachte er an seine Eltern. Laut ihren Vorstellungen müsste er ein Herzensbrecher sein, dem die Frauen zu Füßen lagen. Denn wenn man sich einen Arzt angelte, war das sowas wie ein Sechser im Lotto! Doch Markus kam zu jedem Treffen mit seinen Eltern ohne weibliche Begleitung und so langsam hatten die beiden eingesehen, dass ihr Sohn kein Frauenschwarm war. Seine Mutter schien darüber sehr besorgt zu sein. Es kam ihm so vor, als hätte sie Mitleid mit ihm, weil er abends alleine in seinem Bett lag und niemand zu Hause auf ihn wartete. Außerdem hätte sie gerne Enkel. Markus würde seinen Kindern die beste Ausbildung bieten können. Aber das Glück ließ auf sich warten. Hoffentlich nicht mehr allzu lange.

Während er seine Brote aß, wurde ihm klar, dass er heute Nacht keinen Schlaf finden würde. Einige Besorgungen hatte er versäumt, das ließ sich nun nicht mehr rückgängig machen. Was er aber ändern konnte, war eventuell sein Schicksal. Eigentlich hatte er sich vorgenommen, es langsam angehen zu lassen, aber etwas in seinem Inneren sagte ihm, dass er zu ihr musste. Nicht, um ihr Herz endgültig zu gewinnen, nein. Sondern weil sein Instinkt ihn warnte. War sie in Schwierigkeiten?

Er stopfte sich den letzten Bissen Brot in den Mund stürmte in den Flur, wo er sich in Windeseile Schuhe und Jacke anzog. Nachdem er seine Wohnung abgesperrt hatte und zu seinem Auto rannte, überlegte er, ob er noch Blumen bei einer Tankstelle besorgen sollte. Nein, nein, nur nichts überstürzen. Wenn sie in Gefahr war, würde ein Bündel Unkraut für fünf Euro auch nichts daran ändern. Er startete den Motor und machte sich auf den Weg zu ihr.

Die Fahrt bis zu ihrem Wohnhaus fühlte sich an wie eine Ewigkeit. Mit Schwung parkte er seinen Wagen in einer Lücke um die Ecke. Beim Aussteigen achtete er nicht auf die Straße und wurde von einem Auto angehupt, das ihn um ein Haar überfahren hätte. In letzter Sekunde hatte der Wagen einen Bogen um ihn gemacht. Markus verlor keinen Gedanken an die Tatsache, dass er eben nur knapp dem Tod entkommen war und schlug die Autotür zu. Dann lief er los zum Hauseingang.

Während er die Treppe nach oben sprintete, begann sein Herz immer schneller zu rasen. Hoffentlich kam er nicht zu spät!

Vorhin, als er noch bei ihr gewesen war, hatte er nicht an die Möglichkeit gedacht, dass sie sich in Gefahr begeben könnte. Sie war klug, sie würde sich auf keine unüberlegte Aktion einlassen. Aber man konnte sie leicht manipulieren – nahm er zumindest an. Wenn ihre „Freundin" aus der Vergangenheit nur lange genug auf sie einredete, würde sie sich womöglich breitschlagen lassen und klein beigeben. Eigentlich wollte er sich in solche Angelegenheiten nicht einmischen, aber falls wirklich der Hauch einer Chance bestand, eines Tages der Mann an ihrer Seite zu sein, musste er jetzt eingreifen und sie retten! Er hoffte, es machte nicht den Anschein, als würde er sie kontrollieren.

Mit eiligen Schritten näherte er sich seinem Ziel. Zeit durchzuatmen blieb nicht. Ohne sich anzukündigen, riss er die Tür auf – sie war nicht abgesperrt.

Er stürzte in die verlassene Wohnung und rief ihren Namen. Mehrmals. Doch sie war verschwunden. Er war zu spät. Im nächsten Moment erschien einer der Nachbarn vor der Tür im Treppenhaus. In den Händen trug er einen Korb mit Zeitschriften und gefalteten Kartons, vermutlich war er auf dem Weg zum Altpapiercontainer.

„Ah, da sind Sie ja wieder!", meinte er und nickte ihm vom Gang aus zu. Man kannte Markus hier schon, zumindest vom Sehen.

„Wo ist sie? Haben Sie sie gesehen?", fragte er den Mann und raufte sich die Haare. Er war sich sicher, dass er ziemlich verzweifelt klang, was er auch war.

„Sie sind leider zu spät", antwortete der Nachbar und zuckte mit den Schultern. „Vorhin hat sie das Haus mit einer anderen Frau verlassen."

MARLENE

Tag 8

„Um diesem ganzen Wahnsinn ein Ende zu bereiten, musst du ehrlich sein. Nicht nur mir gegenüber, sondern auch zu dir selbst."

Die Phrasen, die Victoria herunterleierte, während sie den Wagen durch die finstere Nacht manövrierte, hatten eine beunruhigende Wirkung auf Marlene. Mitten im Satz unterbrach sie ihre Freundin: „Wie wäre es, wenn zur Abwechslung mal du diejenige bist, die die Wahrheit sagt?"

Falls sich Victoria durch diese Aussage angegriffen fühlte, ließ sie es sich nicht anmerken. Geduldig sprach sie weiter: „Ich kann dir in dieser Sache nur den richtigen Weg zeigen. Weiterhelfen musst du dir selbst."

„Das, was du da von dir gibst, ergibt keinen Sinn." Mit verschränkten Armen starrte Marlene trotzig aus dem Fenster. Die Schwärze flog an ihr vorbei, was Übelkeit in ihr hervorrief.

Victoria sprach in Rätseln, ebenso wie Thomas. Alle redeten davon, dass Marlene die Wahrheit erfahren musste, aber half ihr jemand dabei? Nein! Jeder tat so, als wüsste er genau, worum es bei dem Quiz und den ganzen Vorkommnissen ging, aber niemand sagte, was Sache war.

„Was weißt du wirklich darüber?", fragte sie schließlich, ihr Tonfall klang so leer wie das endlose Nichts, auf das sie zusteuerten.

Victoria schluckte und antwortete: „Gar nichts. Wirklich nicht."

„Ich glaube dir kein Wort."

„Weißt du … Als du mich über den Haufen gerannt hast …", sie genehmigte sich eine kurze Pause beim Sprechen, um zu kichern. Dann wurde ihre Miene wieder ernst, „… da habe ich sofort gemerkt, dass etwas mit dir nicht in Ordnung ist."

„Da scheinst du ja nicht die Einzige mit der Vermutung zu sein."

„Das ist nicht böse gemeint, Marlene. Wirklich nicht. Aber uns verbindet so viel. Obwohl wir uns jahrelang nicht gesehen haben, war sofort wieder diese Verbundenheit da, meinst du nicht auch?"

Marlene tat so, als sei ihr diese Tatsache egal und zuckte mit den Schultern. Victoria fuhr fort: „Man sieht es dir sofort an, dass du Probleme hast. Und ich helfe dir, wo ich kann. Aber du alleine bist dafür verantwortlich, dass es endet."

„Dass was endet?"

„Das weiß ich nicht! Ich will dir beistehen, weil ich das Gefühl habe, noch etwas erledigen zu müssen, bevor …" Sie hielt inne und räusperte sich.

Marlene wartete auf das Ende des Satzes, doch es kam nicht. „Bevor was?!"

Hilfesuchend wanderten Victorias Blicke abwechselnd zu ihr und auf die Straße.

„Bevor was, Victoria?!"

„Bevor ich gehe."

„Du gehst? Wohin?"

„Eigentlich dürfte ich gar nicht hier sein."

Marlenes Gedanken schlugen Purzelbäume, was der Übelkeit nicht zugutekam. Sie versuchte, die einzelnen Worte zu fassen, doch sie entglitten ihr bei jedem Anlauf. Das Resultat daraus war, dass sie mit offenem Mund in die verzweifelten Augen ihrer Freundin starrte.

„Hast du nicht auch ein komisches Gefühl bei der Sache?", fragte Victoria sichtlich aufgebracht.

„Ein komisches Gefühl? Ja! Davon rede ich ja die ganze Zeit! Was ist los, Victoria? Bitte sprich mit mir!"

„Du darfst dich nicht ablenken lassen. Vergiss mich einfach für einen Moment und denk nach!"

„Dich vergessen? Was? Worüber soll ich nachdenken?“

Marlene verstand nur Bahnhof. Dass sie stets die Forderungen ihrer Freundin wiederholte, machte die Sache auch nicht besser.

„Denk an *Das Quiz*. An deine Vergangenheit. An Thomas.“

„Du hast mich vor wenigen Minuten von Thomas weggezerrt! Wenn du das nicht getan hättest, würde ich die Wahrheit vermutlich bereits kennen!“

Victoria schüttelte den Kopf.

„Was meinst du denn damit schon wieder?“ Marlene klang ungeduldiger als sie war. Das verblüffte sie selbst. Eigentlich wäre sie schon zehn Mal durchgedreht, weil alle um sie herum in Rätseln sprachen, die sie einfach nicht imstande war zu lösen. Aber innerlich war sie aufmerksam, versuchte, ihre Freundin zu verstehen.

„Du hast ihn hintergangen. Außerdem hat er dir die Wahrheit bereits gesagt.“

„Das ist eine Lüge.“

„Ist es nicht. Und es ist nicht erst vor wenigen Minuten geschehen.“

Wie lange waren sie schon unterwegs? Marlene rief sich die Unterhaltung mit Thomas sowie den darauffolgenden Aufbruch ins Gedächtnis und kam zu dem Entschluss, dass es sehr wohl erst wenige Minuten her war.

„Ich habe doch gerade noch in Thomas' Büro gestanden, als du mich zur Flucht gedrängt hast! Er hatte keine Gelegenheit mehr, mir zu sagen, was los ist“, spie sie ihr entgegen.

„In drei Tagen jährt es sich …“

„Was jährt sich?!“

„Du weißt es wirklich nicht mehr, oder?“

„Nein, verdammt! Hilf mir, Victoria!“

Ihre Freundin schüttelte erneut den Kopf. Dabei sah sie aus, als wäre sie kurz davor, in Tränen auszubrechen.

„Bitte!“, flehte Marlene. Welcher Tag war heute? Sie hatte schon ganz die Zeit vergessen. Während die beiden vor sich hin schwiegen, überlegte sie. Es war der 26. November. Ein Zucken erschütterte ihr Gedächtnis, was sie hochfahren ließ. Mit zusammengekniffenen Augen presste sie ihre Finger gegen die Schläfen.

„Erinnerst du dich?“, fragte Victoria in die bedrückende Stille hinein.

„In drei Tagen …“, begann Marlene, „… habe ich Geburtstag.“

Sie wurde einunddreißig Jahre alt. An diesem Datum würde sie erfahren, ob sie beim Quiz gewonnen hatte oder nicht. Das musste etwas zu bedeuten haben.

Ein Ereignis aus der Vergangenheit jährte sich also an ihrem einunddreißigsten Geburtstag. Sie durchwühlte ihre Gedanken, warf sie über den Haufen und hinterließ in ihrem Kopf ein heilloses Durcheinander.

„Ich erinnere mich nicht an meinen letzten Geburtstag“, gab sie schließlich kleinlaut von sich.

„Auch nicht, wenn ich den Namen Thomas erwähne?“

Marlene fuhr herum und sah Victoria an. Sie musste etwas wissen, sonst würde sie nicht solche Anspielungen machen.

„Ich kann dir leider nicht weiterhelfen“, gab sie schließlich von sich.

„Victoria, wenn du mir nicht sofort sagst, was Sache ist …“ Weiter sprach sie nicht. Womit sollte sie ihr drohen?

„Ich kann dir nur mit einer Frage weiterhelfen …“

Marlene war plötzlich ganz Ohr. Es war so leise im Auto, dass sie nicht einmal das Motorengeräusch wahrnahm. Das Einzige, das sie laut und deutlich hören konnte, war ihr Herzschlag. Selbst Victorias Stimme klang unwirklich und viel zu weit entfernt. Ob die darauffolgenden Worte tatsächlich aus ihrem Mund kamen, oder nur in Marlenes Gedanken auftauchten, konnte sie nicht erkennen.

„Hast du an dem Tag das rote Kleid getragen?“

MARKUS
Tag 8

„Wie sah die Frau aus?“ Markus’ Stimme klang schriller als gewöhnlich. Die körperliche Anstrengung hatte er bereits hinter sich, trotzdem beruhigte sich sein Herzschlag nicht.

Der Mann im Treppenhaus zuckte die Schultern. „So genau habe ich da nicht drauf geachtet. Sie waren etwa im selben Alter. Die Frau … hatte … keine Ahnung … vielleicht … brünettes Haar?“

„Wissen Sie, wo die beiden hin sind?“

„Auf jeden Fall raus. Mehr weiß ich auch nicht.“

Markus nickte, was den Nachbarn dazu veranlasste, seinen Weg zum Altpapiercontainer fortzusetzen.

Sollte er sie anrufen? Wäre er damit zu aufdringlich? Er entriegelte die Tastensperre auf seinem Smartphone und wählte ihren Kontakt aus. Sein Finger verharrte zitternd über dem Symbol mit dem grünen Telefonhörer. Schweiß rann ihm den Nacken entlang. Nach einigen Sekunden wurde der Bildschirm schwarz.

Kopfschüttelnd steckte er das Smartphone wieder ein. Sie hatte sich entschieden, und zwar gegen ihn. Zumindest heute Nacht. Markus beschloss, nach Hause zu fahren. Der Tag war anstrengend genug gewesen. Es würde nichts helfen, ihr hinterherzutelefonieren.

MARLENE

Tag 8

Das rote Kleid.

Sie schluckte und kämpfte gegen die Übelkeit an, die sich vor wenigen Augenblicken in ihr breitgemacht hatte. Gedanklich reiste sie zurück. An ihrem dreißigsten Geburtstag hatte sie keine Party mit Gästen feiern wollen, wen hätte sie bitteschön einladen sollen?

Plötzlich sah sie sich selbst vor sich. In einem roten Kleid.

Victoria saß stumm neben ihr, wofür sie dankbar war. So konnte sie sich ihrer Vergangenheit stellen. Marlene tauchte ab, glitt an ihrem dreißigsten Geburtstag vorbei, ehe sie den Tag in ihren Gedanken zu fassen bekam. Bilder wirbelten durch ihren Kopf. Bilder, die ihr fremd vorkamen. Das rote Kleid. Thomas. Ein Blumenstrauß. Immer wieder ihr eigenes Gesicht. Viel zu oft. Und doch so fremd.

Was geschah an jenem Tag? Sie versuchte, die Gedanken zu greifen und sie zu einem Gesamtbild zusammenzufügen, doch sie entglitten ihr. Ihr dreißigster Geburtstag löste sich vor ihr auf. Was hatte das zu bedeuten?

In ihren Erinnerungen wurde sie immer jünger. Vielleicht versteckte sich des Rätsels Lösung in ihrer Kindheit. Hatte sie womöglich ein traumatisches Erlebnis nicht richtig verarbeiten können? Ihre Gedanken blieben bei einem Namen hängen, der ihr schon lange nicht mehr in den Sinn gekommen war …

Wie alt war er heute? Siebenundvierzig?

Die Gedankenblitze formten ein gewaltiges Gewitter, das schnell wieder abflaute. Schließlich sah sie ihn. Es war ihre erste Begegnung gewesen, damals, im Jahr 2004.

Marlene war fünfzehn Jahre alt und jobbte im Sommer in einem kleinen Bistro, dessen Kunden größtenteils LKW-Fahrer waren. Gut verdientes Geld, ihre Aufgabe war lediglich, Kaffee und Brötchen zu servieren. Ihre Eltern mussten unheimlich stolz auf sie sein, denn im Gegensatz zu anderen Jugendlichen machte es ihr nichts aus, in den Sommerferien zu arbeiten. So konnte sie sich von schmerzenden Erinnerungen ablenken, die zu Hause präsenter waren als sonst irgendwo.

Es war einer der vielen Hundstage, an denen das Thermometer keine Mühen hatte, die Dreißig-Grad-Marke zu sprengen. Im Lokal gab es keine Klimaanlage, dafür Deckenventilatoren, die die Ausdünstungen der Angestellten und Gäste im gesamten Raum verteilten.

Marlene band sich ihren Dutt neu, wobei sie darauf achtete, auch lose Haarsträhnen, die zuvor in ihrem Nacken geklebt hatten, mitzubinden. Dann trug sie Lipgloss auf, um erwachsen auszusehen. Nichts war schlimmer, als von anderen wie ein Kind behandelt zu werden.

Und dann kam er …

Der Mann war groß und seine Hautfarbe glich dem weißen Kachelboden des Bistros. Seine Augen suchten im Raum anscheinend nach einem freien Platz – obwohl es davon mehr als genug gab. Schließlich setzte er sich an einen Tisch in der Nähe der Bar. Marlene zupfte ihr Outfit zurecht und ging auf ihn zu.

„Was darf es sein?“, fragte sie, als sie vor ihm stehenblieb.

Der Mann blickte auf – er hatte seine Aufmerksamkeit zuvor schon der Getränkekarte gewidmet. Seine braunen Augen scannten ihren Körper ab, als befände sie sich bei einer Sicherheitskontrolle auf dem Flughafen, dann fragte er: „Arbeitest du hier?“

Sie lächelte breit. „Ja. Sehen Sie doch. Ich habe sogar ein Namensschildchen.“

Stolz tippte sie mit ihrem Zeigefinger auf das Plastikteil, das auf ihrer linken Brust angeheftet war. Eine eigenständige

Mitarbeiterin, die sogar ein Namensschild trug – wenn auch nur einen Sommer lang.

„Entschuldige bitte", meinte der Mann schließlich. „Du siehst so jung aus. Ich wusste nicht, dass du …"

Er verstummte und räusperte sich. Daraufhin fuhr er sich durch sein rotes Haar, das verstrubbelt in alle Richtungen stand. „Ich nehme einen Espresso, bitte."

Nach wenigen Minuten servierte Marlene ihm das Getränk und ging schließlich mit rasendem Herzen zurück hinter die Bar. Er hatte sie tatsächlich noch für ein Kind gehalten! Das machte sie wütend.

Sie sah sich um – das Bistro war schlecht besucht, sehr schlecht sogar. Also beschloss sie, nochmal zu dem Mann zu gehen. Sie zog den Bauch ein und verschränkte die Arme vor der Brust, als sie sich selbstsicher vor ihm positionierte. „Ich bin kein Kind mehr, falls Sie das glauben."

Er hatte sich beinahe an seinem Espresso verschluckt und sah zu ihr auf. „Wie bitte?"

„Sie dachten, ich sei ein Kind. Und dass ich nicht hier arbeite."

„Es tut mir leid, das sollte keine Beleidigung sein. Freut man sich als Frau nicht, wenn man jünger geschätzt wird?"

Diese Aussage schmeichelte ihr. Jetzt behandelte er sie wie eine Erwachsene. Sie wich seiner Frage aus und sagte stattdessen stolz: „Im Herbst werde ich sechzehn, also bin ich schon so gut wie erwachsen."

„Du hast die schönste Zeit noch vor dir."

Das hoffte sie. Sie hoffte es so sehr.

„Wilde Partys in den abgefahrensten Clubs, der erste richtige Freund … So ein hübsches Mädchen wie du wird den Jungs sicher haufenweise die Köpfe verdrehen", meinte er und zwinkerte ihr zu.

Der erste richtige Freund … In ihrer Brust zog es. Wenn er nur wüsste, dass sie diese Phase bereits hinter sich hatte …, wenn man es denn so nennen konnte. Mit vierzehn Jahren hatte sie schon die große Liebe verloren. Das alles noch einmal erleben zu müssen, bereitete ihr eine Heidenangst.

Sie versuchte, gelassen zu wirken und tat den folgenden Satz mit einer Handbewegung ab: „Ach, von Jungs habe ich die Schnauze voll."

„Oh. Schlechte Erfahrungen gemacht?"

Sie zuckte mit den Schultern und drehte sich um. Die Angestellten, die hinter der Bar standen, warfen ihr bereits fragende Blicke zu.

„Ich muss dann mal …", meinte sie und deutete auf ihre Kollegen.

Der Mann nickte ihr zu und nahm einen weiteren Schluck von seinem Kaffee.

Das ging einige Male so. Ein- bis zweimal die Woche kam er, um etwas zu trinken. Er verweilte nie länger als nötig im Bistro, wobei sich Marlene immer gerne mit ihm unterhielt. Sie erfuhr nicht viel von ihm, aber seinen Vornamen hatte er ihr verraten: Andreas.

Eines Tages machte sie einen Scherz über seine Augenringe – mittlerweile unterhielten sie sich wie alte Freunde.

„War gestern auch eine lange Nacht", meinte Andreas grinsend und schüttelte den Kopf. Daraufhin bestellte er einen doppelten Espresso.

Er erzählte Marlene, dass er am Vorabend mit Kumpels ausgegangen war. Als sie hörte, dass er in einem der angesagtesten Clubs gewesen war, riss sie die Augen auf. „Darüber habe ich schon viel gehört. Ich würde da auch mal gerne hin."

„Meinst du nicht, dass du für die *Fledermaus* noch zu jung bist?"

„Blödsinn!" Sie spielte Entrüstung vor, was sie beide zum Lachen brachte. Dann sagte sie: „Nein, im Ernst: Kannst du da was machen?"

„Wie, was machen?"

Sie beugte sich nach vorne und flüsterte ihm unauffällig zu: „Damit ich da reinkomme."

Andreas schien kurz zu überlegen, nickte aber schließlich und meinte: „Wir können uns nächsten Freitag treffen."

Eine Woche fieberte sie dem Abend entgegen. So aufgeregt war sie schon lange nicht mehr gewesen. In der Hoffnung, von anderen Jungs zum Tanzen aufgefordert zu werden und somit ihre erste Liebe zu vergessen, legte sie großzügig Make-up auf. Der Alkohol, den sie vorhatte zu konsumieren, war ebenso ein wesentlicher Bestandteil ihres Plans. Zuvor hatte sie zu Hause behauptet, dass sie müde vom Arbeiten wäre und sich früher schlafen legte. Eigentlich war Marlene nicht der Typ Teenager, der seine Eltern belog. Aber sie wusste, dass sie ihr niemals erlauben würden, in einen Club zu gehen, immerhin war sie noch nicht sechzehn.

Im Haus herrschte schon finstere Stille, als sie sich davonschlich. Die Zimmertür hatte sie von innen abgesperrt und das Fenster beim Ausstieg einen Spalt breit offengelassen. Zu Fuß ging sie zur nächsten Haltestelle. Als sie kurz darauf im Bus ein Ticket gekauft hatte und sich auf einen Sitz fallen ließ, konnte sie sich ein Grinsen nicht verkneifen.

Sie tat es. Sie tat es wirklich!

Um dreiundzwanzig Uhr kam sie beim Club an und wartete in der Nähe des Eingangs. Da kam auch schon Andreas mit zwei anderen Leuten auf sie zu – einem Mann und einer Frau, um die er den Arm gelegt hatte. Freundlich stellte er sie einander vor, doch Marlene war zu aufgeregt, um sich die Namen der beiden zu merken. Sie waren nett zu ihr, das war das Wichtigste.

Mit dem Dreiergespann war es kein Problem, in den Club zu kommen. Kurz darauf wurde Marlene von den ohrenbetäubenden Bassklängen verschluckt. Bunte Lichter tanzten durch die Dunkelheit und sie musste ihre Augen immer wieder für ein paar Sekunden schließen, um nicht in Schwindel zu verfallen. Die vier drängten sich vor zu einer Bar, wo Andreas drei Wodka pur und eine große Cola bestellte. Marlene nahm an, dass jemand von ihnen Autofahrer war, also griff sie nach einem der Shots.

„Na, na, na“, meinte Andreas. Er musste beinahe schon schreien, um die laute Musik zu übertönen. „Alkohol bekommst du nicht von mir.“

„Aber vom Barkeeper“, erwiderte Marlene mit einem breiten Grinsen und trank das Glas in einem Zug leer. Sie hatte noch niemals Hochprozentiges getrunken und wusste von Bekannten, dass es beim ersten Mal nie besonders gut war. Doch sie hatte nicht damit gerechnet, dass es sich anfühlte wie Feuer, das die Kehle hinunterbrannte. Angewidert verzog sie das Gesicht und musste sich bemühen, nicht zu würgen. Mit großen Augen starrten ihre Begleiter sie an.

„Kein Problem. Ist nicht mein erstes Mal“, log sie und wischte sich mit dem Handrücken über den Mund. Die Frau lachte auf und klatschte mit ihr ein, während der andere Typ anerkennend in ihre Richtung nickte. Andreas schüttelte den Kopf und schob ihr die Cola hin.

Aber Marlene wollte heute Spaß haben. Sie war nicht hergekommen, um Softdrinks zu konsumieren, da hätte sie genauso gut zu Hause bleiben können. Sie wollte sich fallen lassen, wollte vergessen und forderte Andreas auf, für sie nur noch harte Sachen zu bestellen.

„Marlene … Echt … Du bist zu jung dafür.“ Dass er den Babysitter raushängen ließ, passte ihr gar nicht. Aber sie traute sich nicht, selbst Getränke zu bestellen, denn man hätte bestimmt ihren Ausweis verlangt. Da sie nicht betteln wollte, klopfte sie ihm auf die Schulter und meinte: „Melde dich, wenn du wieder cool bist.“

Mit einer eleganten Drehung wandte sie sich von ihm ab und ging auf die Tanzfläche. Von Zeit zu Zeit spähte sie hinüber zu ihren Begleitern und erkannte, dass Andreas mit der Frau am Rumschmusen war. Noch vor wenigen Minuten hatte er einen auf Aufpasser gemacht. Dass er jetzt so nachlässig war, ärgerte sie. Von ihr aus konnte er knutschen mit wem er wollte, aber doch nicht, nachdem er sie unbeaufsichtigt in der Menge hatte verschwinden lassen!

Ein paar Minuten vergingen noch, ehe sie eine Hand auf ihrer Schulter spürte. Andreas zog sie von der Tanzfläche Richtung Bar.

„Aber nur noch einen!", rief er ihr zu und gab ihr ein Glas mit klarer Flüssigkeit. Marlene strahlte bis über beide Ohren und leerte es erneut in einem Zug.

Sie trank in dieser Nacht genau so viel, wie Andreas gesagt hatte: nur noch einen. Und das alle zwanzig Minuten.

Gegen ein Uhr merkte sie, dass sie sich nicht mehr auf den Beinen halten konnte und entschuldigte sich bei den anderen. Sie müsse mal kurz raus an die frische Luft.

Vor dem Eingang glaubte sie, in der Hölle angekommen zu sein. Alles drehte sich und ihr Magen schien Breakdance zu tanzen. Mit den Händen musste sie sich an der Hauswand abstützen, um nicht zur Seite zu kippen. Sie torkelte einige Meter, bis sie sich schließlich fallen ließ. Mit den Knien landete sie in einer warmen Pfütze. Angeekelt robbte sie davon und lehnte sich gegen die aufgeheizte Mauer. Es war eine schwüle Sommernacht und Marlene wollte nur noch nach Hause. Alkoholisiert hatte sie zwar ihren Spaß gehabt, doch auf die Nachwirkungen konnte sie gut und gerne verzichten.

„Hey", hörte sie eine Stimme neben sich. Noch bevor sie aufblicken konnte, erbrach sie auf den Boden zwischen ihre Beine.

„Fuck!" Zwei kräftige Arme zogen sie hoch und hielten sie an den Schultern fest. Ihr Körper war plötzlich schwer wie Blei und es kam ihr so vor, als würde sie damit im Asphalt einsinken.

„Stütz dich ab", befahl der Mann und sie gehorchte, indem sie mit ihren Händen die Hausmauer abtastete. Schließlich fand sie Halt und konnte sich stabilisieren.

„Ich wusste, dass das nicht gut endet." Das war eindeutig Andreas. Er griff nach ihren Haaren und hielt sie ihr aus dem Gesicht. „Geht's wieder?", fragte er besorgt.

„Ja", presste sie hervor, doch im nächsten Augenblick bahnte sich ein zweiter Schwall Magensäure aus ihrem Körper. Während sie angewidert den letzten Rest ausspuckte, hörte sie eine Stimme, die ihr Herz zerriss und zu Boden schleuderte: „Mann, ist *die* besoffen."

Ihre Atmung setzte für einen unerträglich langen Wimpernschlag aus und sie drehte den Kopf. Dabei geschah genau das, was sie hatte vermeiden wollen. Ein leiser Schluchzer kam über ihre feuchten Lippen, während sie ihrer ersten großen Liebe in die Augen sah. Als auch der Junge erkannte, wer da besoffen mit einem erwachsenen Kerl bei der Hausmauer lehnte, schüttelte er angewidert den Kopf. Dieses Gesicht hatte sie vergessen wollen, heute Abend, genau an diesem Ort. Nun hatten sie sich hier wieder getroffen, nach so langer Zeit. Über zwölf Monate hatten sie es geschafft, sich aus dem Weg zu gehen und gerade jetzt, in einem ihrer dunkelsten Momente, hatte das Schicksal beschlossen, Marlene zu bestrafen und so richtig ins Knie zu ficken.

Am liebsten hätte sie ihre Hände nach ihm ausgestreckt, aber die Ablehnung in seinem Blick sprach Bände. Als wäre die Sache nicht schon schlimm genug, sagte Andreas: „Marlene, alles gut. Ich bringe dich nach Hause."

Der Junge, dem sie ihr Herz geschenkt hatte, schaute ihren Begleiter an, der wiederum beachtete ihn gar nicht. Stattdessen zog er Marlene zu sich und umarmte sie. Jetzt war er wieder da, der Aufpasser. Jetzt, wo sie ihn – wenn sie die Kraft dazu gehabt hätte – von sich gestoßen hätte, um zu ihrem Exfreund zu laufen. Mit glasigen Augen blickte sie über Andreas' Schulter und sah, wie der Junge kopfschüttelnd weiterging. Wahrscheinlich war er auf dem Weg nach Hause. War er etwa auch in dem Club gewesen? Falls ja, tat er nichts Verbotenes, er war immerhin schon sechzehn – im Gegensatz zu ihr.

Ihre Gefühle kamen wieder an die Oberfläche und explodierten in ihrem Kopf. Schließlich bahnten sie sich in Form von Tränen den Weg aus ihren Augen. Sie hatte ihn vergessen wollen, wenigstens für ein paar Stunden. Und nun dachte sie mehr an ihn als je zuvor.

„Scht. Alles in Ordnung. Das passiert jedem Mal." Mit diesen Worten wollte Andreas sie anscheinend beruhigen. Seine warmen Hände strichen über ihren Kopf, als wäre sie ein kleines Kätzchen. Es war ihr sogar egal, dass seine Berührungen an ihrem Körper plötzlich nach unten wanderten. In diesem Moment nahm sie an, dass ihr der heutige Abend eine Lehre gewesen sei.

Andreas brachte sie in seinem Auto nach Hause. Er hatte eindeutig weniger getrunken als sie und den Wagen unter Kontrolle. Überraschenderweise rief das sanfte Schaukeln während der Fahrt keine Übelkeit in ihr hervor. Er setzte sie vor der Haustür ab und machte keine Anstalten, ihr beim Aussteigen zu helfen. Während Marlene sich abschnallte und ein leises *Danke* in seine Richtung murmelte, saß er einfach nur da und schien darauf zu warten, dass sie sich endlich vom Acker machte. Schließlich kletterte sie ungelenk über das Fenster in ihr Zimmer, das sie mit einer einladenden Stille willkommen hieß. Sie schaffte es gerade noch, die Schuhe auszuziehen und ins Bett zu kriechen, dann verfiel sie in einen traumlosen Schlaf.

Am nächsten Freitag behauptete sie dasselbe wie die Woche zuvor. Für ihre Eltern war das in Ordnung, denn sie waren ihr nicht auf die Schliche gekommen. Marlene hasste sich selbst für dieses Verhalten, aber sie musste zugeben, dass ihr der nächtliche Ausflug gefallen hatte. Mit der Dosierung der alkoholischen Getränke musste sie eben noch lernen umzugehen. Außerdem hatte sie Andreas gebeten, dieses Mal in einem anderen Club zu feiern, um unschönen Begegnungen aus dem Weg zu gehen. Er hatte nichts dagegen und holte sie Freitagabend bei der Haltestelle ab. Er wolle sie nachts nicht mehr alleine in den Bus steigen lassen, meinte er. Zusammen mit den beiden anderen vom letzten Mal tauchten sie erneut in das Nachtleben ein.

Die Stunden vergingen und wieder schoss Marlene über das Ziel hinaus. Andreas legte schützend die Arme um sie und fluchte unverständliches Zeug. Sie hingegen konnte nicht anders als zu lachen. So schlimm wie er fand sie die Situation gar nicht. Es war doch alles prima! Sie fühlte sich leicht, sie hatte Spaß, sie dachte an nichts mehr!

„Ich bringe dich nach Hause", meinte er schließlich und ihr blieb keine Wahl, als zuzustimmen. Zu dritt bugsierten ihre Begleiter sie nach draußen, um sie daraufhin auf der Rückbank von Andreas' Auto anzuschnallen. Dann schmetterten sie die Tür zu, was Marlene hochfahren ließ. Sie sah, dass sich die drei unterhielten, dabei gestikulierte Andreas wie wild mit den Händen. Es sah lustig aus und sie formte Sätze, die zu seinen Lippenbewegungen passten. Dasselbe tat sie bei den anderen beiden. Dabei entstand ein irrwitziger Monolog und Marlene hielt sich den Bauch, der vor lauter Lachen schmerzte. Zumindest redete sie sich ein, dass die Krämpfe davon kamen.

Frische Luft strömte in das Innere des Wagens, als die drei einstiegen. Andreas setzte sich hinters Steuer. Die Frau nahm auf dem Beifahrersitz Platz und der Typ, dessen Namen sie sich nie merken würde, auf der Rückbank neben ihr. Die Fahrt verlief schweigend, bis sie ihr Zuhause hinter den verschmierten Scheiben ausmachen konnte.

„Das war eine mega Party, danke Leute!", rief Marlene gutgelaunt in die Stille hinein. Andreas wirkte genervt, als er meinte: „Willst du etwa, dass dich deine Eltern hören?"

Das ließ sie verstummen.

„Du bist echt ein süßes Ding", sagte die Frau vor ihr. „Aber das nächste Mal bekommst du wirklich *nur noch einen Drink!*"

Sie klatschten ein und Marlene stieg aus.

Was sie sich von diesen Eskapaden versprach, wusste sie selbst nicht. Abgesehen davon, dass sie für einige Stunden ihren Kummer und Schmerz vergessen konnte, passte dieses Verhalten gar nicht zu ihr. Sie war stets ein braves Mädchen gewesen, gut in der Schule und folgsam. In ihrem Inneren stellte sie sich immer wieder die Frage, ob das wirklich die richtige Lösung war.

Sie sah Andreas vorerst nicht wieder. Der Sommer ging vorüber und somit endete auch ihr Job im Bistro.

Das nächste Mal traf sie ihn an einem Samstag im September. Sie blätterte im Supermarkt gerade die Bravo-Zeitschrift durch, die diese Woche erschienen war, als sie ihn mit einem Einkaufswagen entdeckte. Schnell steckte sie das Magazin zurück, ehe er erkennen konnte, dass sie sich für so einen Teenie-Kram interessierte.

„Hey!" Sie versuchte, ungezwungen zu klingen, als sie auf ihn zuging. Er grüßte freundlich zurück, wirkte jedoch unbeholfen. Ihr Blick fiel auf seinen Einkaufswagen, der befüllt war mit allen möglichen Spirituosen.

„Feierst du eine Party?", fragte sie und deutete darauf. Andreas fuhr sich mit der Hand durch sein rotes Haar und antwortete: „Ja. Tja. Also, ja. Ich habe heute Geburtstag …"

„Coole Sache. Alles Gute wünsche ich dir."

„Danke." Ihm schien die Situation unangenehm zu sein. Er räusperte sich und meinte schließlich: „Wenn … Wenn du willst, kannst du auch vorbeikommen."

„Total gern!"

Sie freute sich, dass man sie auf eine Party einlud. Für sie stand fest, dass sie anwesend sein würde, obwohl sie ihre Eltern noch nicht gefragt hatte. Aber es war Samstag und sie fünfzehn – da würde sie ja wohl auf eine Geburtstagsfeier gehen dürfen.

Andreas wirkte erleichtert, gab ihr seine Adresse und meinte: „Und bring unter keinen Umständen Geschenke mit! Aus dem Alter bin ich raus."

Da erst fiel ihr ein, dass sie keinen blassen Schimmer hatte, wie alt er eigentlich war. Darüber hatten sie sich nie unterhalten. Jetzt war ein guter Zeitpunkt, um das herauszufinden. „Wie alt wirst du denn?"

„Zweiunddreißig. Genauer gesagt bin ich es schon. Ich bin um sechs Uhr früh auf die Welt gekommen."

Damit war er doppelt so alt wie sie, in zwei Monaten stand ihr sechzehnter Geburtstag an. Ob diese Tatsache ein Problem für ihre Eltern wäre, wollte sie nicht herausfinden.

Am späteren Nachmittag behauptete sie, ein paar Runden mit dem Fahrrad zu drehen. Marlene hatte kaum Freunde und einsame Ausflüge auf ihrem alten Drahtesel waren für sie etwas Besonderes. Sie erinnerten sie an ihre Zeit mit Victoria. Wenn der Wind ihre Nase kitzelte und sie dort Halt machen konnte, wo sie wollte, war die Welt in Ordnung. Sie bestimmte das Tempo, sie allein entschied, wann sie eine Pause einlegte.

Heute konnte sie jedoch nicht herumfahren und dabei die Zeit vergessen, denn sie hatte sich um achtzehn Uhr bei Andreas angekündigt. Ein belebendes Gefühl durchfuhr sie, als ihr bewusst wurde, dass sie an diesem Abend wahre Freundschaften knüpfen konnte.

Andreas wohnte in einer kleinen heruntergekommenen Wohnung im zehnten Stockwerk eines Hochhauses, die er sich mit einer fettleibigen Katze teilte. Die Möbel waren teilweise kaputt und auch auf Sauberkeit schien der Mann keinen großen Wert zu legen. Vielleicht lag das aber auch daran, dass die Party schon voll im Gange war, als Marlene die Bude betrat. Überall, wo man Flaschen und Gläser abstellen konnte, wurde dies auch gemacht. Sie wurde höflich von Andreas begrüßt und den anderen Gästen vorgestellt – vertraute Gesichter erkannte sie keine, und als sie ihn fragte, wo seine Freunde von ihren nächtlichen Ausflügen seien, meinte er: „Ach, das waren nur Bekannte."

Eine Frau, mit der er also rumgeschmust hatte, war nur eine Bekannte, die er nicht zu seinem zweiunddreißigsten Geburtstag einlud. Marlene hingegen hatte er nur ein paar Mal getroffen und sie befand sich auf der Party. Sie beschloss, nicht nachzufragen, denn wahrscheinlich wäre sie nicht hier, wenn sie ihn vorhin nicht zufällig im Supermarkt getroffen hätte.

„Freut mich echt tierisch, dass du gekommen bist! Bedien dich!“, sagte er gutgelaunt und deutete auf das Geschirr, das wild verstreut auf den Möbeln herumstand.

Marlene ging ins Wohnzimmer und nahm sich eine Handvoll Chips aus einer Plastikschüssel, daraufhin schenkte sie sich ein Glas Bier ein. Sie wollte nicht gleich wieder mit Wodka starten.

In den nächsten sechzig Minuten unterhielt sie sich angeregt mit mehreren Leuten und trank auch immer fleißig mit, bis wieder die bekannte Übelkeit in ihr hochkam. *Nicht schon wieder,* dachte sie, während sie aufstand und zu Andreas wankte.

„Ich glaube, ich gehe besser“, nuschelte sie ihm zu.

„Hast du getrunken?“, fragte er vorwurfsvoll. Dass er an seinem Geburtstag noch so klar im Kopf war, überraschte sie. Als Antwort bekam er ein kicherndes Nicken.

Andreas stieß einen Seufzer aus und meinte: „Du gehst nirgendwo hin. Ruh dich ein bisschen aus.“

Er schnappte sich ein Glas Wasser und führte sie in sein Schlafzimmer. Mit dem Schließen der Tür sank auch der Lärmpegel.

„Du legst dich jetzt hin und trinkst das Wasser. Ich lasse dich erst nach Hause, wenn es dir besser geht.“

Marlene ließ sich auf die Matratze fallen. Als sich Andreas von ihr abwandte, sagte sie kleinlaut: „Eigentlich solltest du dich heute amüsieren.“

Er drehte sich zu ihr um. „Das tue ich doch.“

„Nein.“ Sie setzte sich auf. „Du passt auf mich auf. Das war nicht geplant.“

Sein Lachen erfüllte den kleinen Raum. „Was *hast* du denn geplant?“

„Ich wollte einfach Spaß haben und nette Leute treffen.“

„Und? Hast du das?“

Unweigerlich musste sie nicken. „Ja, schon. Aber … Aber ich wollte nicht schon wieder …“

Weiter kam sie nicht. Tränen schossen aus ihren Augen. Die Situation war ihr unglaublich peinlich und sie hielt sich die Hände vors Gesicht. Da feierte ein netter Kerl Geburtstag und sie hatte nichts Besseres zu tun, als sich zu besaufen und in seinem Bett loszuheulen wie eine Bekloppte. Sie glaubte zu hören, wie ein Schlüssel im Schloss umgedreht wurde. Kurz darauf war eine Hand auf ihrer Schulter. „Dir geht es gar nicht gut, oder?“

„Nein“, krächzte sie und lugte zwischen ihre Finger hindurch. Dabei sah sie Andreas’ besorgtes Gesicht. Nachdem sie tief eingeatmet hatte, wischte sie die Tränen weg und sagte: „Jetzt hocke ich hier und heul dir die Bude voll. Ein schönes Geburtstagsgeschenk.“

„Das ist schon in Ordnung. Du darfst das.“

Für sie war es unerklärlich, dass er immer noch nett und besorgt um sie war. Sie an seiner Stelle hätte sie schon längst rausgeschmissen. Eine Welle der Schuldgefühle überkam sie. Andreas war ein Mann, der sich selbst hintanstellte und sich immer um ihr Wohlergehen sorgte. Sogar an seinem Geburtstag verzichtete er auf die Party mit seinen Freunden, um sich um sie zu kümmern, obwohl das gar nicht nötig wäre.

Marlene wurde in diesem Moment klar, dass sie nur eine Belastung für ihn war, und wenn sie sich nicht zufällig im Supermarkt getroffen hätten, wäre sie heute gar nicht hier.

„Ich gehe.“ Sie versuchte, ihre Stimme kräftig klingen zu lassen und schwang die Beine über die Bettkante.

„Nein“, meinte Andreas ernst.

Sie blickte zu ihm hoch und erkannte, dass seine besorgte Miene verschwunden war. Jetzt sah er verärgert aus. Das hatte ja so kommen müssen. Kein Wunder, sie war immerhin auf dem besten Weg, ihm seine Geburtstagsparty zu versauen.

„Doch. Dann kannst du mit deinen Freunden weiterfeiern.“

Andreas schüttelte den Kopf und ging in die Knie. „Das kann ich nicht verantworten. Was, wenn dir etwas passiert? Was soll ich deinen Eltern sagen?“

Okay, *so* besoffen war sie nun auch wieder nicht. Sie würde es ohne Verletzungen nach Hause schaffen, dessen war sie sich sicher. Marlene wollte ihn beruhigen, doch im selben Moment atmete er schwer aus und legte seinen Kopf in ihren Schoß. Sie war so erschrocken, dass sie keinen Ton hervorbrachte. Nicht *sie* war diejenige, die einsam und verloren war, sondern *er*. Im Nebenraum feierten seine Freunde seinen Geburtstag und trotzdem fühlte er sich alleine gelassen. Sein heißer Atem streifte ihre nackten Oberschenkel, als er murmelte: „Du gibst mir echt den Rest."

„Tut mir leid." Sie wusste nicht, was sie sonst darauf sagen sollte und zupfte an einem Steinchen aus Strass, das an ihrer Jeans-Panty angeheftet war. Plötzlich kam sie sich nicht mehr so erwachsen vor wie in den letzten Wochen. In Wahrheit war sie noch ein Kind, das auf Biegen und Brechen erwachsen werden wollte. Andreas hatte ihr dies möglich gemacht, indem er sie in Clubs mitgenommen hatte, für die sie noch zu jung war. Er hätte sich einfach eine tolle Zeit mit seinen Freunden machen können, aber er hatte darauf verzichtet und ihr stattdessen beigestanden, als sie sich die Seele aus dem Leib gekotzt hatte. Er hatte darauf verzichtet, als er sie frühzeitig nach Hause bringen musste. Er verzichtete sogar an seinem eigenen Geburtstag darauf.

In ihr wuchs mit einem Mal die Erkenntnis, dass sie eine undankbare Göre war. Daran änderte auch ihre Entschuldigung nichts. Eine beißende Übelkeit kroch in ihre Eingeweide und verstärkte den Drang, nach Hause zu gehen. In ihr meldete sich plötzlich ein Fluchtinstinkt.

Ja, sie war undankbar. Und das sogar bewusst. Andreas hatte sie in die angesagtesten Clubs gebracht, hatte ihr seine Freunde vorgestellt, hatte sich um sie gekümmert. Doch sie hatte nicht das Bedürfnis, ihm dafür dankbar zu sein. Sie war niemandem etwas schuldig, sie wollte einfach nur raus aus dieser Wohnung und ihr altes Leben wiederhaben. Von ihr aus auch mit all dem Schmerz, den sie eigentlich hatte vergessen wollen. Sie wollte in ein ruhiges, sauberes Heim, in dem sie nicht von Besoffenen umringt war. Sie wollte zurück zu ihren Eltern, die sie in letzter Zeit so oft angelogen hatte. Sie wollte zurück zu …

Ihre Gedanken wurden unterbrochen, als sie Andreas' festen Griff um ihre Schenkel wahrnahm. Erschrocken blickte sie nach unten und beschloss, ihm klarzumachen, dass sie jetzt nach Hause gehen würde, denn das wäre das Beste für alle. Doch sie konnte nicht. Ihre Stimme hatte gerade noch genug Kraft, um ein *Ich gehe* zu flüstern, das sie selbst kaum hörte. Mit zusammengepressten Lippen sah sie zur Tür, die in dem winzigen Raum viel zu weit entfernt war.

Ihr Körper verkrampfte sich, als Andreas begann, mit seiner Zunge an der Innenseite ihrer Schenkel entlangzufahren. Sie hätte seinen Kopf mühelos wegstoßen können, doch sie war wie gelähmt, weil sie nicht wusste, was sie von dieser Situation halten sollte.

Marlenes Finger krallten sich ins Laken. Sollte sie um Hilfe rufen?

Empört über sich selbst und ihre Gedanken schüttelte sie den Kopf. Diese Nähe konnte sie Andreas gewähren, immerhin hatte er so viel für sie getan! Ein paar Minuten Zärtlichkeit konnte sie schon aufopfern.

Schließlich hörten die Berührungen auf und er sah zu ihr hoch.

„Danke, dass du da bist.“ Seine Stimme schwang um in ein vorsichtiges Flüstern. „War das eben okay für dich?“

Nein, hätte sie am liebsten geschrien, doch sie wollte nicht den Eindruck erwecken, als wäre sie hysterisch. Sie wollte immer als Erwachsene behandelt werden und das war eben geschehen. Für einen Moment hatte Andreas die Tatsache, dass sie noch ein Kind war, ausgeblendet. Warum um alles in der Welt war das plötzlich ein Problem für sie? Wie gebannt starrte sie wieder auf die Tür, hinter der seine Freunde Spaß hatten und nicht ahnten, was hier vor sich ging.

Als hätte man sie erhört, klopfte es plötzlich und Andreas fuhr herum. Er stand auf und ging zur Tür. Er war eben ein netter Gastgeber. Er wollte es jedem recht machen. Er hatte ihre abweisenden Gedanken nicht verdient. Die Tür öffnete sich nach einem klackenden Geräusch einen Spalt und eine Welle aus Musik und Gelächter flutete den Raum. Marlenes Herz raste. Sie könnte jetzt einfach aufstehen und gehen, aber das wäre unhöflich.

„Hier ist das Geburtstagskind! Versteckst du dich auf deiner eigenen Party?“, fragte eine weibliche Stimme, die alles andere als nüchtern klang. Andreas, nett wie er war, antwortete: „Einer Bekannten geht es nicht so gut. Ich kümmere mich kurz um sie, dann bin ich wieder da.“

„Brauchst du Hilfe?“

„Ich komm schon klar. Ein paar Minuten, okay?“

Ein paar Minuten. Was sollte bitteschön in ein paar Minuten passieren? Marlene wollte es nicht herausfinden und stand auf. Mit wenigen Schritten war sie bei der Tür, die geschlossen wurde, bevor sie die Frau dahinter erkennen konnte.

„Mir geht es schon besser, danke. Ich gehe jetzt“, sagte sie mit einer Kükenstimme. Ihr Herzschlag setzte für einen Moment aus, als Andreas den Schlüssel herumdrehte und sie wegstieß.

„Was soll das?“ Er wirkte plötzlich aufgebracht.

„Ich … Ich gehe jetzt. Tut mir leid, ich wollte deine Party nicht stören.“

„Stören? Aber du störst doch nicht.“ Sein besitzergreifender Tonfall gefiel ihr gar nicht.

„Ich will trotzdem nach Hause.“ Mit einem Blick auf die Tür stellte sie erschrocken fest, dass der Schlüssel nicht mehr steckte.

„Aber wieso denn? Du sagtest doch eben, dass es dir besser geht.“

Marlene entkam ein Seufzer. „Ich gehöre doch gar nicht hier her. Ich bin noch ein Kind.“

Ein lauter Lacher drang aus Andreas' Kehle. „Ha! Jetzt willst du also wieder ein Kind sein? Das ist nicht dein Ernst!"

Er kam einen Schritt auf sie zu und legte seine Hand auf ihre Schulter. Die Bewegung, mit der er sie nach unten drückte, war sanft und sie ließ es ohne Widerstand geschehen. Als sie wieder auf der Bettkante saß, trat er zurück. „Was ist eigentlich los mit dir?"

„Gar nichts ist los. Ich möchte einfach nur nach Hause."

„Um was zu tun?"

Marlene blickte zu ihm auf und verstand nicht, was er damit bezwecken wollte.

„Um wieder ein Kind zu sein?", fragte er schließlich. Dann schüttelte er lachend den Kopf und meinte: „Du bist kein Kind mehr und das wissen wir beide."

Eine stolze, eigenständige Frau wäre jetzt aufgestanden und erhobenen Hauptes gegangen. Doch die Tür war abgesperrt und ein Sprung aus dem Fenster wäre nur ratsam, wenn man sich nicht dreißig Meter vom Erdboden entfernt befand.

Marlene atmete tief durch. Mit Worten würde sich bestimmt alles klären lassen, denn wenn sie ehrlich war, befand sie sich nicht in Gefahr. Im Gegenteil. Vor ihr stand ein Mann, der nur ihre Nähe wollte. Nie im Leben würde er ihr etwas antun.

„Weißt du …", begann Andreas. „Eben vorhin ist es dir echt mies gegangen. Dann habe ich mich um dich gekümmert und jetzt geht es dir besser."

Da waren sie wieder, die altbekannten Schuldgefühle. Marlene kam sich hilflos vor und konnte ihm nicht widersprechen. Er machte einen Schritt auf sie zu und ging in die Hocke. Seine Hände umfassten ihre Hüfte und er sagte leise: „Ich will doch nur, dass es dir gut geht. Deshalb sollten wir dort weitermachen, wo wir vorhin aufgehört haben."

Marlenes Alarmglocken schrillten, denn sie wusste ganz genau, was er damit meinte. Andreas hatte recht, sie war kein Kind mehr und längst aus dem Alter raus, in dem man noch an die Geschichte mit dem Storch glaubte. Doch ihr Körper wollte ihr nicht gehorchen und so machte sie eine Bewegung mit dem Kopf, die eine Mischung aus Schütteln und Nicken war. Für Andreas schien das die Bestätigung gewesen zu sein, alles mit ihr machen zu dürfen, was er wolle, denn im nächsten Moment drückte er sie auf das Bett.

Ihr Magen drehte sich um, als er ihr langsam das Oberteil mitsamt Büstenhalter bis zum Hals schob. Mit seinem ganzen Körpergewicht legte er sich auf sie, was sie starr vor Schreck werden ließ. Daraufhin glitt seine raue Zunge über ihre Brustwarzen. Es tat weh, der Schmerz war aber nicht unangenehm, was sie fast verrückt machte. Andreas reagierte nicht auf das Wimmern, das aus Marlenes Kehle drang. Stattdessen drückte er ihre Arme in die Matratze und bearbeitete ihre Brustwarzen immer schneller.

Als sie das Brennen nicht mehr ertrug, wurde sie wütend und zischte: „Aufhören!"

Andreas richtete sich erschrocken auf. „Sorry", sagte er und zog ihren schlaffen Oberkörper an sich, um Marlene zu umarmen. „Ich dachte, das gefällt dir."

Erschöpft schüttelte sie den Kopf, während sie seinen Schweißgeruch einatmete. Seine Stimme bekam wieder diesen fürsorglichen Tonfall, als er ihr das Shirt über den Kopf zog. „Dann ohne Kleidung. Das ist viel angenehmer."

Sie hatte keine Kraft, um sich zu wehren. Auch das Entfernen ihres Büstenhalters ließ sie ohne Proteste geschehen. Sie stellte sich einfach vor, ihr Exfreund säße auf ihr, das machte es erträglicher.

Als sie oben ohne dasaß, musterte Andreas sie grinsend und nuschelte etwas vor sich hin, das klang wie: „Okay, doch noch ein Kind."

Tränen der Scham traten in ihre Augen. Ihr Exfreund hätte nie so etwas zu ihr gesagt.

Obwohl Andreas sie mit seiner Aussage bloßgestellt hatte, hielt er an seinem Vorhaben fest. Es dauerte nur wenige Sekunden, bis er sich aus seiner Kleidung geschält und ihr mit heftigen Bewegungen Panty und Unterhose heruntergerissen hatte. Nun gab es kein Zurück mehr. Sie würde ihm zeigen, dass sie kein Kind mehr war. Mit zittrigen Bewegungen streifte sie ihm das Kondom über, das Andreas ihr zuvor gereicht hatte.

Beim darauffolgenden Schmerz kniff sie die Augen zusammen. Ihr wurde übel, als ihr auffiel, dass sie die Luft angehalten hatte. Marlene begann stoßweise zu atmen, um sich etwas zu entspannen.

„Oh Gott, bist du eng", keuchte Andreas ihr ins Ohr. Seine Stimme rief ein Ekelgefühl in ihr hervor, was sie selbst nicht verstand. Er war doch ein guter Freund, oder etwa nicht? Sie war immer gerne in seiner Nähe gewesen. Er war kein Fremder, der sie verschleppt hatte und vergewaltigte.

Also riss sie sich zusammen und versuchte, sich an seine ruckartigen Bewegungen anzupassen. Die Konzentration, die sie dafür aufbringen musste und ihre gleichmäßige Atmung halfen ihr dabei, die Schmerzen einigermaßen auszublenden.

Als Andreas schließlich kam und daraufhin von ihr runterrollte, drehte sie sich zur Seite. Ein leises Wimmern drang aus ihrer Kehle. Das erste Mal hätte sie gerne mit jemand anderem erlebt.

„Was hast du denn?", fragte Andreas und legte eine Hand auf ihre Hüfte. Plötzlich klang er wieder nett und freundlich. „Du warst gut, mach dir keine Sorgen."

Dann stand er auf und zog sich wieder an. Marlene wusste nicht, was sie von der ganzen Sache halten sollte. Waren sie nun ein Paar? Sie setzte sich auf und sah über das Bett. Andreas war gerade dabei, seinen Gürtel zu schließen. Als ihr fragender Blick seinen traf, schmunzelte er und meinte: „War doch auch für dich okay, oder?"

Sie nickte. Was hätte sie sonst machen sollen? Jetzt ein Theater deswegen zu veranstalten, käme ihr kindisch und dämlich vor.

„Wollen wir es mal wiederholen?“ Seine ruhige Stimme passte nicht zu den Worten, die aus seinem Mund kamen.

Mit flinken Bewegungen griff Marlene nach ihrer Kleidung und zog sie sich über. Dann stürmte sie an ihm vorbei und rüttelte an der Türklinke. „Mach auf“, forderte sie ihn auf.

Andreas zog den Schlüssel aus seiner Hosentasche, doch ehe er ihn in die Tür steckte, umarmte er Marlene vorsichtig.

„Ich hoffe, zwischen uns ist alles okay“, nuschelte er in ihre verstrubbelten Haare. Sie nickte vorsichtig. Sie waren Freunde, eine andere Antwort käme ihr nicht richtig vor.

Als sie sich von ihm lösen wollte, drückte er sie noch mehr an sich. „Wirst du es jemandem erzählen?“

Darüber hatte sie noch gar nicht nachgedacht. Wie sollte sie sich jemandem anvertrauen, wenn sie doch selbst nicht wusste, wie sie sich fühlte?

Er packte sie an den Schultern und drückte sie ein Stück von sich weg. Ihre Blicke trafen sich, als er flüsterte: „Das darfst du nicht, hörst du?“

„Okay.“

„Deine Eltern wären bestimmt enttäuscht von dir.“

Sie musste schlucken und ihm im Stillen recht geben. Das Klopfen an der Tür erinnerte sie daran, dass sie eigentlich schon nach Hause gewollt hatte, bevor ihr die Jungfräulichkeit genommen worden war.

„Ich komme gleich!“, rief Andreas über ihren Kopf hinweg. Seine Stimme wurde wieder sanfter, als er sich ihr zuwandte. „Also … Falls es dir auch gefallen hat, kannst du gerne nächsten Samstagabend zu mir kommen. Wir wären dann ganz unter uns.“ Sein Daumen streichelte über ihre nasse Wange. „Ohne die anderen da draußen.“

Ein leises Lachen kam über seine Lippen. Eigentlich war er gar nicht so übel. In ihren Gedanken spielte Marlene einige Szenen durch, in denen die beiden ein verliebtes Paar waren. Vielleicht würden sie es eines Tages sein.

Andreas steckte den Schlüssel ins Schloss und wirkte verwundert, als sie ihm nochmals zum Geburtstag gratulierte.

Sie beschloss, ihr Fahrrad nach Hause zu schieben. Ein bisschen beschwipst kam sie sich schon noch vor, außerdem schmerzte es zwischen ihren Beinen.

Die Tage vergingen, in denen sie hin- und hergerissen war zwischen dem Frohsinn, endlich eine Frau zu sein und dem Ekelgefühl, diesen wichtigen Schritt mit dem falschen Mann vollzogen zu haben. Sie mochte Andreas nach wie vor, doch von Verliebtheit war keine Spur. Das musste geklärt werden und so legte sie sich die Worte zurecht, bevor sie eine Woche später erneut zu ihm fuhr.

Wieder machte sie sich mit dem Fahrrad auf den Weg, ihre Eltern schöpften keinen Verdacht.

Nachdem Andreas ihr die Tür geöffnet hatte, strahlte er übers ganze Gesicht.

„Was für eine schöne Überraschung“, meinte er und trat zur Seite, um sie reinzulassen. Es kränkte und erleichterte sie gleichzeitig, dass die Begrüßung nicht herzlicher ausgefallen war. Beim Betreten der Wohnung fiel ihr auf, dass sie immer noch nicht aufgeräumt war. Zwar standen keine Gläser und Flaschen von der Party herum, aber ordentlich war es auch nicht wirklich.

„Willst du ein Bier?“, fragte er und verschwand in die Küche. Seine dicke Katze lag in einer Ecke im Wohnzimmer und beäugte den Besuch durch halbgeschlossene Lider.

„Bier ist okay“, rief Marlene in Andreas’ Richtung. Bloß nicht uncool sein! Sie war eine erwachsene Frau und würde gleich über erwachsene Themen mit dem Mann reden, der sie vor einer Woche gefickt hatte.

Kurz darauf kam er mit zwei Flaschen auf sie zu und bot ihr einen Platz auf dem durchgesessenen Sofa an.

„Wie ist es dir ergangen?“, fragte er und stieß mit ihr an. Der erste Schluck war ekelerregend, doch Marlene ließ sich nichts anmerken und antwortete: „Fantastisch, und dir?“

Er zog eine Braue nach oben und meinte: „Du musst das nicht sagen."

„Was meinst du …?"

„Hey, Marlene. Ich bin zweiunddreißig, ich weiß, wie der Hase läuft."

Eigentlich hatte sie sich vorgestellt, dass sie diejenige war, die ihn in Grund und Boden reden würde, aber sein Verhalten machte das Ganze zu einer Situation, die sie womöglich nicht würde bewältigen können. Um Zeit zu schinden, nahm sie ein paar große Schlucke von dem bitteren Bier.

Andreas atmete tief durch und sagte etwas, das sie nie für möglich gehalten hätte: „Weißt du … Ich war letzten Samstag schon ziemlich besoffen … Falls … Falls das, was wir getan haben, dir nicht gefallen hat, tut es mir leid."

Das, was wir getan haben. Warum nannte er das Kind nicht beim Namen? Wut stieg in Marlene auf.

„Du meinst, dass du mich gefickt hast?" Ihre kräftige Stimme überraschte sie selbst. Ob es an dem Bier lag? Zufrieden über ihre Schlagfertigkeit nahm sie noch einen Schluck und stellte die Flasche auf dem Wohnzimmertisch ab.

Andreas musterte sie mit strengem Blick. Es hatte den Anschein, als hätte er mit so einer Reaktion gerechnet. Seine Stimme klang einfühlsam, während er ihr tief in die Augen blickte und fragte: „Dir hat es doch gefallen, oder?"

Marlene legte sich in Gedanken gerade eine Antwort zurecht, als Andreas ihr zuvorkam: „Warst du bei der Polizei?"

„Was? Nein! Warum sollte ich?"

Er warf den Kopf nach hinten und lachte auf. „Ha! Wusste ich es doch! Es hat dir gefallen, du willst es nur nicht zugeben."

„Was … Ähm …. Also …"

„Hör zu, Marlene: Wenn es okay für dich war, gibt es kein Problem. Oder willst du ein Problem daraus machen? Dann geh zur Polizei. Geh zu ihnen und erzähl ihnen deine Geschichte. Erzähl ihnen, dass wir miteinander geschlafen haben. Sag ihnen, dass du dich nicht gewehrt hast. Sag ihnen, dass du heute freiwillig wiedergekommen bist und bitte: Erzähl ihnen, dass letzte Woche genug Leute da waren, die du um Hilfe hättest bitten können. Du hättest nur einmal schreien müssen. Das hast du aber nicht. Erzähl den Polizisten alles, was wir getrieben haben und behalte dabei die Dinge im Kopf, die ich für dich getan habe, weil du mich darum gebeten hast."

Die Wahrheit traf sie wie ein Schlag ins Gesicht. Er hatte recht, er hatte verdammt nochmal sowas von recht! Die Worte, die sie ihm an den Kopf werfen wollte, verloren dadurch an Bedeutung. Sätze, in denen sie ihm eine Vergewaltigung vorgeworfen hätte.

Aber warum war sie heute zu ihm gekommen? Wenn sie zu Hause geblieben wäre, wäre er bestimmt nicht aufgetaucht, so ein Typ war Andreas nicht. Sie hatte freiwillig seine Wohnung betreten und sich noch dazu geärgert, warum er sie nur freundschaftlich begrüßt hatte.

Seine Worte rissen sie aus ihren Gedanken: „Willst du wirklich mir für das alles die Schuld geben?"

Ohne zu überlegen, schüttelte sie den Kopf, um ihn nicht zu verärgern. Grinsend legte er eine Hand um ihre Schulter und drückte sie kurz an sich. „Dann sind wir wieder Freunde?"

„Ja."

Erleichterung überkam sie, nachdem sie dieses eine Wort ausgesprochen hatte.

„Also, was willst du machen?", fragte er und klatschte in die Hände. „Willst du einen Film angucken?"

Sie zuckte mit den Schultern, weil sie nicht wusste, was sie wollte. War der Sex für Andreas wirklich nur eine einmalige Sache gewesen? Sein Verhalten irritierte sie.

„Okay", presste sie hervor.

Andreas trank zügig sein Bier aus und kramte in einem DVD-Regal herum. Er bat sie, den Film einzulegen, in der Zwischenzeit holte er ein weiteres Bier für sie und eine Limonade für sich selbst.

Marlene kannte den Film nicht, es war irgendein alter Horrorstreifen. Nach ihrem zweiten Bier waren sie etwa bei der Hälfte des Filmes angelangt und sie fühlte sich von Sekunde zu Sekunde besser. Genau genommen war zwischen ihnen wirklich alles in Ordnung. Das Geschehen im Fernseher blendete sie aus, während sie sich vorstellte, Hand in Hand mit Andreas an einem Sandstrand entlang zu spazieren. Der Sex mit ihm gefiel ihr zwar nicht, und vom Aussehen her war er auch nicht ihr Typ, aber sie verstanden sich gut. Konnte das die Grundlage für eine Beziehung sein? Konnte er ihr helfen, über ihren Exfreund hinwegzukommen? Vielleicht würde sie eines Tages Gefühle für ihn entwickeln, wenn sie sich zusammenriss.

Plötzlich hob Andreas ihr Shirt an und wanderte mit seinen Fingern darunter. Marlene hielt den Atem an. Sie könnte ihm sagen, dass er das lassen sollte, aber die Worte kamen nicht über ihre Lippen. Sie betete, dass es ihr dieses Mal gefallen würde.

Seine Finger fuhren über ihre Brustwarze, was ihr eine Gänsehaut bescherte. Sie biss sich auf die Unterlippe und hoffte, dass er ihren verzerrten Gesichtsausdruck nicht bemerkte.

Als seine Hand begann, ihre Brust zu kneten, fragte er: „Gefällt dir das?“

Schnell nickte sie und versuchte zu entspannen, dabei entkam ihr ein leises Stöhnen.

Das Läuten ihres Handys führte dazu, dass sie wieder verkrampfte. War das ihre Rettung? Wie beim letzten Mal konnte sie auch jetzt wieder die Chance ergreifen und Hilfe holen. Andreas versetzte dem lärmenden Gerät auf dem Wohnzimmertisch einen Tritt, sodass es zu Boden fiel.

„Entspann dich, wir sind ganz unter uns“, flüsterte er ihr daraufhin zu.

Dieses Mal war der Sex schneller vorbei und Marlene hatte herausgefunden, dass ihr die Sache gar nicht so viel ausmachte, wenn sie stöhnte und obszöne Dinge rief. Das hatte sie in Filmen gesehen, anscheinend war das eine gute Taktik, um diese Sache einigermaßen erträglich zu machen. Marlene bemühte sich um ein Lächeln, während Andreas das Kondom achtlos auf den Wohnzimmertisch fallen ließ.

Als sie aus dem Fenster blickte, erkannte sie, dass es bereits dunkel wurde. Ein schlechtes Gewissen überkam sie, was ihre Eltern betraf. Andreas schien ihre Sorge zu bemerken und fragte: „Soll ich dich nach Hause bringen? Im Dunkeln ist es mit dem Fahrrad nicht ganz ungefährlich."

Dankbar nickte sie ihm zu. Das Fahrrad würde sie ein andermal holen.

Sie zogen die Kleidung über ihre verschwitzten Körper und machten sich auf den Weg zu seinem Auto.

Als er vor dem Haus parkte, bekam Marlene Herzklopfen. So spät war sie noch nie nach Hause gekommen. Mit Ausnahme ihrer Clubbesuche, aber da hatten ihre Eltern nicht gewusst, dass sie unterwegs gewesen war.

Sie beugte sich zu Andreas und gab ihm einen Kuss, den er sofort erwiderte. Eigentlich hatte sie ihm nur einen Schmatzer aufdrücken wollen, doch seine Zunge hatte ihre Lippen grob auseinandergedrückt. Sie wehrte sich nicht, weil ihr bewusst war, dass das zum Erwachsensein dazugehörte.

Ein Krach ließ sie herumfahren. Ihr stockte der Atem. „Scheiße!"

Sie sah, wie ihr Vater auf den Wagen zustürmte. Der Lärm kam vermutlich von der Haustür, die er zuvor zugeschlagen hatte.

„Fahr weg!", forderte sie Andreas auf, der nur hektisch nickte.

Marlene schnallte sich ab und sprang aus dem Wagen, der sich schon in Bewegung setzte, während sie die Tür zuwarf.

In der nächsten Sekunde war ihr Vater bei ihr angelangt.

„Ich kann das erklä…", sagte sie mir vorgehaltenen Händen, als sie eine Ohrfeige traf, die sie zu Boden warf.

Andreas schien das mitbekommen zu haben und legte eine Vollbremsung ein. Er stieg aus dem Auto, doch Marlene wollte keine Konfrontation zwischen ihm und ihrem Vater. Und wenn sie ehrlich war, schämte sie sich ein bisschen für ihn.

„Fahr nach Hause! Schnell!", rief sie ihm zu, während sie sich die Wange hielt. Ihr Vater stapfte wütend auf Andreas zu, dieser machte kehrt und setzte sich wieder ins Auto. Die Reifen drehten durch, ehe er die Flucht ergriff.

„Wer zum Teufel war der Kerl?!", fuhr ihr Vater sie an und wedelte wild mit den Händen. Ihr war die Situation furchtbar peinlich, weil es die ganze Nachbarschaft mitbekommen könnte. Sie kniff die Augen zusammen und stellte sich vor, dass sie an einem anderen Ort wäre. Irgendwo, nur nicht hier. Ihr Herz begann zu galoppieren, um im nächsten Moment ins Stolpern zu geraten.

„Ich rede mit dir, Fräulein!"

„Es tut mir leid", wimmerte Marlene und wagte es nicht, die Augen zu öffnen.

„Was tut dir leid? Dass du nicht auf unseren Anruf reagiert hast? Oder dass du mit einem fremden Kerl … Ich will gar nicht wissen, was ihr getrieben habt!"

Marlene öffnete die Augen einen Spalt und blickte zu ihrem Vater auf. Sie traute sich nicht, aufzustehen, aus Angst, von einer erneuten Ohrfeige zu Boden gerissen zu werden. Sie war eine miserable Tochter.

„So haben wir dich nicht erzogen", schimpfte ihr Vater, während er auf und ab ging. Im Hintergrund hörte sie, wie ihre Mutter seinen Namen rief, doch er reagierte nicht darauf. Stattdessen richtete er den Blick auf Marlene: „Wer war das?"

„Du kennst ihn nicht", sagte sie kleinlaut.

„Also tatsächlich ein Fremder! Toll!" Er klatschte in die Hände und fragte nach seinem Alter. „Immerhin hat er schon ein Auto. Ich nehme an, er ist volljährig?"

„Er ist achtzehn und hatte keine bösen Absichten", log Marlene.

„Keine bösen Absichten?! Also war es deine Idee, uns anzulügen, lang auszubleiben und dich ihm an den Hals zu werfen?! Du benimmst dich wie ein Flittchen."

Sie starrte auf den Boden und grub ihre Finger in die weiche Wiese. Wie gerne wäre sie jetzt ein kleiner Käfer, der sich irgendwo zwischen den Grashalmen in der Dunkelheit verkriechen konnte.

„Wie oft hast du uns wegen ihm schon angelogen?!"

„Ich … Ich …"

„Ist er dein Freund?", fiel er ihr ins Wort, das sie ohnehin nicht über die Lippen gebracht hätte. Er ging in die Hocke und nahm ihr Kinn zwischen die Finger. Somit war sie gezwungen, ihm in die enttäuschten Augen zu sehen.

Beschämt schüttelte sie den Kopf. Ihrem Vater entwich ein Schnaufen, worauf er sie losließ und sich wieder aufrichtete.

„Du riechst nach Alkohol."

Mit diesen Worten wandte er sich von ihr ab und ging Richtung Haus, um dann noch hinzuzufügen: „Du wirst ihn nicht wiedersehen."

Mit tränenden Augen sah sie ihm nach. Hatte sie wirklich alles falsch gemacht? Sie stellte sich die Frage, ob Andreas ihr fehlen würde, doch sie fand keine Antwort. Ihr fiel nichts ein, was genau sie an ihm vermissen würde.

Als ihr Blick langsam klarer wurde, erkannte sie, wie ihr Vater in der Haustür verschwand. Ihre Mutter blieb noch ein paar Sekunden kopfschüttelnd stehen und ging dann ebenfalls hinein. Erst jetzt fiel ihr das Mädchen auf, das noch vor der Tür stand. Marlene sah sich selbst. Sah, wie sie sie angewidert musterte.

Das Mädchen öffnete die Lippen und sprach mit tiefer, männlicher Stimme: „Mensch, was ist nur aus ihr geworden …"

Dieser Satz verursachte ein grelles Blitzlichtgewitter vor ihren Augen.

Eine Stimme, die sie nicht einordnen konnte, holte sie aus ihren Erinnerungen. Ihre Eltern und sie selbst verblassten vor ihren Augen.

MARKUS

Tag 9

Die Gedanken an sie raubten ihm beinahe den Verstand. Er befürchtete, einen schwerwiegenden Fehler begangen zu haben, weil er sie nicht angerufen hatte. Doch jetzt war nicht der richtige Zeitpunkt, um wegen seines missglückten Liebeslebens in Selbstmitleid zu versinken. Markus war auf der Arbeit und hatte auch hier wichtige Entscheidungen zu treffen.

„Doktor Rottinger?“ Der junge Krankenpfleger sah ihn an und holte ihn damit aus der Versenkung. „Was würden Sie vorschlagen, zu tun?“

Er hatte schon einige Gespräche mit den Kollegen geführt, zuletzt hatten sie einen Entschluss gefasst, der womöglich nicht ganz ungefährlich war. Die Sache begann, aus dem Ruder zu laufen.

Momentan befand sich die Patientin jedoch in einem Stadium, das ihr vielleicht mehr helfen als schaden könnte. Sie mussten sich noch ein wenig gedulden. Vor einigen Tagen hatten sie beschlossen, die Medikamente der Frau abzusetzen, was zugegebenermaßen eine ungewöhnliche Methode war.

Er blätterte in seinen Unterlagen und stieß auf den Namen Cornelia Hüttelsdorfer.

„Könnte sie zur Gefahr werden?“, wollte Robin wissen. Da fiel Markus auf, dass er die vorherige Frage auch noch nicht beantwortet hatte.

Er schüttelte den Kopf und durchwühlte die Lade mit den Ordnern. Verdammt, warum war er nur so zerstreut? Markus schloss für einen Moment die Augen und atmete tief durch, dann wandte er sich an den Pfleger: „Die Patientin flüchtet sich nach wie vor in Scheinwelten.“

„Das wissen wir“, meinte Robin.

„Ich glaube, wir sind auf dem richtigen Weg. Die Medikamente haben den Zustand nur verschlimmert.“

„Wie lange wollen Sie das beobachten?“

Ein Schrei drang von draußen in das Zimmer. Das klang nach der neuen Patientin, die heute eingeliefert worden war. Die Behandlung zu Hause funktionierte nicht mehr, es war das Beste, sie in einem Krankenhaus unterzubringen. Solche Vorkommnisse waren keine Seltenheit. Die schnellen Schritte vor der Tür bedeuteten, dass sich bereits jemand um das Problem kümmerte.

Markus nahm den Faden wieder auf. „Sie ist momentan nicht ansprechbar, aber ich würde noch ein paar Tage abwarten. Ihr geht es nicht schlecht, zumindest nicht körperlich. Die Versorgung mittels Infusionslösung ist gegeben. Ich bezweifle, dass sie eine Gefahr für jemanden darstellt und denke, dass sie sich momentan in einer Ebene aufhält, in der sie zu sich selbst findet. Das wird daran liegen, dass die Psychopharmaka nicht mehr wirken.“

Er lächelte ihm aufmunternd zu, doch er war sich sicher, dass Robins Zweifel dadurch nicht schwanden. Wie lange er den Job hier noch machen würde, stand in den Sternen. Er war ein kräftiger Mann, der die Patienten körperlich unterstützte, doch sein Kopf schien mit der ganzen Situation nicht fertigzuwerden.

Markus stand auf, der Pfleger tat es ihm gleich.

„Machen wir uns wieder an die Arbeit“, sagte er und versuchte dabei, so gelassen wie möglich zu klingen. Währenddessen klopfte er Robin auf die Schulter. Sie verließen das Büro, auf dem Flur trennten sich ihre Wege.

Nachdem Markus etwas besorgt hatte, machte er sich auf den Weg zur Patientin. Vor ihrer Zimmertür hielt er kurz inne, um tief durchzuatmen, dabei schossen ihm die Worte durch den Kopf, die er vorhin noch laut ausgesprochen hatte.

Er betrat den Raum und ging auf das Bett zu, in dem die Frau lag. Sie wirkte schwach und murmelte unverständliches Zeug.

„Alles in Ordnung, ich bin ja hier", sagte er mit ruhiger Stimme und setzte sich neben sie.

Wir sind auf dem richtigen Weg. Die Medikamente haben den Zustand nur verschlimmert.

Mit einem fürsorglichen Lächeln öffnete er den Venenzugang und steckte die Spritze in die Kanüle.

MARLENE
Tag 9

Sie wurde von gleißend hellen Sonnenstrahlen geblendet, die den Raum in warmes Licht tauchten. Für einen Moment wanderten ihre Gedanken zurück zu Andreas. Dankbarkeit und Hass waren die beiden Gefühle, die sie ihm gegenüber empfand.

„Na, ausgeschlafen?“, wollte die fröhliche Stimme wissen, die wahrscheinlich zu der Person gehörte, die eben die Vorhänge aufgerissen hatte.

Marlene öffnete die Augen und versuchte, sich zu orientieren. Andreas’ Erscheinung in ihrem Kopf löste sich auf wie eine Rauchwolke. *Wo zum … Wo zum Teufel bin ich?*

Ruckartig schoss sie nach oben und bemerkte, dass sie auf einem winzigen Sofa gelegen hatte. Ihren Kopf ließ sie hilfesuchend in alle Richtungen kreisen, um nach der Frau Ausschau zu halten, die gerade noch zu ihr gesprochen hatte. *Victoria.*

Sie sah alles durch einen nebligen Schleier, als würde sie sich in einem Traum befinden. Das Sonnenlicht, welches sich im Zimmer verteilte, wirkte wie eine magische Atmosphäre und Marlene kam plötzlich ein Wort in den Sinn: Himmel.

Sah etwa so der Himmel aus?

Nein, ganz bestimmt nicht. Das hier war nicht der Himmel, sie war doch nicht tot … oder doch?

Sie musste über ihre skurrilen Gedanken kichern und hielt sich eine Hand vor den Mund. Daraufhin stellte sie die Füße auf den Boden. Keine Wolken, sondern harter, normaler Parkettboden. Ihr Blick schweifte wieder durch den Raum und Marlene stellte fest, dass sie sich in einem Hotelzimmer befand. Zumindest sah es danach aus.

„Victoria?"

Sie blickte nach links zu einer Tür, die vermutlich ins Badezimmer führte. Mit Sicherheit hielt sich ihre Freundin in dem Moment da drinnen auf. Wie waren sie hierhergekommen?

Marlene reiste in Gedanken zurück zum gestrigen Abend und wurde von einer lähmenden Traurigkeit erfasst, die sie schwer schlucken ließ. Thomas. Sie hatte ihn gesehen und erschüttert feststellen müssen, dass er von ihrer Anwesenheit angewidert gewesen war.

Du bist tot, hatte er zu Beginn zu ihr gesagt.

Ein unsäglicher Schmerz jagte durch ihren Kopf, als wolle er sie dazu bringen, sich an etwas Bestimmtes zu erinnern. Sie gab einen zischenden Laut von sich, was dazu führte, dass er nachließ.

Okay, Marlene, konzentrier dich. Denk nach. Was hat er noch gesagt?

Im nächsten Moment hatte er ihren Namen ausgespuckt, als wäre er giftiger, zäher Schleim. Seine hasserfüllte Stimme hatte ihr zu verstehen gegeben, dass er alles andere als erfreut über ihren Anblick gewesen war. Als sie ihn schließlich auf *Das Quiz* angesprochen hatte, schien er keine Ahnung gehabt zu haben, was sie von ihm wollte. Die Erwähnung des roten Kleides war letztendlich der Auslöser für seine Beschimpfungen gewesen. Er hatte ihr Dinge an den Kopf geworfen, die sie niemals von ihm erwartet hätte.

Thomas. Der Mann, der ihr einst so wichtig gewesen war, für den sie sogar getötet hätte, hatte sich als egoistisches Ekel herausgestellt.

Der Mann, der seine Frau oder Freundin oder was auch immer betrogen hatte, warf *ihr* vor, alles zerstört zu haben.

Der Mann, der der Meinung war, dass sie sich *Das Quiz* nur ausgedacht hatte … Um was? Um ihn wiederzusehen?

„Hey." Victoria kam eben aus dem Badezimmer und setzte sich gegenüber von ihr auf das ungemachte Doppelbett.

„Wie sind wir hierhergekommen?“, fragte Marlene, selbst erschrocken über ihre monotone Stimmlage. Sie räusperte sich, in der Hoffnung, den fremden Klang damit zu vertreiben.

Victoria riss die Augen auf. „Das weißt du nicht mehr?“

Als Antwort bekam sie ein Kopfschütteln.

„Du bist im Auto eingeschlafen. Und ich wollte nicht mehr so weit fahren, deshalb bin ich einfach beim nächstbesten Hotel stehengeblieben. Aber ans Einchecken kannst du dich schon erinnern, oder?“

Marlene zuckte mit den Schultern und machte eine abwehrende Handbewegung. Mittlerweile war ihr Leben zu einer einzigen irritierenden Reise durch eine Welt, die sie nicht mehr verstand, geworden. Ihre Gedächtnislücken zu hinterfragen, würde sie bestimmt vor das nächste unlösbare Rätsel stellen.

„Ich finde es schön hier“, sagte Victoria plötzlich und bekam ein Funkeln in den Augen, während sie sich umsah. Marlene betrachtete sie skeptisch. Sie befanden sich in einem stinknormalen Hotelzimmer.

Dann kam ihr ein Gedanke, den sie laut aussprach: „Hast du Angst?“

Ihre Freundin riss den Kopf herum und wirkte mit einem Mal sehr nervös. „Was? Angst? Ich? Wie … Wie kommst du denn darauf?“

„Ich meine, ob du Angst davor hast, nach Hause zu gehen.“

„Ach. So ein Blödsinn.“ Ihre lachende Stimme wurde erfüllt von einem Beben, das ihre Lippen kurz darauf unkontrolliert zittern ließ.

Marlene stand auf, um sich zu ihr zu setzen.

„Ist … Ist schon gut“, wimmerte Victoria, als ihr ein Arm um die Schulter gelegt wurde.

„Wovor hast du Angst?“, wollte Marlene wissen.

„Vor gar nichts. Lassen wir das.“

„Ich sehe doch, dass etwas nicht in Ordnung ist.“

„Mach dir keine Sorgen, ich habe keine Angst mehr.“

„Keine Angst *mehr?*" Marlene runzelte die Stirn. Sie verstand nur Bahnhof.

„Ich bin in Sicherheit. Und du wirst es eines Tages auch sein."

Victoria lächelte sie an, was ihren wirren Worten etwas Unheimliches verlieh. Marlene rückte ein Stück von ihr ab und fragte: „Wovon in aller Welt sprichst du?"

„Es geht hier nicht um mich, Marlene. Du bist diejenige, die Hilfe braucht."

„Und deshalb heulst du rum?" Dass ihr Tonfall schroff geklungen hatte, war ihr bewusst. Eben hatte sie noch Mitgefühl für ihre Freundin empfunden, aber langsam kroch wieder der Zorn in ihr hoch. Sie wurde vor das nächste Rätsel gestellt, obwohl sie noch keine Gelegenheit hatte, die aus den vergangenen Tagen zu lösen.

Victoria sah beschämt zu Boden und antwortete kleinlaut: „Okay … Wenn du es unbedingt wissen willst …"

„Will ich."

„Ich kann nicht nach Hause."

Daher wehte also der Wind. Sie hatte daheim vermutlich Probleme und Angst, zurückzukehren. Was sie dort wohl erwartete? Ein wütender Ehemann?

Da fiel Marlene ein, dass sie kaum etwas von ihrer Jugendfreundin wusste. Sie schämte sich plötzlich, weil sie sich noch gar nicht nach ihrem aktuellen Leben erkundigt hatte.

„Ist es wegen deinem Mann?", rutschte es ihr plötzlich heraus.

Victorias traurige Miene wandte sich ihr zu. „Ich habe keinen Mann. Und auch keinen Freund. Hatte ich nie."

Fassungslosigkeit ergriff Marlene. Sie war wunderschön, sah viel jünger als sie war und hatte das Herz am rechten Fleck. Letzteres hoffte sie zumindest. Ihre Freundin hatte in den letzten gemeinsamen Stunden jedoch viel Fragwürdiges von sich gegeben, was ihre Ehrlichkeit infrage stellte. Womöglich war auch das der Grund, dass sie nie eine Beziehung gehabt hatte. War sie etwa ein verlogenes Miststück?

Marlene erschrak bei dem Gedanken und versuchte, ihn mit einem Kopfschütteln zu verdrängen. Stattdessen fragte sie: „Warum kannst du dann nicht nach Hause?“

„Weil ich keines mehr habe.“

Wie bitte?, war das Erste, das Marlene einfiel, doch ehe sie etwas sagen konnte, fuhr ihre Freundin fort: „Tut mir leid, dass ich dich angelogen habe. Was hätte ich denn sagen sollen, als wir uns das erste Mal nach so langer Zeit wiedergesehen haben?“

„Also bist du obdachlos?“

„Nicht direkt.“ Ruckartig stand Victoria auf und begann, das Bett zu machen. Marlene erhob sich ebenfalls, um sie nicht zu behindern. Das Gesicht ihrer Freundin verzerrte sich in eine Maske aus Wut und Verzweiflung, dabei biss sie die Zähne zusammen.

„Das ist alles seine Schuld“, presste sie hervor, während sie ein Kopfkissen nahm und schüttelte. Plötzlich hielt sie in der Bewegung inne und sah abwechselnd vom Bett zu Marlene. Dann fiel das Kissen zu Boden.

„Was ist?“, fragte Marlene und stellte sich neben sie. Aus ihrer Kehle drang ein quiekender Laut, ehe sie die Hand vor den Mund schlug.

„Ist es das, was ich denke?“, flüsterte Victoria, ohne den Blick vom Bett abzuwenden.

Marlene sah sich unsicher um, so als würde eine dritte Person im Raum stehen und die beiden beobachten. Mit langsamen Schritten ging sie an das Kopfende des Bettes, um den Umschlag zu nehmen, der unter dem Kissen gelegen hatte.

„Mach schon auf“, drängte Victoria sie, trat aber zurück, als wäre das Kuvert von einer dunklen Macht besessen.

Marlene setzte sich auf das Sofa, auf dem sie vorhin geschlafen hatte und öffnete es. *Das Quiz* hatte bestimmt nichts damit zu tun. Wahrscheinlich war es eine Ansichtskarte oder so etwas in der Art und der letzte Gast hatte es hier vergessen. Das glaubte sie zwar selbst nicht, aber alles war besser als die Vorstellung, jemand habe sich nachts in das Zimmer geschlichen, um den Umschlag unter ein Kissen zu schieben, während sie und ihre Freundin geschlafen hatten. Ein unangenehmes Gefühl machte sich in ihrem Magen breit, als sie daran dachte, dass ihr das gestern auch schon passiert war. Jemand hatte sich Zutritt zu ihrer Wohnung verschafft. Und diese unerklärlichen Ereignisse häuften sich, seit Victoria wieder auf der Bildfläche erschienen war.

Ehe Marlene den gefalteten Zettel aus dem Umschlag zog, sah sie zu ihrer Freundin auf. Ihr Blick war noch immer nicht klar. Ein weicher Schleier legte sich nach wie vor über ihr Sichtfeld. Sie blinzelte drei Mal, was die Sache nicht besser machte. Das Sonnenlicht strahlte auf Victorias Haut und ließ ihre Erscheinung märchenhaft wirken. *Wie im Himmel,* schoss es ihr erneut durch den Kopf.

Victoria schien darauf zu warten, dass Marlene die Worte auf dem Zettel vorlas, dabei bewegte sie sich nicht. Es sah so aus, als befände sie sich in einem Film, während man auf den Pause-Knopf gedrückt hatte. Sie kniff die Augen zusammen. Etwas passte ganz und gar nicht mit ihrer Wahrnehmung.

„Alles gut“, sagte eine Stimme, die plötzlich ganz nah neben ihr war. Marlene öffnete die Augen und las die Worte auf dem Zettel.

DAS QUIZ

Sehr schön! Anscheinend sind Sie zur Vernunft gekommen. Thomas bedeutet Ihnen viel, keine Frage. Aber von *Liebe* kann keine Rede mehr sein. Wenigstens sind Sie ehrlich – denn wie heißt das berühmte Sprichwort? Ehrlich währt am längsten! Sie haben dazugelernt, schön für Sie!

Die nächste Frage betrifft wieder Ihre Zukunft.

Bei den nächsten Worten ließ sie vor Schreck den Zettel fallen. Marlene sprang auf, als hätte sie sich am Papier verbrannt. Ihr Blick glitt zu Victoria, die sie fragend musterte.

„Was läuft hier für ein Spiel?!", schrie sie ihre Jugendfreundin an.

Diese wich erschrocken zurück. „Wie meinst du das?"

„Du weißt verdammt nochmal genau, was ich meine! Was soll das alles?!"

„Marlene, bitte beruhige dich. Ich habe damit nichts zu tun, glaub mir doch."

„Ach, ja? Willst du mir jetzt etwa erzählen, dass du mich nicht bestohlen hast?"

„Du verdächtigst *mich?*" Sie wirkte tatsächlich verblüfft. Was für eine grandiose Schauspielerin sie doch war. Dabei hatte sie gestern von den entwendeten Gegenständen gewusst, bevor Marlene ihr davon erzählt hatte.

„Allerdings! Ganz schön blöd, wenn man sich verplappert, oder?"

„Du verstehst das völlig falsch! Ich wollte dir damit nur Hinweise geben."

„Hinweise?" Marlene lachte laut auf. „Worauf?"

„Deine innere Stimme ..."

„Hör doch auf mit diesem unsinnigen Gelaber!"

„Bitte." Ihre Freundin hob beschwichtigend die Hände. „Verlier jetzt nicht den Verstand."

„Das ist doch das, worauf du hinauswillst, oder?!"

Das ließ Victoria erstarren. Marlene war selbst erschrocken über ihre Worte, aber sie hatte nicht vor, sich dafür zu entschuldigen, denn sie war sich nun sicher, dass Victoria hinter all dem steckte. „Sag mir endlich die Wahrheit, du verlogenes Luder."

Victorias Miene wirkte plötzlich teilnahmslos.

Sie schluckte und drückte ihre Schultern nach hinten, als würde sie sich für einen Vortrag bereitmachen. „Du sprichst zu dir selbst, Marlene. Diese Worte eben waren an dich gerichtet und es ist traurig, dass du all das noch immer glaubst."

„Dass ich …" Marlene stand der Mund offen. „Dass ich all das glaube? Wovon sprichst du?"

„Auf diesem gottverdammten Zettel steht die Wahrheit und du kapierst es immer noch nicht?" Victorias Stimme hatte etwas Bedrohliches bekommen.

„Was kapiere ich nicht? Da steht, dass ich Thomas nicht mehr liebe. Ist es das, worauf das Ganze hinausläuft?"

„Das meine ich nicht."

Marlene dachte an die Frage, die auf dem Zettel stand und ihr das Blut in den Adern hatte gefrieren lassen. „Was ist es dann? Bin ich todkrank?"

„Ich darf dir keine Auskunft geben, ich kann dich nur in Richtung Wahrheit lenken."

Marlene entkam ein abwertendes Schnauben. „Hast du das in deinem Psychopathen-Kurs gelernt?"

„Das ist nicht komisch, Marlene. Hier geht es um *dein* Leben! Bist du dir selbst so wenig wert?"

Erschöpft ließ sie sich auf das Sofa sinken. Ihr Kopf fühlte sich an, als wöge er so viel wie ihr gesamter Körper und sie musste ihn in ihre Hände stützen. Sie sah auf den Boden, über den sich ein weißer Schleier zog. Ein Schluchzen drang aus ihrer Kehle, welches zeigte, dass sie sich nach Zuneigung und Liebe sehnte.

Victorias Stimme wurde beinahe zärtlich: „Morgen ist *Das Quiz* zu Ende. Du musst nur noch eine Frage beantworten, dann bist du am Ziel."

„Was bringt mir jetzt so ein beschissener Urlaub?"

„Oh, du glaubst noch immer, dass der Hauptgewinn ein Erholungsurlaub ist?"

Marlene hob den Kopf. Sie fuhr sich mit den Händen über das nasse Gesicht und flüsterte: „Ich wusste, dass du dahintersteckst."

„Das tue ich nicht. Jeder würde wissen, was das Ziel von so einem Quiz ist. Wenn man sich die Fragen durchliest, liegt es auf der Hand."

Die Wahrheit.

Als würde Victoria wissen, woran Marlene eben gedacht hatte, nickte sie.

„Du kannst die Vergangenheit nicht länger verdrängen. Dafür bist du schon viel zu weit gekommen."

Marlene seufzte. „Ich soll weit gekommen sein? Da muss ich dich enttäuschen, denn ich habe keine Ahnung, worum es geht."

„Das stimmt nicht. Sieh mich an."

Marlene gehorchte. Gerade als sie etwas sagen wollte, schüttelte ihre Freundin den Kopf. „Sieh mich einfach nur an. Fällt dir etwas auf?"

„Ich … Ich weiß nicht."

„Du denkst zu kompliziert."

Woher weißt du, was ich denke?, wollte sie fragen, ließ es aber. Vermutlich würde sie eine Antwort erhalten, die sie nicht begriff. Victoria fuhr fort: „Schließ deine Augen. Lass dich von der Dunkelheit einhüllen."

„Was hast du vor?", fragte Marlene skeptisch und wich zurück.

„Keine Angst. Es ist nur ein Test."

Sie tat wie ihr geheißen und schloss die Augen.

„Gut so. Noch nicht aufmachen. Vergiss, dass wir uns vor zwei Tagen wieder über den Weg gelaufen sind."

„Ich soll es vergessen? Wie denn das?", unterbrach sie ihre Freundin, ließ die Augen aber geschlossen.

„Tu es einfach. Und dann warte. Warte ab, bis du bereit bist."

„Bereit wofür?"

„Um der Wahrheit ins Gesicht zu sehen."

Marlene hatte keine Ahnung, was das zu bedeuten hatte. Sie war schon längst für die Wahrheit bereit, verdammt!

Warum sollte sie jetzt noch warten? Obwohl ihr Gehirn auf Hochtouren arbeitete, ließ sie sich darauf ein. Sie versuchte, zu vergessen. Ihr Körper wurde müde, ihre Schultern schwer. Es war beängstigend leise um sie herum und doch ließ sie die Augen geschlossen. Sie konzentrierte sich auf ihre Atmung, die immer gleichmäßiger wurde.

Ich bin Marlene, sagte sie sich innerlich vor.

Mein Name ist Marlene Fassberger, ich bin dreißig Jahre alt und befinde mich weit weg von zu Hause. Um mich herum herrscht Stille. Ich bin krank, doch wenn ich die Augen öffne, werde ich wieder zur Vernunft kommen.

Ihre Gedanken gingen in eine Richtung, die sie nicht erwartet hatte. Überraschenderweise fühlte es sich richtig an. Und sie ließ es zu. Sie hörte auf ihre innere Stimme und unterbrach sie nicht. Es gab keine Verschwörung. Es gab kein Quiz. Es gab nur sie. Sie allein war der Grund für das alles. Und wenn sie im nächsten Moment die Augen öffnete, würde sie feststellen, dass sie der Wahrheit ein Stück näher gekommen war.

Mein Name ist Marlene Fassberger und ich werde nicht den Verstand verlieren. Ich werde die Wahrheit sagen. Und ich werde mich entschuldigen. Mein Name ist Marlene und ich stelle mich der Realität.

In der Schwärze tauchten die beiden Halsketten mit den Anhängern auf. Zwei halbe Herzen. M und T.

M und T.

M und T.

M und …

Sie riss die Augen auf und erblickte ein Mädchen. Erschrocken schlug sie die Hände vor den Mund. *Victoria.*

„Oh mein Gott“, hauchte Marlene. „Jetzt weiß ich es wieder.“

Ihr Gegenüber sah sie hoffnungsvoll an.

„Es war … vor über achtzehn Jahren.“

Victoria nickte.

„Deshalb siehst du so …“ Sie brach ab und in Tränen aus. Ihre Jugendfreundin rührte sich nicht vom Fleck, weil sie es nicht konnte. Marlene begann zu verstehen. Sie bückte sich, um den Zettel an sich zu nehmen, den sie vorhin hatte fallen lassen. Ihr Instinkt sagte ihr, dass sie von hier wegmusste. Allein. Victoria würde hierbleiben. Weil das hier in den letzten achtzehn Jahren ihr Zuhause gewesen war. Marlene gehörte hier nicht her.

„Es tut mir so leid“, sagte sie, während ihr Tränen über die Wangen liefen und sie ihre Freundin ein letztes Mal in die Arme nahm.

Dann rannte sie aus dem Zimmer. Wohin sie laufen musste, wusste sie nicht, aber ihre Beine würden schon den richtigen Weg einschlagen. Dessen war sie sich sicher.

ISABEL
Tag 9

Resi im Faschingskostüm, Resi an ihrem ersten Schultag, Resi zusammen mit Lea und Ivanka …

Hastig schlug sie das Fotoalbum zu, als sie Erwins Schritte hörte. Der Blick, den er ihr daraufhin schenkte, sprach Bände. Er wusste, dass sie wieder in der Vergangenheit gewühlt hatte. Sie kannten sich seit beinahe vierzig Jahren – vor ihm war kein Geheimnis sicher.

„Was möchtest du denn frühstücken?", fragte er, ohne das Fotoalbum zu erwähnen, das sie eben im Wohnzimmerschrank hatte verstauen wollen.

„Ich habe keinen Appetit."

„Dann Toast mit Marmelade", sagte er im Vorbeigehen. Kurz darauf hörte sie ihn mit dem Geschirr in der Küche hantieren. Isabel folgte dem Klang und blieb im Türrahmen stehen, um ihrem Mann beim Tischdecken zuzusehen.

„Willst du dir die Fotos gemeinsam ansehen?", fragte er, ohne aufzublicken.

„Nein, schon gut."

Bilder ihrer verstorbenen Tochter auf nüchternem Magen waren schon niederschmetternd gewesen. Beim Essen würde sie wahrscheinlich keinen Bissen runterbekommen. Ihr Blick wanderte zum Kalender, der am Kühlschrank hing. Heute war der 27. November. Ein Wimmern kam über ihre Lippen.

„Schätzchen." Erwin war im nächsten Moment bei ihr, um sie an sich zu drücken. Seine starken Arme fingen sie stets auf, wenn sie sich dem Abgrund näherte. Dankbarkeit war ein Wort, das viel zu wenig aussagte, was sie dabei empfand.

„In zwei Tagen …", flüsterte sie zitternd.

„Ich weiß, ich weiß." Erwins ruhige Stimme ließ ihr Beben verstummen. „Wir werden sie besuchen."

Das Frühstück verlief schweigend. Überraschenderweise verschlang Isabel zwei Toastscheiben, obwohl sie sich nicht gut dabei fühlte, denn die Tatsache, dass Resi nie mehr essen oder etwas anderes machen konnte, fügte einen ungenießbaren Beigeschmack hinzu. Und das seit beinahe einem Jahr. Aber sie musste etwas zu sich nehmen, das gab ihr Erwin immer wieder zu verstehen. Im letzten Jahr hatte sie stark abgenommen, obwohl sie davor schon gertenschlank gewesen war. Ihr Mann hielt sie am Leben.

Ihr Handy läutete, was sie zusammenzucken ließ. Ehe Erwin einen Blick auf das Gerät werfen konnte, nahm sie das Gespräch entgegen.

„Hallo. Ich hoffe, ich störe nicht", sagte die männliche Stimme am anderen Ende der Leitung.

„Hallo. Natürlich nicht. Geht es dir gut?" Sie versuchte, ungezwungen zu klingen. Dass ihr das missglückte, war ihr bewusst.

„Es geht langsam wieder bergauf. Und euch?"

„Den Umständen entsprechend."

Es entstand eine kurze Pause. Isabel wusste nicht, worüber sie mit dem ehemaligen Partner ihrer Tochter reden sollte. Nach Resis Tod hatten sie viel Kontakt, doch im Frühling wurde er immer seltener … Wie damals Resis Anrufe. Im Sommer brach er schließlich komplett ab.

„Lange nichts gehört von dir", sagte sie schließlich und hoffte, dass ihre Stimme nicht vorwurfsvoll geklungen hatte.

„Auf der Arbeit war immer ziemlich viel los."

„Oh." Sie vermutete, dass das nur die halbe Wahrheit war. Ein anderer Gedanke hatte sich schon vor mehreren Monaten in ihren Kopf geschlichen. Sie atmete tief durch und sprach ihn aus: „Hast du … Hast du jemand Neues kennengelernt?"

Ein kurzes Schweigen, das die Antwort auf eine neue Leidenschaft in seinem Leben war.

„Hör zu, Isabel …"

„Nein, nein. Schon gut. Ich … Wir verstehen das. Also, mach's gut."

Mit einem gequälten Lächeln auf den Lippen beendete sie das Gespräch. Achtlos ließ sie das Smartphone auf den Tisch fallen.

„Alles in Ordnung?", fragte Erwin besorgt.

„Er hat sie durch eine andere ersetzt", presste sie hervor. Warum sie so verletzt war, konnte sie sich nicht erklären. Resi war tot. Er betrog sie damit nicht. Es war vorhersehbar gewesen, dass er nicht lange auf dem Single-Markt sein würde, bei dem guten Aussehen und der freundlichen Art.

Wieder läutete das Smartphone.

„Soll ich …?", setzte Erwin an.

„Schon gut", erwiderte Isabel und hob ab. Wieder erklang die fürsorgliche Stimme, die sie vor einigen Sekunden abgewürgt hatte.

„Isabel, bitte lass es mich erklären."

„Du musst nichts erklären. Wir sind dir nicht böse."

„Und warum hast du dann aufgelegt?"

„Weil … Verzeihung."

„Schon okay. Und um deine Frage zu beantworten: Ja, ich habe eine neue Freundin. Aber glaub mir: Resi wird immer in meinem Herzen bleiben."

„Das freut mich. Beides."

„Ich nehme an, ihr seid übermorgen am Friedhof?"

„Ja. Hast du auch vor, hinzugehen?"

„Deshalb habe ich angerufen."

Eine erdrückende Stille erfüllte die Leitung. Isabel ahnte schon, was jetzt kommen würde. Sie hielt den Atem an und lauschte der Stimme, die plötzlich so klang, als wäre sie weit entfernt. Als wäre sie abgetrieben. Als hätte man sie von ihnen weggerissen. Als wäre sie für jemand anderen bestimmt.

„Ich wollte euch fragen, ob es in Ordnung ist, wenn ich auch ans Grab komme. Zu euch. Mit … meiner neuen Freundin."

Ihre Befürchtung hatte sich bewahrheitet. Isabel atmete geräuschvoll aus und antwortete: „Ich weiß ehrlich gesagt nicht, ob das eine gute Idee ist."

„Oh. Okay."

„Versteh mich nicht falsch. Wir würden uns freuen, dich zu sehen. Aber … Aber ohne deine Freundin."

Die letzten Worte brachte sie schnell über ihre Lippen, als wären sie so geringer an Bedeutung. Erwin riss die Augen auf und wedelte mit den Händen vor ihrem Gesicht herum.

„Dann werde ich alleine kommen."

„Das wäre schön." Erwins Gestikulation machte sie nervös, daher beschloss sie, das Telefonat zu beenden. „Weißt du was? Machen wir uns morgen eine Uhrzeit aus, in Ordnung?"

„Gut. Ich rufe euch an."

Isabel nickte, als würde man das am anderen Ende der Leitung sehen können.

„Richte Erwin schöne Grüße aus."

„Mach ich. Und du deiner Freundin."

Nachdem sie aufgelegt hatte, starrte sie verwundert das Handy an. Er solle seiner neuen Freundin schöne Grüße ausrichten? Was war denn in sie gefahren?

„Das war Thomas", sagte sie mehr zu sich selbst als zu Erwin. „Wir treffen ihn übermorgen am Grab unserer Tochter."

MARLENE

Tag 9

Ihre Bewegungen fühlten sich leicht und unbeschwert an, als würden sie gar nicht wirklich stattfinden. Und doch überkam Marlene Erschöpfung, nachdem sie vor ihrer Wohnungstür angekommen war. Sie musste sich am Türrahmen festhalten, um nicht umzukippen.

„Wasser", nuschelte sie. Wann hatte sie zuletzt etwas getrunken? Oder gegessen?

Ein bohrender Kopfschmerz ließ sie zusammenzucken.

Marlene betrat die unverschlossene Wohnung und eilte ins Badezimmer, um zu trinken. Während sie ihren schweren Kopf unter den Wasserhahn hielt, strömte neue Lebenskraft in ihren Körper.

Nachdem sie getrunken hatte, richtete sie sich auf und sah in den Spiegel.

„Oh mein Gott", entfuhr es ihr und sie wich zurück, um Abstand zwischen sich und den Anblick zu bringen. Dabei war nichts Erschreckendes an ihrer Erscheinung. Sie sah aus wie immer.

„Wer bist du?", flüsterte sie ihrem Spiegelbild zu und näherte sich vorsichtig. Je länger sie sich betrachtete, umso mehr Erinnerungen erschienen in ihrem Kopf. Ein Korb voller Erdbeeren. Eine Glasscherbe im Knie. Ein Apfelbaum.

„Wer bin *ich?*" Marlene begann, an ihrer Identität zu zweifeln. Sie hastete ins Wohnzimmer, um nach ihrer Geldbörse zu suchen, denn darin müsste sich ein Ausweis befinden. Ein Ausweis, den sie viel zu lange schon nicht mehr zu Gesicht bekommen hatte. Sie stellte sich vor, wie sie ihren Namen laut vorlas. *Marlene Fassberger.* Die Buchstaben in ihrem Kopf begannen sich aufzulösen und stattdessen verankerten sich

Fragen in ihrem Gedächtnis, die ihr schon viel früher hätten einfallen müssen: *Verstecke ich mich wirklich vor einem Mörder, der im letzten Jahr eine andere Frau umgebracht hat? Oder verstecke ich mich vor mir selbst? Bin ich etwa …?*

Im Wohnzimmer bot sich ihr ein Bild, das ihr die Kehle zuschnürte und ihre Gedanken verstummen ließ. Sie griff sich in die Haare, worauf sich ihre Finger in die Kopfhaut bohrten, während sie sich drehte und ihre Wohnung in Augenschein nahm. Was war in den letzten Stunden passiert? Wurde sie erneut ausgeraubt?

Sie ließ sich auf die Knie sinken und blickte fassungslos zu einem der wenigen Möbelstücke, das sich noch im Raum befand: dem Esstisch.

Er war quadratisch, so wie immer schon. Auf ihm lagen geöffnete Umschläge. Marlene robbte auf den Tisch zu und zog sich an ihm hoch. Holzsessel leisteten ihm als zwei der wenigen Restmöbel Gesellschaft. Sie ließ sich auf einen fallen und zog das Kuvert aus der Hosentasche, das sie heute im Hotelzimmer gefunden hatte.

Hastig entleerte sie die neun Umschläge und ordnete alles der Reihe nach. Links oben startete sie mit der ersten Frage des Quiz. Rechts daneben war Frage zwei. Als schließlich alle Zettel der letzten neun Tage vor ihr lagen, atmete sie schwer aus, ehe sie sich ins Gedächtnis rief, dass *Das Quiz* nicht real war. Es existierte ebenso wenig wie das Papier, auf dem die Fragen geschrieben standen, die eine Erfindung ihrer Gedanken waren. Deshalb hatte sie Daria und Markus stets das Geschriebene vorlesen müssen. Weil sie die Einzige war, die es sah. Vor zwei Tagen war sie noch misstrauisch gewesen, weil Markus nach keinem Absender gefragt hatte. Jetzt ergab alles einen Sinn.

Marlene beschloss, zu sich zu finden und die Tatsache, dass sie kaum noch Möbel in ihrer Wohnung hatte, zu ignorieren. Wenn sie erst mal die Wahrheit erfuhr, würde sich vielleicht auch dieses Trugbild wieder auflösen. Sie klopfte nervös mit den Fingern der rechten Hand auf die Holzplatte, während sie mit der linken den ersten, unwirklichen Zettel nahm.

Die Frage, wohin sie gerne verreisen würde, hatte sie richtig beantwortet. An den Strand. Das wunderte sie nicht. Egal wie *krank* sie war, diese Tatsache würde sich nie ändern. Der Strand war in allen Stadien des psychischen Verfalls ein verlockendes Angebot.

Am nächsten Tag hatte sie die erste falsche Antwort gegeben. *Das Quiz* behauptete, sie würde kein Auto besitzen. Markus' Erklärung, dass sie es verkauft habe, ließ sie dabei außer Acht.

Sie griff nach einem Umschlag und machte sich Notizen.

Name: Marlene Fassberger

Alter: dreißig Jahre

Stand: ledig

Auto: nein

Auf dem dritten Zettel stand, dass sie die Reise alleine antreten würde. Das hatte sie wieder richtig beantwortet. Marlene ließ den Stift kurz über dem Kuvert schweben. Dann schrieb sie.

Urlaub: Strand, alleine

Ihr Blick huschte nach rechts. Lieblings-Fernsehserie: Pippi Langstrumpf. Notiz.

Tag fünf: Sie kritzelte mit zitternder Bewegung *Faschingskostüm* auf den Umschlag. Darunter, dass sie gut in der Schule war. Auch das entsprach der Wahrheit.

Die nächste Frage handelte von dem roten Kleid. Sie hatte angegeben, keines zu besitzen, um *Das Quiz* auf die Probe zu stellen. Doch damit hatte sie ihren Verstand nicht täuschen können und somit wurde die Antwort als falsch gewertet.

Marlene notierte sich das Kleidungsstück, das kurz darauf verschwunden gewesen war. Wie der Großteil ihrer Klamotten.

Am siebenten Tag bekam sie eine Frage gestellt, die sie bis heute noch nicht ganz verstand. *Haben Sie Narben an Ihrem Körper?*

Hatte sie nicht. Diese Antwort war jedoch falsch gewesen. Marlene überlegte und führte den Stift zum Mund. Dann streckte sie ihn erschrocken von sich weg. Woher hatte sie ihn? Hatte er mit den Umschlägen auf dem Tisch gelegen?

Ganz ruhig, Marlene. Nicht überreagieren. Das passiert alles nur in deinem Kopf. Denk doch mal nach: Wenn Das Quiz *gar nicht existiert, warum sollte es dann der Stift tun?*

Sie konzentrierte sich wieder auf Frage sieben und notierte sich das Wort Narbe mit einem Fragezeichen dahinter.

Gestern hatte sie angegeben, Thomas nicht zu lieben und damit die Wahrheit gesagt.

Ihr entkam ein lautes Schnauben. Dann schrieb sie seinen Namen auf und malte daneben ein durchgestrichenes Herz. Was wollte ihr Verstand ihr damit sagen? Dass sie über ihn hinweg war? Oder dass sie ihn nie geliebt hatte?

Sie dachte daran, wie sie Victoria gegenüber zugegeben hatte, Gefühle für Markus zu hegen. Da war in der Tat was Wahres dran.

Doch sie wusste nicht, ob er für sie nicht nur Mittel zum Zweck war, um Thomas ein für alle Mal zu vergessen. Wie Andreas es gewesen war.

Nachdem sie den Stift eine Weile reglos über dem Papier hatte schweben lassen, schrieb sie auch diesen Namen auf. Marlene setzte ihn jedoch an den rechten Rand, mit großem Abstand zu ihren bisherigen Notizen, da sie vermutete, dass er nichts mit dem Rätsel, das sie lösen musste, zu tun hatte.

Doch als sie ihre zittrige Handschrift betrachtete, kam es ihr so vor, als gewänne der Name mit jeder Sekunde mehr an Bedeutung.

Mensch, was ist nur aus ihr geworden …

Sie schüttelte den Kopf und machte eine Handbewegung, als würde sie eine Fliege vertreiben wollen. Andreas hatte sie seit fünfzehn Jahren nicht mehr gesehen … oder?

Wieso kam er ihr ausgerechnet jetzt in den Sinn? Und wer hatte diesen Satz gesagt? War es tatsächlich sie selbst gewesen, als sie damals für einen Moment ihren Körper verlassen und sich am Boden hatte liegen sehen? Nein, ausgeschlossen. Die Stimme war eindeutig männlich gewesen.

Neben Andreas' Namen kritzelte sie ein Fragezeichen, das aussah wie ein halbes Herz. Ein Stechen in der Brust erinnerte sie an ihre einstige Liebe. M und T.

Thomas hatte zu Beginn einen verwirrten Eindruck gemacht, als sie ihm von dem Quiz erzählt hatte. Doch dann hatte sich die Atmosphäre im Raum verändert. *Ich bin nicht derjenige, der sich diesen ganzen Quatsch ausdenkt. Das bist alleine du.*

Bereits vor drei Tagen hatte Daria ähnliche Dinge zu ihr gesagt. War sie tatsächlich psychisch krank? Daria, Thomas und Victoria hatten mehrere Andeutungen gemacht. Erst heute Morgen hatte sie begonnen, die ersten davon zu verstehen, als sie die Augen geschlossen hatte und in sich gegangen war.

Was hatte sie sich noch alles eingebildet? Ihre eigenartigen Nachbarn? Daria? Markus?

Ihr Blick glitt zur Wohnungstür und sie erschrak. Sie stand auf und ging mit wackeligen Beinen darauf zu. Dort angekommen, hob sie ihre Hand und führte diese langsam zu dem Spion.

Wo kam er her? Gestern hatte sie Markus gebeten, ihr einen zu besorgen und neue Schlösser einzubauen. Ersteres hatte er anscheinend erledigt. Aber wann?

War er etwa eingebrochen?

Hatte der einzige Mensch, dem sie noch vertraute, die Absicht, sie in den Wahnsinn zu treiben? War er die böse Macht, die sich in ihr Leben geschlichen hatte?

Um das herauszufinden, musste sie *Das Quiz* beenden. Mit schnellen Schritten eilte sie zum Tisch zurück und stolperte beinahe, ehe sie sich hinsetzte.

Frage neun würde ihr viel abverlangen. Furcht war etwas, das sie nun nicht mehr zulassen konnte, sonst würde sie es nie verstehen. Ein neuer Mut wuchs in ihrem Inneren heran.

DAS QUIZ

Sehr schön! Anscheinend sind Sie zur Vernunft gekommen. Thomas bedeutet Ihnen viel, keine Frage. Aber von *Liebe* kann keine Rede mehr sein. Wenigstens sind Sie ehrlich – denn wie heißt das berühmte Sprichwort? Ehrlich währt am längsten! Sie haben dazugelernt, schön für Sie!

Die nächste Frage betrifft wieder Ihre Zukunft.

Sie wissen, der Tag wird kommen, an dem Sie Ihren letzten Atemzug tätigen. Daran führt kein Weg vorbei. Um dem Gewinn näher zu kommen, sollten Sie Frage neun richtig beantworten:

Sie schloss kurz die Augen. Nicht, weil sie Angst hatte, sondern weil sie in sich gehen musste. Diese Aufgabe erforderte ihre ganze Konzentration.

Mein Name ist …

Weiter kam sie nicht. Sie wollte ihren Gedanken freien Lauf lassen, doch der Satz endete zu früh und ließ den Rest in die Ferne entwischen.

„Mein Name ist Marlene Fassberger“, sagte sie schließlich laut. Was war los? Aussprechen konnte sie ihn, aber ihre Gedanken bekamen den Namen nicht zu greifen. Hieß das, dass sie keine Schwierigkeiten hatte, zu lügen? Dass sie problemlos Dinge laut sagen konnte, die nicht der Wahrheit entsprachen?

Sie blickte auf den Zettel und erkannte, dass sie bereits ein Kreuz gemacht hatte. Ihr entglitt der Stift, der auf dem Tisch landete und davonrollte. Schließlich fiel er über die Kante und stürzte mit Marlene in den Abgrund. Sie glaubte, zu versinken, während sie las, was ihr Verstand geantwortet hatte.

An welchem Tag werden Sie sterben?

Sie hatte den 29. November 2018 angekreuzt. Ihren dreißigsten Geburtstag, der knapp ein Jahr in der Vergangenheit lag.

MARKUS
Tag 9

„Die Patientin in Zimmer Nummer achtzehn bekommt keine Psychopharmaka mehr?"

„Nein."

„Seit wann?"

Auf Markus' Stirn bildeten sich vereinzelt Schweißtropfen. Er musste schlucken, ehe er antwortete: „Seit ein paar Tagen."

„Doktor Rottinger, *seit wann* habe ich gefragt." Doktor Marinellis Stimme klang aufgebracht, obwohl der Blick der Frau etwas anderes sagte. Die Oberärztin, die drei Jahre älter war als Markus, lehnte sich in ihrem Sessel zurück und musterte ihr Gegenüber wie einen kleinen Jungen, den man bei einem versuchten Ladendiebstahl erwischt hatte.

Dieses Gespräch führten sie nicht zum ersten Mal. Markus vermutete, dass sie ihm nicht vertraute.

„Seit …" Er machte eine kurze Pause, um zu überlegen. „Seit etwas mehr als einer Woche."

„Denken Sie noch immer, dass das eine gute Idee war?"

„Auf jeden Fall." Entschlossen richtete er sich im Sessel auf.

„Hm." Doktor Marinelli wippte in ihrem Bürostuhl hin und her.

„Ich gebe zu", begann sie, „dass Ihr Vorhaben ein interessanter Behandlungsschritt war."

„Danke."

„Aber ob er etwas bringt, ist die andere Frage."

Markus' Stimme überschlug sich fast, als er meinte: „Natürlich bringt es etwas. Es sieht so aus, als würde die Patientin aus ihrer Scheinwelt flüchten und endlich in der Realität ankommen."

„Sie ist kaum ansprechbar."

„Das stimmt nicht ganz. Sie steht unter ständiger Beobachtung."

„Das ist mir klar, Doktor Rottinger."

„Und ab und zu murmelt sie etwas vor sich hin."

„Wie vielversprechend." Die Worte der Oberärztin klangen alles andere als begeistert. Ihm war klar, dass sie nicht gerne *herumexperimentierte*, wie sie es vor zwei Tagen genannt hatte. Sie verließ sich stets auf Theorien, die erfahrungsgemäß Erfolge erzielten.

Sie fuhr fort: „Die Patientin leidet unter multiplen Wahnvorstellungen. Und Sie behaupten, dass sie seit Tagen keine Medikamente mehr bekommen hat?"

„Ja. Wollen Sie mir etwas unterstellen, Doktor Marinelli?" Er hoffte, dass das Zittern in seinem Tonfall unbemerkt geblieben war.

„Ich will nur sichergehen, dass der Patientin kein Schaden zugefügt wird."

„Sie können sich auf mich verlassen." Er deutete ein Lächeln an. „Ihr Zustand verbessert sich. Ich denke, wir sollten die Versorgung mittels Infusionslösung stoppen."

Ein Klopfen an der Tür unterbrach das Gespräch, das so oder so im nächsten Moment geendet hätte.

Robin erschien im Büro und rief: „Ich glaube, sie hat einen Anfall!"

Die beiden folgten ihm mit schnellen Schritten und betraten kurz darauf das Zimmer, in der sich die Patientin befand.

„Frau Hüttelsdorfer", sagte die Oberärztin laut und deutlich. „Beruhigen Sie sich bitte."

„Nach Hause! Eingesperrt! Hilfe!", schrie die Frau in dem Bett und wand sich. Ihre Finger krallten sich in die Arme von Doktor Marinelli, dabei verdrehte sie die Augen.

Die Oberärztin versuchte, sich aus ihrem Griff zu befreien, wobei sie darauf achtete, die Patientin nicht zu verletzen. In einer solchen Situation konnte jede Bewegung zu einer Gefahr werden.

„Markus“, sprach sie zu ihm und er handelte mit einer solchen Schnelligkeit und Präzision, dass er gar keine Zeit hatte, sich über die Tatsache zu wundern, dass sie ihn eben zum ersten Mal beim Vornamen genannt hatte. Sie fuhr fort: „Midazolam, schnell!“

Schon bevor sie es ausgesprochen hatte, hatte er gewusst, was zu tun war.

„Keine Spritzen! Nach Hause! Helft mir!“

Die Rufe der Patientin blendete er aus. Sie war hysterisch und wusste nicht, wovon sie sprach. Ein Beruhigungsmittel war das Beste für sie.

Während Doktor Marinelli und Robin die Frau festhielten, setzte Markus die Spritze an, nachdem er die Zufuhr für die Infusion gestoppt hatte. Langsam ließ er die Injektionslösung in den Venenzugang fließen.

Die Anspannung von Frau Hüttelsdorfer ließ langsam nach, worauf sie in ihr Kopfkissen sank.

„Gut“, begann die Oberärztin. „Am Abend werden wir ihr noch eine Dosis verabreichen – nur um sicherzugehen.“

Sie wollte schon das Zimmer verlassen, als Markus sagte: „Das halte ich für keine gute Idee.“

„Oh, bitte.“ Die Ungeduld in Doktor Marinellis Stimme war nicht zu überhören. „Jetzt hören Sie aber auf. Zwei Dosen am Tag sind kein Verbrechen. Was ist in letzter Zeit eigentlich los mit Ihnen?“

„Ich …“ Markus war sich im Klaren, dass er heute Morgen seine Kollegen davon in Kenntnis hätte setzen müssen, als er der Patientin eine Spritze gegeben hatte. „Ich habe ihr heute bereits zwei Dosen verabreicht, inklusive dieser eben.“

„Wie bitte?“ Doktor Marinellis braune Augen funkelten ihn ungläubig an. Die Oberärztin schob ihre Brille wie einen Haarreif auf den Kopf und meinte: „Solche Worte aus Ihrem Mund zu hören, wundert mich.“

„Ich weiß, ich hätte Sie darüber informieren sollen."

„Allerdings. Ich finde es erstaunlich, dass gerade Sie so leichtfertig mit Injektionslösungen umgehen."

„Ich hielt es für die beste Entscheidung."

„Das werden wir ja sehen", meinte sie tonlos und deutete auf Frau Hüttelsdorfer, die im Krankenbett lag und wieder gleichmäßig atmete.

„Robin!"

Der Krankenpfleger zuckte zusammen, als die Oberärztin seinen Namen rief. „Du behältst sie im Auge, ja?"

„Natürlich, Frau Doktor."

MARLENE

Tag 10

Das Bett war ihr nicht gestohlen worden, na immerhin. Über diese Tatsache musste sie beinahe lachen, so absurd war sie. Ausgeraubt – vom besten Freund. Das Nötigste hatte er ihr dagelassen, welch eine nette Geste! Ob Markus heute auftauchen würde? Sie hatte beschlossen, sich nicht bei ihm zu melden.

Marlene hatte gestern kein Hungergefühl mehr verspürt und war zu Bett gegangen, ehe ihr Kopf vor lauter Anstrengung zu explodieren gedroht hatte.

Ihr gesamter Körper war von einem kalten Schweißfilm überzogen. Brütete sie etwa eine Grippe aus?

Sie saß aufrecht im Bett und hatte vor sich die Umschläge ausgebreitet, die sie zuvor vom Esstisch geholt hatte. Ihre Gliedmaßen schmerzten, sie wollte gar nicht daran denken, sich auf einen der unbequemen Holzstühle zu setzen.

Laut ihren Notizen war sie eine Frau, die kein Auto besaß, dafür aber eine Narbe. Als Kind hatte sie gern Pippi Langstrumpf im Fernsehen geschaut und sich zu Fasching als diese verkleidet.

Ihre Gedanken gingen wieder zu Thomas und sie musste schmunzeln, während sie an ihre erste Begegnung im Jahr 1994 dachte.

Magst du Ditze Bobo auch?, hatte er sie im Faschingszelt gefragt und gelächelt.

Eine Träne kullerte über ihre Wange. Sie hatte ihn auf Anhieb gemocht.

Plötzlich fielen ihr die Grußkarten ihrer Schulzeit ein. Marlene sah sich hastig um. Hatte sie sie weggeworfen? Bei dem Gedanken entkam ihr ein Lacher. Das hatte sie bestimmt nicht, dafür wurden sie vermutlich gestohlen – wie alles andere auch.

Sie kniff die Augen zusammen und versuchte, sich zu erinnern. Thomas hatte ihr im Jahr 2002 zu Weihnachten das erste Mal eine Karte geschrieben. *„Liebe Marlene. Ich wünsche dir und deiner Familie ein gesegnetes Weihnachtsfest und einen schönen Jahreswechsel. Wir sehen uns nach den Ferien :-) Liebe Grüße, Thomas.“*

Daran hatte sie ewig nicht gedacht. Warum war es ihr ausgerechnet jetzt wieder eingefallen? Marlene begann, sich an ein Leben zu erinnern, das so weit entfernt schien, als hätte es niemals stattgefunden.

„Wer bin ich?“, wimmerte sie, um im nächsten Moment in Tränen auszubrechen.

An welchem Tag werden Sie sterben?

Sie hatte ihren dreißigsten Geburtstag angegeben. Ob diese Antwort richtig war? Die beiden anderen Daten hatten in ihr keine Erinnerung hervorgerufen, außerdem lagen diese in der Zukunft. Morgen würde sich der Tag jähren. Ihr Geburtstag. Ihr … Todestag.

Marlene kam der Gedanke in den Sinn, ob auf sie womöglich der Angriff stattgefunden hatte, der in den Medien als Mord betitelt worden war. Der Bericht, der sie so in Angst und Schrecken versetzt hatte, dass sie den Wohnort gewechselt und die eigenen vier Wände nur noch verlassen hatte, wenn es unbedingt sein musste. Hatte sie etwa einen Überfall überlebt und deshalb eine neue Identität angenommen? Hatte sie tatsächlich eine Narbe davongetragen, wie *Das Quiz* behauptete?

Ruckartig sprang sie auf und ignorierte das Schwindelgefühl, das im selben Moment Besitz von ihr ergriff. Schwarze Flecken schoben sich in ihr Sichtfeld, was sie jedoch nicht daran hinderte, sich die Kleider vom Leib zu reißen.

Als Marlene schließlich nackt vor ihrem Bett stand, tastete sie ihren Körper ab und suchte nach einer Narbe. Wenn sie einen

Mordanschlag überlebt hatte, müsste die Verletzung doch eine enorme Größe aufweisen, oder etwa nicht? Vielleicht war ja gar keine äußerliche Narbe gemeint, sondern eine seelische. Davon hatte sie mehr als genug. Marlene zog sich wieder an und setzte sich zurück auf das Bett. Ihr Gefühl sagte ihr, dass Thomas etwas mit der ganzen Sache zu tun haben musste. Er hatte sie für tot erklärt. Warum? Weil sie für ihn gestorben war? Wegen dieser einen Nacht?

Den Kopf in die Hände gestützt, begab sie sich wieder auf die Reise zu ihrem dreißigsten Geburtstag. Der Abend, an dem sie das rote Kleid getragen hatte. Der Abend, an dem sie mit Thomas geschlafen hatte.

Sie atmete geräuschvoll ein. Das Gefühl, von einem langen Tauchgang wieder an die Wasseroberfläche zurückzukehren, füllte ihren ganzen Körper aus.

„Oh mein … Gott!“, schrie sie.

Natürlich!

Es hatte nie einen Angriff auf sie gegeben. Ihr Herz wurde gebrochen, indem Thomas nach dem Sex den Namen einer anderen genannt hatte. Damit hatte er sie umgebracht. Somit war ihr dreißigster Geburtstag ihr Todestag. Ihre Seele war seitdem eingesperrt in einem Körper, der unfähig war, Nähe zuzulassen. Sie war so geschändet, dass sie sich eingebildet hatte, die Gefahr ginge von einem freilaufenden Mörder aus, der es in Wahrheit nie auf sie abgesehen hatte.

Das war die Erklärung für alles. Sie war nicht verrückt.

Ihr Name war Marlene Fassberger und ihr wurde das Herz von einem Mann gebrochen, was eine Narbe auf ihrer Seele hinterlassen hatte. Sie besaß kein Auto, weil sie es tatsächlich verkauft hatte – auch, wenn sie sich daran noch immer nicht erinnern konnte.

Aber wer sollte an ihrer gescheiterten Liebesgeschichte interessiert sein?

Sie blickte auf die Umschläge, die verstreut in ihrem Bett lagen. Und mit einem Mal wusste sie, dass nicht *sie* diejenige war, die verrückt war. *Das Quiz* existierte. Sie dachte an den Tag, an dem sie den Flyer zum ersten Mal in Händen gehalten hatte.

Marlene stand auf und durchsuchte ihre Wohnung. Die Dinge, die man ihr dagelassen hatte, verstaute sie im Koffer, der zusammen mit wenigen Kleidungsstücken noch im Schrank war.

Sie war sich sicher, dass sie die heutige Frage richtig beantwortet hatte, somit hatte sie gewonnen. Morgen würde sie mit gepackten Sachen auf den letzten Umschlag warten, sie musste so tun, als glaube sie weiterhin an einen Traumurlaub als Hauptgewinn.

Leise Stimmen ließen sie hochfahren. Gedämpft hörte sie, wie mehrere Leute miteinander sprachen, doch die Worte konnte sie nicht verstehen. Irritiert blickte sie sich um. War jemand bei ihr in der Wohnung?

Im Augenwinkel erkannte sie, dass die Klinke der Wohnungstür langsam nach unten gedrückt wurde. Hastig sog sie die Luft ein. Was sollte sie tun? Sich dagegen werfen? Den Einbrecher zur Strecke bringen? Oder sich verstecken? Aber wo? Im Schrank?

Das war keine gute Idee.

Aber einen Versuch war es wert. Körperlich wäre sie jedem Eindringling unterlegen, bei ihrem Nahrungsmangel. Sie könnte ihn höchstens mit einem der beiden Holzstühle attackieren, aber vermutlich würde sie schon zusammenbrechen, ehe sie damit auf ihn losging.

Blieb also noch der Schrank, alles andere war zu weit entfernt. Sonst hätte sie sich im Bad eingesperrt.

Sie schloss die schmale Schranktür, ehe sie erkennen konnte, wer ihre Wohnung betrat.

Marlene hielt für einen Moment die Luft an. Hartes Holz bohrte sich schmerzhaft in ihre Wirbelsäule, als sie sich vorsichtig hinhockte. Die Hände hielt sie vor ihren Mund, aus Angst, ihre Atmung könnte sie verraten.

Sie spürte, wie jemand lautlos durch die Räume schritt. Hören konnte sie es nicht, derjenige gab sich offenbar Mühe, unbemerkt zu bleiben. Aber Marlene spürte die Anwesenheit des Eindringlings durch die Schranktür – die ihr in Wahrheit nicht den geringsten Schutz bot.

Ein Piepsen ließ sie so heftig zucken, dass sie mit dem Fußknöchel verräterisch gegen die Schrankwand stieß. Verdammt.

Das schrille Geräusch verstummte und eine Stimme meldete sich, die sich gefährlich nahe anhörte. Sie nannte ihren Namen.

Kurz darauf öffnete sich die Schranktür und Marlene bereitete sich innerlich auf einen Angriff vor, den man auf sie ausüben würde. Sie stellte sich vor, wie man sie gewaltsam aus ihrem Versteck riss und … ja … und dann?

Helles Licht strömte in das Innere des Möbelstücks, als dessen Tür geöffnet wurde.

„Was machst du denn da? Mein Gott …“ Markus' Stimme klang sanft, als er sich nach unten bückte und Marlene musterte, die zusammengekauert auf dem Schrankboden hockte. Wäre sie stehengeblieben, hätte sie womöglich fliehen können, aber sie hatte sich zuvor instinktiv klein gemacht wie ein scheues Tier – in der Hoffnung, unentdeckt zu bleiben. Was für eine blödsinnige Theorie, wie sie nun feststellte. Sie war unfähig, eine Antwort zu geben. Wusste nicht, wie sie sich verhalten sollte. Als sie sich das letzte Mal gesehen hatten, hatten sie sich mit einem Kuss verabschiedet. Es hatte sich richtig und befreiend angefühlt.

„Fuck“, entkam es ihm nun, es war nur ein Flüstern, das über seine Lippen strich. Er sah müde aus und fuhr sich mit den Händen über das Gesicht. Wie hatte sie nur denken können, dass von ihm eine Gefahr ausging?

Marlene konnte nicht anders. Sie löste sich aus ihrer Erstarrung und beugte sich nach vorne, um ihn zu umarmen. Markus zuckte heftig zurück und hielt sie auf Abstand. Sein

Blick war leer. Als hätte er einen langen, harten Kampf hinter sich, den er verloren hatte.

„Wie lange bist du schon hier drin?“ Er deutete mit der Hand auf das Möbelstück. Sie drehte sich um und blickte in das Innere ihres Verstecks. Die Antwort darauf wäre einfach, doch sie brachte keinen Ton hervor.

„Du bist ganz schön durcheinander. Komm. Ich helfe dir.“

Sanft zog er sie hoch. Marlene war in der Tat neben der Spur. Fiel Markus gar nicht auf, dass der Schrank leer war? Dass ihre Wohnung so gut wie leer war?

„Hast du Angst?“, fragte er vorsichtig, nachdem er sie auf ihrem Bett abgesetzt hatte. Ihr Blick glitt über das Laken und machte eine unglaubliche Entdeckung. „Nein.“

Markus schien zu merken, dass das nicht die Antwort auf seine Frage gewesen war.

„Nein, nein, nein.“

Ihre Stimme klang weinerlich, während sie ihr Bett abtastete.

„Wo hast du sie hingetan?“, fuhr sie daraufhin ihr Gegenüber an. Dessen Augen wurden groß.

„Was? Wo habe ich was hingetan?“

Im nächsten Moment erschienen ihre Nachbarn in der Wohnung. Sie traten einfach so durch die offene Tür, als wäre es auch ihr Zuhause.

„Alles in Ordnung?“, wollte Frau Heidenfeller wissen.

„Wenn ich Sie bitten dürfte, meine Wohnung augenblicklich zu verlassen!“, bellte Marlene scharf in ihre Richtung.

„Das werden wir nicht tun, Frau Fassberger“, meinte Herr Krüger plötzlich in strengem Tonfall. „Nicht, solange Sie so aufgebracht sind.“

„Was?!“ Sie traute ihren Ohren kaum. Was ging ihre Nachbarn ihr Gemütszustand an?

„Fühlen Sie sich bedroht, Doktor Rottinger?“, fragte Frau Heidenfeller Markus. Er schüttelte den Kopf und sagte leise: „Ich komme schon klar. Ich glaube, Sie können uns alleine lassen.“

„Sind Sie sicher …?"
„Ja."
Die beiden schenkten Marlene misstrauische Blicke durch zusammengekniffene Augen und verschwanden langsam aus der Wohnung. Sie sprang aus dem Bett und wollte an Markus vorbeistürmen, um die Tür zu schließen. Hatte man ihren Nachbarn in der Kindheit nicht beigebracht, nach Verlassen eines Raumes die Tür zuzumachen? Markus hielt sie auf und drückte sie sanft wieder auf das Bett. „Ich mache das schon."
Nachdem er die Tür geschlossen hatte, kam es Marlene so vor, als zöge sich das gesamte Universum zusammen, um sich nur auf die beiden zu konzentrieren. Es gab nur noch sie und Markus. Sie und ihren besten Freund. Sie und …
Wer war der Mann eigentlich, dem sie bis vor Kurzem mehr als jedem anderen Menschen vertraut hatte?
„Hast du dich vor mir versteckt?", fragte er, als er wieder vor ihr stand, die Arme vor der Brust verschränkt. Sein Blick war voller Wärme – konnte es möglich sein, dass ein so gütiger Mensch böse Absichten hatte?
Marlene öffnete den Mund, brachte jedoch keinen Ton hervor. Sie hatte sich vor jedem versteckt, nicht nur vor ihm. Obwohl sie nicht wusste, wer hinter ihr her war. Markus? Daria? Und was war eigentlich mit ihren Nachbarn los?
Anstatt eine Antwort zu geben, wiederholte sie ihre Frage von vorhin: „Wo hast du sie hingetan?"
„Ich verstehe nicht …"
„Die Umschläge! Bevor du die Wohnung betreten hast, waren sie noch da! Hier! Auf dem Bett! Alle! Nun sind sie weg und ich frage dich, wo sie hingekommen sind."
„Marlene, da … Da waren keine Umschläge."
„Ach, bitte!", zischte sie und schüttelte ungläubig den Kopf. Nun war sie diejenige, die die Arme vor der Brust verschränkte. Markus ließ seine nach unten sinken und taxierte sie mit einem Blick, den sie nicht deuten konnte.
„Was?", fragte sie ungeduldig.

Markus räusperte sich und trat einen Schritt zurück. Er atmete geräuschvoll aus, ehe er zu einer Gegenfrage ansetzte: „Was …"

„Nein! Wechsel jetzt nicht das Thema! Ich habe dir eine Frage gestellt und erwarte eine Antwort."

„Die habe ich dir gegeben."

„Blödsinn! Du drehst wieder einmal alles so hin, als wäre ich verrückt! Ich weiß doch, dass hier alle Umschläge der letzten neun Tage gelegen haben. Ich habe sie mir angesehen, bevor du durch diese Tür getreten bist."

„Gut. Lass uns darüber reden."

„Fein! Dann erklär mir, wo sie hingekommen sind. So wie alles andere!" Sie fuchtelte wild mit den Armen.

„Das kann ich nicht."

Marlene entkam ein verächtliches Schnauben. „Das war ja klar. Da bin ich mal kurz weg und wenn ich wieder heimkomme, ist beinahe mein gesamtes Hab und Gut verschwunden. Das Einzige, was dazugekommen ist, ist das da!"

Sie deutete auf den Spion, der in ihrer Wohnungstür montiert war. Daraufhin sah sie erwartungsvoll zu Markus auf und versuchte, in seinem Blick etwas Hinterhältiges, etwas Böses zu erkennen. Aber da war nichts. Es war nur Markus – ein guter Freund, dem sie vertrauen sollte.

„Wo sind meine Sachen hin?", herrschte sie ihn an. Ihr Herz drohte erneut zu brechen. Bei ihrem letzten Treffen hatten sie sich mit einem Kuss verabschiedet. Sie war auf dem besten Weg, sich in ihn zu verlieben – und er spielte nur mit ihr. Ein kaum merkliches Lächeln erschien auf seinem Gesicht, was sie nur noch wütender machte. Hörte er ihr überhaupt zu?

In seiner Gegenwart konnte sie sich kaum konzentrieren. Als sie gestern mit den Umschlägen am Tisch gesessen hatte, war sie in der Lage gewesen, in sich zu gehen. Sie konnte klare Gedanken fassen, wie bei ihrem letzten Moment mit Victoria. Nur Markus brachte sie komplett aus dem Konzept.

„Dir fällt es also auf."

Das war der Satz gewesen, der ihr bestätigte, dass sie sich die fehlenden Dinge nicht einbildete. Markus ging im Kreis und fasste zusammen: „Du siehst den Spion heute also zum ersten Mal. Unterbrich mich bitte, wenn ich falsch liege."

Sie konnte nicht anders, als ihn verblüfft anzusehen.

„Dir ist aufgefallen, dass kaum noch Möbel oder andere Sachen hier sind. Du hast eben gesagt, dass du weg warst. Die Frage ist nur, wo du gewesen bist."

„Soll das etwa ein Verhör werden? Muss ich mich jetzt rechtfertigen, weil ich unterwegs war?"

Markus blieb stehen und sah sie erwartungsvoll an. „Mit Victoria?"

Sie antwortete nicht, weil sie sich die Ereignisse selbst nicht ganz erklären konnte. Als sie sich von ihrer Freundin verabschiedet hatte, hatte sie zum ersten Mal einen klaren Moment gehabt. Ihr war bewusst gewesen, dass sie sich gewisse Dinge nur eingebildet hatte. Aber da Markus eben ihren Namen genannt hatte, fühlte sie sich wieder hilflos und verwirrt.

„Entschuldige. Das hätte ich nicht sagen sollen."

Markus' Worte verunsicherten sie von Moment zu Moment mehr. Ihm war klar, dass ihre Wohnung bis auf das Nötigste leergeräumt wurde. Er sprach von Victoria. Diese beiden Dinge widersprachen sich.

Er räusperte sich und fuhr fort: „Ich würde dir gerne Antworten auf deine Fragen geben, aber dann müssten wir wieder ganz von vorne anfangen."

„Ich verstehe nicht …"

„Doch." Langsam ging er auf sie zu und bückte sich nach unten, bis er mit ihr auf Augenhöhe war. „Du beginnst zu verstehen. Denk nicht zu viel darüber nach."

„Was redest du da?" Seine Worte machten ihr Angst. „Du sprichst mit mir, als wäre ich eine deiner Patienten."

„Glaub mir, das mache ich nicht."

Er setzte sich neben sie auf das Bett und schwieg. Was erwartete er von ihr? Was erwartete sie von ihm?

Eine Träne kullerte über Marlenes Wange und sie flüsterte: „Ich weiß nicht mehr, wer ich bin."

Dann – einfach, weil sie nicht nachdachte und es für das Richtige hielt – legte sie ihre Hand auf seinen Oberschenkel. „Was passiert mit mir?"

Ihre Stimme war so leise geworden, dass sie sie kaum noch selbst wahrnahm. „Hilf mir."

Markus' Hand legte sich auf ihre, was einen warmen Schauer durch ihren Körper jagte. Seine Finger berührten ihre mit einer federleichten Bewegung, was die Tränen zum Versiegen brachte.

Ihr Blick wanderte zu ihren Händen, die wie füreinander geschaffen zu sein schienen und Marlene fragte: „Was, wenn ich schon tot sein sollte?"

Die Hand, die eben noch auf ihrer gelegen hatte, zog sich langsam zurück. „Wie meinst du das?"

„Ich habe gestern die vorletzte Frage beantwortet."

„Vom Quiz?"

Sie nickte kaum merklich und fuhr fort: „Ich weiß nicht, warum, aber ich habe meinen Geburtstag ausgewählt."

„Was war denn die Frage?"

Marlene schloss die Augen und ließ sich mit der Antwort Zeit. Markus schien es nicht zu stören. Er wartete geduldig, vermutlich ahnte er, dass sie sich in ihrem Kopf gerade auf eine Reise begab.

Plötzlich sah sie sich selbst. Als Kind. In ihrem Inneren hatte stets ein Sturm getobt. Sie war ein sehr wütendes Mädchen gewesen. Aber warum?

„Ich hasse dich", kam es ihr über die Lippen.

Ihr Freund blieb stumm neben ihr sitzen, wofür sie dankbar war. Sie war sich seiner Anwesenheit bewusst, doch ihren Gedanken und Gefühlen schien das kein Hindernis zu sein. Sie schoben sich einfach aus ihrem Mund, egal ob jemand anwesend war oder nicht.

„Ich hasse dich. Ich hasse dich. Ich hasse mich."

Ihre Hände ballten sich zu Fäusten. Ihr kam in den Sinn, wie sie sich beim Anblick ihres Spiegelbildes übergeben hatte.

Als sie die Augen wieder öffnete, atmete sie tief durch und versuchte, ihre Gedanken zu sortieren. Warum reagierte ihr Körper beim eigenen Anblick so heftig? Wer war sie? Weder ein Ausweis noch ein Namensschild an ihrer Tür konnten ihre Identität bezeugen. Beides war aus unerklärlichen Gründen, die Marlene einen Schauer über den Rücken bescherten, verschwunden. Und auch die Kuverts, die sie in den letzten Tagen bekommen hatte, waren stets unbeschriftet gewesen.

Sie öffnete die Fäuste langsam und beantwortete Markus' Frage von vorhin: „*Das Quiz* fragte mich nach meinem Sterbedatum."

Ihr Freund zuckte kaum merklich zusammen. „Und … du hast deinen Geburtstag angegeben?"

„Ja. Aber den letzten, nicht den nächsten. Das heißt also, ich müsste seit fast einem Jahr tot sein. Irgendetwas muss an diesem Tag passiert sein, denn ich bin mir sicher, dass das die richtige Antwort ist."

Markus' Blick glitt zu dem Koffer, den sie beinahe vergessen hatte. „Hast du deshalb zu packen begonnen?"

Sie sah ebenfalls zu dem Gepäckstück, in dem nur wenige Outfits lagen. Die letzten, die in ihrem Schrank gewesen waren.

Marlene nickte.

„An deinem letzten Geburtstag haben wir uns noch nicht gekannt", stellte Markus fest, dabei sah er nachdenklich in die Luft.

Wieder nickte sie.

„Wer weiß, ob du mich überhaupt kennst", meinte sie tonlos. „Ich weiß ja nicht mal selbst, wer ich bin. Was, wenn mir zu meinem Geburtstag etwas Furchtbares widerfahren ist, was ich verdrängt habe?"

„Das wäre eine logische Erklärung."

„Ich glaube, bald werde ich die Wahrheit erfahren. Wenn *Das Quiz* endet, muss er doch vorbei sein …, dieser ganze Wahnsinn."

„Was erhoffst du dir denn?"

„Eine Antwort auf alles. Auf meine verschwundenen Sachen. Auf meine Stimmungsschwankungen. Auf Victoria."

Er nickte zustimmend.

„Auf dich." Sie musste lächeln, als sie die Worte aussprach.

Markus klang verwundert. „Auf mich? Wie meinst du das?"

„Ich weiß nicht, welche Absichten du hast. Aber ich glaube nicht, dass du hinter all dem steckst. Du bist einer von den Guten." Ihr Lächeln wurde breiter, obwohl sie im Inneren verzweifelte. „Du willst mir nichts Böses und doch habe ich das Gefühl, dass unsere gemeinsame Reise bald enden wird."

„Marlene … Ich … Ich weiß nicht, wie ich das verstehen soll."

Das wusste sie selbst nicht. Sie konnte nur vermuten, dass ihre Gedanken da gerade aus ihr sprachen. Ihr wahres Ich. Keine Fassade, hinter der sie sich verstecken konnte.

„Ich habe so das Gefühl, dass du nicht mehr bei mir sein wirst, wenn ich die Wahrheit erfahre."

„Ich bin immer bei dir, um dir zu helfen", versicherte er ihr.

Sie tätschelte freundschaftlich seinen Oberschenkel und wurde sich in dem Moment bewusst, dass das mit ihnen niemals funktionieren würde. Dazu war sie zu verkorkst und er zu hilfsbereit – trotzdem würde sie an allem, was er täte, zweifeln.

Sie wusste, er war ein guter Kerl. Aber nicht für sie.

„Du solltest jetzt gehen", flüsterte sie. Am liebsten würde sie ihn umarmen und ihm einen letzten Kuss geben, doch ihr war klar, dass das nicht ging. Es war alles eine Illusion. Niemals würde er Gefühle für sie entwickeln, andernfalls hätte er sie heute nicht auf so eine abweisende Art begrüßt.

Als sie ihn vorhin umarmen wollte, hätte er es geschehen lassen sollen. Er hätte sie einfach nur im Arm halten und beschützen sollen. Aber er hatte sich mit seiner körperlichen Reaktion verraten. Für ihn war sie nur eine arme Frau, der geholfen werden musste. Er stellte sie nicht auf dieselbe Stufe wie seine Patienten, die wirklich *krank* waren. Sie war bloß verängstigt, weil sie gewisse Dinge aus ihrer Vergangenheit verdrängt hatte.

Ein Klopfen weckte sie auf.

Marlene sah sich verwundert um und stellte fest, dass sie alleine war und in ihrem Bett lag. Wie lange das schon der Fall war, konnte sie nicht sagen. Während ihr Blick durch den Raum glitt, fiel ihr auf, dass er erstaunlich klar war. Aber … seit wann?

Hatte sie vorhin auch schon Markus mit klaren Augen gesehen?

Ja. Eindeutig. Da war sie sich sicher.

Ihre Unterhaltung hatte also tatsächlich stattgefunden. Somit musste auch das Klopfen real sein.

Ihre Wohnung war noch immer so gut wie leer. Als sie auf nackten Füßen zur Tür ging und diese öffnete, stand etwas davor. Sie streckte ihren Kopf in den Flur hinaus, konnte aber niemanden erkennen. Dann nahm sie den Gegenstand an sich, der sich in Papier gewickelt auf einer Ablage neben der Tür befand.

Sie setzte sich damit an den Esstisch und öffnete ihn. Was daraufhin zum Vorschein kam, entlockte ihr einen lauten Lacher. Eine letzte Aufmerksamkeit von ihrem besten Freund. Ein Sandwich.

Genüsslich biss sie hinein und wie auf Kommando begann ihr Magen zu knurren. Sie war erstaunlich gut drauf, obwohl es ihre Henkersmahlzeit sein könnte.

Erst dann fiel ihr auf, dass sie heute noch keinen Umschlag bekommen hatte.

MARKUS

Tag 11

Um von seinem langen Arbeitstag abgelenkt zu werden, hatte er ihr gestern noch einen Besuch abgestattet. Er hatte nicht glauben können, was seine Augen gesehen hatten. Sie war wieder da!

Am liebsten hätte er sie an sich gezogen und ihr all seine Gefühle gestanden. Aber das wäre eindeutig zu viel für sie gewesen. Sie hatte geweint und war mit ihrem Leben völlig überfordert gewesen – das war sie mit Sicherheit auch jetzt noch. Dass sie an einem Punkt angelangt war, an dem sie nicht wusste, was sie wollte, war klar und deutlich zu erkennen gewesen.

Es hatte ihm beinahe das Herz zerrissen.

Das Eigenartige an der Situation war, dass sie sich ihm zum Teil anvertraut hatte, aber im nächsten Moment Dinge sagte, die sich so anhörten, als wollte sie nichts mehr von ihm wissen.

Markus wurde nicht schlau aus den Frauen.

Er war ihr körperlich zwar nahegekommen, hatte jedoch plötzlich das Gefühl verspürt, noch nie in seinem Leben von jemandem so weit entfernt zu sein. Hatte er seine Chancen bei ihr nun ein für alle Mal verspielt? Sah sie in ihm nur einen Retter in der Not? Er hatte sie immer und immer wieder aufgefangen, als sie ihn gebraucht hatte. Nun machte sie zwar auch eine schwere Zeit durch, doch es hatte den Anschein, als würde sie seine Hilfe nicht mehr benötigen.

Wahrscheinlich hatte er sich von Anfang an falsch verhalten. Hatte er sie – ohne es zu wollen – wie eine Patientin behandelt?

Er hätte sich dafür ohrfeigen können, weil er ohne weitere Worte Abschied von ihr genommen hatte. Gerne hätte er gewusst, wo sie mit ihrer Freundin gewesen war. Was diese mit ihr angestellt hatte. Was *wirklich* mit ihr los war.

Aber es war kein Abschied für immer gewesen – das hoffte er zumindest. Er war danach noch schnell in das Lokal gegangen, in dem sie schon einige Male zusammen gegessen hatten, um etwas für sie zu holen. Im Anschluss daran hatte er es ihr vor die Tür gelegt. Nachdem er angeklopft hatte, verschwand er.

Das war vorerst das Letzte gewesen, was er für sie getan hatte.

Wenn sie tatsächlich mit ihm abgeschlossen haben sollte, würde sie sich nicht wieder melden. Dann wäre es endgültig vorbei. Aber so wie er sie einschätzte, war sie eine Frau, die ihre Gefühle nur so lange verdrängte, bis sie die Welt wieder mit klaren Augen sah.

Und sie war kurz davor – dessen war er sich sicher. Den Weg dorthin würde sie alleine gehen müssen.

Er hatte die Hoffnung noch nicht ganz aufgegeben, sie bald wiederzusehen.

„Nichts ist trauriger als der Tod einer Illusion."
Arthur Koestler (1905-1983)

MARKUS

Tag 11

Er versuchte, nicht ständig an sie zu denken. Auf der Arbeit hatte sein Liebesleben keinen Platz.

Doktor Marinelli saß ihm gegenüber und schwieg. In den letzten siebzig Minuten hatte er ihr erklärt, wie sich der Zustand der Patientin in Zimmer Nummer achtzehn verändert hatte. Auf die Frage der Oberärztin, ob man das *Experiment* nun beenden könne, hatte er vorsichtig genickt.

„Ich fasse zusammen", begann Doktor Marinelli, nachdem sie ihre Brille auf der Nase zurechtgeschoben hatte. „Der Patientin wurden seit anderthalb Wochen bis auf ein leichtes Beruhigungsmittel keine Medikamente verabreicht und sie scheint langsam in der Realität anzukommen. Durch ihre schizophrenen Schübe hat sie alles verdrängt, was zuvor geschehen war und ist in Scheinwelten geflüchtet."

Markus nickte erneut zur Bestätigung.

„Je weiter die Schizophrenie voranschritt, desto schlimmer wurden ihre Visionen. Wenn man sie auf das Verbrechen oder die Person, die damit verbunden war, angesprochen hat, hat sie behauptet, nichts getan zu haben und sie nicht zu kennen. Sie ist sogar so weit gegangen und hat die Existenz dieser Person geleugnet. Das alles war für sie die neue Realität. Die Frage ist nach wie vor, ob sie zum Tatzeitpunkt zurechnungsfähig war."

„Was ich bezweifle."

Doktor Marinelli nickte und fuhr fort: „Als der Patientin nach dem Mord – oder Totschlag – bewusst geworden war, was sie getan hatte, hat sie sich in schizophrene Halluzinationen gestürzt. Sie hatte so getan, als wäre sie ein anderer Mensch – und dabei war sie vermutlich wirklich selbst davon überzeugt. Ihr Gehirn hatte die Tote wieder zum Leben erweckt und in ihrem Körper weiterleben lassen. Nur ist das nicht lange gut gegangen. Nachdem sie dann schließlich kollabiert ist, wurde sie hierhergebracht."

Sie atmete geräuschvoll aus und sah sich um. Als wäre ihr Büro der Ort, wo man die Patienten der psychiatrischen Klinik unterbrachte. Markus beobachtete sie. Er war aufgeregt und hoffte, dass es nicht zu früh für einen Behandlungsabbruch war. Wobei die Therapie darin bestand, die Patientin nicht mehr aktiv zu behandeln, sondern die Selbstheilungskräfte zu aktivieren.

Sein Gegenüber räusperte sich, richtete den Blick wieder auf die Akte vor sich und meinte: „Durch die Behandlung mit herkömmlichen Psychopharmaka wurde es nicht besser, im Gegenteil. Die Scheinwelt wurde für die Patientin zur andauernden Realität. Ihr Zustand verschlechterte sich so dermaßen, dass sie nur noch das anerkannte, was sie wahrnehmen wollte. Sie hatte die Rolle ihres Opfers abgelegt und verleugnete dessen Existenz. Auch Fotos oder Besuche der Eltern änderten nichts an ihrem desorientierten Zustand. Als ich schließlich erfahren habe, dass Sie die Medikamente abgesetzt haben, war ich ehrlich gesagt nicht beeindruckt. Wir hätten auch eine andere Lösung finden können."

Über den Rand ihrer Brille warf sie einen Blick auf Markus. Er deutete ein Lächeln an und sagte: „Aber nun halten Sie es auch für den richtigen Behandlungsschritt."

„So würde ich es nicht formulieren."

„Ich bin der Ansprechpartner der Patientin, sie vertraut mir."

„Und was sieht sie in Ihnen? Den Arzt? Oder etwas anderes?"

Ihre Stimme war kurz laut geworden und Markus musste zugeben, dass er ihre Bedenken nachvollziehen konnte. Aber die Tatsache, dass die Patientin Menschen anders wahrnahm, war nicht seine Schuld. Er war nicht verantwortlich für die Wahnvorstellungen, im Gegenteil. Durch die Absetzung der Psychopharmaka wurde sie langsam wieder zu dem

Menschen, der sie eigentlich war. Und auch in ihm sah sie jemand anderen.

„Wie dem auch sei“, fuhr Doktor Marinelli fort. „Was ich damit sagen wollte: Ich war nicht beeindruckt von Ihrem Vorhaben, habe Sie aber auch nicht daran gehindert, weil Sie – wie Sie eben sagten – so etwas wie eine Vertrauensperson für die Patientin geworden sind. Ihnen hat sie Dinge erzählt, die sie sonst keinem anvertraut hat. Somit war Ihre Idee vielleicht gar nicht so verkehrt, weil Sie noch am ehesten in ihre Welt blicken konnten.“

Beim letzten Satz musste Markus schmunzeln. „Das haben Sie schön gesagt. Und ich glaube, sie erkennt langsam die Realität. Durch die Absetzung der Medikamente wurden die Selbstheilungskräfte aktiviert und die Patientin hat begonnen, sich mit Hilfe ihrer eigenen Visionen zu therapieren. Zwischendurch ist sie einige Male gescheitert und in ihre Scheinwelt geflüchtet. Aber die darauffolgenden Fortschritte sollten uns zeigen, dass wir damit Erfolge erzielen werden. So klar wie in den letzten Tagen war sie überhaupt noch nie, seit sie bei uns ist.“

„Dann sollten wir es wagen.“

Der Zeitpunkt war gekommen, dessen war sich Markus sicher. Abgesehen davon, dass sie sich psychisch erholte, wurde sie gestern von Pflegern kurz am Flur gesehen. Das musste heißen, dass es ihr besser ging. In der psychiatrischen Klinik gab es die unterschiedlichsten Patienten, doch eines hatten sie alle gemeinsam: Sie waren Gefangene ihrer selbst und die Frau in Zimmer Nummer achtzehn war kurz davor, sich selbst wiederzuerkennen.

MARLENE
Tag II

Die ganze Nacht über hatte sie kein Auge zugetan, so aufgewühlt war sie gewesen. Nachdem sie gestern das Sandwich gegessen hatte, hatte es erneut an der Tür geklopft.

Marlene war nicht überrascht gewesen, als ein Umschlag davor gelegen hatte. Doch die letzte Frage hatte sie daraufhin völlig aus der Bahn geworfen. Dass Markus hinter all dem steckte, hatte sie nun endgültig ausgeschlossen. Es musste jemand anderes seine Finger im Spiel haben, der sich ebenso Zutritt zu ihrer Wohnung verschaffen konnte. Und da war ihr nur eine Person eingefallen.

Das Quiz war etwas, was ihre Gedanken selbst in Gang gesetzt hatte. Aber es musste doch einen Ursprung geben. Jemand, der etwas damit zu tun hatte.

Gestern war ihr das Sandwich beinahe wieder hochgekommen, als sie den Zettel aus dem Kuvert gezogen hatte.

DAS QUIZ

Bravo! Auch diese Frage haben Sie wahrheitsgemäß beantwortet! Wenn Sie bei der letzten ehrlich sind, steht Ihrer Auszeit nichts mehr im Wege! Also, hier ist Ihre letzte Frage:

Auf welche Art und Weise sind Sie gestorben?

a.) Unfall
b.) Verbrechen
c.) Krankheit

Aufgeregt war sie in der Wohnung umhergelaufen, die ihr mit jeder Sekunde fremder wurde. Marlene wühlte in ihren Gedanken, doch ihr fiel keine passende Antwort ein. An ihrem dreißigsten Geburtstag war also tatsächlich ihr Todestag – dass dieser ein Jahr zurücklag, beruhigte sie in keiner Art und Weise.

Als sie die drei Möglichkeiten durchgelesen hatte, war ihr sofort das Wort „Verbrechen“ ins Auge gesprungen, weil es da eben diesen Mordfall gegeben hatte, von dem in der Zeitung berichtet worden war. Aber auch Thomas hatte ihr an dem Tag das Herz gebrochen. Konnte man das auch als Verbrechen bezeichnen?

Ehe sie sich versehen hatte, hatte sie die zweite Antwort angekreuzt.

In den darauffolgenden Stunden war an Schlaf nicht zu denken gewesen. Und doch hatte sie geträumt. Von einer Realität, die sich in Form von Gedankenfetzen zwischen ihre Erinnerungen schob.

Ihr dreißigster Geburtstag. Sie hatte niemals ein rotes Kleid gekauft, aber an diesem Tag eines getragen. Zuvor hatte sie eine Begegnung mit einer Person gehabt, die sie eigentlich nie wieder hatte sehen wollen. Und doch war sie zu ihr gefahren.

Marlene hatte versucht, sich nicht zu sehr anzustrengen, damit sie ihren Geist nicht überforderte. Sie wollte sich treiben lassen. Doch sie konnte die Person, die ihr in Gedanken gegenüberstand, nicht erkennen.

Die Sonne war gerade erst aufgegangen, als Marlene wie gebannt im Bett saß. Als *ihr Bett* würde sie es nicht mehr bezeichnen, weil ihr plötzlich alles fremd vorkam in dieser Wohnung. Lag es daran, dass sie kaum noch möbliert war? Oder an etwas anderem?

Das Kuvert, welches gestern Abend vor der Tür gelegen hatte, war verschwunden. Etwas anderes hatte sie auch nicht erwartet. Sie beschlich das Gefühl, dass der letzte Umschlag nicht einfach so auftauchen würde wie einige seiner Vorgänger. Marlene vermutete, dass jemand Bestimmtes ihn ihr überreichen würde. Der Name dieser Person kam ihr in letzter Zeit immer öfter in den Sinn.

Heute jährte sich also ihr Todestag. An ihrem einunddreißigsten Geburtstag. Marlene begann, leise die Melodie von *Happy Birthday* zu summen.

Ob sie jemand besuchen würde?

Vielleicht … deine Eltern? Ein kaum zu beschreibender Schmerz bohrte sich in ihren Kopf, als sie an Markus' Worte dachte. Sie eilte in die Küche und trank ein paar Schlucke Wasser aus der Leitung. Nachdem ihr Durst gestillt war, schloss sie die Augen. Daraufhin merkte sie, wie sich ihr Körper schließlich beruhigte und der Schmerz dadurch verging.

Zu ihrer Verwunderung stand sie im Badezimmer, als sie die Augen wieder öffnete. Marlene beschloss, nicht zu viel darüber nachzudenken und verließ stattdessen den winzigen Raum. Wieder im Wohnbereich angelangt, sah sie sich um. Hier befanden sich insgesamt zwei Türen. Durch eine war sie eben gegangen, die andere führte auf den Flur. Aber wo war ihre Küche?

Als würde sie jemanden durch Geräusche erschrecken können, ging sie auf Zehenspitzen zu der Kommode, die sie eben zum ersten Mal entdeckte. Langsam fuhr sie mit der Hand darüber. Sie war real. Dort, wo also eine Küchenzeile gestanden hatte, befand sich nun eine Kommode.

Es wurde ihr zu viel. So eine große Menge an Hinweisen konnte sie nicht verarbeiten. Marlene drehte sich um. Wo zum Teufel war sie hier? Ihr Blick fiel auf das schmale Bett, das wenige Meter von ihr entfernt stand. Daneben lag ihr Koffer am Boden. Er war gepackt. Vorfreude vermischte sich mit blanker Panik. Was würde wohl im nächsten Umschlag stehen?

Sie ertappte sich dabei, wie sie alle paar Sekunden zum Fenster ging und hinausspähte. Wann kam sie denn endlich? Und welche Botschaft würde sie überbringen?

Nicht zum ersten Mal kam Marlene der Gedanke, dass die Person, auf die sie wartete, gefährlich sein könnte. Mit schnellen Schritten hastete sie zur Kommode und öffnete die oberste Schublade. Das Messer fiel ihr als erstes ins Auge. Sie überlegte nicht lange und nahm es, daraufhin wurde ihre Sicht für einen kurzen Moment verschwommen. Als sie den Griff umklammerte, atmete sie tief ein und hielt die Luft ein paar Sekunden lang an. Verlor sie den Verstand? Nein, das hatte sie bereits hinter sich.

Stimmen drangen vom Treppenhaus in die Wohnung. Mit dem Messer eilte sie zur Tür und sah durch den Spion hinaus. Niemand zu sehen. Gut. Sie war in Sicherheit. Noch.

Sie ging an ihrem gepackten Koffer vorbei und stellte sich erneut ans Fenster, darauf bedacht, den Vorhang nicht zu berühren. Mit einem Messer in der Hand hatte sie noch nie auf ihren Besuch gewartet. Marlene begann unsicher zu lachen und strich sich die Haare aus der Stirn.

Als es endlich an der Tür klopfte, fuhr sie herum. Hatte sie sich auch gut genug vorbereitet? Nein, sie hatte sich gar nicht vorbereitet, sie wusste ja nicht einmal, worauf genau. Würde sich im nächsten Moment alles aufklären? Um das herauszufinden und diesem kranken Spiel ein Ende zu setzen, musste sie die Tür öffnen. Die Frage war nur, ob sie dafür bereit war.

ISABEL
Tag 11

Erwin parkte den Wagen wie immer am Süd-Eingang des Friedhofs. Während Isabel ausstieg und die düstere Atmosphäre des Ortes in sich aufnahm, griff er nach den Blumen, die auf der Rückbank lagen. Mit langsamen Schritten gingen sie durch das Tor und sie hoffte, vorerst allein mit ihrem Mann und ihrer Tochter zu sein. Mit Thomas hatte sie gestern ausgemacht, sich um zehn Uhr vormittags an Resis Grab zu treffen. Dass sie in Wahrheit schon eine halbe Stunde vorher dort sein würden, hatte sie nicht erwähnt.

Doch sie waren nicht alleine. Ein paar Leute standen bereits beim Grab. Isabel erkannte, dass es Lea, Ivanka und Tatjana waren. Sie waren Freundinnen von Resi gewesen. Soviel sie wusste, hatte ihre Tochter schon seit Jahren keinen Kontakt mehr zu ihnen gehabt. Es war verdammt lange her, dass sie sie gesehen hatte. Die Frauen hatten sich seit ihrer Jugend optisch natürlich verändert, dennoch bestand kein Zweifel, dass es sich bei ihnen um die Mädchen handelte, die öfter mal bei ihnen übernachtet hatten.

Erwin schien sie auch erkannt zu haben und schenkte Isabel einen aufmunternden Blick. Wollte er sich etwa dazustellen?

Das hatte er anscheinend vor, denn er erhöhte das Schritttempo, während sie auf die drei zugingen. Isabel hielt ihn am Jackenärmel zurück und flüsterte: „Ich will das nicht. Das sind Freundinnen von Resi, die sollen ihre Zeit alleine mit ihr haben. Außerdem will ich nicht vor ihnen weinen."

Erwin nickte und ging wieder ein paar Schritte zurück. Im Schatten eines Baumes warteten sie, bis die Frauen das Grab verließen, dabei blieb Isabels Blick auf den weißen Chrysanthemen hängen, die ihr Mann dabeihatte. Er ließ stets sie die Blumen für Resi aussuchen, und sie entschied sich fast jedes Mal für diese, weil weiße Chrysanthemen Trauer und endlose Liebe nach dem Tod symbolisierten. Zumindest hatte man ihr das gesagt. Vorsichtig fuhr sie mit den Fingerspitzen über die Blütenblätter und stellte sich vor, die Wange ihrer Tochter zu streicheln.

„Ich glaube, wir können jetzt gehen“, murmelte ihr Mann, worauf sie ihren Kopf hob. Resis Freundinnen entfernten sich vom Friedhof und verließen ihn über den Ausgang östlicher Richtung.

Mit bebendem Herzen und Erwins Hand im Rücken ging sie zur Ruhestätte ihrer Tochter.

Dabei kamen Isabel wieder und wieder diese furchtbaren Gedanken in den Sinn: *Unsere Tochter ist eine Mörderin. Ich liebe sie, aber ich bin so endlos enttäuscht. So sehr enttäuscht, dass ich mir wünsche, sie niemals zur Welt gebracht zu haben. Denn sie hat alles zerstört.*

Dieses Miststück.

Die Tränen liefen schon, ehe sie zum Stehen gekommen waren.

„Ich kann das nicht“, entkam es Isabel. „Nicht heute. Ich dachte, ich kann es. Aber …“

Erwin zog sie in seine Arme, wo sie verharrte. Sie wollte sich zusammenreißen und war froh, dass wenigstens ihr Mann dazu imstande war. Bis Thomas kam, hatten sie noch ein paar Augenblicke für sich mit ihrer Tochter. Beim Gedanken an ihn wurde ihr übel. Erwin streichelte ihren Rücken, ehe er die frischen Chrysanthemen gegen die verwelkten austauschte.

„Ich wünschte, sie könnte uns sagen, was an diesem entsetzlichen Abend damals schiefgelaufen ist“, flüsterte Isabel.

„Nein.“ Die Bestimmtheit in Erwins Stimme überraschte sie nicht. „Du wirst ihn nicht darauf ansprechen.“

„Aber …“

„Nicht am Grab unserer Tochter.“

Er hatte ja recht, das musste sie zugeben. Thomas war – so hofften sie zumindest – unschuldig an dem Ganzen. Verhindern hätte er es nicht können.

„Vielleicht“, begann sie. „Vielleicht hätten wir uns mehr um sie kümmern sollen.“

Erwin blieb stumm, während sie in die Hocke ging und zu dem Grabstein sprach. „Ich hoffe, du kannst uns eines Tages verzeihen, mein Liebling. Wir hätten es schon viel früher bemerken sollen. Es tut uns leid, hörst du? Dein Vater und ich, wir lieben dich von ganzem Herzen und werden dich nie, niemals vergessen.“

Sie hielt inne und tupfte sich die Tränen mit einem Taschentuch weg, dabei erkannte sie im Augenwinkel Thomas. Ob er gerade eben angekommen war oder ihre kurze Rede mitangehört hatte, wusste sie nicht. Isabel richtete sich auf und nickte ihm zu, der sie ohne zu zögern in die Arme nahm. Zuerst sie und dann Erwin.

„Scheiße, ich fühle mich so schuldig“, meinte er schließlich mit Tränen in den Augen.

Doch die Person, die wirklich schuld am Tod ihrer Tochter war, würde vermutlich niemals sagen, dass es ihr leidtäte.

MARLENE

Tag 11

Ihr ganzer Körper war angespannt, als sie auf die Tür zuging. Sie wagte kaum zu atmen und war sich sicher, dass sie es mitbekommen hätte, wenn in dem Moment eine Nadel zu Boden gefallen wäre.

Auf welche Art und Weise sind Sie gestorben?

Marlene war sich inzwischen bewusst, dass sie keine fremde Identität angenommen hatte. Ihr Name gehörte zu ihr, ebenso wie die Erinnerungen an Thomas und Victoria.

Es klopfte erneut, was sie zusammenzucken ließ.

Und wenn es wirklich nur jemand war, der ihr zum Geburtstag gratulieren wollte?

Bei diesem Gedanken musste sie schmunzeln und verdrängte ihn wieder. Nein, heute ging es nicht um Glückwünsche, Kuchen und Feierlichkeiten. Heute würde sie der Wahrheit gegenüberstehen und hatte das Gefühl, dass draußen am Flur die Person wartete, mit der alles begonnen hatte.

Das Messer versteckte sie hinter ihrem Rücken, während sie die Tür öffnete.

Sie hatte die Frau noch nie zuvor gesehen. Die Fremde schien keine Kommunikation zu beabsichtigen, also fragte Marlene vorsichtig: „Entschuldigung, kennen wir uns?“

Die dunkelhaarige Frau war schlank und gut einen Kopf größer als sie selbst. Sie deutete ein Lächeln an und antwortete: „Guten Tag, Frau Fassberger. Mein Name ist …“

Marlene glaubte plötzlich, ein Déjà-vu zu erleben und blendete alle Geräusche um sich herum aus. Die Frau war ihr unbekannt und doch ahnte sie, was als Nächstes geschehen würde. Sie würde über ihren dreißigsten Geburtstag reden wollen. Und dann würde Marlene …

Ein dicker Kloß steckte in ihrem Hals, der sie zwang, einige Male zu schlucken. Sie trat einen Schritt zurück und hörte, wie die Stimme der Fremden langsam wieder zu ihr durchdrang: „… Ich würde gerne mit Ihnen reden. Über das, was heute vor einem Jahr passiert ist. Ach ja, alles Gute zum Geburtstag."

Sie streckte ihr die Hand entgegen und Marlene zog aus Reflex das Messer hervor. „Sie stecken also dahinter."

Ihre Taten passten nicht mit ihren Gedanken zusammen. Das Chaos, das gerade dabei war, wieder Struktur zu erlangen, war nicht das Verschulden einer wildfremden Frau. Und doch hatte sie das Gefühl, sich vor ihr schützen zu müssen. Das Messer lag ruhig in Marlenes Hand. Zu ruhig, als dass sie Opfer eines Rückfalls in ihre wirre Gedankenwelt werden könnte.

Die Frau rührte sich keinen Zentimeter, obwohl sie mit einer Waffe bedroht wurde. Marlenes Blick glitt auf das Messer zwischen ihnen und mit Entsetzen stellte sie fest, dass es verschwunden war. Sie war sich plötzlich sicher, niemals eines in der Hand gehalten zu haben, denn sie umklammerte den Griff einer gewöhnlichen Haarbürste.

„Was zum Teufel mache ich hier?", fragte sie sich selbst.

„Ich würde gerne reinkommen, um mit Ihnen über die Geschehnisse der letzten Tage zu reden, Frau Fassberger."

Ohne die Frau auch nur anzusehen, ließ sie sie eintreten. Sie wusste nicht einmal ihren Namen, aber da nicht wie erwartet Daria vor der Tür stand, hätte sie damit vermutlich auch nichts anfangen können.

„Setzen Sie sich, bitte", forderte die Fremde sie auf. Marlene ließ sich wie betäubt auf das Bett fallen, während sich ihre Besucherin mit den dunklen Haaren und der Brille einen Stuhl heranzog. Beide starrten auf die Haarbürste in ihren Händen. Schließlich ergriff die Fremde das Wort: „Wie geht es Ihnen?"

Marlene zuckte mit den Schultern, was der Wahrheit entsprach. Ein Gefühl der Leere hatte von ihr Besitz ergriffen und wäre wahrscheinlich dazu imstande, ihren Körper zu betäuben. Jeder einzelne Muskel wurde mit einem Mal schwer und träge, jedoch spürte sie eine gewisse Leichtigkeit, die ihren Verstand antrieb. Ihr Blick wanderte von der Haarbürste zu der Frau, die vor ihr saß. Erst jetzt fiel ihr der weiße Kittel auf. Und das Klemmbrett. Marlene wurde in dem Moment bewusst, wo sie sich befand – wo sie sich seit langer Zeit befand. Und das war nicht ihr Zuhause.

Nach einem Moment des Schweigens fuhr die Fremde fort: „Ich habe hier einige Fotografien mitgebracht. Darauf sind Sie abgebildet. Wenn Sie dafür bereit sind, zeige ich sie Ihnen."

Marlenes Herz stolperte, worauf sie die Haarbürste fallen ließ. Ihre Hand schoss zur Brust.

„Alles in Ordnung?", fragte ihr Gegenüber und rückte ein Stück näher.

Marlene streckte die Hände abwehrend vor sich aus und atmete flach. Da war eine Frau im weißen Kittel, die Fotografien mitgebracht hatte. Diese Situation kam ihr bekannt vor. Jetzt fehlte nur noch, dass …

Ein Mann betrat das Zimmer. Marlenes Blick wurde rasiermesserscharf, als sie Markus erkannte. *Markus* – dieser Name klang in ihren Gedanken plötzlich so fremd.

„Was habe ich angestellt?", fragte sie, als er näher kam.

Die Dunkelhaarige sah zu dem Mann auf, der sich neben sie hinstellte und Marlene anlächelte. Auch er trug einen weißen Kittel, was ihr heute zum ersten Mal auffiel. Doch je länger sie ihn ansah, desto vertrauter wurde das Gesamtbild.

Mit zitternden Händen griff sie nach den Fotos, die ihr die Fremde hinhielt. Im Schweigen waren die beiden gut, deshalb beschloss sie, der Sache selbst auf den Grund zu gehen.

Pippi Langstrumpf war die erste Person, die sie mit einem lückenhaften Gebiss anlächelte.

„Das bin ich", murmelte sie und eine Welle der Trauer überkam sie, als sie an Thomas dachte. Einen Mann, den sie vor einem Jahr das letzte Mal gesehen hatte, soviel stand fest.

Das nächste Foto zeigte sie in zweifacher Ausführung im selben Faschingskostüm. Marlene zog die Augenbrauen zusammen und wusste nicht, was das zu bedeuten hatte. Als sie aufsah, erkannte sie, dass ihre beiden Besucher die Luft anhielten.

„Ist das echt?" Mehr fiel ihr dazu nicht ein. Das konnte doch nur eine Fotomontage sein. Als Antwort bekam sie ein synchrones Nicken. Sie schenkte ihre Aufmerksamkeit erneut dem Bild, welches jedoch keine Erinnerung in ihr hervorrief. Es bekam schließlich einen Sonderplatz auf ihrem Oberschenkel. Sie würde es sich nachher noch einmal ansehen, vielleicht hätte sie bis dahin eine Erklärung gefunden.

Es folgten immer mehr Bilder von ihr als Kind. Doch dann gab es wieder Fotos, an die sie sich nicht erinnern konnte. Zum Beispiel war sie auf einem abgebildet, wo sie als Jugendliche im bauchfreien Top posierte. Solche Klamotten hatte sie – soweit sie wusste – nie getragen. Sie hatte viele schwarze T-Shirts und Tops besessen, doch keines davon endete über dem Bauchnabel. Eine Zeit lang hatte sie wegen Victoria nur dunkle Kleidung getragen. Bis zu ihrem Tod im September 2001 war sie ihre beste und eigentlich auch einzige Freundin gewesen.

Anscheinend war sie so in ihre Erinnerungen vertieft gewesen, dass ihr nicht aufgefallen war, wie sie diesen Namen gemurmelt hatte, denn die Fremde fragte plötzlich: „Was ist mit Victoria?"

Marlene wischte eine einzelne Träne aus dem rechten Augenwinkel. „Sie … Sie war meine beste Freundin."

„Was ist passiert?" Die Stimme war kaum mehr als ein zartes Flüstern, das den Raum trotz seines weichen Klanges zur Gänze ausfüllte.

„Ein Autounfall. Wir waren zwölf. Sie war mit ihren Eltern auf dem Rückweg vom Urlaub."

Diese schmerzende Erinnerung hatte Marlene ab einem gewissen Zeitpunkt verdrängt und sich stattdessen eingeredet,

Victoria durch einen Umzug verloren zu haben. Ihr Gedächtnis formte das Bild, das vor vier Tagen in ihrem Kopf entstanden war. Als sie ihre Freundin das erste Mal *wiedergesehen* hatte, hatte sie sie insgeheim um ihr jugendliches Aussehen beneidet. Vor Kurzem war ihr klargeworden, dass Victoria nur das Produkt ihrer Fantasie gewesen war und deshalb noch genau so ausgesehen hatte wie kurz vor ihrem Tod. Sie war – ebenso wie Thomas' Erscheinung – im Nachhinein betrachtet wahrscheinlich so etwas wie eine innere Stimme gewesen, die Marlene helfen wollte, wieder zu sich selbst zu finden. Sie konnte sich gut vorstellen, dass ihre eigenen Gedanken dazwischengefunkt hatten, als sie dachte, ihre Freundin wüsste von den gestohlenen Gegenständen. Sie hatte so vieles falsch interpretiert.

„Was ist passiert, nachdem ich aus dem Bistro geflohen bin?", wollte sie wissen. Ihre Erinnerungen spielten ihr immer noch vor, Victoria auf der Straße begegnet zu sein. Doch was war wirklich geschehen?

Die Frau antwortete: „Sie sind mit jemandem zusammengestoßen und im nächsten Moment auf Ihr Zimmer verschwunden. Daraufhin hat Doktor Rottinger nach Ihnen gesehen."

„Warum hast du da mitgespielt?" Die Frage war an den Mann gerichtet, der noch bis vor einiger Zeit ihr bester Freund gewesen war. Markus wusste sofort, was Marlene damit meinte und antwortete: „Ich wusste, wer Victoria war. Bei den Befragungen damals haben deine Eltern angegeben, dass ihr Tod ein ziemlicher Schock für dich gewesen war. Sozusagen ein Trauma, das du nie ganz verarbeitet hast. Als du von ihr zu sprechen begonnen hast, wollte ich dich nicht davon abhalten, mit ihrer Hilfe zu dir selbst zu finden. Sie war ein Teil deiner Therapie."

„Therapie?" Das Wort drang wie eine giftige, spitze Nadel in ihren Kopf und verursachte einen Schmerz, der ihren Schädelknochen zum Explodieren bringen könnte, dessen war sie sich sicher. Ein Zischen kam über ihre Lippen und die dunkelhaarige Frau fragte, ob sie etwas gegen die Schmerzen brauche.

„Nein, es geht schon." In der Tat ließ der Schmerz nach und Marlene konzentrierte sich auf die Worte des Mannes: „*Das Quiz* – wie du es genannt hast – hat dich mit Fragen konfrontiert, die deine Vergangenheit betreffen. Du warst der Spielleiter, somit hast du dich selbst therapiert. Wir wollten dich nicht von deinem Weg abbringen."

Sie dachte an die Autofahrt mit Victoria und sprach ihre Vermutung laut aus: „Ich bin schon ewig nicht mehr draußen gewesen."

Die Fremde offenbarte ihr mit ruhiger, dunkler Stimme: „Sie haben in den letzten Tagen viel geschlafen. Diese Phasen waren trotz körperlicher und seelischer Anstrengung sehr wichtig für Ihre Heilung. Aber keine Sorge, wir haben Sie nicht alleine gelassen, für Betreuung hatten wir gesorgt."

„Betreuung?"

„Wenn Sie aufwühlende Ereignisse im Traum bewältigt haben, redeten Sie im Schlaf und warfen Ihren Körper im Bett hin und her."

„Zugegebenermaßen waren einige Situationen dabei, wo wir uns ernsthaft Sorgen um deine Gesundheit gemacht haben", ergänzte Markus. „Als wir dich aufwecken wollten, hast du dich jedoch wieder beruhigt."

Aufwachen!, hallte die Stimme durch Marlenes Kopf, die sie vor wenigen Tagen noch Victoria zugeordnet hatte, die aber in Wahrheit nie von ihr gekommen war. Sondern von den Krankenpflegern und Ärzten, die sie bewacht hatten. Sie konnte sich sogar vorstellen, dass die Stimme zu der Frau vor ihr gehörte.

Schon die Situation mit ihrer Freundin im Auto war ihr merkwürdig vorgekommen. Der grüne Pick-up, mit dem sie beinahe kollidiert waren, war einer von vielen Hinweisen gewesen, die sie nicht hatte deuten können. Denn genau so einer war es gewesen, der Victoria und ihre Eltern im Spätsommer 2001 umgebracht hatte, als sie vom Urlaub zurückkamen, indem er ihren Wagen von der Straße abgedrängt hatte. Der Fahrer war nicht aufmerksam gewesen und hatte seinen Fehler erst bemerkt, als es bereits zu spät war.

Mein … Mein ganzes Leben lag noch vor mir, verstehst du? Und dann kommt dieser eine Typ und macht alles kaputt! … Der Kerl wanderte sogar ins Gefängnis …

Victorias Worte hatten sich nicht auf ihr Berufsleben bezogen, sondern auf ihren Todestag. Aber warum hatten Marlenes Gedanken sie an Thomas' Arbeitsplatz geführt? Schon beim Betreten des Gebäudes war es ihr so vorgekommen, als befände sie sich nicht zum ersten Mal hier. War sie im realen Leben schon mal dort gewesen? Und falls ja, weshalb?

Die Antwort darauf wollte ihr nicht einfallen. Die Erscheinung ihrer besten Freundin war nun geklärt, doch was hatte Thomas' Arbeitsplatz mit dem Ganzen zu tun? War sie etwa eine Stalkerin?

„Oh Gott!“ Marlene ließ die Fotos auf das Bett rieseln und verbarg das Gesicht hinter ihren Händen. „Ich bin krank. Ich bin eine Patientin.“

Stumm ließ sie die Tränen über ihre Haut gleiten. Mit der Erkenntnis kam ein Gefühl, das sie an Wut erinnerte. Sie verspürte jedoch keinen Zorn, sondern etwas, das wie eine Mischung aus Fassungslosigkeit und tiefsitzender Enttäuschung war. Hintergangen vom einzigen Verbündeten. Von dem Menschen, in den sie sich um ein Haar verliebt hätte.

„Ich bin *deine* Patientin, oder? Was siehst du in mir? Ein Versuchskaninchen?“, presste sie zwischen ihren tränennassen Lippen hervor, nachdem sie die Hände vom Gesicht genommen hatte und Markus anfunkelte.

Seine Mission war es anscheinend, nichts dazu zu sagen. Er sah sie nur mit einem Blick an, der ihr fremd und doch vertraut vorkam. Am liebsten würde sie die Zeit zurückdrehen.

Es war ihr egal, dass sie einen Dachschaden hatte. Lieber nichtsahnend und einigermaßen glücklich in einem Irrenhaus leben als mit der schmerzvollen Wahrheit konfrontiert zu werden, die einen in diese Lage gebracht hatte. Der Umzug in eine neue Wohnung hatte sich als Einlieferung in eine Klapse erwiesen. Plötzlich war sie sich nicht mehr sicher, ob ihre Heilung wirklich gut für sie war. Oder ob sie damit nur Menschen in weißen Kitteln einen Gefallen tat.

Marlene wusste nicht mehr, was sie denken sollte. Sie musste den Kopf freibekommen, also stand sie auf, um ein paar Schritte zu gehen. Die Dunkelhaarige erhob sich ebenfalls. „Setzen Sie sich."

„Sie haben mir gar nichts zu sagen", murmelte Marlene, wobei ihr klar war, dass sie sich wie eine trotzige Jugendliche anhören musste. Also ließ sie sich wieder auf das Bett fallen.

„Die Fotos. Sie werden Ihnen helfen", fuhr die Frau fort, während sie nach der Stuhllehne griff und neben Markus stehenblieb.

„Haben Sie das denn jemals?", fragte Marlene und griff nach den Bildern.

Markus' Stimme war nur noch ein Rauschen in ihren Ohren. „Du weißt also, dass du diese Fotos schon mal gesehen hast?"

„Ich erinnere mich nicht daran, aber es fühlt sich so vertraut an."

Marlene sah sich immer und immer wieder selbst auf den Fotografien – und doch kam es ihr so vor, als wäre das Mädchen darauf eine andere. Wie viele Leben hatte sie schon gelebt? Hatte sie sich als Kind in mehrere Persönlichkeiten verwandelt?

Dann … ein Donner, der in ihrem Inneren anschwoll und sie mit seiner ganzen Wucht zum Beben brachte. Ein stummer Schrei verließ ihre Kehle, der im Raum hängenblieb wie eine finstere Wolke, die nur sie sehen konnte. Eine Wolke, in der sich all ihre Erinnerungen versteckt gehalten hatten – bis zu diesem Augenblick.

Die zwei Gestalten vor ihr nickten sich zu, als würden sie sich für irgendetwas still beglückwünschen. Marlene richtete ihre Aufmerksamkeit auf die unsichtbare Wolke, die vor ihr schwebte und voll war mit düsteren, finsteren Momenten. Sie streckte die Arme aus und ergriff sie langsam und der Reihe nach, als würde sie Äpfel pflücken.

Springen wir gemeinsam!, hallte ihre kindliche Stimme durch den Kopf. Sie sah sich selbst, wie sie als Zwölfjährige – kurz vor Victorias Tod – auf dem Apfelbaum saß.

Jemand muss einen Krankenwagen rufen! Der Mann, den sie im selben Sommer auf dem Erdbeerfeld gesehen hatte. Dort war sie nicht alleine gewesen. Auf dem Apfelbaum auch nicht. Ihr ganzes Leben lang nicht. Sie war ständig in Begleitung eines Menschen gewesen, den sie mit jeder Faser ihres Körpers gehasst hatte.

Wenn man seinen Körper so zur Verfügung stellt, muss man damit rechnen, dass man eines Tages dafür bezahlt.

Da war sie. Die Stimme des Bösen, die sich schon von Geburt an im Geiste eines Mädchens verankert und diesen nie wieder losgelassen hatte. Marlene gab es zu: Sie war diejenige mit den finsteren Gedanken gewesen, immer schon. Aber bei ihr blieb es dabei. Theresa hingegen war anders gewesen. Mit ihren bösen Taten verletzte sie Marlene jahrelang – bis es ihr eines Tages gereicht hatte.

M und T. Zwei Anhänger, zwei Ketten, zwei Zwillingsschwestern, die unterschiedlicher nicht sein hätten können. Theresa lag unter der Erde. Marlene war dafür verantwortlich. Obwohl sie diese Erkenntnis erschütterte, wusste sie ganz tief in ihrem gebrochenen Herzen, dass sie stolz darauf sein konnte.

MARKUS
Tag 11

Die Luft in Zimmer Nummer achtzehn wurde immer dünner, die Situation von Sekunde zu Sekunde angespannter. Und doch erkannte er, dass er die richtige Entscheidung getroffen hatte. Die Patientin erinnerte sich an ihre Vergangenheit. Die Eigentherapie hatte geholfen.

Marlenes Augen hüpften in ihren Höhlen hin und her, als sie fragte: „Was habe ich getan? Theresa … Meine … Meine Schwester … Habe ich sie … umgebracht?"

Ihre Hände fuhren vor ihrem Kopf herum, als würden sich ihre Erinnerungen in schwebenden Staubpartikeln befinden. Er blieb stumm, aus Angst, sie aus ihren Gedanken zu reißen. Der Blick, den Doktor Marinelli ihm schenkte, bestätigte ihm, dass sie dasselbe dachte wie er.

Markus stellte sich nicht zum ersten Mal die Frage, wie es nun weitergehen würde. Die Patientin hatte vor einem Jahr ihre Zwillingsschwester umgebracht, alle Indizien sprachen dafür. Doch zum Zeitpunkt ihrer Verhaftung war sie selbst überrascht gewesen und hatte sogar behauptet, keine Theresa Fassberger zu kennen. Schließlich war sie kollabiert und musste hierher in die psychiatrische Klinik eingeliefert werden. Das hätte eigentlich nur vorübergehend sein sollen, doch ihr Zustand hatte sich rapide verschlimmert. Ihr Auftreten hatte dem einer Psychopathin aus einem Horrorfilm geglichen: Sie hatte an ihren Haaren und Nägeln gerissen, war ständig weinend zusammengebrochen und hatte unverständliches Zeug gebrabbelt. Als er sie schließlich eines Tages nackt und mit Kratzern übersät vor dem Wandspiegel gefunden hatte, wurde ihm bewusst, dass diese Frau nicht nur für ein paar Tage bei ihnen bleiben würde.

Marlene Fassberger wurde zu einer Bewohnerin. Zusammen mit anderen Patienten fühlte sie sich nicht wohl, weshalb sie sich die meiste Zeit in ihrem Zimmer verschanzte, wo man ihr auch die Mahlzeiten hinbrachte. Anfangs wurde sie von Pflegern gefüttert, mit der Zeit ließ man sie selbstständig essen, bis sie schließlich keine Aufsicht mehr benötigte. Sie bekamen ihre Anfälle mithilfe von Medikamenten in den Griff – wenn sie jedoch auf ihre Eltern traf, geriet sie so in Panik, dass man die Besuchsstunden auf das Minimalste begrenzen musste. Weder sie noch andere Familienmitglieder hatten sich in den letzten Monaten um Kontakt bemüht.

Im vergangenen Jahr hatten wiederholt Befragungen durch Kriminalbeamte stattgefunden, doch die Patientin war sich nie einer Schuld bewusst gewesen. Es war – das war ihm zumindest zu Ohren gekommen –, als hätte man eine Frau befragt, die noch nie etwas von der Toten gehört hatte. Sie bekam es mit der Angst zu tun, befürchtete, aufgrund der Befragungen eine mögliche Zeugin zu sein und flüchtete vor dem Mörder der *Unbekannten* in eine Scheinwelt. Sie dachte, die Klinik wäre ein Wohnhaus. Dass gewisse *Nachbarn* nicht ganz gewöhnliche Leute waren, realisierte sie erst in den letzten Tagen, nachdem man die Medikamente abgesetzt hatte und so die Eigentherapie herbeigeführt wurde.

Es war nicht so, dass die Psychopharmaka Marlene geschadet hätten, im Gegenteil: Sie bewahrten sie davor, sich selbst zu verstümmeln und im wahrsten Sinne des Wortes wahnsinnig zu werden. Die Patientin hatte sich eine Festung errichtet, die sie beschützen sollte vor dem freilaufenden Mörder, der im echten Leben kein anderer als sie selbst war. Die Mauern dieser Festung hatten zu bröckeln begonnen und waren heute eingestürzt. Nun musste die Frau vor niemandem mehr davonlaufen. Sie wurde von ihrer selbst erdachten Gefangenschaft befreit.

Markus hatte sie zu Beginn nicht anders behandelt als die restlichen Patienten. Doch sie hatte sich so fest in ihrer

Scheinwelt verankert, dass sie nur noch das wahrnahm, was ihr gefiel. Er betreute hauptsächlich Marlene und für sie war das ein Zeichen der Freundschaft gewesen. Es war nicht so, dass er ihr etwas vorgemacht hatte, um sie in die Irre zu führen. Doch je mehr er sich anpasste, desto ruhiger wurde sie. Ihre Aggressionen ließen nach und sie flippte nicht jedes Mal aus, wenn jemand in einem weißen Kittel den Raum betrat. Für sie wurden Ärzte zu Nachbarn, zu Freunden, zu Vertrauten.

Er musste sich ein Schmunzeln verkneifen, als er an ihre gemeinsamen *Verabredungen* dachte, die in seinem Arbeitsplan als Therapiestunden verzeichnet waren. In der hauseigenen Cafeteria, in der das Personal und gelegentlich Patienten ihre Mahlzeiten zu sich nahmen, fühlte sich Marlene wohl. Anders als im Speisesaal, der für die *Bewohner* eingerichtet worden war und eine strengere Atmosphäre ausstrahlte.

Für Markus war es eine Erleichterung gewesen, wenn Marlene freiwillig etwas zu sich genommen hatte. Denn bei einer Körpergröße von einem Meter achtundsechzig waren zweiundvierzig Kilogramm eindeutig zu wenig. Als sie eingewiesen wurde, hungerte sie tagelang, immer wieder. Bis sie in ihrer heilen Welt angekommen war.

Um zur Cafeteria zu gelangen, musste man einen langen, lichtdurchfluteten Korridor durchqueren, der bei der Patientin das Gefühl ausgelöst hatte, sich im Freien zu befinden. Für sie war es stets ein Ausflug ins Bistro um die Ecke gewesen, die ihr Momente voller Glück beschert hatten. Ihr Lächeln hatte Markus Mut gemacht. Ihm war klar gewesen, dass sie krank war und alles mit anderen Augen gesehen hatte, doch das ehrliche Funkeln darin hatte ihm zu verstehen gegeben, dass sie kein hoffnungsloser Fall war. Dass sie diese Phase brauchte, um in der Realität anzukommen.

Heute war es so weit. Die lange Reise schien ein Ende zu haben.

Die Patientin murmelte immer wieder den Namen ihrer Zwillingsschwester. Plötzlich fuhr ihr Kopf in seine Richtung. Ihr Blick verriet ihm, dass sie in Gedanken gerade von Theresa abdriftete.

„Meine Nachbarn … sind auch Patienten. Nehme ich an." Sie redete mit einer tiefen Stimme und betonte die Silben, als würde sie erst die Sprache erlernen. Markus nickte.

„Was ist mit Krüger und Heidenfeller?", wollte sie wissen.

„Das sind Ärzte."

Mehr sagte er dazu nicht. Die beiden arbeiteten eigentlich im Stockwerk darüber, doch wenn Not am Mann war, halfen alle zusammen. Marlene sah tatsächlich so aus, als würde sie verstehen. Es vergingen ein paar Sekunden, ehe sie die Stirn runzelte und fragte: „Und Daria?"

„Das ist nicht ganz so einfach", begann Markus. Im Grunde war es nicht kompliziert und er hatte auch das Gefühl, dass seine Patientin an einem Punkt angelangt war, an dem sie die Wahrheit verarbeiten konnte, dennoch musste er vorsichtig sein. Zu schnelle Themenwechsel könnten sie möglicherweise aus der Bahn werfen. Daher sprach er langsam und behutsam: „Sie … gehörte zum Reinigungspersonal. Leider ist sie nicht mehr bei uns."

„Ist sie tot?", schoss es aus Marlene heraus.

Seine Kollegin räusperte sich, als wolle sie verhindern, sie mit all diesen Informationen zu überfordern. Daher blieb er diskret und schüttelte nur den Kopf, ohne näher auf die Frage einzugehen. Dass Daria die psychische Belastung nicht mehr hatte tragen können und der Klinik infolgedessen den Rücken gekehrt hatte, sollte und durfte sie nicht wissen. Daria war jung und dynamisch gewesen, zu Beginn hatte es den Anschein gehabt, als wäre sie die perfekte Ergänzung für das Team. Doch bereits nach kurzer Zeit merkte man, dass sie nicht für den Umgang mit psychisch kranken Menschen gemacht war, obwohl sie wie jeder andere auch darauf vorbereitet wurde. Aber sie war nicht dafür geschaffen, in solch einer Umgebung zu arbeiten. Während ihrer Ausbildung war sie vermehrt auf Unfallstationen tätig gewesen, dorthin war sie auch jetzt wieder gewechselt. Diese Klinik würde sie vermutlich nicht mehr betreten.

Marlene Fassberger war schon ein eigener Fall. Normalerweise wurden die Zimmer gereinigt, wenn sich die Patienten nicht darin aufhielten. Vormittags fanden Kurse im Aufenthaltsraum und Innenhof statt, in denen sie beim Töpfern oder diversen Bastel- und Gartenarbeiten ihrer Kreativität freien Lauf lassen konnten. Mehrere Teams aus Pflegern beaufsichtigten die Aktivitäten, denn Auseinandersetzungen waren stets vorprogrammiert. Doch Marlene war anders. Sie vermied generell Kontakt zu anderen – außer zu Markus. Zu Beginn hatte stets ein Pfleger Daria begleitet, wenn sie Zimmer Nummer achtzehn gereinigt hatte. Als man erkannte, dass die Patientin für andere keine Gefahr darstellte, ließ man die beiden immer öfter unbeobachtet, bis Daria schließlich keinen Begleiter mehr an ihrer Seite brauchte. Was sie dennoch – wie jeder andere Angestellte in der Klinik – immer bei sich hatte, war ein Pager. Den hatte sie aber nie benutzen müssen. Dem Anschein nach war die Arbeit hier kein Problem für sie gewesen. Bis sie eines Tages kündigte.

Markus' Gedanken wanderten zurück zu jenem Tag, an dem er Marlene Fassberger nach einem erneuten Blackout aufgefangen hatte. Zu diesem Zeitpunkt war sie bereits bei ihm in Therapie gewesen, hatte ihn während ihrer gemeinsamen Stunden aber nie wirklich wahrgenommen, so war es ihm zumindest vorgekommen. Er hatte sie in den hausinternen Zeitschriftenladen begleitet, wo es verschiedenste Magazine gab – hauptsächlich über Haus- und Gartenarbeit, sowie Gesundheitsblätter. Ein Rezept für Erdbeer-Smoothies hatte bei ihr schließlich zu einem Kollaps geführt – zumindest war das der letzte Artikel gewesen, den sie aufgeschlagen hatte. Markus hatte die ganze Zeit hinter ihr gestanden und sie daraufhin auf ihr Zimmer gebracht, damit sie sich wieder in

Ruhe erholen konnte. Und dann vertraute sie sich ihm das erste Mal an. Sie nahm ihn als Mensch wahr und erzählte ihm, dass sie Angst vor einem freilaufenden Mörder habe. Zu Beginn war sich Markus nicht im Klaren gewesen, was sie damit meinte, bis sie erwähnte, dass der Zeitungsartikel darüber der Grund für ihre Reaktion gewesen war. Ihr Gedächtnis wollte ihr also schon vor mehreren Monaten einen Hinweis geben, doch die Patientin sah sich als potentielles Opfer, was die Sache nicht unbedingt besser machte. Ihm war damals der Gedanke gekommen, dass es durchaus im Bereich des Möglichen wäre, dass das viele Rot der Erdbeeren in ihr eine Erinnerung ausgelöst hatte.

Wenn sich ihr Zustand von jetzt an nicht wieder verschlimmerte – und davon ging er aus –, würde sie nicht mehr lange bei ihnen sein. Sie würde in eine psychiatrische Gefängnisklinik verlegt werden, wo sie sich einer richterlichen Vernehmung unterziehen müsste.

Sein Beruf stellte Dinge mit ihm an, die er sich selbst nicht erklären konnte. Jetzt befand er sich zum Beispiel im selben Raum mit einer Mörderin – und er wusste, dass sie eine traurige Leere hinterlassen würde, wenn sie demnächst die Klinik verließ.

MARLENE

Tag 11

Patientin … Therapie … Ärzte … Reinigungspersonal …

All diese Worte schwirrten in ihrem Kopf wie wildgewordene Glühwürmchen umher, die sie nach und nach versuchte, einzufangen. Jedes schimmernde Detail machte Sinn: Daria war mit ihrem Job wahrscheinlich überfordert gewesen und hatte alles hingeschmissen. Jetzt im Nachhinein wurde ihr auch bewusst, dass die sympathische Afghanin für sie keine Einkäufe erledigt, sondern nur ihr Zimmer geputzt hatte, wie bei allen anderen Patienten auch. Bei Frau Hüttelsdorfer … und dem glatzköpfigen Mann, dessen Namen sie vergessen hatte. Eine Tüte mit Einkäufen hatte es nie gegeben. Auch die Erinnerungen daran, dass Marlene Daria für ihre Dienste bezahlt hatte, waren verschwunden, weil solche Vorgänge nie stattgefunden hatten. Tapfer hielt sie die Tränen zurück. Es tat ihr alles furchtbar leid … Vor allem, dass sie Daria im Geiste bereits angeklagt hatte, hinter all dem zu stecken. Nun war sie fort – ohne Abschied, ohne letzte Worte, die Marlene ihr so gern gesagt hätte. Sätze wie: „Ich bin nicht krank! Wirklich nicht! Ich kann mich an alles wieder erinnern! Hier, siehst du den Apfelbaum? Da oben hängen meine ganzen bösen Taten, die eigentlich gut sind, wenn man sie genauer betrachtet! Stück für Stück hole ich mir meine Erinnerungen zurück! Siehst du? Ich bin kerngesund!“

Bei der Vorstellung musste sie leise kichern.

Theresa, diese alte Schlampe, hatte es verdient. Marlene war die Einzige, die ihr wahres Gesicht zu sehen bekommen hatte. Ihre Eltern hielten ihre tote Tochter wahrscheinlich heute noch für die heilige Mutter Teresa und würden ihr, wenn es möglich wäre, den verdammten Friedensnobelpreis in den

Arsch stecken. Dabei war sie ein verlogenes Miststück gewesen, das alles darangesetzt hatte, sich zwischen sie und Thomas zu drängen. Wäre Marlene nicht in ihn verliebt gewesen, hätte sich ihre Zwillingsschwester höchstwahrscheinlich niemals für ihn interessiert.

Vor zwölf Jahren musste sie von ihren Eltern erfahren, dass die tolle, hübsche, erfolgreiche Resi mit *ihrem* Thomas zusammen war. Sie würde mit ihm in derselben Firma arbeiten, bekam sie vorgeschwärmt. Für sie war die Entscheidung gefallen: Ihre Schwester musste bestraft werden.

Marlene arrangierte ein Treffen, in dem sie beinahe als Siegerin hervorgegangen wäre, wenn das Auto nicht abgebremst hätte. Es wäre zu schön gewesen, wenn es Theresa überrollt hätte.

Nach diesem Vorfall hatte ein viel stärkeres Gefühl von Marlene Besitz ergriffen: Scham. Dass es ihr nicht gelungen war, diese blöde Ziege zu beseitigen, war nicht so schlimm wie diese Emotion, die über sie hinweggefegt war wie ein Tornado. Sie war sich wie eine Idiotin vorgekommen.

Seither hatte sie versucht, Thomas zu vergessen. Er hatte sich anscheinend entschieden – zwar für die Falsche, aber was hätte sie noch machen sollen? Ihn mit armseligen Liebesbotschaften versuchen, zurückzugewinnen? Aus dem Alter war sie raus, eindeutig.

Die Jahre waren vergangen, in denen sich die Schwestern nicht mehr zu Gesicht bekommen hatten. Besuche bei den Eltern wurden von Marlenes Seite aus auch immer seltener. Und wenn sie mal dort war, wurde nur über Belangloses geredet. Dabei war ihr stets aufgefallen, dass die Fotos des ach so glücklichen Pärchens verschwunden waren. Auf die Frage, was damit sei, hatten ihre Eltern gemeint, dass Resi und Tommy (sie nannten ihn tatsächlich Tommy!) vorübergehend getrennt waren. Am liebsten hätte sie Purzelbäume geschlagen, hielt sich mit ihrer Euphorie jedoch zurück.

Es war leider nicht einfach gewesen, Thomas ausfindig zu machen, da er in den Beziehungspausen meistens im Ausland war. Das nächste Hindernis. Vielleicht hätte es mit ihnen beiden nie sein sollen. Sie hatte sich endgültig damit abgefunden – das hatte sie zu diesem Zeitpunkt zumindest angenommen.

Im Frühsommer 2018 kam der nächste Schock: Theresa war erneut mit ihrer großen Liebe zusammen. Diese Nachricht hatte Marlene den Boden unter den Füßen weggezogen. Die Eifersucht hatte sie beinahe blind vor Wut gemacht. Aber sie musste sich zusammenreißen. Noch so eine unüberlegte Aktion wie damals mit dem Auto würde womöglich erneut schiefgehen. Sie musste Informationen sammeln. Wer ihre Schwester wirklich war, wie sie ihren Alltag gestaltete. Ein Plan, der über Monate reifen sollte, um schließlich in einem grandiosen Finale zu explodieren.

Doch zuvor wollte sie sich ein Bild von der ach so perfekten Beziehung machen. Marlene war nicht blöd, sie war die unscheinbare Schwester, die genau wusste, wo das Biest wohnte – und arbeitete. Gelegentlich fuhr sie die Gegend rund um Theresas Haus mit ihrem roten Seat Ibiza ab. Eine aufstrebende Jungunternehmerin mit einem Batzen Geld, die sich demnächst selbstständig machen würde, um im Anschluss daran die Welt mit ihrem Öko-Scheiß zu retten, blablabla … Ihre Mutter hatte in den höchsten Tönen von Resis Erfolgen geplappert. Marlenes Arbeit als Lektorin, die sich ebenso sehen lassen konnte, wurde stets mit einer wegwerfenden Handbewegung abgetan. „Du besserst doch nur Rechtschreibfehler von Möchtegern-Schreiberlingen aus."

Die Firma war ein riesiges Gebäude mit unzähligen Büros, dessen Eingangshalle Marlene im realen Leben einige Male betreten hatte. Dabei hatte sie stets das Gefühl verspürt, ein Teil von Thomas' Leben zu sein. Aus der Ferne konnte sie ab und zu beobachten, wie er mit ihrer Schwester oder anderen Kollegen durch die Gänge schritt. In ihrer eigenen fiktiven

Welt war ihr das Bürogebäude ebenso untergekommen, als sie von Victoria dorthin gebracht wurde. Was in ihren Erinnerungen jedoch nicht vorhanden war, war der Name der Firma.

Marlene überlegte, denn sie war sich sicher, dass auch er Teil ihrer Therapie war. Sie rief sich das Bild des Gebäudes ins Gedächtnis, auf dem langsam einzelne Buchstaben zu erkennen waren. Da war ein N … Dann ein E …

Jetzt hatte sie es! *Ne-Wa.* Diese Kombi bestand aus Abkürzungen der Wörter *new* und *wave.* Als sie damals die Firma betreten hatte, war sie davon ausgegangen, dass sich dieser Name auf die Jungunternehmer bezog, die dort arbeiteten und die Welt ein bisschen besser, ein bisschen grüner machen wollten. *Ne-Wa.* Wo hatte sie diese Buchstaben zuletzt gesehen?

Marlene brauchte sich nicht anzustrengen, denn plötzlich kam die Erkenntnis, als wäre sie immer schon dagewesen. *Auf dem Flyer.* Es hatte auf dem Flyer gestanden, der ebenso nur in ihrer Fantasie existiert hatte. Getarnt als Absender eines Unternehmens, das Gewinnspiele verfasste. Ihr war nicht in den Sinn gekommen, dass es sich dabei in Wahrheit um die Firma handelte, in der Thomas arbeitete. Und ihre Schwester, die seit zwölf Monaten nicht nur unter der Erde lag, sondern aus Marlenes Erinnerungen gelöscht war. Bis zum heutigen Tag.

In dem Moment wurde ihr bewusst, womit ihre Persönlichkeit im letzten Jahr gekämpft hatte: Sie hatte mit aller Kraft versucht, aus den beiden Schwestern einen Menschen zu machen. Ihr Name, der Großteil ihrer Vergangenheit und ihr Beruf blieben unverändert. Theresas Merkmale flüsterten ihr *Das Quiz* zu. Ihre Schwester hatte den Strand ebenso geliebt. Den Urlaub hätte sie mit dem Zug angetreten, weil sie immer schon eine Ökoterroristin gewesen war. Anders als Marlene hatte sie nie ein Auto besessen. Warum sie die Reise ins Paradies jedoch alleine würde vornehmen wollen, war ihr ein Rätsel. Wahrscheinlich, weil ihre Beziehung ein ständiges Auf und Ab war. Marlene dachte zurück, als Thomas nur einen lächerlichen Blumenstrauß zu Theresas dreißigstem Geburtstag dabeihatte.

Die beiden Schwestern hatten als Kinder gerne Pippi Langstrumpf im Fernsehen angeschaut, auch das passte mit dem *Quiz* zusammen. Die fiktive Kinderheldin war eine Vorlage für ihre Faschingskostüme gewesen. Keine von ihnen brachte jemals schlechte Noten mit nach Hause. Theresa hatte am Abend ihres Todes dieses atemberaubende rote Kleid getragen, das ihre Narbe am Knie verdeckte, die sie Marlene zu verdanken hatte. Sie hatte sie mal so heftig geschubst, dass sie beim Erdbeerpflücken auf eine Glasscherbe gefallen war. Geschah ihr ganz recht, wie Marlene heute noch fand.

Die Antwort auf Frage acht ließ sie erkalten vor lauter Hass. Sie konnte förmlich spüren, wie ihre Haut abkühlte, obwohl in ihrem Inneren ein Flammenmeer tobte, das ihre ganze Fassade schmelzen ließ und die Wahrheit Stück für Stück zum Vorschein brachte.

Theresa hatte Thomas nicht geliebt. Wahrscheinlich sogar nie. Sie hatte ihn anziehend gefunden und ihn sich geangelt, weil er auf dem besten Weg gewesen war, genauso erfolgreich zu werden wie sie. Sie hätten gemeinsam in ihrem stinkenden Scheißgeld baden können, dabei hätte sie Marlene ausgelacht, weil sie nichts hatte, für das es sich zu leben lohnte.

Und seit einem Jahr war sie tot. Mausetot. Die Prinzessin lag unter der Erde und sie war sich sicher, dass sie die letzte Frage ihrer Eigentherapie richtig beantwortet hatte. Denn beim *Quiz* ging es einzig und allein um Theresa, die durch ein Verbrechen gestorben war. Dafür hatte Marlene eigenhändig gesorgt.

Die beiden Ärzte vor ihren Augen verschwammen langsam.

„Ich glaube, sie driftet weg“, hörte sie die Frau neben Markus murmeln.

„Macht euch keine Sorgen, ich begebe mich auf eine Reise“, wisperte Marlene. Und das tat sie. Ihr Körper wurde schwach, sodass sie sich hinlegen musste. Ihr Geist machte sich mit den unzähligen Glühwürmchen auf den Weg zum Apfelbaum, wo die Erinnerungen schon sehnsüchtig warteten.

Plötzlich wurden die Bilder in ihrem Kopf so klar, als wäre es gestern gewesen. Diese Tatsache war beängstigend, doch ein anderes Gefühl war weitaus stärker: Wut.

MARLENE
2002/2003

Rein optisch hatten sich Marlene und Theresa wie ein Ei dem anderen geglichen. Innerlich jedoch lagen Welten zwischen den beiden – schon immer. Während Theresa in diversen Mädelscliquen abhing, sobald sie zehn Jahre alt waren, tat Marlene sich schwer, Freundschaften zu knüpfen. In der Volksschule saßen die Zwillinge in der Klasse noch nebeneinander, doch schon da fing Theresa an, mit den anderen rumzualbern. Sie distanzierte sich vollends von ihrer Schwester, als sie sich am Pausenhof wie selbstverständlich von ihr entfernte, um zu ihren neuen Freunden zu gehen. Anfangs trottete Marlene ihr noch hinterher und gesellte sich zu der Gruppe, doch man beachtete sie kaum. Irgendwann wurde es ihr zu blöd und sie ließ es bleiben.

Zu Hause wurde dieses Thema nie erwähnt. Sie waren zwei Schwestern mit unterschiedlichen Interessen – und bis zur Pubertät kamen sie auch ganz gut miteinander aus. Mit dreizehn Jahren wurde schließlich überdeutlich, dass die beiden gegensätzlicher nicht sein konnten. Theresa hatte mittlerweile ihre fixe *Clique,* wie sie stets betonte. Sie bestand aus drei Mitgliedern, darunter sie selbst, Lea und Ivanka. Das Dreiergespann war in der Schule beinahe unzertrennlich. Ab und zu war noch ein viertes Mädchen im Bunde anwesend, Tatjana. Sie wurde akzeptiert, obwohl sie nicht zur fixen *Clique* gehörte. Marlene verstand diese Logik nicht.

Es war ein windiger, warmer Vormittag im Oktober 2002 – das letzte Jahr in der Hauptschule war angebrochen. Die Zeiten, in denen man Marlene und Theresa gemeinsam im Klassenzimmer oder am Pausenhof sah, lagen lange zurück.

Lediglich den Weg zur Schule und wieder retour gingen sie gemeinsam – wenn auch mit großem Abstand zueinander. Ein Jahr zuvor hatten sich die beiden Schwestern wieder angenähert. Von klein auf waren sie wie Hund und Katze gewesen, doch im Spätsommer 2001 schien Theresa eine Wende zu erleben und wurde für Marlene so etwas wie eine gute Freundin. Dieses Verhalten hielt einige Monate an, doch dann merkten die beiden, dass sie trotz ihrer Verbindung zu unterschiedlich waren und jede ging wieder ihren eigenen Weg. Theresa fand laufend neue Freundinnen, während Marlene sich immer mehr zurückzog und fast ausschließlich schwarze Klamotten trug. Sie war sich sicher, nie wieder so einen Menschen wie Victoria kennenzulernen, aber das war eine andere Geschichte.

Marlene saß auf einer Bank unter einem Baum und aß ihr Wurstbrot. Es war große Pause. Ihr Lieblingsfach. Sie saß gerne im Freien und beobachtete ihre Mitschüler. Dass sie selbst zu keiner Clique gehörte und meistens alleine war, störte sie nicht.

Ihre Blicke huschten manchmal verstohlen zu einem blonden Jungen, der letztes Jahr auf diese Schule gekommen war. Er gefiel ihr, sie hatte sich jedoch noch nicht getraut, ihn anzusprechen. Da er in eine andere Klasse ging, bekam sie ihn nur außerhalb der Unterrichtszeiten zu Gesicht. Ein Ball zog die gesamte Aufmerksamkeit einer Gruppe Jungen, bei der er sich befand, auf sich. Sie spielten Fußball und als jemand aus Versehen den Ball in Marlenes Richtung kickte, spürte sie, wie sie zunehmend nervös wurde. Der Blonde rief ihr zu: „Hey, du! Kannst du uns den Ball zurückschießen?"

Sie sah sich um und begriff erst im nächsten Augenblick, dass er mit ihr geredet hatte. Ihr Blick wanderte zu dem Ball, der etwa zwei Meter von ihr entfernt lag. Mit unsicheren Schritten stand sie auf und kickte ihn zurück. Die Jungen lächelten ihr zu und bedankten sich. Marlene war stolz auf sich und froh, eine solche Anerkennung erhalten zu haben.

Der nächste Kontakt zwischen den beiden ereignete sich eine Woche später. Wieder dieselbe Situation am Schulhof. Theresa stand mit ihren zwei Kumpaninnen in der Sonne, wobei es anscheinend ihre Mission war, mit ihren glitzernden Oberteilen einfach nur hip und cool auszusehen. Marlene saß wie gewohnt auf der Bank unter dem Baum, die wie geschaffen für sie war. Unauffällig mit schwarzer Kleidung im dunklen Schatten des Geästs, und doch hatte man den Überblick über das Geschehen um einen herum.

Der Fußball rollte erneut in ihre Richtung, doch ehe sie aufstehen konnte, kam der blonde Junge auf sie zugelaufen. Schnell schaute sie weg, als er vor ihr zum Stehen kam.

„Willst du mitspielen?", kam es plötzlich aus seinem Mund. Erschrocken sah Marlene auf. Hatte er das wirklich gesagt? Zu ihr?

Sie schluckte einen Bissen ihres Brotes hinunter, blickte auf den Boden und murmelte: „Ich schau lieber zu."

Der Junge nickte, doch er ging nicht weg. Er blieb bei ihr. In der einen Hand hielt er den Ball, die andere streckte er ihr hin – wie ein Gentleman. „Ich bin Thomas."

Ihre Hand war schweißnass, trotz der kühlen Oktoberluft, als sie seine ergriff. „Marlene."

Thomas blickte zu seinen Kumpels und gab ihnen ein Zeichen, welches vermutlich bedeuten sollte, dass es noch ein paar Minuten dauern würde.

„Sag mal", begann er, wieder an sie gewandt. „Kennen wir uns nicht irgendwo her?"

Plötzlich musste sie an einen ganz bestimmten Tag denken. Zugegebenermaßen lag dieser schon sehr lange zurück, aber der Junge mit dem Sprachfehler und dem Faschingskostüm, das nur aus alten Fetzen bestanden hatte, kam ihr in dem Moment in den Sinn. Es hätte der Beginn einer Freundschaft sein können, wenn Theresa sie nicht umgestoßen hätte. Ihr dämliches „Upsi" hallte heute noch in ihren Ohren nach. Thomas war damals ganz erstaunt gewesen, als plötzlich ein Mädchen auftauchte, das komplett gleich aussah wie Marlene – und das nicht nur, weil sie dasselbe Pippi-Kostüm trug.

„Du kennst vermutlich meine Schwester", meinte sie kleinlaut, als sie daran dachte, wie Theresa ihn damals bei der Hand genommen hatte und mit ihm in der Polonaise verschwunden war.

Er bekam mit, wie sie zu ihrer Schwester schaute und folgte ihrem Blick. „Oh, stimmt. Das war …"

„Fasching 1994."

Es war ihr irgendwie peinlich, dass sie sich an das Jahr erinnerte. Als wäre dieses Ereignis von großer Bedeutung. Aber vielleicht war es das ja auch.

„Du warst als Pippi Langstrumpf verkleidet", meinte Thomas plötzlich.

Ein Strahlen breitete sich auf Marlenes Gesicht aus. Er erinnerte sich also auch an sie!

„Und du als …?"

Thomas begann zu lachen. „Meine Eltern dachten wohl, sie tun mir einen Gefallen, wenn sie selbst ein Affenkostüm machen."

Sie konnte sich ein Grinsen nicht verkneifen. Thomas' Freunde wurden zunehmend ungeduldig und deuteten mit den Händen.

„Hat mich gefreut, Marlene", meinte er lächelnd, als er davonging.

„Mich auch." Sie war sich sicher, dass er sie nicht mehr gehört hatte.

Die Tage wurden kälter und so verlegte man die Pause in die Klassenzimmer. Ab und zu traf Marlene Thomas im Vorbeigehen am Flur. Er grüßte sie jedes Mal freundlich, was sie überraschte. Fand er sie wirklich nett? Es ließ sich nicht vermeiden, dass sie verlegen wurde und ihm heimlich hinterher sah. Dabei passierte es sogar manchmal, dass auch er sich nochmal nach ihr umdrehte.

Sie begann, in der Schule immer öfter zu lächeln, was auch Theresa auffiel.

„Das ist unheimlich, wenn du alleine vor dich hin grinst wie eine Bekloppte“, meinte sie eines Tages auf dem Nachhauseweg, woraufhin Marlene nur schwieg. Das ging sie nun wirklich nichts an. Die Worte ihrer Schwester verletzten sie nicht einmal.

Am letzten Schultag vor Weihnachten fand sie ein Kuvert in ihrem Spind. Jemand musste es durch den Schlitz an der Tür geworfen haben. Sie beschloss, es erst daheim aufzumachen, falls sich etwas Peinliches darin befinden sollte. Wer weiß, vielleicht wollte man ihr einen fiesen Streich spielen.

Zu Hause schlang sie das Mittagessen runter und stand vom Tisch auf, obwohl ihre Eltern großen Wert darauf legten, so lange sitzen zu bleiben, bis alle fertiggegessen hatten. Sie kommentierten ihr Verhalten nur mit einem Schnaufen.

In ihrem Zimmer durchwühlte sie ihren Rucksack und holte das Kuvert heraus. Darin befand sich eine Weihnachtskarte, auf der ein Schlitten über ein Wohnhaus flog. Als sie diese aufklappte, begann sie zu grinsen.

„Liebe Marlene. Ich wünsche dir und deiner Familie ein gesegnetes Weihnachtsfest und einen schönen Jahreswechsel. Wir sehen uns nach den Ferien :-) Liebe Grüße, Thomas.“

Diese einfachen Worte brachten ihr Herz zum Hüpfen. Der Karte war eine Wunderkerze beigelegt. Ob sonst noch jemand so etwas Tolles von ihm bekommen hatte?

Die Monate vergingen und der Kontakt zwischen Marlene und Thomas beschränkte sich in der Schule weiterhin auf das Grüßen und Anlächeln. Sie fragte sich, ob das denn wirklich schon alles gewesen sein konnte.

Eines Tages berührte er sie zaghaft am Oberarm und blieb stehen, anstatt wie gewohnt an ihr vorbeizugehen. Marlene durchfuhr ein Zucken – dabei kam es ihr so vor, als wären alle Blicke im Gang auf sie gerichtet.

„Ich wollte nur fragen, ob dir meine Karte zu Weihnachten auch gefallen hat."

Das war vor etwa drei Monaten gewesen. Plötzlich überkam sie ein schlechtes Gewissen, weil sie sich nicht dafür bedankt hatte. Sie verlor sich so in seinen Augen, dass sie beinahe vergessen hätte zu antworten. „Ähm, ja. Ich … äh … Danke."

Na, das hatte ja wunderbar funktioniert!

Thomas wirkte geknickt, als er die Hand von ihrem Arm nahm und weiterging. Sie war aber auch wirklich ein Trampel! Mit wild klopfendem Herzen drehte sich Marlene zu ihm um und sagte etwas lauter als beabsichtigt: „Die Wunderkerze hat übrigens einen Ehrenplatz am Weihnachtsbaum bekommen."

Sie glaubte, ein Lächeln in seinem Gesicht zu erkennen.

„Was war *das* denn heute?", fragte Theresa mit hochgezogenen Augenbrauen, als die beiden auf dem Heimweg waren.

„Ich weiß nicht, was du meinst."

„Komm schon! Das hat doch wirklich jeder mitbekommen. Am Gang. Als du Wenger nachgerufen hast."

Das war also sein Nachname. Marlene zuckte mit den Schultern und sagte: „Ich wollte mich nur bedanken."

„Wofür?"

Es zu verheimlichen, hatte keinen Sinn. Theresa würde solange nachbohren, bis sie es erfahren würde.

„Er hat mir eine Weihnachtskarte geschrieben."

„Ernsthaft? *Dir?*", fragte ihre Schwester und brach im nächsten Moment in Gelächter aus. Darauf würde sie nicht antworten. Marlene beschlich das ungute Gefühl, sowieso schon zu viel verraten zu haben.

Die Tage wurden wärmer und so ließ man die Schüler die Pause wieder im Hof verbringen. Marlene war ganz aufgeregt, denn sie wollte ihre Beziehung zu Thomas vertiefen. Das war ihr in den beengenden Wänden des Schulgebäudes einfach nicht möglich.

Am 11. April 2003 saß sie nicht mit dem obligatorischen Wurstbrot auf der Bank unter dem Baum. Zum Essen war sie zu aufgeregt. Stattdessen hatte sie ein Kuvert dabei. Es war der letzte Schultag vor den Osterferien und sie war der Meinung, dass sie jetzt an der Reihe für den nächsten Schritt war.

Als sie Thomas bei seinen Freunden entdeckte, winkte sie ihm zu. Ein Lächeln breitete sich auf seinem Gesicht aus, während er anschließend auf sie zukam.

„Ich hab was für dich“, sagte sie schüchtern und streckte ihm das Kuvert hin. Thomas hob die Augenbrauen und tat das in ihren Augen Unmögliche: Er setzte sich neben sie auf die Bank.

„Soll ich es gleich öffnen?“, fragte er.

„Wenn du willst.“

Ganz anders als ihre Hände zitterten seine nicht, als er die Karte mit dem Osterhasen herauszog und öffnete. Sie hatte sich ganz besonders viel Mühe bei der Formulierung des Textes gegeben.

„Lieber Thomas. Ich wünsche dir und deiner Familie ein schönes Osterfest und freue mich schon sehr darauf, dich nach den Ferien wiederzusehen. Leider konnte ich keine Karte mit einem Affen finden. Liebe Grüße, Marlene.“

Sie hoffte, nicht zu weit gegangen zu sein, als sie schrieb, dass sie sich auf ihr Wiedersehen freuen würde. Doch Thomas begann lauthals zu lachen und legte den Arm um ihre Schultern. Marlene wurde ganz schwindelig – zum Glück saß sie auf einer Bank, sonst wäre sie mit Sicherheit umgekippt.

„Die Karte ist klasse, vielen Dank. Und das mit dem Affen …“

Er vollendete den Satz nicht. Stattdessen strahlte er sie an und drückte sie vorsichtig an sich. Marlene widerstand der Versuchung, ihren Kopf auf seine Schulter zu legen.

Den Rest der Pause saßen sie so da. Die Schmetterlinge in Marlenes Bauch machten sie beinahe verrückt.

„Wie alt bist du? Sechzehn oder was?“, fragte Theresa in abfälligem Tonfall, als sie auf dem Nachhauseweg waren. In der Schule redeten sie mittlerweile kein Wort mehr miteinander – außer, wenn es gewisse Gruppenarbeiten verlangten. Marlene wusste sofort, was ihre Schwester meinte. Sie hatte sie auf dem Schulhof mit Thomas gesehen, keine Frage. Obwohl sich Theresa mit ihren vierzehn Jahren vermutlich nicht mal ansatzweise für Jungs interessierte, war ihr das anscheinend ein Dorn im Auge.

„Er hat doch nur seinen Arm um mich gelegt.“

„Seid ihr jetzt fix zusammen?“

„Nein.“

„Aber du stehst auf ihn.“

„Darüber rede ich nicht mit dir.“

Theresa entkam ein Kreischen. „Ah! Du stehst also auf ihn!“

„Könntest du bitte noch lauter herumschreien, damit es auch jeder hört?“, fragte Marlene genervt und erhöhte das Schritttempo, um möglichst schnell zu Hause zu sein.

In den Osterferien wurden die beiden Schwestern stets gezwungen, mehr Zeit miteinander zu verbringen, als ihnen lieb war. Sie waren froh, dass sie wenigstens getrennte Zimmer hatten. Die folgenden Tage fühlten sich für Marlene an wie eine Ewigkeit. Ständig musste sie daran denken, wie mutig sie mit der Karte gewesen war und wie sehr sich Thomas darüber gefreut hatte. Als er schließlich den Arm um sie gelegt hatte, war es um sie geschehen. Von jetzt an musste sie sich bemühen, nicht rot anzulaufen, wenn sie an ihn dachte. Er war so anders als die übrigen Jungs in der Schule. Die waren einfach nur dumm und unreif. Thomas hingegen war ein Mensch mit Herz. Noch nie hatte sie sich so gefreut, wieder in die Schule gehen zu können.

Die Osterferien neigten sich dem Ende zu, als sie bei Theresa im Zimmer gemeinsam auf dem Teppich lagen und Zeitschriften durchblätterten. Diese Momente waren selten, aber es gab sie noch. Auf einmal begann Theresa zu kichern und zeigte auf die nackten Jugendlichen, die sich für die Bravo hatten ablichten lassen.

„Sowas würde ich nie machen", sagte Marlene mit ernster Miene und schüttelte den Kopf.

„Schon krass, oder? Ganz schön mutig", meinte Theresa und zeigte auf den Penis des nackten Typen. „Stell dir vor, das wäre Thomas!"

So eine Aussage hatte Marlene bereits erwartet. Trotzdem war sie vom Verhalten ihrer Schwester genervt und sagte nichts.

„Was denn? Seid ihr nun zusammen oder nicht?"

„Wir sind nicht *zusammen.*"

„Aber du stehst auf ihn."

„Blätter einfach um, bitte."

Beim nächsten Satz begann Theresa zu flüstern. Marlene war schockiert, weil sie solche Worte noch nie aus dem Mund ihrer Schwester gehört hatte. „Gib's zu, du würdest gerne seinen Schwanz lutschen."

Marlene wich zurück und fragte erschrocken: „Was? Nein! Wie kommst du denn auf sowas?"

„Ach, bitte! Du weißt schon, dass es mehr gibt, als Arm in Arm auf dem Schulhof zu sitzen, oder?"

„Kümmere dich um deinen eigenen Kram."

Wutentbrannt verließ Marlene das Zimmer und ging in ihres. Verbarg sich etwas Wahres in Theresas Aussagen? Sie sah an sich hinab und stellte fest, dass sie eindeutig zu kindlich für eine Beziehung war. Während ihre Schwester schon Büstenhalter trug, obwohl sich die beiden körperlich kaum unterschieden, hatte Marlene diesen Schritt Richtung Erwachsensein noch nicht gewagt. Aber wenn sie und Thomas sich tatsächlich näherkommen sollten, wäre es besser, damenhafter aufzutreten. Mit einem Blick in ihre Spardose vergewisserte sie sich, ob sie auch genug Geld für hübsche Unterwäsche besaß. Fünfzig Euro mussten reichen. Als sie damit bei ihren Eltern vorbeisauste, rief ihr ihr Vater nach: „Wo willst du denn hin?"

„Ins Einkaufszentrum."

„Alleine? Nimm doch Resi mit!"

„Aber ich …"

Im nächsten Augenblick rief Theresa: „Warte, Leni! Ich komme schon!"

Sie schien zu vermuten, was ihre Schwester vorhatte, andernfalls wäre sie nicht freiwillig mitgegangen. Während Marlene in den Geschäften nach passenden Büstenhaltern suchte, stand sie nur kichernd daneben und sagte Sätze, wie: „Da wird sich dein Freund aber freuen."

Dabei versprühte sie einen giftigen Unterton.

Nach den Ferien lief es richtig gut. Thomas schien sich jedes Mal sehr zu freuen, wenn sie sich begegneten. In der Pause nahm er sich gerne die Zeit, um sich zu Marlene auf die Bank zu setzen. Ab und zu sahen sie sich auch morgens vor dem Schulgebäude, wenn sie nacheinander Ausschau hielten.

Es war eine regnerische Nacht gewesen und die beiden Schwestern warteten in der Menge vor dem Schulgebäude auf den Einlass. Als Lea und Ivanka zu ihnen stießen, ging Marlene wie immer auf Abstand. Plötzlich berührte sie jemand an der Schulter. Sie drehte sich zur Seite und erkannte Thomas, was ihre Laune schlagartig besserte. Das Gekicher hinter ihm war kaum zu überhören und so sah sie an ihm vorbei. Theresa machte eine obszöne Blowjob-Geste, während die beiden anderen dummen Gänse in ihre Hände lachten.

Das war zu viel für Marlene. Die Wut, die sie schon so lange verspürte, kam an die Oberfläche. Mit zusammengebissenen Zähnen drängte sie sich an Thomas vorbei und versetzte ihrer

Schwester einen so heftigen Stoß, dass sie mit dem Gesäß in einer riesigen braunen Lache landete.

Auf der einen Seite ertönten schallendes Gelächter und Wörter wie *Matschpopo*, auf der anderen herrschte blankes Entsetzen. Thomas zog Marlene sanft zurück und sagte: „Hey, das war gar nicht cool."

Sein Ton klang vorwurfsvoll, dabei hatte sie das nur für ihn getan! Während sie sich ungelenk von ihm losriss, richtete sich Theresa auf und fauchte sie an: „Du kannst den Lehrern gern erklären, warum ich zu spät zum Unterricht komme, du blöde Kuh!"

Zornig stapfte sie davon, Lea rief ihr hinterher: „Was machst du denn?"

„Wonach sieht es denn aus? Ich gehe nach Hause und ziehe mich um, verdammt!"

Marlene wurde übel, denn ihr war bewusst, dass sie Theresa vor den Augen aller eben den Krieg erklärt hatte.

Zu Hause gab es in den folgenden Tagen Stress, das ließ sich nicht vermeiden. Ihre Eltern waren zutiefst enttäuscht und stellten ständig dieselbe Frage: „Was haben wir nur falsch gemacht?"

Marlene war froh, als dieses lästige Thema endlich vom Tisch war. Sie hatte mal wieder ihre Schwester geschubst, was war bitteschön so schlimm daran?

Das Furchtbarste an der Sache war, dass auch Thomas ihr aus dem Weg ging. Immer öfter saß sie alleine auf der Bank im Schulhof – wie früher. Theresa war noch immer so böse auf sie, dass sie sogar die Straßenseite wechselte, wenn sie zur Schule und wieder zurück gingen.

Eine Woche später schien alles wieder gut zu werden, denn als Marlene nach Unterrichtsende bei ihrem Spind stand, kam Thomas auf sie zu.

Sie lächelte ihn verlegen an. Im nächsten Augenblick hörte sie hinter sich das Wort *Matschpopo*. Das Timing konnte nicht schlechter sein. Sie drehte sich um und sah einen Jungen, der lachend mit dem Finger auf Theresa zeigte, die hochrot anlief. Alle Blicke waren auf sie gerichtet. In dieser peinlichen Situation schien ihr nur eines einzufallen: den Fokus auf jemand anderen zu lenken.

„Ich bin lieber ein Matschpopo als ein frühreifes Flittchen“, sagte sie laut und sah zu Marlene.

„Meinst du etwa mich?“, fragte sie erschrocken.

„Wen denn sonst? Du bist doch diejenige, die ihrem Freund gern den Schwanz lutschen würde.“

Ein Raunen ging durch den Flur, und ehe sie etwas erwidern konnte, wurde schon wild herumgetuschelt. Theresa grinste triumphierend und verließ das Schulgebäude. Einige Lehrer bahnten sich den Weg durch die Schüler zum Ausgang – sie schienen von all dem nichts mitbekommen zu haben.

Thomas stieß unsanft mit der Schulter gegen ihre, als er sich umdrehte und davonging.

„Warte!“, rief sie ihm nach, doch das tat er nicht. Hastig schloss sie ihren Spind und folgte ihm. Vor der Schule hatte sie Thomas eingeholt und hielt ihn grob an seinem Kapuzenpullover fest.

„Lass mich los, verdammt“, befahl er ihr genervt. Marlene gehorchte sofort und war erleichtert, weil er trotz der doofen Situation stehen blieb.

„Warum hast du mir das nicht gesagt?“, wollte er wissen.

Eigentlich hatte Marlene vorgehabt, die Sache zu klären, doch seine Worte führten dazu, dass zu ihrem dummen Verhalten eine noch dümmere Frage hinzukam: „Was gesagt?“

Thomas sah beschämt zu Boden. „Dass du einen Freund hast.“

Seine Betroffenheit rührte sie zutiefst. „Habe ich auch nicht.“

„Aha. Und deine Schwester hat das erfunden, oder was?“

„Damit hat sie dich gemeint.“

Das war mit Abstand der peinlichste Moment, den sie je erlebt hatte. Sogar peinlicher als der vorhin im Schulgebäude.

„Was?“, fragte er verunsichert und sah ihr dabei in die Augen. „Sie glaubt also, wir sind zusammen?“

„Ich habe ihr auch schon gesagt, dass wir nur Freunde sind.“

„Und … Und … stimmt das andere, was … was … sie … gesagt hat?“ Die Nervosität in Thomas’ Stimme war nicht zu überhören.

Marlenes Antwort kam etwas zu schnell: „Nein! Nein. Also … ich … ich meine …“

„Ist schon gut.“ Mit diesen Worten wandte er sich ab und ging. Obwohl die Sonne vom Himmel lachte, kam es ihr so vor, als würde sie in einem nie enden wollenden Gewitter stehen.

Der große Krieg zwischen den beiden Schwestern blieb aus. Oder hatte er bereits existiert und war durch Theresas Aussage zu Ende gegangen? Marlene wusste es nicht. Aber falls dem so war, ging sie eindeutig als Verliererin hervor. Sie hatte den Jungen verloren, den sie wirklich mochte. Aus sicherer Quelle wusste sie, dass viele Mädchen auf ihn standen, das machte es noch unerträglicher, weil es somit nur noch eine Frage der Zeit war, bis er seinen Arm um andere Schultern legte.

Sie hasste Theresa und ihre vorlaute Klappe.

Es war einen Monat vor Schulschluss und Marlene wusste, dass ihre Eltern Freitagabend mit Freunden ausgingen. Ihre Schwester war am selben Tag mit ihren blöden Gänsen im Kino verabredet. Also nahm sie ihren ganzen Mut zusammen und ging im Schulhof auf Thomas zu.

„Hey“, sagte sie ganz locker und sah ihn erwartungsvoll an. Er war eben in ein Gespräch mit seinen Kumpels vertieft gewesen. Dass sie einfach dazwischenfunkte, war ihr egal. Sie musste ihm einfach beweisen, dass er ihr wichtig war. „Können wir kurz reden?“

Seine Freunde begannen zu grinsen, Thomas sagte nur „Klar“ und ging ein Stück mit ihr über den Schulhof.

„Du hasst mich wahrscheinlich“, begann Marlene, und noch bevor er darauf reagieren konnte, redete sie weiter: „Aber ich mag dich, das kannst du mir glauben.“

„Hörte sich letztens nicht so an.“

„Aber es ist so!“ Sie griff nach seiner Hand und drückte zu. „Ganz ehrlich.“

Es dauerte ein paar Sekunden, bis er mit dem Daumen sanft über ihre Finger fuhr. Sie konnte ihr Glück kaum fassen.

„Ich mag dich wirklich. Meine Schwester zieht mich deshalb auf, aber das ändert nichts an meinen Gefühlen für dich.“

Nachdem sie den letzten Satz ausgesprochen hatte, konnte sie es nicht mehr leugnen: Sie war total verknallt in den Typen! So ehrlich war sie ihm gegenüber noch nie gewesen. Thomas lächelte, dabei brachte die Tatsache, dass er zu stottern begann, ihr Herz zum Schmelzen.

„Ich … Ich … Wow, Marlene … Also … I-Ich mag dich auch … e-extrem.“

Ihr Griff wurde fester, so sehr freute sie sich. „Willst du Freitagabend zu mir kommen? Wir könnten ein bisschen Musik hören.“

„Gern.“

Er fuhr nochmal mit zittrigen Bewegungen über ihre Finger, als die Schulklingel ertönte.

Am späten Freitagnachmittag saß sie mit Theresa im Wohnzimmer vor dem Fernseher. Ihre Eltern waren bereits außer Haus.

„Wann fängt der Film an, sagtest du?“, fragte Marlene und bemühte sich um einen möglichst gelangweilten Tonfall. Dass man ihr die Aufregung anhörte, wollte sie um jeden Preis vermeiden, sonst ahnte ihre Schwester womöglich etwas.

„Um sieben. In einer Stunde müssten Ivi und Lea da sein.“

„Okay.“

Es lief gerade eine Dokumentation über einen Serienmörder, dessen Opfer Prostituierte waren.

„Damit muss man doch rechnen", kommentierte Theresa kopfschüttelnd.

„Was?"

„Wenn man seinen Körper so zur Verfügung stellt, muss man damit rechnen, dass man eines Tages dafür bezahlt."

„Findest du?"

„Ich habe kein Mitleid mit denen." Dass sie damit die Prostituierten meinte, stand außer Frage.

Nachdem Theresa um achtzehn Uhr das Haus verlassen hatte, machte Marlene Luftsprünge vor lauter Freude. Sie hatte noch eine halbe Stunde Zeit, um sich frisch und hübsch zu machen.

Um Punkt achtzehn Uhr dreißig klingelte es an der Haustür, wie ausgemacht. Sie verlor beinahe die Fassung. Er war wirklich gekommen! Sie konnte es kaum glauben.

Thomas hatte die Hände in seine Jeanshose gesteckt, als sie ihm öffnete. Während der Begrüßung blieben beide distanziert, doch sie spürte, dass auch er nervös war.

Nachdem sie ihm das Haus gezeigt hatte, gingen sie in ihr Zimmer. Dort setzte sich Marlene auf den Teppich, wo sie zuvor schon einige CDs und den Discman bereitgelegt hatte.

„Oh", meinte Thomas verlegen. „Als du gesagt hast, du willst Musik hören …"

„Ja?"

„Schon gut."

Er lächelte unsicher und setzte sich neben sie auf den Boden. Natürlich hatte sie *nicht* vorgehabt, nur Musik zu hören, aber überstürzen wollte sie auch nichts.

„Such dir was aus", sagte sie und deutete auf ihre CD-Sammlung, worauf er nach der Bravo Hits 33 aus dem Jahr 2001 griff. Er legte die erste CD in den Discman und Marlene drückte auf Play. Sie steckte sich den linken Kopfhörer ins Ohr, Thomas den rechten. Sie saßen sehr dicht nebeneinander und es dauerte nicht lange, bis er ihr seine Hand auf das Knie legte. Ihre innere Stimme befahl ihr, um

Gottes willen nichts Dummes zu tun und cool zu bleiben. Sie wollte, dass er sie als Frau sah und nicht als unsicheres Mädchen.

„Magst du das Lied?“, fragte sie, woraufhin er nickte. Bei der nächsten Nummer war sie diejenige, die sich vortastete, indem sie ihren Kopf ganz vorsichtig auf seine Schulter legte. Sofort drückte er sie sanft mit dem Arm an sich und sie betete, der Moment würde niemals enden.

Mitten im Lied *Teenage Dirtbag* von Wheatus zog Thomas beide Kopfhörer raus und sah verstohlen zu ihrem Bett hinüber. Marlene war so nervös, dass sie nur ein kurzes Nicken zustande brachte. Würde sie heute tatsächlich ihren ersten Kuss erleben? Oder … Oder mehr? Die beiden setzten sich auf die Bettkante und verschränkten ihre Finger ineinander. Die einzigen Geräusche, die Marlene wahrnahm, waren ihr ohrenbetäubendes Herzklopfen und das Summen des Discmans auf dem Boden.

Plötzlich drückte Thomas ihr einen Schmatzer auf die Wange. Kurz darauf tat sie dasselbe bei ihm. Seine Gefühle schien er nicht mehr kontrollieren zu können, denn im nächsten Moment hatte er sie auf die Matratze gedrückt und seinen Mund auf ihren gepresst. Ein Schwarm Schmetterlinge jagte durch ihren Körper. Zugegeben ging das alles ein bisschen zu schnell für sie, aber sie mochte ihn so gern, dass sie nichts dagegen unternahm.

Hastig öffnete sie den Reißverschluss seiner dünnen Sweatjacke. Seine Küsse wurden immer heftiger, während er sich daraus befreite. Im Anschluss zog er sein T-Shirt über den Kopf und sie schlüpfte aus der Jeanshose und dem Top.

„Du bist so schön“, sagte Thomas, als sie mit ihrem Snoopy-Büstenhalter vor ihm lag. Ihre Gedanken wirbelten umher und auf die Frage, ob sie das Richtige taten, fand sie keine Antwort. Reichte es für Sex, wenn man in jemanden verknallt war und die Geschlechtsreife erreicht hatte? Oder sollte man es langsamer angehen lassen?

Seit Tagen hatte sie diesen Moment herbeigesehnt, es wäre also hirnrissig, jetzt einen Rückzieher zu machen. Es war nur das Summen des Discmans zu hören, als sie sich aufrichtete und ihren Büstenhalter öffnete. Nachdem sie ihn abgestreift hatte, wanderten ihre Hände beschämt vor die Brust. Thomas drückte seine Lippen auf ihre und umarmte sie. Dabei fühlte sich Marlene so geborgen wie noch nie zuvor und schlang auch ihre Arme um ihn. Gemeinsam versanken sie in der Matratze und er zog ihr vorsichtig das Höschen runter.

„Ist es okay?", flüsterte er ihr ins Ohr.

„Ja", sagte sie mit piepsend hoher Stimme.

Es war wichtig, dass er gefragt hatte, denn so wurde sie sich bewusst, dass es wirklich okay war. Sie wollte es. Also scheute sie auch nicht davor zurück, seine Hand zwischen ihre Beine zu führen. Es prickelte und versetzte ihr eine Gänsehaut. Seine Bewegungen waren unsicher und zugleich wunderschön.

Ein Geräusch beendete den perfekten Moment, in dem sie sich befunden hatten. Ruckartig setzte Marlene sich auf und spitzte die Ohren. Thomas schien nichts gemerkt zu haben.

„Ist alles in Ordnung?", fragte er und küsste sie auf die Wange.

„Scheiße", fluchte Marlene, als sie Stimmen und Schritte hörte, die sich ihrer Zimmertür näherten. Der Abend war versaut, da nützte es auch nichts mehr, aufzuspringen und abzusperren.

„Geh!", befahl sie Thomas.

„Was?", rief er ungläubig.

„Sie kommen. Nun hau schon ab", sagte sie streng im Flüsterton, dabei drückte sie ihm seine Kleidung an die Brust.

„Was soll der Scheiß?", fragte er, als sie ihn zum Fenster schubste. „*Da* soll ich raus?"

„Ja. Bitte. Es tut mir leid." Sie wollte ihm noch einen Abschiedskuss geben, doch er stieß sie von sich weg und kletterte kopfschüttelnd aus dem Fenster. Marlene schloss es und wollte sich gerade wieder anziehen, als ihre Schwester mit Ivanka und Lea in der Zimmertür erschien. Die Reaktion auf ihre Nacktheit war unaufhaltsames Gekicher, was nicht überraschend war.

„Raus!", brüllte Marlene mit voller Kraft und schlug die Tür so fest zu, dass das Holz im Rahmen splitterte. Dann lehnte sie sich mit dem Rücken dagegen und weinte so lange, bis sie vor lauter Durst gezwungen war, das Zimmer zu verlassen.

Sie hatte Thomas verloren – für immer.

MARLENE

Tag 11

Ihre Augenlider waren federleicht wie die Flügel eines Schmetterlings, als sie sie öffnete. Ihr Blick war klar und auf die helle, trostlose Zimmerdecke gerichtet. Das Bild, das sich ihr bot, war eine fremde Vertrautheit. Seit beinahe einem Jahr befand sich Marlene nun hier, in diesem Zimmer, das für sie im Laufe der Zeit zu einem Zuhause geworden war. Ein Zuhause, in dem sie sogar ihrer Arbeit nachgegangen war – das hatte sie zumindest geglaubt. Ihren Beruf als Lektorin hatte sie fortgeführt, als wäre nichts gewesen, als hätte sie niemanden umgebracht.

Doch in Wahrheit bekam sie seit etwa anderthalb Jahren keinen Auftrag mehr, wie ihr nun klar wurde. Dem Verlag war es damals schon nicht gut gegangen – miserabel, um ehrlich zu sein. Marlene fragte sich still, ob er überhaupt noch existierte oder bereits pleite war. Sie rief sich das Steinzeitmodell des Laptops ins Gedächtnis, welches man ihr hier freundlicherweise zur Verfügung gestellt hatte, damit sie *ihren gewohnten Lebensstil* fortführen konnte. Sie erinnerte sich daran, dass sich auf dem Gerät nichts außer einem Schreibprogramm und einem Editor für Notizen befand. Das hatte sie in den letzten Monaten anscheinend auch nicht realisiert. Die Texte, die sie seit ihrem Aufenthalt *lektoriert* hatte, waren in Wahrheit ihre eigenen.

Da Markus ihr behandelnder Arzt war, war es höchstwahrscheinlich seine Idee gewesen, einen Laptop für sie zu besorgen, damit sie das Erlebte verarbeiten konnte. Stumm dankte sie ihm dafür.

„Unser dreißigster Geburtstag …“, flüsterte sie und ließ ihren Blick in seine Richtung wandern. „… Ich habe Teile davon aufgeschrieben.“

MARKUS

Tag 11

Die Patientin hatte für einige Minuten die Augen geschlossen gehabt. Diese Zeit hatten sie ihr geben wollen, um das Geschehene zu verarbeiten.

Markus dachte daran, wie er sie gestern im Kleiderschrank ihres Zimmers vorgefunden hatte. Am Tag zuvor hatte sie noch im Bett gelegen und ihre Traumata bewältigt, nachdem sie zusammengebrochen und in seinen Armen gelandet war. Marlene wurde ein Zugang gelegt, damit man sie mit lebensnotwendigen Mitteln versorgen konnte, falls der Zustand länger andauern sollte. Gestern war sie zu sich gekommen und konnte mit Hilfe sogar auf die Toilette gehen. Ihr ginge es gut, hatte sie genuschelt, daraufhin hatte eine Pflegerin sie zurück zum Bett begleitet. Man ging davon aus, dass sie wachbleiben und wieder selbstständig essen würde. Der Infusionsständer wurde aus dem Zimmer gerollt und ehe Markus bei der Patientin angelangt war, hatte ihr Körper über so viel Kraft verfügt, dass sie aufgestanden war und sich im Schrank versteckt hatte.

Zuerst hatte er befürchtet, sie erleide einen Rückfall und kenne sich gar nicht mehr aus. Doch ihre Worte hatten Sinn ergeben, wenn man genau hinhörte. Marlene war verwirrt gewesen, dennoch befand sie sich auf dem richtigen Weg. Aber schon bald war sie müde geworden und wieder eingenickt. Markus hatte sie zugedeckt und das Zimmer verlassen, um Doktor Marinelli die Neuigkeiten zu überbringen. Robin hatte ihnen kurz darauf mitgeteilt, dass die Patientin am Gang gesehen wurde, wie sie von einem Servierwagen ein Sandwich genommen hatte. Tief im Inneren hatte Markus gelächelt. Es war ein gutes Zeichen, dass sie von selbst aß. Seine Kollegin und er fanden, es war an der Zeit, mit Marlene zu reden. Eine Nacht hatten sie ihr noch zum Regenerieren geben wollen, bevor sie heute diesen wichtigen Schritt wagten.

In den letzten Tagen hatte sie also ihre Erinnerungen auf dem Laptop niedergeschrieben.

Nachdem sie ihr Wort an ihn gerichtet hatte, spürte Markus ein Kribbeln in den Fingern und fragte vorsichtig: „Dürfen wir es sehen?"

Marlene nickte, sah dabei unglaublich müde und erschöpft aus. Er ging zur Kommode, er wusste, wo sich das Gerät befand. Er trat damit zurück ans Bett und setzte sich auf den Stuhl, auf dem zuvor Doktor Marinelli gesessen hatte. Nachdem der Laptop hochgefahren war, öffnete er die Textdokumente – nichts davon war verschlüsselt. Diese Funktion hatte man deaktiviert, bevor man Marlene das Gerät ausgehändigt hatte. Er klickte auf eine beliebige Datei und las sich den Inhalt leise durch, seine Kollegin bückte sich zu ihm und ließ ihren Blick ebenfalls über den Bildschirm wandern.

Heute würden sie es das letzte Mal tun. Das wussten sie beide, obwohl es niemand von ihnen ausgesprochen hatte. Der Raum war nur schwach beleuchtet, als seine kräftigen Hände sie an der Hüfte packten und sie wild zu sich zogen. Zwischen seinen Beinen konnte sie jedoch keine Erektion spüren. Das machte sie wütend.

Ihre Hand traf ihn an der Wange, als sie ihn anfauchte: „Reiß dich gefälligst zusammen!"

Er nickte und umfasste ihren Kopf – etwas zu grob, fand sie. Dann drückte er seine Lippen auf ihre, dabei krallten sich seine Finger in ihre Haare. Heute war ihr Geburtstag, das war ein besonderer Tag. Sie wollte flachgelegt werden, um jeden Preis. Mit hastigen Bewegungen öffnete sie seinen Gürtel.

„Willst du das wirklich?", nuschelte er zwischen den Küssen.

Was sollte diese Frage? Sie trat einen Schritt zurück und sah ihn enttäuscht an. Seine Hose hing an seinen Knöcheln. Schwer atmend fuhr sie sich durch die Haare und drehte sich zur Seite, um ihm ein Glas Wein einzuschenken. Sie lächelte verführerisch, als sie es ihm überreichte und flüsterte ihm ins Ohr: „Entspann dich."

Er nahm einen großen Schluck und ließ es geschehen. Währenddessen kniete sie sich auf den Boden und nahm seinen Schwanz in den Mund. Ein tiefes Stöhnen drang aus seiner Kehle, als er das Glas fallen ließ und ihren Kopf mit beiden Händen umfasste.

Diese und ähnliche Sätze standen in mehreren Dokumenten geschrieben.

„Du schreibst hier über Thomas und dich, nehme ich an", sagte er tonlos und schluckte schwer. Marlene antwortete kleinlaut: „Im Gegensatz zu ihr habe ich ihn geliebt. Von ganzem Herzen."

Eine Träne kullerte über ihre Wange, die sie sofort mit einer energischen Bewegung wegwischte. Dann schniefte sie und meinte: „Ich hätte ihn niemals so verletzt wie sie."

„Was meinst du damit?", wollte Markus wissen.

„Ich habe sie gesehen, mehrmals. Es sah nicht danach aus, als würde es gut laufen. Angeblich waren sie auch ein paar Mal getrennt gewesen. Außerdem wirkte Tommy unsicher, als ich ihn empfangen habe."

„Glaubst du, hatte er den Verdacht, dass du nicht Theresa bist?"

„Nein, weil er blind vor Liebe war, dieser arme Narr. Doch sein Verhalten deutete darauf hin, dass es zwischen ihnen nicht gut gelaufen ist. Vermutlich hätten sie sich an diesem Abend getrennt. Aber das hätte Theresa mir gegenüber niemals zugegeben. Wahrscheinlich, weil sie mich verletzen wollte. Weil sie Angst hatte, ich könnte ihr Tommy wegnehmen, obwohl sie vermutlich schon längst die Schnauze voll von ihm hatte."

Markus nickte und öffnete eine andere Datei.

Im Schlafzimmer angelangt, gab es kein Halten mehr. Seine Erektion war mittlerweile deutlich zu spüren. Sie schlüpfte aus ihrem Kleid und wurde sogleich auf das Bett gedrückt. Ihre Finger krallten sich in sein kurzes Haar. Er schmeckte nach Wein. Sie stöhnte auf, noch bevor er in sie eindrang. Noch nie hatte sie jemanden so sehr gewollt wie ihn in diesem Augenblick. Er gehörte ihr, nur ihr ganz allein. Dass er die Nacht zuvor wahrscheinlich noch eine andere gefickt hatte, war ihr egal. Die Tussi war Geschichte, das ließ er sie wissen, indem er ihr ins Ohr hauchte: „Ich liebe dich."

Das waren die Worte gewesen, die sie schon immer von ihm hatte hören wollen.

„Ich liebe dich auch", sagte sie voller Ekstase und schlang ihre Arme um ihn. In der Dunkelheit des Schlafzimmers tastete sie seinen perfekten Körper ab. Sie rieb sich daran und konnte es kaum abwarten, ihn in sich zu spüren.

Endlich geschah es. Ihr langersehnter Wunsch ging in Erfüllung, als er ihr seinen harten Penis zwischen die Beine rammte. Er war alles andere als zärtlich, aber das hatte sie auch nicht von ihm erwartet. Es war genau so, wie sie es sich immer erträumt hatte. Während sie stöhnte und einem Orgasmus entgegenfieberte, rann eine Träne ihre Wange hinab. Noch nie zuvor war sie so glücklich gewesen. Diese Nacht würde sie nie wieder vergessen. Und alles hatte mit einem Verbrechen begonnen. Doch das war es wert gewesen.

Nachdem sie beide gekommen waren, drückte er seinen Kopf gegen ihre Schulter. Lächelnd fuhr sie ihm durch das Haar. Sie war sich sicher, dass diese Nacht ihr Leben verändert hatte.

Am nächsten Tag wurde sie unsanft geweckt. Sie hörte sein Geschrei schon von unten. Es folgte wildes Getrampel auf der Treppe. Ängstlich öffnete sie die Augen. Ein Schauer durchfuhr sie, dann bemerkte sie, dass ihre Beine nicht zugedeckt waren.

„Du Hure!", schrie er, als er den Raum betrat und sie anstarrte. Er hatte sich wieder sein Outfit von gestern angezogen, fiel ihr auf. Ihr wäre es lieber gewesen, wenn er sie nackt aus dem Land

der Träume geholt hätte. Sein Tonfall gefiel ihr gar nicht. Sie setzte sich auf und wollte gerade etwas sagen, als er auf sie zustürmte und ihr eine Ohrfeige gab, die sie mit voller Wucht zurückfallen ließ. Erschrocken hielt sie sich die Wange und sah zu ihm auf. Noch bevor sie etwas erwidern konnte, griffen seine Hände um ihren Hals und drückten zu.

Was hatte er vor? Wollte er sie umbringen? Sie schlug wie wild um sich. Wenn er sie loslassen würde, könnte sie ihm alles erklären!

Ihre Sicht wurde verschwommen, als sie sah, wie wild gestikulierende Leute den Raum betraten …

„Du schreibst auch über den Morgen danach", stellte Markus fest. „Wann hast du realisiert, dass es kein Roman von einem Auftraggeber ist?"

Die Patientin sagte kein Wort. Er sog geräuschvoll Luft ein und wollte gerade zur nächsten Frage ansetzen, als Doktor Marinelli ihm zuvorkam: „Wann haben Sie gemerkt, dass Sie hier Ihre eigene Geschichte schreiben?"

„Ich glaube, die Erkenntnis kam schleichend. In den letzten Tagen. So wie alles andere auch."

Markus erinnerte sich an die Momente, an denen er mit ihr über ihre Arbeit gesprochen hatte. In ihrer Vergangenheit hatte sie tatsächlich Krimis lektoriert, das wusste er. Nachdem er ihr den Laptop in das Zimmer gelegt hatte, hatte sie wie selbstverständlich damit zu arbeiten begonnen. Als sie ihm anvertraut hatte, dass sie eine Erotikgeschichte zum Bearbeiten bekommen hatte, hatte er befürchtet, sie könnte damit zu sehr abgelenkt vom Wesentlichen werden. Er hatte gehofft, dass sie das Erlebte niederschreiben würde, was in ihrem Fall einem Thriller oder Krimi entsprach. Doch da sie Thomas Wenger anscheinend wirklich über alles geliebt hatte, hatte sie zuerst die Geschichte mit ihm verarbeiten wollen. Als Marlene schließlich mit der Neuigkeit rausgerückt war, dass sie wieder einen Krimi bearbeiten würde, hatte Markus Hoffnung geschöpft.

In diesem Moment fand er eine weitere Datei auf dem Gerät und öffnete sie.

Da war er. Der angebliche Auftrag, einen Krimi zu lektorieren. Vor einigen Tagen hatte sie ihm davon erzählt. Wie in den anderen Niederschriften waren auch hier die Protagonisten namenlos und doch erkannte Markus sofort, von wem die Geschichte handelte. Marlene hatte den Tod ihrer Jugendfreundin verarbeitet. Ohne dabei gewesen zu sein, hatte sie ihre Version des Unfalls geschildert. Er überflog die Zeilen lediglich und beschloss, die Patientin nicht darauf anzusprechen. Immerhin wusste sie bereits, was es mit dem Trugbild Victorias auf sich hatte.

Er tastete sich behutsam vor und fragte in ruhigem Tonfall: „Möchtest du deine Geschichte auf dem Laptop weiterschreiben?"

Sie schüttelte den Kopf. „Ich möchte sie erzählen."

MARLENE

Tag 11

Es würde nichts bringen, die Tat abzustreiten, soviel stand fest. Da sie seit etwa einem Jahr hier eingesperrt war, gab es keinen Grund, weiter an dem Unsinn, sie sei unschuldig, festzuhalten. Marlene hatte ihre Schwester umgebracht und dieser Umstand würde sich nicht mehr rückgängig machen lassen. Ihre Eltern hassten sie wahrscheinlich deswegen – das war okay, sie hatten sowieso nicht viel für sie übrig gehabt in den letzten Jahren. Mit Thomas hatte sie an ihrem dreißigsten Geburtstag die schönste Nacht ihres Lebens verbracht, diese Erinnerung würde sie in Ehren halten. Ein Schmunzeln legte sich über ihre Lippen, als sie an ihre gemeinsamen Zeiten zurückdachte, sei es in der Schule gewesen oder an dem besagten Datum vor einem Jahr. Ob er ihr eines Tages verzeihen würde? Vielleicht würde er ihr sogar dankbar sein dafür! Dankbar, weil sie das Biest beseitigt hatte, das ihm nie die Liebe hätte schenken können, die sie bereit war, ihm zu geben. Doch bis dahin konnten Jahre oder gar Jahrzehnte vergehen.

„Wird man mich von hier wegbringen?", fragte sie die beiden Ärzte, die daraufhin nur stumm nickten.

„Scheiße", flüsterte sie, obwohl sie gewusst hatte, dass es für sie keinen Ausweg geben würde. Nachdem sie ihre Tat gebeichtet hatte, würde sie von Kriminalkommissaren erneut befragt werden. Dann ging es vors Gericht, nahm sie an. Und zack – in eine Zelle, die ihr mit Sicherheit nicht so viel Komfort und Freiheit wie diese Klinik bot.

Mensch, was ist nur aus ihr geworden … Diese Worte hatte sie am Morgen nach der Tat gehört, nachdem Thomas sie angegriffen hatte. Die Kommissare, die nach ihm Theresas

Schlafzimmer betreten hatten, mussten ihn von ihr runterzerren. Wutentbrannt hatte er mit dem Finger auf sie gezeigt und geschrien: „Das ist nicht Theresa! Sie hat keine Narbe am Knie!"

Kurz darauf hatte sie erfahren, dass er ihre Schwester tot im Schuppen hinter dem Haus gefunden hatte. Damals hatte sie die Situation ganz anders wahrgenommen und war sogar selbst von dieser Nachricht schockiert gewesen. Außerdem war sie der festen Überzeugung gewesen, keine Theresa zu kennen. Doch die Erinnerungen kamen jetzt Stück für Stück und bauschten sich zu einer gigantischen Welle auf. Ein riesiges Puzzle, das sich vor ihren Augen zusammensetzte, entstand.

„Mensch, was ist nur aus ihr geworden …", hatte eine tiefe, männliche Stimme gesagt, die sich an diesem Morgen ebenfalls im Raum befunden hatte. Sie gehörte zu Andreas, wie ihr nun bewusst wurde. Ausgerechnet der Typ, mit dem sie unfreiwillig sexuelle Erfahrungen gemacht hatte, arbeitete bei der Polizei? Damals hatte sie nur das Gesagte wahrgenommen, alles andere hatte ihr Verstand gekonnt ignoriert, doch jetzt konnte sie sein Gesicht ganz deutlich sehen. Bei ihren darauffolgenden Befragungen war er nicht dabei gewesen, zumindest konnte sie sich nicht daran erinnern. Vielleicht war er aufgrund ihrer ehemals intimen Beziehung abgezogen worden. Falls er seine Kollegen davon in Kenntnis gesetzt haben sollte, hatte er bestimmt die Tatsache, dass sie dabei noch minderjährig gewesen war, verschwiegen.

„Lieber Gott, bitte verzeih mir", flüsterte sie gegen die Zimmerdecke, die ihr in dem Moment wie ein unendlicher Wolkenvorhang vorkam und reiste zurück zu ihrem dreißigsten Geburtstag.

MARLENE
29. November 2018

Heute war ein besonderer Tag, den man gebührend feiern sollte. Jeder normale Mensch würde an seinem dreißigsten Geburtstag eine Party schmeißen – oder wenigstens Familie und enge Freunde zu sich nach Hause einladen.

Marlene war nicht so. Ihre Freundschaften beschränkten sich mittlerweile auf flüchtige Bekannte, sie kannte eine Menge Leute, jedoch war ihr keiner davon in den letzten Jahren so ans Herz gewachsen, dass sie sich um eine Vertiefung der Beziehung bemüht hätte. Sie nahm an, dass das auf Gegenseitigkeit beruhte, was in Ordnung für sie war.

Ein eisiger Wind wirbelte durch ihre Haare, während sie von der Haltestelle Richtung Siedlung ging. Es war ungewohnt, wieder auf den Bus angewiesen zu sein, seit sie ihr Auto verkauft hatte. Der alte Seat hatte nur noch Probleme gemacht. Als sie vor einiger Zeit bei ihren Eltern zu Besuch gewesen war, hatte sie sich ohne ihren Wagen wieder wie ein Teenager gefühlt. Die Bushaltestelle in der Nähe des Hauses hatte Erinnerungen in ihr hervorgerufen.

Heute war Marlene auf dem Weg zu einer Person, die sie eigentlich hasste – und dennoch empfand sie so etwas wie tiefgründige Liebe ihr gegenüber. Eine Liebe, die anders war. Keine Liebe, bei der man jemanden umarmen und beschützen möchte. Eher eine, bei der man denjenigen umarmen möchte, bis er keine Luft mehr bekommt. Und stirbt. Genau genommen war die Liebe also gar nicht so kompliziert wie alle immer sagten.

Marlene hatte sich heute selbst eingeladen. Die Person, die sie gleich überraschen würde, wusste nichts von ihrem Besuch. Sie hoffte, dass sie ungestört reden konnten und keine Party im

Gange war. Aber heute war Donnerstag, also vermutlich nicht. Andernfalls würde sie schon bei der Ankunft kehrtmachen und wieder heimgehen.

Das Haus, auf das sie zusteuerte, war grässlich. Genau so hatte sie sich immer ihr Traumhaus vorgestellt. Dass dieses hübsche, zweistöckige Bauwerk nicht ihr eigen war, machte sie rasend vor Wut. Diese Schnepfe hatte so etwas nicht verdient!

Aber vermutlich hatte sie genau das – wie alles andere auch. Das Glück, die Liebe, das Geld. Marlene wusste tief im Inneren, dass das alles nicht von ungefähr kam, und doch redete sie sich ein, dass ihrer Schwester dieser ganze perfekte Scheiß in den Schoß gefallen war.

Es war an der Zeit, Frieden zu schließen. Sie reckte ihren Hals und atmete tief durch, nachdem sie zum Stehen gekommen war. Dann blickte sie an sich hinab. Besonders feierlich war sie nicht gekleidet: Turnschuhe, blaue Jeanshose und eine gefütterte Kunstlederjacke, die die Kälte nur halbherzig abschirmte. Sie hatte sich das Teil vor Kurzem im Internet bestellt und über eine fade Bluse gezogen, die ihre schlanke Figur mehr verschandelte als betonte. Dazu eine Handtasche, in der ein halber Supermarkt Platz gefunden hätte. Das Schmuckstück um ihren Hals lag noch versteckt unter der Jacke und brannte wie Feuer auf ihrer Haut. Es war verdammt lange her, seit sie es das letzte Mal getragen hatte.

Marlene klingelte. Es dauerte nicht lange, bis ihr die Haustür geöffnet wurde.

Im nächsten Moment standen sie sich gegenüber.

„Was … Was …“, stammelte die Frau. Freude sah anders aus, was Marlene schmunzeln ließ.

„Hallo, Resi“, sagte sie strahlend als Begrüßung.

„Nenn mich nicht so.“

„Alles Gute zum Geburtstag!“

„Scht! Schrei doch nicht so rum.“

Sie wirkte genervt und beugte sich zur Tür heraus, um sich umzusehen. *Was für eine Schnalle,* ging es Marlene in dem

Moment durch den Kopf. Sie hatte sich nicht verändert, in all den Jahren nicht. Ihr schlanker Körper wurde von einem langen roten Kleid umhüllt, welches vermutlich so übertrieben teuer gewesen war wie es übertrieben einfach aussah. Es gefiel ihr.

„Ich würde gerne mit dir reden", meinte sie, obwohl sie mit sehr hoher Wahrscheinlichkeit der letzte Gast war, den Theresa in ihr beschissen-perfektes Häuschen eintreten lassen wollte.

„Bitte", fügte Marlene hinzu.

„Na gut, aber nur für ein paar Minuten." Der Satz wurde von einem nervtötenden Seufzer angeführt. Das hatte sie schon immer gut gekonnt. Sie drehte sich um und ging voraus, anstatt eine willkommene Geste zu machen. Etwas anderes hatte Marlene auch nicht erwartet. Okay – hatte sie doch, um ehrlich zu sein.

„Willst du was trinken?" Noch mehr Verachtung hätte Theresa nicht in diese vier Wörter legen können.

„Ja, bitte. Lass uns doch anstoßen", schlug Marlene vor, nachdem sie die Tür geschlossen hatte. Daraufhin handelte sie sich einen erstaunten Gesichtsausdruck ein, ehe Theresa den Kopf schüttelte und voraus in die Küche ging. Sie folgte ihr und bewunderte im Stillen die geschmackvolle Einrichtung, wobei sie versuchte, ihr Staunen zu verbergen.

Theresa öffnete den Kühlschrank und Marlene stellte beeindruckt fest, dass er mit sehr edlen Tropfen befüllt war. In ihrem Herzen gab es eine kleine schmerzhafte Explosion, als sie sah, wie sie an den teuer aussehenden Flaschen vorbeigriff und eine hervorzog, die sie selbst aus dem Discounter kannte.

„Das muss reichen", murmelte Theresa dabei leise. Wenigstens war die Flasche noch geschlossen.

„Ist der okay?", fragte sie an Marlene gewandt, worauf sie beschämt nickte.

Während ihre Schwester da so stand an ihrer Schicki-Micki-Bar in ihrer auf Hochglanz polierten Küche und die Gläser einschenkte, sehnte sich Marlene für einen Moment danach, so zu sein wie sie.

„Hübsch siehst du aus“, bemerkte sie kleinlaut.

Theresa zog eine Braue nach oben, ohne sie dabei anzusehen. Auch das hatte sie früher oft getan. Meistens dann, wenn sie nicht wusste, wie sie mit einem Kompliment umgehen sollte.

„Na dann. Stoßen wir eben an“, meinte sie gelangweilt und reichte ihr ein Glas.

„Auf uns“, meinte Marlene, als die Sektflöten einander berührten. Ihre Stimme hatte dabei leicht gezittert, weil die Tatsache, dass sie ihrer Schwester so wenig bedeutete, in ihrem Inneren einem zerstörerischen Erdbeben gleichkam.

Nachdem Theresa einen großen Schluck von ihrem Billigsdorfer-Sekt genommen hatte, meinte sie schnaubend: „Puh, ich glaube, ich brauche jetzt eine Zigarette.“

Marlene verschluckte sich fast beim Trinken und hüstelte.

„Was?“ Theresas herrischer Tonfall ließ sie verstummen. Dann verdrehte sie die Augen und drängte sich an ihr vorbei Richtung Wohnungstür, wo sie sich ein Paar Stöckelschuhe anzog, das dem Gesamtbild schmeichelte. Marlene beobachtete sie mit einer Mischung aus Neid und Bewunderung.

„Wo gehst du hin?“, fragte sie.

„Nach draußen, eine rauchen.“ Theresa kramte in einer Kommode herum, die sich neben der Tür befand und holte ein Päckchen Zigaretten hervor. Mit prüfendem Blick öffnete sie es. „Willst du auch eine?“

Eigentlich rauchte Marlene nicht. Sie hatte es einmal probiert und ekelhaft gefunden. Dass ihre kleine Schwester rauchte, hatte sie bis jetzt nicht gewusst. Das passte gar nicht zu ihr. Trotzdem nickte sie, in der Hoffnung, damit eine Gemeinsamkeit zu finden. Vielleicht würde es ihr heute schmecken, an einem so besonderen Tag.

Die beiden gingen vor die Haustür. Kalte Luft schlug ihnen entgegen, Marlene war eigentlich nicht scharf darauf, an einem Novemberabend im Freien zu stehen, und sei es nur für ein paar Minuten. Heftiger Wind wirbelte ihnen durch die Haare und brachte auch ein paar Schneeflocken mit sich.

„Gehen wir nach hinten", meinte Theresa.

Wir, dachte Marlene. Es gab sie also noch!

Auf der Rückseite des Hauses war ein kleiner Schuppen, der ihr vorhin nicht aufgefallen war. Nachdem sie eingetreten waren, betätigte Theresa einen Lichtschalter. Kurz darauf wurde der Raum in einen gelblichen Schein getaucht. „Ich rauche eigentlich nicht. Nur, wenn es sein muss."

Sie setzte sich an so eine Art Werkbank, auf der ein halbvoller Aschenbecher stand.

„Und wie oft muss es sein?", fragte Marlene. Sie hatte neugierig geklungen, obwohl sie angeekelt war.

„Spielt das eine Rolle?" Theresa hielt ihr eine Zigarette hin, worauf Marlene mit den Schultern zuckte. Sie steckte sie sich zwischen die Lippen – schon jetzt fand sie es scheußlich. Ihre Schwester zündete das Teil an und musterte sie, als wäre sie ein Versuchskaninchen.

Schon nach dem ersten tiefen Zug bekam sie einen Hustenanfall, was Theresa auflachen ließ. „Ich wusste doch, dass du bluffst."

Sie nahm ihr den Glimmstängel aus der Hand und rauchte ihn genüsslich. Marlene wollte sich das nicht ansehen und ließ den Blick durch den Raum schweifen. Staubige Kisten standen schräg übereinandergestapelt in einer Ecke, daneben lehnten mehrere Gartengeräte an der Wand, die so aussahen, als seien sie seit hundert Jahren nicht mehr benutzt worden. Eine Mistgabel, ein Rechen, eine Schaufel sowie ein Spindelmäher. Sie fragte sich, ob Theresa selbst den Garten pflegte.

„Also, was willst du?", fragte ihre Schwester nach einem Moment des unangenehmen Schweigens.

„Ich wollte unseren Geburtstag gemeinsam verbringen."

„Aha. Jetzt? Auf einmal?"

„Ich dachte, der Dreißiger ist etwas Besonderes."

„So ein Scheiß", meinte Theresa leise und blickte dabei zu Boden. „Das mit uns wird nichts, das muss dir doch selbst klar sein."

Marlene ging nicht darauf ein, weil sie wusste, dass ihre Schwester recht hatte. In dem Moment fragte sie sich, wofür sie sich das alles antat. Aber etwas wollte sie noch loswerden, bevor sie hinausgeworfen wurde aus diesem kleinen Schuppen, der trotz seiner Schäbigkeit etwas Gemütliches ausstrahlte. Sogar der Scheiß-Schuppen war eine Wucht!

„Ich habe ein Geschenk für dich“, sagte sie und zog eine Schatulle aus der Handtasche hervor. Theresa starrte sie an wie ein Raubtier und rauchte weiter. Obwohl Marlene ihr die kleine Box hinhielt, machte sie keine Anstalten, sie anzunehmen.

„Was ist das?“, fragte sie ruhig nach ein paar Zügen.

„Mach es doch auf.“

„Na gut.“ In ihrer Stimme schwang ein bedrohlicher Tonfall mit. Doch ehe sie die Schatulle nahm, drückte sie die Zigarette aus, um sich gleich darauf die nächste anzuzünden.

„Ich dachte, du rauchst nur in Ausnahmesituationen“, meinte Marlene bissig.

„Ha, wie würdest du diese Situation denn nennen?“ Theresa lachte auf und riss ihr das Teil förmlich aus der Hand. Mit der Kippe zwischen den Lippen fuchtelte sie an dem Verschluss herum, obwohl er nicht schwer zu öffnen war. Als sie ihn schließlich entriegelt hatte und die Box aufklappte, verharrte sie einen Moment. Trotz der stinkenden Zigarette sah sie aus wie eine schöne Momentaufnahme. Marlene schluckte und wartete eine Reaktion ab.

„Ich wusste gar nicht, dass du die noch hast“, murmelte Theresa schließlich.

Ohne ein Wort zu sagen, öffnete Marlene den Reißverschluss ihrer Jacke und deutete auf die Kette, die um ihren Hals lag. Ihre Schwester betrachtete sie mit großen Augen, dann schloss sie die Schatulle wieder und hielt sie ihr hin. „Nimm sie. Ich kann das nicht annehmen.“

„Wieso nicht? Sie hat immer schon dir gehört, ich bringe sie dir nur zurück.“

„Ich will sie aber nicht!“

Marlene erschrak bei Theresas lautem Tonfall, bemühte sich jedoch, selbst die Ruhe zu bewahren. „Findest du nicht auch, dass es an der Zeit ist, das Kriegsbeil zu begraben?“

„Oh.“ Diese eine Silbe zog ihre Schwester so in die Länge, als würde sie gleich eine Ballade zu singen beginnen. Auf eine beängstigende Art und Weise klang ihre Stimme wie Musik in Marlenes Ohren. „Dann bist du also über Thomas hinweg?“

„Um ihn geht es nicht“, log Marlene und starrte an die gegenüberliegende Wand, bei der sich Gartengeräte und Gerümpel befanden.

„Pah! Sieh mir in die Augen und wiederhole das.“

„Was ist eigentlich dein Scheiß-Problem, dass du immer so auf mir rumhacken musst?“, zischte Marlene.

Theresa lächelte zufrieden und lehnte sich in ihrem Holzsessel zurück. Sie nahm einen tiefen Zug von ihrer Zigarette und meinte: „Da ist ja wieder die alte Marlene, wie wir sie kennen und verabscheuen.“

„Ich gebe mir wenigstens Mühe.“

„Ach ja? Wie denn? Wann hast du dir ernsthaft Mühe gegeben? Um mich? Um deine kleine Schwester?!“

Eine Träne kullerte über Marlenes Wange. Scheiße. Das war nicht geplant gewesen.

Sie zuckte zusammen, als Theresa die Schatulle durch den Raum schoss und ihre Stimme erhob: „Ich habe dir gesagt, dass ich diese Scheiß-Kette nicht haben will, verdammt! Und weißt du auch, wieso? Weil du für mich gestorben bist, so einfach ist das!“

„Du elendes Miststück.“ Diese Worte sprach Marlene so emotionslos aus, dass sie selbst nicht wusste, ob sie ernst gemeint waren. Sie waren ihr einfach so über die Lippen gerutscht.

„Ich?“ Theresa blickte sie aus großen, entgeisterten Augen an. Obwohl sie so aufgebracht war, sah sie noch immer aus wie ein Model aus einem Katalog. Marlene war früher schon

neidisch auf ihre Schönheit gewesen, obwohl sie im Grunde gleich aussahen. Sie war zehn Minuten älter als Theresa und doch war ihre kleine Schwester diejenige gewesen, die sich zuerst wie eine Dame verhalten und in der Schule neugierige Blicke der Jungs auf sich gezogen hatte – mit Ausnahme von Thomas. Bis auf das konträre Auftreten der Zwillinge glichen sie sich wie ein Ei dem anderen. Man entdeckte nur bei genauerem Hinsehen Unterschiede, zum Beispiel hatte Theresa eine Narbe am Knie, die sie Marlene zu verdanken hatte. Sie war sich keiner Schuld bewusst. Hätte sie sie beim Erdbeerpflücken damals nicht so wütend gemacht, wäre das nicht passiert.

„*Ich* bin das Miststück?“, wiederholte Theresa fassungslos. „Du hast mich damals vor ein herankommendes Auto geschubst! Nur, weil du deine Scheiß-Eifersucht nicht unter Kontrolle hattest! Ich hatte panische Angst! Du hättest mich beinahe umgebracht!“

„Das war ein Unfall.“

„Ein Unfall?! Du bist wie eine Irre auf mich losgegangen! Sei froh, dass ich Mama und Papa nichts davon erzählt habe.“

Marlene dachte an den Tag zurück, beinahe elf Jahre waren seit diesem vergangen. Sie hatte von Theresas Beziehung zu Thomas erfahren und war rasend vor Wut geworden. Die beiden Schwestern hatten zu diesem Zeitpunkt schon länger keinen Kontakt mehr zueinander, doch als Marlene das Foto des Pärchens bei ihren Eltern zu Hause entdeckt hatte, zerbrach ihr Herz in tausend Scherben. Ihre Mutter hatte neben ihr gestanden und gesagt: „Das ist übrigens Resis Freund, Thomas. Ein netter Bursche! Kennst du ihn?“

Sie hatte heftig den Kopf geschüttelt, obwohl in diesem Moment womöglich der richtige Zeitpunkt gewesen wäre, um ihr zu sagen, dass sie mit ihm vor einigen Jahren so etwas wie eine Beziehung geführt hatte. Theresa wusste davon, ihren Eltern hatten anscheinend weder sie noch Thomas ein Wort davon erzählt. Daraufhin hatte Marlene ihre Schwester angerufen und um ein Gespräch gebeten, sie konnten sich aufgrund von Theresas vollem Terminkalender erst zwei Wochen später treffen. Sie verabredeten sich in einem Café und zu Marlenes Verwunderung hatte ihre Schwester eine Kette dabei. Sie trug sie nicht, sondern bewahrte sie in einer Schatulle auf, die sie zum Treffen mitgenommen hatte. Dabei handelte es sich um eine Halskette mit einem halben Herzen als Anhänger. Darin war der Buchstabe T eingraviert. Marlene besaß den zweiten Teil mit dem Anfangsbuchstaben ihres Namens.

Auf die Frage, warum sie sie mitgenommen hatte, meinte Theresa, dass sie sie gerne ihren Eltern zurückgeben würde und legte Marlene nahe, dies auch zu tun. Immerhin hatten die beiden bis zu dem heutigen Tag keinen Kontakt zueinander gehabt und das Gefühl der Zusammengehörigkeit hatte sich in Wahrheit bereits in ihrer Pubertät in Luft aufgelöst. Familienfeste und Geburtstage wurden schon lange getrennt gefeiert, da sich die Zwillinge immer in die Haare kriegten. Und da Theresa jetzt eine Beziehung mit Marlenes Jugendliebe führte, würde sich das Verhältnis dadurch auch nicht unbedingt bessern.

Marlene musste schlucken und meinte, dass sie sich das noch überlegen würde. Diese Halsketten hatten sie als Kinder oft getragen, als sie noch gut miteinander klargekommen waren. Sie hatte sie schon beinahe vergessen. Als sie ihre Schwester auf Thomas ansprach, geriet das Gespräch bald außer Kontrolle und sie begann, Theresa zu beleidigen. Diese wollte sich das nicht bieten lassen und stand auf, um das Café zu verlassen. Marlene folgte ihr wutentbrannt auf die Straße, wo der lautstarke Streit fortgeführt wurde. Schließlich riss sie ihr die Tasche von der Schulter und wühlte darin herum, bis sie die Schatulle mit Theresas Kette zu fassen bekam. Sie nahm sie heraus und fuhr ihre Schwester an: „Du bist so ein eiskaltes Monster, dass du nicht einmal ein halbes Herz verdient hast! Verbrenn doch in der Hölle, du Schlampe!“

Passanten hatten die beiden entgeistert angestarrt, jedoch hatte niemand von ihnen gewagt, sich den Frauen zu nähern. Theresa holte sich ihre Tasche zurück und fragte, was denn in sie gefahren sei. Als Marlene nicht antwortete, fügte sie hinzu: „Du bist so armselig. Und weil du niemanden in deinem Leben hast, der dich liebt, lässt du es an denen aus, die glücklich sind. Mit dieser Einstellung und dem scheußlichen Charakter wirst du für immer alleine bleiben, Marlene. So gottverdammt alleine."

Das waren die Worte gewesen, die Marlene dazu veranlassten, sich auf ihre Schwester zu stürzen und sie vom Bürgersteig zu schubsen. Das herankommende Auto hatte sie nicht bemerkt. Wenn der Fahrer nicht eine Vollbremsung eingelegt hätte, wäre Theresa ernsthaft verletzt worden, doch sie war mit leichten Prellungen davongekommen. Auf ein Gerichtsverfahren verzichtete sie und konnte die aufgewühlten Passanten dazu bringen, nicht zur Polizei zu gehen. Theresa ginge es gut und sie wolle ihre Schwester nie wiedersehen – auch nicht vor Gericht. Soviel Marlene wusste, hatte sie ihren Eltern erzählt, dass der Unfall auf dem Weg zur Arbeit passiert war und sie vom Autofahrer Schmerzensgeld bekommen hatte.

„Du hättest mich beinahe getötet." Theresas Worte holten sie aus ihren Erinnerungen. „Glaubst du allen Ernstes, dass aus dir und Thomas etwas werden könnte? Nach allem, was du getan hast?"

„Du bist doch diejenige, die es uns versaut hat", presste Marlene hervor. „Schon damals im Faschingszelt hast du dich aufgedrängt."

Theresa schien kurz zu überlegen, drückte ihre Zigarette aus und zündete sich die nächste an. In Gedanken gab Marlene ihr den Namen *Die kettenrauchende Nichtraucherin.* Ihre Schwester begann schließlich zu lachen und meinte: „Meinst du, als wir beide als Pippi Langstrumpf verkleidet gewesen sind?"

Sie nickte heftig.

„Oh Mann, Marlene, werd endlich erwachsen! Das ist über zwanzig Jahre her! Ich weiß gar nicht mehr, was damals passiert ist."

„Aber *ich* weiß es! Ich habe mich gut mit Thomas verstanden, ich mochte ihn wirklich gern! Und dann kamst du daher und hast mich umgeschubst! Nur, damit du ihn haben kannst!"

Theresa prustete los und wedelte mit ihrer Zigarette durch die Luft. „Damit ich ihn *haben* kann? Da waren wir beide *fünf* Jahre alt, Marlene! Fünf! Ich habe doch nur rumgealbert!"

„Nein, du hast damals schon alles versucht, um die Menschen, die ich gernhabe, von mir fernzuhalten, und du tust es auch heute noch."

„Na klar, als ob *das* meine große Mission wäre", entgegnete Theresa genervt und zog an ihrer Zigarette. Dann sagte sie: „Also bin ich für jede gescheiterte Beziehung und jede beendete Freundschaft in deinem Leben verantwortlich? So siehst du das? Auch für den Tod dieser komischen Victoria?"

„Nein, aber auf Thomas hattest du es schon immer abgesehen und du hast mich so lange schikaniert, bis du ihn haben konntest."

„Herrgott nochmal, das waren doch alles nur harmlose Streiche."

„Harmlos? Wir wollten miteinander schlafen, doch dann bist du mit deinen blöden Hühnern ins Zimmer gekracht!"

Nun sah Theresa sie mit einem fragenden Blick an. „Ich habe keine Ahnung, wovon du redest."

„Damals, als ich mit Thomas was am Laufen hatte. Wir waren schon fast so weit, doch dann kamst du mit Ivanka und Lea früher vom Kino heim."

„Ach, *das* meinst du!" Ihre Schwester machte eine abwehrende Handbewegung. „Wenn ich dich daran erinnern darf, warst du an dem Tag alleine in deinem Zimmer. Nackt. Das war schon urkomisch, muss ich sagen!"

„Weil ich Thomas rausgeworfen habe, ehe ihr uns erwischen konntet!"

„Ja, klar. Das mit euch war doch nur harmloses Händchenhalten, daraus wäre nie etwas geworden. Warum versteifst du dich auf so einen Scheiß?"

„Weil dieser *Scheiß* tatsächlich passiert ist und ich ihn geliebt habe! Und er mich auch!"

„Ihr wart noch Kinder! Wenn er dich wirklich so gern gemocht hätte, wäre er heute sicher nicht mit mir zusammen. Und das schon seit Jahren. Er hat mir einige schräge Sachen über dich erzählt und gesagt, dass er in der Pubertät ziemlich verwirrt gewesen sein muss, um sich für dich zu interessieren."

Sie prustete erneut los und wurde in dem Moment wieder zu der Theresa, die Marlene mit jeder Faser ihres Körpers hasste. Warum hatte sie sich so um Frieden bemüht? Ihre Schwester war noch immer eine fiese kleine Egoistin, die sich über sie lustig machte.

„Also eines kann ich dir sagen", fuhr Theresa fort. „Thomas ist über dich hinweg, mach dir keine Sorgen um ihn. Und mich…" Sie machte eine kunstvolle Pause, nahm einen tiefen Zug von ihrer Zigarette und blies den Rauch in Marlenes Gesicht, dabei formte ihr Mund ein O. „… hat er im Gegensatz zu dir schon ziemlich oft gefickt."

Was für eine arrogante, feindselige Hure sie doch war. Marlene versuchte, ihre Wut im Zaum zu halten und beschloss, das letzte Fünkchen Ehre, das sie noch besaß, zu wahren. Mit zusammengepressten Lippen drehte sie sich um und ging Richtung Tür, wo die Schatulle mit Theresas Kette lag.

„Ja, mach dich am besten vom Acker. Ich bekomme sowieso bald Besuch", meinte ihre Schwester.

Sie drehte sich um und erkannte verschwommen, dass Theresa gerade die Zigarette ausdrückte und ihr Kleid am Dekolleté zurechtzupfte. Marlene blinzelte die Tränen weg und verdrängte den Gedanken, dass Thomas womöglich der genannte Besuch war. Ihre Schwester sah sie mit gespieltem

Mitleid an: „Ach, habe ich etwa einen Nerv getroffen? Geh nach Hause, Marlene. Du willst doch nicht, dass Tommy dich so sieht."

Ob es die Erwähnung des Kosenamens war oder die Wut, die sich schon jahrelang in ihr aufgestaut hatte, wusste sie nicht. Vermutlich war alles zusammen Auslöser für die folgende Reaktion. Marlene ging mit großen Schritten auf Theresa zu und gab ihr die heftigste Ohrfeige, die sie jemals in ihrem Leben ausgeteilt hatte. Ihre Schwester schien damit nicht gerechnet zu haben und stürzte mitsamt dem Stuhl um.

Sie erwartete, einer Schimpftirade zum Opfer zu fallen, doch das geschah nicht. Theresa hielt sich stattdessen die Wange und richtete ihren erschrockenen Blick auf sie, dabei wisperte sie: „Ist es wieder so weit, ja? Versuchst du jetzt erneut, mich umzubringen?"

„Mit dem Unterschied, dass es mir dieses Mal gelingen wird", antwortete Marlene in monotoner Stimmlage. Ja, sie hatte den Entschluss gefasst: Heute würde sie sie umbringen.

Theresa keuchte und hielt die Arme schützend über ihren Kopf, doch sie wurde nicht attackiert. Marlene stieg über den umgekippten Sessel und ging auf die Wand dahinter zu. Ihre Schwester drehte sich um und fragte zitternd: „Wa... Was hast du vor?"

Anstelle einer Antwort nahm Marlene die rostige Mistgabel und kam wieder auf sie zu. Theresas Augen weiteten sich und sie sprang auf, dabei gab sie einen zischenden Laut von sich und fasste sich ans Knie. Das Bild jagte einen warmen Schauer über Marlenes Rücken und sie stupste sie mit der Mistgabel an, was sie erneut zu Fall brachte. Dabei verlor sie einen ihrer Schuhe.

„Au, du blöde Kuh. Was ist denn in dich gefahren?"

Sie kicherte und meinte: „Du gehst jetzt nach Hause, Theresa. Wir wollen doch nicht, dass Tommy dich so sieht."

„Du verdammte Psychopathin." Sie sprang auf, wagte es jedoch nicht, Marlene zu attackieren und humpelte zur Tür.

Während sich der zweite Stöckelschuh vom Fuß löste, rief sie laut um Hilfe. Das war gar nicht gut.

„Nicht so schnell", sagte Marlene und war im Nullkommanichts bei ihr. Sie zog an Theresas Haaren und riss sie grob zu Boden. Ihre Schwester kreischte auf und sie musste die Mistgabel fallenlassen, um ihr den Mund zuzuhalten. Sie machte es ihr nicht mal jetzt einfach! Was für ein Ärgernis.

Theresas Füße schleiften am Boden, während sie sie zurück in den hinteren Teil des Raumes brachte. Sie passte auf, dass das Kleid nicht in Mitleidenschaft gezogen wurde, vielleicht brauchte sie es ja noch. Als ihre Schwester wie wild um sich zu schlagen begann, stieß sie sie mit voller Wucht gegen die Werkbank und hastete zur Tür zurück, um die Mistgabel zu holen. Theresa schrie zu ihrer Überraschung nicht auf, sondern wimmerte: „Ich bringe dich um, das schwöre ich dir."

Das glaubst du ja wohl selbst nicht, hätte Marlene beinahe gesagt, als sie sah, wie sich ihre Schwester mit schmerzverzerrtem Gesichtsausdruck an der Werkbank festkrallte.

„Zieh das Kleid aus", befahl sie ihr.

„Was?" Theresa starrte sie ungläubig aus tränenverschmierten Augen an. Marlene deutete mit der Mistgabel an, zuzustechen, was sie zusammenzucken ließ. Schließlich gehorchte sie und schlüpfte aus dem roten Kleidungsstück.

„Gib es mir!"

Theresa tat wie ihr geheißen und warf es ihr zu. Marlene fing es mit einer Hand und legte es behutsam zur Seite auf einen Karton. Diesen kurzen Moment nutzte ihre Schwester, um an ihr vorbeizulaufen, doch weit kam sie nicht. Marlene wollte sie mit der Mistgabel wieder zurückstoßen, stattdessen bohrten sich die Zacken in ihren Brustkorb. Theresa sog keuchend die Luft ein, dabei traten ihre Augen hervor.

Marlene war erschrocken über sich selbst. Was tat sie hier?

„Oh Gott, oh Gott, oh Gott", stammelte sie und zog die Mistgabel heraus. Was jetzt? Sollte sie sie verarzten? Sie war starr vor Schreck und sah, dass Blut aus den Löchern heraussickerte. Theresa wankte hin und her. Marlene sah sich hilfesuchend um. Scheiße, verdammt, was hatte sie bloß angerichtet? Sie hatte zwar vor wenigen Minuten noch behauptet, sie umzubringen, doch die Situation fühlte sich plötzlich so falsch an.

„Ganz ruhig, ganz ruhig“, sprach sie mehr zu sich selbst als zu ihrer Schwester. Obwohl Theresa nicht schrie, schien sie Höllenqualen zu erleiden. Das musste sie beenden. So schnell wie möglich. Sie musste sie erlösen. Marlene sah in ihre weit aufgerissenen Augen, als sie auf sie losging und erneut zustach. Und nochmal. Und nochmal. Immer wieder, bis sie umkippte und auf den Kartons in der Ecke landete. Selbst, als Theresa schon reglos im Staub lag, hörte sie nicht auf. Sie musste sich vergewissern, dass sie nicht mehr litt. Und nochmal. Und nochmal.

Marlene ging langsam die Puste aus. Schließlich warf sie die Mistgabel auf den Boden. Es roch nach Zigarettenrauch, Staub und Blut. Und obwohl sie so erschrocken über ihre Tat war, erfüllte sie sie auch mit Stolz. Erleichtert atmete sie aus und zitierte ihre Schwester: „Wenn man seinen Körper so zur Verfügung stellt, muss man damit rechnen, dass man eines Tages dafür bezahlt.“

Sie sah an sich hinab und stellte fest, dass kaum Kampfspuren oder Blutspritzer auf ihrer Kleidung zu erkennen waren. Gut so. Das ersparte ihr viel Arbeit. Aufgrund der Länge der Mistgabel hatte sie einen sicheren Abstand zu ihrer Schwester gehabt. Es berührte sie in keiner Weise, sie da so halbnackt und blutverschmiert liegen zu sehen. Die erste Verletzung mit der Mistgabel war ein Unfall gewesen, genau genommen war Theresa in sie hineingelaufen. Marlene konnte nichts dafür, sie wollte sie damit nur warnen. Alles, was im Anschluss passiert war, hatte sie tun müssen, um ihr die Qualen zu ersparen.

„Ich habe das Richtige getan“, flüsterte sie und blickte zu dem Kleid, das hinter ihr lag. Theresa würde heute noch

Besuch bekommen. Das war ihre Chance! Zeit, den Leichnam verschwinden zu lassen, blieb ihr vermutlich nicht mehr. Das würde sie morgen erledigen. Sie griff sich ein Tuch, das neben der Werkbank lag und wischte damit die Mistgabel ab. So, das musste reichen. Anschließend stellte sie sie wieder zu den anderen Gartengeräten. Dabei entdeckte sie alte Handtücher und leere Kartons. Mit diesen deckte sie Theresa zu, nur zur Vorsorge.

Mit hastigen Bewegungen entledigte sie sich schließlich ihrer Klamotten. Ein Kribbeln durchfuhr ihren schlanken Körper, als sie in die Stöckelschuhe schlüpfte und sich das rote Kleid überzog. Sie zupfte an den Spaghettiträgern, um sich zu vergewissern, dass es auch gut saß. Sie musste hinreißend aussehen! Ob sie Thomas gefallen würde?

Marlenes Blick glitt zur Box, in der die Halskette lag. Diese würde sie nun nicht mehr brauchen. Sie griff sich an den Hals und bekam ihre Kette zu fassen. Der Anhänger war ein halbes Herz mit dem Buchstaben M für Marlene. Die andere Hälfte befand sich in der Schatulle, die auf dem Boden lag.

Obwohl sich jede Faser ihres Körpers dagegen sträubte, schaffte sie es nicht, sie zurückzulassen. Marlene bückte sich und hob die Box auf, dann verschwand diese in ihrer Tasche, welche viel zu groß war und so gar nicht zu dem hübschen roten Kleid, das sie trug, passte. Egal.

Bevor sie den Raum verließ, drehte sie sich noch einmal um und sah zu dem Stuhl, der umgekippt war. Sie hatte nicht vor, ihn wieder hinzustellen. Dann lächelte sie und löschte das Licht.

Im Wohnzimmer angekommen, warf sie ihre Tasche in eine Ecke und schenkte sich Rotwein ein, der bereits auf dem Couchtisch stand. Das Etikett ließ vermuten, dass er nicht billig gewesen war. Zwei Gläser waren daneben positioniert. Es würde ein schöner Abend werden. Trotz ihrer Nervosität waren Marlenes Hände erstaunlich ruhig. Kein Zittern, keine feuchten Handflächen.

Sie nahm einen kleinen Schluck. Oh, ein vorzüglicher Tropfen! Na, da konnte ein weiterer Schluck nicht schaden. Schwups! Das erste Glas war leer. Ihr entkam ein „Mmh“ und sie schenkte nach. Kein Vergleich zu dem Sekt, den sie zuvor getrunken hatte. Dann spazierte sie durch die Räume und sah sich um. Ihr Weg führte in die Küche, wo sie das prickelnde Gesöff von vorhin in die Spüle kippte und die Gläser abwusch. Dann drehte sie weiter ihre Runde, zuerst im oberen Stockwerk, wo sie sich im Schlafzimmer und im Bad umsah. Dort trug sie Parfüm auf.

Während sie an ihrem zweiten Glas Wein nippte und wieder ins Wohnzimmer zurückkam, wanderte ihr Blick zu der Handtasche. Ihre Gedanken waren bei dem Anhänger. Da fiel ihr ein, dass sie ihre Halskette noch trug. Schnell runter damit! Marlene stellte das Glas ab und versuchte, den Verschluss mit hektischen Bewegungen zu öffnen. Jetzt begannen ihre Hände unkontrolliert zu zittern, das konnte sie gar nicht gebrauchen!

„Scheiße“, fluchte sie, da sie den zierlichen Verschluss nicht öffnen konnte. „Geh schon auf, du verfluchtes Ding.“

Doch es gelang ihr nicht. Zornig riss sie an der Halskette und zerstörte sie somit. Sie ging mit eiligen Schritten zu ihrer Tasche, um die Box zu öffnen. Zum Vorschein kam die andere Herzhälfte. Die mit dem eingravierten T. Marlene legte ihre Kette dazu und ließ die Box wieder in der Tasche verschwinden.

Es klingelte. Endlich!

Sie strich noch einmal über ihr Kleid und atmete tief durch. Als sie zur Tür ging, durchfuhr sie ein Gedanke: Warum hatte sie ihre Hälfte des Herzes zu der anderen gelegt? Die beiden waren getrennt, eindeutig. Ihre Verbindung gehörte der Vergangenheit an. Am liebsten wäre sie nochmal zurückgelaufen und hätte den anderen Anhänger herausgenommen. Sie wäre mit ihren Schuhen draufgetreten. Nein, das hätte nichts genutzt. Mit einem Hammer hätte sie ihn bearbeitet. Doch dafür hatte sie jetzt keine Zeit.

Es klingelte erneut. Mit pochendem Herzen öffnete sie die Tür. Ihrem Gegenüber blieben die Worte im Hals stecken, als sie mit ihrem verführerischen roten Kleid vor ihm stand.

„Wow“, entkam es Thomas schließlich, bevor sie sich ihm an den Hals warf und ihn küsste. Er erwiderte den Kuss und legte seine linke Hand auf ihren Rücken. In der anderen hielt er einen Blumenstrauß. Nicht gerade einfallsreich für solch einen besonderen Anlass, aber sie war über jede noch so kleine Aufmerksamkeit von ihm erfreut. Sie würde ihn nicht wieder gehen lassen – niemals.

MARLENE

Tag 11

Ihre große Liebe verschwand in dem Moment, als sie die Augen aufschlug.

„Sie geben also zu, Theresa Fassberger mit einer Mistgabel erstochen und Thomas Wenger hinters Licht geführt zu haben?"

Die Stimme, die eindeutig einer Frau zuzuordnen war, drang durch die Mauer, die Marlene während ihren Schilderungen aufgebaut hatte. Sie atmete stoßweise, nickte und schluchzte: „Ja. Ja! Danke!"

Sie war tatsächlich dankbar. Weil sie sich wieder erinnerte. Weil plötzlich alles in ihrem Leben einen Sinn ergab. *Das Quiz*, das es in Wirklichkeit nie gegeben hatte, war ihre Rettung. Die Rettung aus einer Welt, die sie erschaffen hatte. Sie wurde erlöst, belohnt mit einer Wahrheit, die sie für ein Jahr im hintersten Winkel ihres Verstandes versteckt gehalten hatte. Sie war weder krank noch hatte sie den Verstand verloren. Ihr Geist hatte sie wieder an sie selbst erinnert.

Jemand schritt an ihr Bett, kurz darauf nahm sie eine sanfte Berührung an der Schulter wahr. „Du weißt, dass das eben ein Geständnis war?" Markus.

Wieder nickte sie und legte ihre Hand auf seine. Er ließ es geschehen. So verharrten sie eine Weile. Solch eine Intimität hatte ihr Arzt – nein, ihr Freund – selten zugelassen. Ab und zu hatte es Momente gegeben, in denen er Ausnahmen gemacht und körperliche Nähe angenommen hatte. Ob seine Kollegen davon wussten? Ihre Gedanken fingen eben den Moment ein, in dem sie sich eingebildet hatte, ihn geküsst zu haben. Vorgehabt hatte sie es tatsächlich, doch ehe es dazu gekommen war, war sie zusammengebrochen. Ihre Fantasie hatte ihr ein Bild geboten, in dem sie sich mit Victoria auf eine Reise begeben hatte, in Wahrheit hatte sie in ihrem Bett gelegen und war für längere Zeit nicht ansprechbar gewesen.

Marlene wurde von einer unendlichen Traurigkeit erfüllt und kam sich vor wie damals, als ihr das Herz von Thomas gebrochen worden war. Der Kuss mit Markus hatte nie stattgefunden. Das war die einzige von vielen Wahrheiten, die sie nicht an sich ranlassen wollte. Es hatte sich so gut angefühlt.

Beinahe so schön wie der Kuss in ihrer Illusion war das Gefühl, Markus' Hand unter ihrer zu spüren. Diese Nähe brauchte Marlene jetzt. Die tröstende Berührung ihres besten Freundes und einzigen Vertrauten gab ihr Mut, obwohl die Situation aussichtslos war. Ihr Leben hier würde demnächst enden.

Im Hintergrund hörte sie die dunkelhaarige Frau sagen: „Ich lasse die Kommissare wissen, dass Sie für eine erneute Aussage bereit sind."

Marlene fühlte sich zu schwach, um zu nicken. Markus schenkte ihr ein aufmunterndes Lächeln, das sie von ganzem Herzen erwiderte.

MARKUS
Eine Woche später

Abschied.

Ein Wort, das viele Bedeutungen hat.

Eine davon musste er letzte Woche erfahren. Marlene Fassberger, die Patientin, die er seit etwa einem Jahr begleitet hatte, wurde entlassen. *Behandeln* wäre das falsche Wort, wie er fand. Er hatte sie – musste er zugeben – ins Herz geschlossen.

Aber diese Frau war krank und nicht ganz ungefährlich. In der Welt, die nur sie selbst wahrgenommen hatte, hatte sie lange genug gelebt. Vor einigen Tagen hatte sie sich selbst daraus befreit und wurde schließlich in eine psychiatrische Gefängnisklinik verlegt.

Die Indizien am Tatort hatten dafürgesprochen, dass Marlene ihre Zwillingsschwester umgebracht hatte, aber nachweisen hatte man es ihr bis zu ihrem Geständnis nicht zu hundert Prozent können. Die Spuren im Schuppen hatte man nur teilweise verwenden können, wie er mitbekommen hatte. Die Ermittlungen hatte man in den letzten zwölf Monaten zwar fortgeführt, jedoch hatte man keine weiteren Verdächtigen ausmachen können. Somit lag die Wahrscheinlichkeit ziemlich hoch, dass seine Patientin die Schuldige war. Doch in ihrer Scheinwelt hatte sie das nicht akzeptieren wollen. Beim Eintreffen der Polizei am Morgen nach der Tat – so sagte man ihm – erlitt sie einen Zusammenbruch, der ihre ganze Welt im wahrsten Sinne des Wortes auf den Kopf stellte. Seelisch zog sie sich zurück, körperlich versuchte sie, sich gegen alles und jeden zu wehren.

Der Anfang mit ihr war wirklich nicht einfach gewesen. Doch mit der Zeit hatte Markus es geschafft, einen Draht zu ihr aufzubauen. Und als schließlich die Selbstheilung in Gang kam, fielen der Patientin Dinge auf, die wirklich existierten. Die Sache mit dem Spion zum Beispiel. Den hatte sie erst vor Kurzem wahrgenommen, obwohl er schon immer in der Zimmertür eingebaut gewesen war. Natürlich konnte man nur von außen nach innen sehen, anders hätte es keinen Sinn ergeben. Somit war es dem Personal möglich, nach den Patienten zu sehen, ohne sie mit einer tatsächlichen Anwesenheit zu beunruhigen. Marlene war zu Beginn öfter hysterisch geworden, wenn Ärzte und Pfleger bei ihr gewesen waren. Damit war sie nicht die einzige Patientin. Andere glaubten heute noch, ihr Zimmer wäre eine gewöhnliche Wohnung.

Die Befürchtung, Marlene könnte wutentbrannt auf ihn losgehen, nachdem sie sein wahres Ich erkannt hatte, bewahrheitete sich nicht. Sie war eine starke, kluge Frau und wusste, dass er trotz seiner Behandlungsschritte nur das Beste für sie gewollt hatte. Es war nicht seine Absicht gewesen, ihr etwas vorzuspielen. Das hatte sie erkannt und ihn mit ihren Blicken und Gesten wissen lassen, dass sie keine Enttäuschung verspürte. Denn egal wann und wo – er war immer für sie da gewesen. Er hatte zusammen mit ihr gegessen, wobei er ihren Geschichten lauschte, die sie sich zum größten Teil ausgedacht hatte. Er war immer sofort zur Stelle gewesen, wenn sie den Notfallpieper in ihrem Zimmer bedient hatte. Der Alarm wurde auf jede Station gesendet, doch Markus hatte mit einem Klick dafür gesorgt, dass sich nicht eine Horde von Ärzten und Pflegern in ihrem Zimmer versammelte. Sobald jemand den Notfall per Knopfdruck annahm, hatte derjenige einen kurzen Zeitraum, in dem er beim Patienten auftauchen und beim Ankommen erneut die Meldung auf dem Pieper bestätigen musste. Geschah dies nicht, wurde nochmals ein Notfall ausgesendet. Marlene schickte nicht oft einen Alarm los, und wenn, dann waren die Gründe dafür in den seltensten Fällen besorgniserregend. Die Patientin hatte die Angewohnheit, ihr Notruf-Gerät wie ein Smartphone zu benutzen. Sie tat so, als würde sie Nachrichten bekommen oder rief Markus an, wenn sie sich einsam fühlte und jemanden zum Reden brauchte. In Wahrheit hatte sie nur auf einen Knopf gedrückt, der dafür gesorgt hatte, dass ihr bester Freund zur Stelle war. Im wirklichen Leben und in ihrer Scheinwelt war er der Anker gewesen, der ihr Halt gegeben hatte. Der Abschied war ihnen beiden nicht leichtgefallen, doch es musste sein.

Marlene war aus ärztlicher Sicht ein Phänomen, da sie sich mit Hilfe ihrer eigenen Visionen selbst therapiert hatte. Sie war zwar nicht die erste Patientin, der so etwas gelungen war, jedoch war solch ein Ereignis äußerst selten. Markus hatte es bei Marlene zum ersten Mal hautnah miterlebt. Dass sie sich Dinge einbildete, hatten sie schon früh bemerkt. Zum Beispiel, als sie so tat, als würde sie Markus Tee in ihrer Wohnung servieren. Sie hatte nie mitbekommen, dass er sich Notizen machte, während sie mit unsichtbaren Gegenständen hantierte.

Die Überraschung aller war groß, als er vorgeschlagen hatte, die Psychopharmaka abzusetzen, da er vermutete, die Patientin könne sich selbst heilen. Schon kurze Zeit nach diesem Behandlungsschritt erfand Marlene *Das Quiz*, welches zwischen imaginären Prospekten vor der Zimmertür gelegen hatte. Mittlerweile hatte Markus sie schon so gut gekannt, dass er sie gefragte hatte, ob das denn die Post sei. Ihm war die Möglichkeit, dass sie das Nichts in ihren Händen als diese betrachtete, am wahrscheinlichsten erschienen.

In ihrem Zimmer hatte von Beginn an ein Schreibblock gelegen, daneben ein kindersicherer Fasermaler, auf dem sie während ihrer Selbsttherapie Kreuze, Buchstaben und verschiedene Zeichen gemalt hatte. Das Papier war noch unbeschriftet gewesen, als sie es Daria vor die Nase gehalten und von dem *Quiz* erzählt hatte. Diese war darauf eingegangen. So ein Verhalten vom Personal war äußerst wichtig. Nicht selten wurden „Bewohner“ auf ihren Wunsch hin mit einer Kanne durch das Haus geschickt, um die Topfpflanzen zu gießen, die in Wahrheit aus Kunststoff bestanden. Solange sie keine Gefahr darstellten, war es das Beste, die Patienten frei nach ihrem Willen handeln zu lassen.

Das Ganze drohte jedoch zu kippen, als Marlene eines Tages unbemerkt ihr Zimmer und – was noch viel schlimmer war – die Station verlassen hatte. Wie es ihr gelingen konnte, unbemerkt bis in die Tiefgarage des Krankenhauses zu gelangen, war ihm heute noch ein Rätsel. Nur mit Mühe hatte er seine Kollegen überreden können, der Patientin keine Psychopharmaka deshalb zu verabreichen.

Marlene hatte keinen erneuten Fluchtversuch gestartet. Ihr Verhalten hatte Daria dennoch zugesetzt, wie sie im anschließenden Gespräch mit Markus und Doktor Marinelli behauptete. Zu diesem Zeitpunkt war ihnen klar geworden, dass sie das Handtuch werfen würde. Die Ärzte waren auf *Das Quiz* vorbereitet, von dem die Reinigungsfachkraft erzählt hatte. Zugegebenermaßen war Darias Vorgehensweise ungewöhnlich, denn persönliche Gespräche mit den Patienten gehörten nicht zu ihren Aufgaben.

Markus beschloss, Marlene auf dem Weg der Eigentherapie so gut wie möglich zu unterstützen. Mit jeder Frage, die sie sich ausdachte, bestätigte sich sein Verdacht, sie könne sich damit selbst heilen, mehr und mehr. Aktiv griff von dem Team aus Ärzten und Pflegern jedoch niemand ein, denn das hätte sich negativ auf den Prozess auswirken können. Man legte der Patientin weder Zettel vor die Tür, noch drängte man sie zu Entscheidungen. Marlene war der festen Überzeugung, dass sie Daria Umschläge mitgab und auch wieder welche bekam, doch das war nie der Fall gewesen.

Ein Klingeln ließ ihn zusammenzucken. Mit der Hand fuhr er sich hektisch übers Gesicht und stand auf. Sein Körper raunzte wie eine alte Türangel, nachdem er sich vom Sofa erhoben hatte. Wie lange er gedankenverloren in den ausgeschalteten Fernsehbildschirm gestarrt hatte, wusste er nicht.

Markus erwartete keinen Besuch und ging nichtsahnend zur Wohnungstür. Ein Blick durch den Spion half ihm in keiner Weise, anscheinend hatte ihn jemand von außen abgedeckt. Wollte man ihn überraschen? Er ahnte plötzlich, wer im Flur stand und bekam Herzklopfen. Voller Erwartung öffnete er die Tür und stand im nächsten Moment der Frau seiner Träume gegenüber. Noch ehe er sie begrüßen oder in die Arme nehmen konnte, plapperte sie los wie ein Wasserfall: Es täte ihr wahnsinnig leid, waren ihre ersten Worte. Sie schwöre ihm, dass sie nichts von dem *Zeug* genommen habe. Sie sei total perplex gewesen, als plötzlich ihre Freundin aus Jugendzeiten vor ihrer Tür gestanden hatte. Es war ein Fehler, dass sie mit ihr mitgegangen sei, denn die beiden waren in einer Bar gelandet, die ihr schon beim Betreten eigenartig vorgekommen war. Nachdem sie ein paar Dinks genommen hatten, zerrte ihre Freundin sie zu einigen schrägen Typen, die härtere Dinge konsumierten als Alkohol. Nicole war schockiert gewesen und aufgebrochen, schließlich wollte sie nicht Teil dieser *Drogenparty* sein.

Sie habe an dem Tag sogar vergessen, ihre Wohnung abzusperren. Ein Nachbar habe ihr bei ihrer Rückkehr gesagt, dass Markus hier gewesen sei. Sie könne sich ihr Verhalten nicht verzeihen.

All das hatte sie ihm schon vor einer Woche gesagt, als er sie nach diesem Vorfall besucht hatte. War Nicole nun hier, um das ganze Szenario zu wiederholen? Wollte sie ihn weiterhin zappeln lassen? Als er nichts zu ihren Erklärungen und Entschuldigungen sagte, hielt sie einen Gegenstand hoch. „Und dann legst du das vor meine Tür."

Ihre Augen funkelten, während sie auf die signierte Keith Jarrett-Schallplatte sah. Markus hatte sie dem Besitzer ihres Lieblings-Jazz-Clubs, in dem sie oft zum Essen verabredet gewesen waren, abgekauft. Zuvor hatte Nicole jedes Mal von dem Musiker geschwärmt und auf die Schallplatte gedeutet, die zwischen vielen anderen auf der Wand gehangen hatte. Sie hatte eine Schwäche für Keith Jarrett und Jazzmusik. So wie Markus eine Schwäche für sie hatte. Es hatte ihn eine lange Diskussion mit dem Besitzer des Lokals und eine beachtliche Summe Geld gekostet, die Platte schließlich zu bekommen. Nicoles Blick traf seinen und gab ihm zu verstehen, dass sie sich entschieden hatte.

„Es ist nicht nur deshalb", begann sie und deutete auf das Vinyl. „*Du bist es,* Markus. Ich weiß es einfach."

Er musste sich zusammenreißen, um seine Freude nicht wie ein Feuerwerk explodieren zu lassen. „Sag so etwas nicht, wenn du dir nicht sicher bist."

„Ich meine es ernst. Wenn du mich wegen all der Scheiße, die ich gebaut habe, nicht mehr willst, kann ich das verstehen. Aber ich bin hier, um dich um Verzeihung zu bitten und …" Das Funkeln in ihren Augen ging in ein Schimmern über. „… um dir meine Liebe zu gestehen. Ich liebe dich, Markus. Und ich verspreche dir, dass ich mich nie wieder mit den falschen Leuten abgeben werde. Du bist es. Du bist der Mann für mich."

Das waren sie. Die Worte, nach denen er sich so lange gesehnt hatte. Ihre Wirkung war unglaublich. Es fühlte sich schöner an, als er es sich erträumt hatte. Nicole, die Frau, für die er alles tun würde, hatte es endlich ausgesprochen.

„Ich liebe dich auch", sagte er heiser und zog sie an sich. Der darauffolgende Kuss war der Beweis, dass es sich gelohnt hatte.

ISABEL

Ein Jahr später – 29. November 2020

„Alles Gute zum Geburtstag, mein Schatz."

Erwin stellte die weißen Chrysanthemen in die Vase, während sie diese Worte aussprachen. Ein eisiger Wind peitschte ihnen von Westen her um die Ohren, was Isabel dazu veranlasste, die Kapuze ihres Mantels über den Kopf zu ziehen.

Resi wäre heute zweiunddreißig Jahre alt geworden.

Die letzten zwölf Monate hatten ihnen einiges abverlangt. Isabel und Erwin wurden vor Tatsachen gestellt, die sie sich so niemals hätten erdenken können. Mit Marlenes Genehmigung hatten sie in ihre Krankenakte einsehen dürfen und mit Doktor Rottinger über den Heilungsprozess ihrer Tochter sprechen können. Dabei war es Isabel so vorgekommen, als würde ihre Welt in Tausende von Scherben zerspringen, denn das, was sie erfahren musste, war etwas völlig anderes gewesen als das, was sie in den letzten drei Jahrzehnten erlebt hatte.

Warum hatte sich Marlene ihnen niemals anvertraut? Was hatte Resi dazu bewogen, ihre Schwester in Jugendzeiten so zu schikanieren?

Ein herber Schlag ins Gesicht war außerdem die Erkenntnis gewesen, dass Marlene Thomas schon seit vielen Jahren kannte. Zwischen ihren Töchtern hatte anscheinend so etwas wie ein Konkurrenzkampf um Resis Freund geherrscht. Und das über einen langen Zeitraum hinweg. Isabel und Erwin wollten es zu Beginn nicht glauben, doch was war ihnen anderes übriggeblieben?

Schließlich hatten sie Thomas kontaktiert und zur Rede gestellt. Da er diese Sache nicht am Telefon besprechen wollte, war er zu ihnen gekommen. Bei der folgenden Unterhaltung war ihnen bewusst geworden, dass alles, was Marlene erzählt hatte, der Wahrheit entsprach. Isabel war daraufhin in Tränen ausgebrochen.

Thomas bestätigte, dass er sich als Teenager heimlich mit Marlene in ihrem Zimmer verschanzt hatte. Doch mit ihnen hätte es niemals funktioniert, betonte er nachdrücklich. Als er Jahre später mit Resi in derselben Firma zu arbeiten begonnen hatte, war der Funke zwischen den beiden schließlich übergesprungen.

Während sie seinen Erzählungen gelauscht hatten, war sich Isabel vorgekommen wie in einem schlechten Film. Es schien, als hätte sie ihre beiden Töchter nie richtig gekannt. Ein Gefühl, das sie beinahe betäubte.

„Wer weiß", sagte sie nun mit gebrochener Stimme zu ihrem Mann. „Vielleicht wäre alles anders gekommen, wenn Marlene am Ende doch mit Thomas zusammengekommen wäre. Oder wenn sie offen mit uns über ihre Probleme mit Resi geredet hätte …"

Mehr als ein Nicken bekam Erwin daraufhin nicht zustande. Schweigend standen sie nebeneinander vor dem Grab und ließen den Tränen freien Lauf. Isabel dachte an ihre beiden Mädchen. Wie sie sich als Kinder gegenseitig Zöpfe geflochten hatten. Warum hatte diese harmonische Beziehung angefangen zu bröckeln? War wirklich nur der Konkurrenzkampf um Thomas dafür verantwortlich gewesen? Und wieso hatten sie niemals etwas davon mitbekommen? Isabel erinnerte sich außerdem wieder an den Mann, mit dem Marlene ein Verhältnis gehabt hatte, als sie fünfzehn war. Damals hatte sie behauptet, er wäre achtzehn, doch daran zweifelten Erwin und sie bis heute. Darüber hatten sie jedoch noch nichts in Erfahrung bringen können. Wenn sie ehrlich war, so war sie auch froh über diese Tatsache. Sie hatten genug schlimme Botschaften erhalten in den letzten Monaten.

Ihr Blick fiel auf den zweiten Blumenstrauß, den sie in der rechten Hand hielt. Die Finger der linken waren mit Erwins verschränkt. Ihr Zusammenhalt war durch die traurige Wahrheit erneut stärker geworden.

Die beiden verließen den Friedhof Hand in Hand und machten sich auf den Weg zu Marlene.

Auch, wenn sie ihr den Mord an Theresa niemals verzeihen konnten, so war durch die Erläuterungen von Doktor Rottinger das „Warum“, das für sie bis vor Kurzem eine unerklärliche Größe gewesen war, zumindest etwas greifbarer geworden.

Und tatsächlich fing Marlene bei ihren Besuchen langsam an, sich zu öffnen.

DANKE …

… an Michaela Marwich für die grandiose Zusammenarbeit. Deine Anmerkungen während des Lektorats haben „Das Quiz“ enorm bereichert! Ich konnte mich mit meinen Ideen und Fragen immer an dich wenden – du warst sofort zur Stelle! Deine Inspiration zum Abschluss hat „Das Quiz“ außerdem zu dem gemacht was es ist – herzlichen Dank dafür!

… an Renee Rott. Du hast beim Cover wieder einmal ganze Arbeit geleistet. Ich musste dir nur ein paar Stichworte geben und schon wusstest du, in welche Richtung es gehen soll. Dein erster Entwurf hat mich schon umgehauen, somit hatte ich nur ein paar kleine Änderungswünsche, die du mit links umgesetzt hast!

… an Evelyn Zimmermann für den Buchsatz. Unsere Zusammenarbeit funktionierte wie auch schon beim letzten Mal unkompliziert. Du übernimmst Änderungen rasch und in Rekordgeschwindigkeit, was ich sehr schätze! Außerdem bin ich dir sehr dankbar, dass ich mich mit der Gestaltung des Buchsatzes nicht herumschlagen muss ;-)

… an Ela Matzke, die „Das Quiz“ als Erste testgelesen hat. Deine Adleraugen haben jeden noch so kleinen Fehler entdeckt, der sich eingeschlichen hat.

… an meinen Kollegen und guten Freund Roland Hebesberger. Du warst ebenfalls als Testleser tätig und mir eine enorme Hilfe. Außerdem danke ich dir für deine zahlreichen Tipps rund ums Marketing und deine Geduld, wenn ich mal wieder auf dem Schlauch stehe (was ja nicht so selten vorkommt) ;-)

… an meinen Lieblingsmenschen: Du verspürst trotz meiner brutalen Gedanken keine Angst, wenn du dich abends neben mich ins Bett legst. Du begleitest mich auf diesem Weg schon seit meiner Idee zu „Negatio“. Danke für dein *Durchhaltevermögen* und einfach alles!

… an jeden Einzelnen, der meine Bücher kauft, ausleiht oder stiehlt. Danke für das unglaubliche Feedback, das ich in den letzten Jahren bekommen habe. Danke für die Rezensionen und Empfehlungen. Und danke natürlich auch an all jene, die meine Bücher nur aus Mitleid kaufen, weil sie mich kennen. Auch ihr stellt sie ins Regal und sorgt dafür, dass sie gesehen werden ;-)

Julia Fürbaß

NEGATIO

Thriller

Ein scheinbar harmloser Anruf führt Kommissar Sebastian Rietz zu seinem Elternwohnhaus. Was ihn dort erwartet, schockiert ihn bis ins Mark: Der Ort, an dem er aufgewachsen ist, wurde Schauplatz eines Verbrechens. Fassungslos muss er feststellen, dass seine Eltern brutal ermordet wurden. Die Tatsache, dass sich seine Schwester ebenfalls am Tatort befindet und kein Wort spricht, beunruhigt Sebastian. Zu ihrem Schutz verschweigt er das Aufeinandertreffen vor seinen Kollegen, doch schon bald gerät er in einen Strudel aus Lügen und Albträumen und erkennt sich selbst kaum wieder.

Erhältlich als: Taschenbuch, e-book und Hörbuch

Julia Fürbaß

Aller guten Dinge

Psychothriller

Schicksal oder Zufall? Wie würden Sie es nennen?

David träumt davon, Künstler zu werden, doch er steht sich mit seiner Unsicherheit selbst im Weg. Seine Tochter Lena macht ihm das Leben zusätzlich schwer und gibt ihm die Schuld am Zerbrechen seiner Ehe. Eines Tages tritt eine Veränderung ein, die er nie für möglich gehalten hätte.

Jola gerät durch ihren Freundes-kreis immer wieder in Schwierigkeiten. Als sie sich dazu entscheidet, ihrem alten Ich den Rücken zu kehren, trifft sie die große Liebe – mit verheerenden Folgen. Schließlich stirbt jemand, der ihr nahegestanden hat und Jola stellt fest, dass es nicht nur schwarz und weiß gibt. Oft sind es die Grautöne dazwischen, die einen Menschen ausmachen.

Erhältlich als: Taschenbuch und e-book

Printed in Poland
by Amazon Fulfillment
Poland Sp. z o.o., Wrocław

89688781R00188